이육사, 칼날 위의 시인

저자소개 (게재순)

손병희 안동대학교 교수, 이육사문학관장
김경미 시인
나우천 안동대학교 박사수료
한경희 안동대학교 초빙교수
권두연 한세대학교 교수
김균탁 이육사문학관 학예사
김민수 서울대학교 박사수료
김종현 경북대학교 박사
이정인 안동대학교 박사
이화진 안동대학교 교수
강진우 경북대학교 박사
김주현 경북대학교 교수
이정숙 한국대학교육협의회 연구교수

이육사, 칼날 위의 시인

초판 인쇄 2020년 8월 18일
초판 발행 2020년 8월 25일

지 은 이 손병희 · 김경미 · 나우천 · 한경희 · 권두연 · 김균탁 · 김민수
　　　　　　김종현 · 이정인 · 이화진 · 강진우 · 김주현 · 이정숙
펴 낸 이 박찬익

펴 낸 곳 ㈜ **박이정**
주　　소 경기도 하남시 조정대로45 미사센텀비즈 7층 F749호
전　　화 02-922-1192~3 / 031-792-1193, 1195
팩　　스 02-928-4683
홈페이지 www.pjbook.com
이 메 일 pijbook@naver.com

등　　록 2014년 8월 22일 제2020-000029호

ISBN 979-11-5848-473-6 93810

* 책값은 뒤표지에 있습니다.

이육사,
칼날 위의 시인

손병희 외

(주)박이정

머리말

우리가 이 책을 내는 것은, 물론 '이육사'의 삶과 문학에 대한 관심 때문이다. 거기에 이육사의 고향 '안동지역'과 맺은, 우리의 여러 가지 인연이 더해졌다. 안동에서 함께 공부하거나 직장생활을 한 경력, 혹은 그 과정에서 맞은 삶의 어떤 계기들이 그것이다.

이 책을 기획하면서, 우리는 나름대로 이육사의 문학과 인간에 대한 해석의 밀도를 더하고자 했다. 그와 함께 분석의 대상을 이육사의 시와 산문을 비롯한 관련 표현물까지 아우르고, 논의를 전기적 사실에서부터 글쓰기의 근원과 전개, 사상과 실천, 전통과 근대, 비교문학론과 문화콘텐츠의 가능성에 이르기까지 확장했다.

글쓴이가 여럿이고 통일된 형식을 요구하지 않아, 각각의 글이 지닌 성격이나 그것이 겨냥하는 과녁 또한 일정하지 않다. 대체로 학술논문이 중심이지만, 그와 결이 조금 다른 글이 일부 곁든 것은 그런 까닭이다. 이 책이 우리 자신을 더 깊이 읽고 성찰하는 도화선이 되고, 이육사의 삶과 문학에 대한 기존의 고정된 이해와 기억의 방식에 작지만 생산적인 균열을 낼 수 있기를, 기대하고 희망한다.

손 병 희

차 례

陸史詩集

李陸史 著

1부

서울市

서울출판사 · 刊

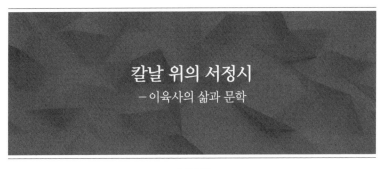

칼날 위의 서정시
- 이육사의 삶과 문학

손병희

1. 내면화한 전통과 균형감각

이육사(李陸史)의 생애는 일제 강점기 우리 겨레의 수난과 항쟁의 역사와 겹친다. 이육사가 태어난 이듬해인 1905년 일제가 대한제국의 외교권을 강탈한 을사늑약이 체결되었고, 이육사가 순국한 이듬해 마침내 광복을 맞았으니, 이육사의 일생 자체가 일제 강점기 우리 겨레의 삶을 상징하는 듯하다.

일제 강점기와 같은 어두운 시대를 사는 것은 고통스럽지만, 누구나 그 고통에 압도당하고 패배하는 것은 아니다. 이육사와 같이, 고통을 뛰어넘어 탁월한 문학을 창조하는 정신도 있기 때문이다. 이육사는 참혹한 식민지 시대에 일제의 칼날 위에 스스로를 세우고, "금강심(金剛心)"에서 우러나오는 시를 쓰고자 했다. 어두울수록 별이 더욱 빛나듯이,

그의 단련된 정신과 굳건한 의지는 언제나 새삼스러운 감동을 불러일으킨다.

이육사는 1904년 4월 4일(음력) 경상북도 안동군 도산면 원촌리(현재 안동시 도산면 원천리) 881번지에서 태어났다. 그의 아버지 이가호(亞隱 李家鎬)는 퇴계 이황 선생의 13대 손이며, 그의 어머니 김해 허씨(善山 林隱人)는 허형(凡山 許衡)의 딸이다. 이육사는 원기(源祺), 원일(源一), 원조(源朝), 원창(源昌), 원홍(源洪) 등 육형제의 둘째였는데, 막내인 원홍은 19세에 미성으로 일찍 세상을 떴다고 한다. 그의 동생 이원조는 당대에 널리 알려진 비평가였으나, 해방 후 대한민국 정부수립 직전 월북한 까닭에 이육사와 형제간이라는 사실이 세상에 크게 알려지지 않았다. 1990년에야 이원조의 비평집 『오늘의 문학과 문학의 오늘』(형설출판사)이 그의 장조카인 이동영 교수(전 부산대)에 의해 출판되었다.

이육사의 첫 이름은 원록(源祿)이며 두 번째 이름은 원삼(源三)이었으며, 활(活)이라는 이름도 사용했다. '이활'이라는 이름을 필명으로 쓰기도 했으나, 대체로 1930년대 중반 이후에는 '(이)육사', 곧 '(李)陸史'[1]로 필명을 통일했다. 특히 시, 소설, 수필, 문학평론 등 창작문학이나 그와 관련된 글을 발표할 때는 대체로 '(이)육사'를 썼고, 사회, 정치적 주제를 다룬 시사평론들을 발표할 때는 대부분 '이활'이란 이름을 사용했다. 이런 점을 눈여겨본다면, 이육사의 글쓰기, 혹은 글의 갈래에 대한 자의식의 일단을 살필 수도 있을 것이다.

이육사는 여섯 살 때 소학을 배웠고, 그 후 십여 세까지 집안 소년들과 한학을 하고, 이어서 고향의 도산공립보통학교를 다녔다. 유년 시절의 교육에 대해, 이육사는 "학교 교육 이전의, 조선의 교육사의 일부"라

---

1 二六四, 戮史, 肉瀉(生) 등으로 쓰기도 했으나, 그런 경우는 매우 제한적이다.

고 하면서, 자신의 수필 「은하수」에서 그 일부 모습을 다음과 같이 그렸다.

가령 말하자면 내 나이 칠팔 세쯤 되었을 때 여름이 되면 낮으로 어느 날이나 오전 열 시쯤이나 열한 시 경엔 집안 소년들과 함께 모여서 글을 짓는 것이 일과였다. 물론 글을 짓는다 해도 그것이 경국문학(經國文學)도 아니고 오언고풍(五言古風)이나 줌도듬을 해보는 것이었지마는 그래도 그 때는 그것만 잘하면 하는 생각에 당당히 열심을 가졌던 모양이었다.

그래서 글을 지으면 오후 세시쯤 되어서 어른들이 모여 노시는 정자나무 밑이나 공청(公廳)에 가서 골리고, 거기서 장원을 얻어하면 요즘 시 한 편이나 소설 한 편을 써서 발표한 뒤에 비평가의 월평 등류에서 이러니 저러니 하는 것과는 달라서 그곳에서 좌상에 모인 분들이 불언중(不言中) 모두 비평위원들이 되는 것이고(아래 줄임)[2]

근대 신교육 이전에 이루어진 이러한 가학(家學)은, 이육사에게 전통과 주체성을 내면화시켰을 것이다. 또한 많은 항일 지사를 배출한 친가와 외가의 의롭고 매운 가풍 역시 이육사의 가치관과 의식을 형성하는데 큰 영향을 끼쳤을 것이다.

그런데 이육사는 새로운 근대문명과 사상을 받아들이는 데도 적극적이었다. 폭넓은 책읽기와 일본, 중국 유학은 근대의 지식과 사상을 체

---

2 손병희(편), 『이육사전집1 이육사의 문학』, 이육사문학관, 2017. 198쪽. 이 글에서는 이육사의 글을 모두 이 책에서 인용하되, 이에 대한 각주는 생략한다. 또한 발표 당시의 글에서 한자는 한글로 바꾸고, 원칙적으로 현행 맞춤법에 따른 형태로 제시한다. 아래서도 이 점은 마찬가지이나, 시작품의 경우는 원작의 언어적 효과를 고려해 필요한 경우 부분적으로 발표 당시의 표기를 따른다.

계적으로 흡수하기 위한 것이었다. 고향의 도산공립보통학교를 졸업한 후 영천 백학학원을 거쳐 일본의 금성(錦城)고등예비학교(혹은 동경정칙예비학교(東京正則豫備學校), 일본대학 문과 전문부), 그리고 북경의 중국대학에서 공부한 것은 그러한 노력의 일부이다. 그러나 일본과 중국 유학은 여러 가지 사정으로 단기간에 그치고 말았다.

새로운 지식과 문학에 대한 이육사의 욕망은 그의 폭넓은 책읽기에서 간접적으로 엿볼 수 있다. 셰익스피어(William Shakespeare)와 보들레르(Charles Baudelaire)를 비롯하여, 이육사가 탐독한 서양의 작가와 사상가들은 에밀 졸라(Emile Zola), 발작크(Honore de Balzac), 시 디 루이스(Cecil Day Lewis), 매슈 아놀드(Matthew Arnold), 펄벅(Pearl S. Buck), 앙드레 말로(Andre Georges Malraux), 괴테(Johann Wolfgang von Goethe), 하이네(Heinrich Heine) 등 그 수가 결코 적지 않다. 또한 불안의 철학자 셰스토프(Shestov, Lev Isakovich), 『월든(Walden)』과 『시민불복종』으로 유명한 헨리 소로우(Henry David Thoreau) 등도 빠뜨리지 않았고, 당대 중국의 명망 있는 작가 노신(魯迅)과 서지마(徐志摩)를 비롯해, 중국 문학과 사회 전반에 대한 정통한 지식도 갖추고 있었다. 따라서 이육사가 중국 현대작가의 시와 소설 작품, 그리고 중국문학사와 현대시에 관한 평론을 번역한 것은 결코 우연이 아니다.

많은 사람들이 이육사를 시인으로만 알고 있지만, 이육사는 시, 시조, 한시, 소설, 수필, 비평, 번역에 걸친 다양한 갈래의 글을 남겼다. 글에서 다룬 주제 또한 사회, 정치, 경제, 그리고 영화예술에 이르기까지 매우 폭넓고 다채롭기 그지없다. 당시로서는 새로운 예술이었던 영화와 시나리오에 관한 이육사의 문예비평도 이채롭다. 이육사는 실제로 영화와 시나리오에 적극적인 관심을 가지고 있었고, 이를 위한 구체적인 활동도 했다. 이육사가 영화이론과 시나리오 연구를 목적으로 창립된 『영화예술』(1938) 동인에 참가한 것이 그것인데, 『영화예술』의 발기인은 이육사를 포함하여 이병현(李秉玹), 윤규섭(尹圭涉), 이운곡(李雲谷), 김관(金管), 박민천(朴民天), 서민(徐珉), 민형일(閔亨一), 이기현(李起炫) 등이었다. 『영화예술』 동인은 1938년 2월에 결성된 듯하며, 사무실은 동아예술사 안에 두고 동인지 『영화예술』을 계간으로 발간하고자 했다.

이육사의 뛰어난 분석력과 현실 인식은 이미 대구 약령시와 대구사회 단체에 관한 기사문에서도 유감없이 나타난 바 있다. 그런데 무엇보다 이육사의 폭넓은 지식과 안목을 보여주는 것은 당대 중국정세와 국제관계에 대한 분석을 다룬 글들이다. 이육사는 중국의 정세와 농촌현실을 분석하면서 장개석(蔣介石)의 국민당을 매판계급 독재로 비판하고, 중국 농촌의 몰락이 벌써 농민 개개의 문제가 아니라 "농업 중국의 파멸"이라고 진단했다. 아울러 중국 농민의 궁핍은 당대 정권에 대한 부정이 경제투쟁에서 정치투쟁으로 격화되는 것과 정비례한다고 파악했다.[3] 또한 국제무역과 관세정책의 흐름을 진단하면서, 세계무역은 전 세계의 일반적인 정치적 위기와 보조를 같이하여 관세전쟁으로 나아가고 있다고 전망했는데, 이러한 분석은 예리하고도 심도 있는 것이었다.

국제관계와 시사문제에 대한 진단과 분석을 보여준 이러한 글들은 이육사가 매우 폭넓은 지식과 사상으로 무장되어 있었다는 것을 단적으로 보여준다. 사실 이육사는 전통적인 세계관과 함께 아나키즘과 사회주의를 비롯한 당대의 폭넓고 다양한 이념과 사상의 세례를 받은 것으로 보인다. 이와 같이, 풍부하고 광범한 서구적 교양과 지식에도 불구하고,

---

3 중국 장개석의 국민당 정부가 국공내전에서 참패해 대만으로 옮겨 간 역사적 사실을 생각하면, 이육사의 당대 현실분석은 미래를 정확하게 예견한 것이라고 할 수 있다. 이육사의 당대 중국 정세 분석은 「이육사의 「중국의 신국민운동 검토」 분석」(손병희, 『국어교육』 72집, 국어교육학회, 2020)을 참고할 수 있다.

이육사는 결코 몰주체적이거나 서구 편향적인 지식인이 되지 않았다. 이육사가 이렇게 균형 감각을 유지할 수 있었던 것은, 어릴 때 체득한 유가적 교양과 전통 교육, 곧 내면화된 전통이 무엇보다 큰 힘이 되었을 것이다.

2. 항일투쟁

이육사는 1921년 혼인을 하고 1924년 대구 지역의 여러 사람의 도움을 받아 일본 유학을 떠났으나, 그 기간은 길지 않았다. 이육사는 동경에서 예비학교를 다니다가 자퇴한 후 1925년 초 귀국했기 때문이다. 이후 대구 조양회관을 중심으로 활동하는 한편, 그 해 8월(혹은 1926년 7월) 중국 북경으로 가 중국대학에서 수학했다.

1927년 중국에서 귀국한 이육사는 장진홍(張鎭弘) 의사의 조선은행 대구지점 폭파 의거에 연루되어 1년 7개월에 이르는 옥고를 치른 후 증거 불충분으로 석방되어 면소판결을 받았다. 그 후 『중외일보』, 『조선일보』 대구지국 기자로 활동하는 동안에도 대구청년동맹 간부로, 그리고 레닌의 탄생일을 기해 대구지역에 뿌려진 격문사건 관련자로 피검되어 거듭 옥고를 치렀다. 계속된 옥고에도 불구하고 이육사의 항일의지가 오히려 더욱 굳세진 것을, 이 시기 발표한 글 중의 하나인 「대구사회단체개관」에서 볼 수 있다.

여기에서 이육사는 "수난기에 있는" 각종 사회단체 활동의 침체가 "외래의 억압"과 "자체의 부진"에 기인한다고 분석했다. 그러면서 자체 부진을 극복하기 위하여 전위의 용기 있는 자가 희생을 당하면 그 뒤를 이을 용기 있는 자가 끊어지지 않아야 한다고 하면서, "새로운 용자(勇

^着)여, 어서 많이 나오라."라고 촉구하고 있다. 또한 "일시적 침체로서 영원한 소멸을 비관"할 수도 없으며, 동시에 "역사적 필연성"만을 믿고 강태공처럼 기다릴 수만은 더욱 없다고 했다. 또한 "필사적 노력"으로 조직을 정비하여 국면을 타개할 것을 희망했는데, 여기에서 현실을 극복하려는 이육사의 굳은 신념과 강인한 의지를 엿볼 수 있다.

그 뒤 여러 차례 중국을 왕래하다 이육사는 마침내 1932년, '조선혁명 군사정치간부학교' 1기생으로 입교했다. 조선혁명군사정치간부학교는, 무력항일단체인 의열단이 '한국의 절대독립'과 '만주국의 탈환'을 목적으로 설립한, 항일독립혁명가 양성소였다. 1기생은 이육사를 포함하여 모두 26명이었는데, 졸업생들의 활동방침은 '일제 요인 암살'과 '조선과 만주의 혁명 준비공작'이었다. 이육사가 사격에 능하였고, 여러 차례 옥고를 치른 것은 이러한 경력 때문일 것이다.

이육사는 조선혁명군사정치간부학교를 졸업하고 국내투쟁을 위해 다음 해 귀국했지만, 본격적인 활동을 하기도 전에 체포되어 모진 옥고를 또다시 겪었다. 그 후에도 항일의지를 꺾지 않았으나 철저한 감시와 거듭된 피검으로 인해 활동은 크게 제약을 받았을 것이다. 이후 이육사는 문학창작과 시사평론 발표 등 활발한 문필활동을 했으나, 1943년 다시 북경에 갔다 귀국한 뒤 검거되어 북경으로 압송되었다. 그 다음 해인 1944년 1월 16일, 이육사는 40세의 나이로 북경의 감옥에서 순국하고 말았다.

3. 일상의 이육사

독립투사라는 후광에 가려 그 동안 이육사의 생생한 인간적 모습은

잘 알려지지 않았다. 이육사와 절친했던 문우 신석초에 따르면, 이육사
는 말이 많지 않았고, 자신을 결코 과장하지 않았다. 다만 문학에 관한
얘기를 할 때는 의외로 다변이고 열렬했다. 이육사는 철마다 새 옷을
갈아입고 언제나 옷매무새가 단정하고 여름에도 넥타이를 풀지 않는 예
의바른 모습이었다고 했다.

신석초의 회고에 따르면, 이육사는 대주호이기도 했다. 이육사는 말
술을 마셨지만 떠들지도 않았고, 만취하면 조용히 잠을 잤다. 화사한
요정이나 바에도 더러 다녔지만, 여자에게는 담담한 주객이었다. 그런
이육사에게도 비밀스러운 한 여성이 있었다고, 신석초는 회고했다.[4]

이육사는 신석초에게 투병과 고독을 호소하기도 했고, 답장이 없는
친구에 대한 그리움을 고전적이고 여성적인 어투로 표현한 시조를 짓기
도 했다. 필자가 발굴한 이 시조는 경주 옥룡암에 요양 중이던 이육사
가 신석초에게 보낸 엽서에 적힌 것인데, 이육사는 시조 앞머리에, "전
세[먼저 보낸 편지는 보셨을 듯. 하되너무내 답 안 오니 또 적소. 웃고
보사요."라며, 조금은 쑥스럽고 겸연쩍은 듯한 자신의 심정을 숨기지 않
았다.[5]

　　　뵈올가 바란 마음 그 마음 지난 바람
　　　하루가 열흘같이 기약도 아득해라
　　　바라다 지친 이 넋을 잠재울까 하노라

4 신석초의 「이육사의 추억」(『현대문학』 12월호, 현대문학사, 1962.), 「이육사의 생애와
　시」(『사상계』 7월호, 사상계사, 1964.), 「이육사의 인물」(『나라사랑』 16, 외솔회, 1974.)
　등을 참고할 수 있다.
5 이육사 서간 전체에 대한 검토는 「이육사 편지글 읽기」(손병희, 『문화와 융합』 42권
　7호, 한국문화융합학회, 2020)를 참고할 수 있다.

잠조차 없는 밤에 燭태워 앉았으니

이별에 病든 몸이 나을 길 없오매라

저 달 상기 보고 가오니 때로 볼까 하노라

　가세가 기울어 고향을 떠난 뒤, 이육사는 결코 넉넉한 살림을 할 수 없었다. 이육사에 대해 "자산이 없고 생활이 빈곤하다"고, 1930년대 일제 경찰기록은 전하고 있다. 이런 생활은 이육사의 일생 동안 계속된 것이기도 하다. 1930년 자신의 증고종숙(曾姑從叔)인 이영우(李英雨)에게 보낸 순한문 편지에서 "형제가 서로 의지하며 밤낮으로 열심히 일하고 있습니다만 보잘것없어서 아침에는 끼니거리가 없고 저녁이면 잠 잘 곳이 마땅하지 않으니 한탄스럽기 짝이 없을 뿐"(이완규 옮김)이라고 해, 이육사의 가족이 직면한 궁핍의 실상을 직접적으로 서술하고 있다. 또한 1942년 이육사가 그의 재종 이원석(李源錫)에게 호적등본을 떼어 급히 우송해 달라는 부탁을 담은 편지에서도 그런 상황이 잘 나타난다. 이 때 이육사는 연이어 부모와 맏형의 상을 당했으며, 집안은 대소가가 분산되어 큰집은 고향 원촌으로 돌아갔다.

　원석(源錫) 군아, 일간 졸한[猝寒: 갑작스럽게 닥친 추위]에 당상숙부 외내분 기력 강녕하시며, 우리 집도 형수씨 아해들 다리시고 무고하시고, 일촌이 안녕들 하시온지 알고저우며[알고 싶으며], 죄종[罪從: 상을 당한 몸이라 자신을 죄인이라 칭함]은 제형(弟兄)이 모다 무양(無恙)하니 다행이오, 수일 전 대구 하서(下書) 받들어 종형제분 강녕하신 듯 만행이나, 일(前) 나의 호적등본 때문에 상서하였는데 아직 아무런 하시(下示)가 없으니 어찌된 일(인)고 묻자와 보고[어찌된 일인지 여쭤보고] 곧 등본 한 통을 지급부송(至急付送)하여 다고[다오]. 그것이 늦어지면 나의 일은 만사와해(萬事瓦解)일 뿐만 아니라 우리집 장래 생활방도조차 막연한 때문이다. 천만 범연(泛然)히 듣지 말고 부로나마[일삼아라되] 예안(禮安)까지 와서 부쳐 보내라. 일전 편지에 초본이라 하였으나 그것은 잘못이니 기왕 부송하였더라도 다시 등본을 해보내기 바란다. 할 말 많으나 위선 급한 대로 이만 끝인다[그친다].[6]

한편 빈곤하고 감시 받는 일상 속에서도, 이육사는 여유와 유머를 잃지는 않았다. 이육사가 남부지방을 여행하면서 신석초에게 보낸 엽서에서 그런 일면을 볼 수 있다.

> 지금 삼랑진 역에 나리니[내리니] 육점종[여섯 시]. 그 앞 진주여관에 드니 마산[을] 7시 10분에 간다기[에] 대금 1원 60전에 낙동강 잉어회와 막걸리 5배를 통음하였다. 여차 풍류를 서울서는 상상만 하여라. 자세[한 것]는 가서 보고함세.

4. 이육사의 시와 정신

모든 시인이 이육사처럼 일제에 직접적으로 대항하기를 바랄 수는 없을 것이다. 또한 아무리 식민지시대라 하더라도 항일 투쟁 경력 자체가 훌륭한 시인의 조건이 되지는 않는다. 시인의 임무는 모국어에 불멸의 혼과 생명력을 불어넣어 뛰어난 문학을 창조하는 일이다. 그것은 시인에게 무엇보다 소중하고 가치 있는 일이다. 이육사가 감동적인 시를 남

---

6 원전에 없는 ( ), [ ]에 적절한 말이나 설명을 더해 문장이 자연스럽게 읽힐 수 있도록 했다. 아래서도 마찬가지이다.

기지 못했다면, 우리는 이육사를 시인으로 기억할 수 없을 것이다.

그러나 이육사는 시인이었다. "유언"을 거부하고 단호히 "행동의 연속만이 있을 뿐"이라고 한 이육사는, "시를 생각는다는[생각한다는] 것"도 자신에게는 "행동"이 된다고 했다. 시인의 길과 투사의 길을 아우른 이육사는 우리 문학사에서 매우 희귀한 존재이다. 시와 혁명을 함께 한 이육사의 의식 밑바탕에는, 인간과 역사에 대한 분출하는 사랑과 열정이 자리를 잡고 있었다. 이육사의 실질적인 문단 진출작인 「황혼(黃昏)」은 그 점을 잘 보여 준다.

> 내 골방의 커—텐을 걷고
> 정성된 맘으로 黃昏을 맞아들이노니
> 바다의 흰 갈매기들같이도
> 人間은 얼마나 외로운 것이냐
>
> 黃昏아 네 부드러운 손을 힘껏 내밀라
> 내 뜨거운 입술을 맘대로 맞추어보련다
> 그리고 네 품안에 안긴 모—든 것에
> 나의 입술을 보내게 해다오
>
> 저—十二星座의 반ㅅ작이는 별들에게도
> 鍾소리 저문 森林속 그윽한 修女들에게도
> 쎄멘트 장판 우 그 많은 囚人들에게도
> 의지할 가지없는 그들의 心臟이 얼마나 떨고 있을까
>
> 『고비』沙漠을 끊어가는 駱駝탄 行商隊에게나

『아푸리카』綠陰속 활 쏘는 『인데안』에게라도

黃昏아 네 부드러운 품안에 안기는 동안이라도

地球의 半쪽만을 나의 타는 입술에 맡겨다오

내 五月의 골방이 아늑도 하오니

黃昏아 來日도 또 저―푸른 커―텐을 걷게 하겠지

情情이 사라지긴 시냇물 소리 같아서

한번 식어지면 다시는 돌아올 줄 모르나부다

―「五月의 病床」에서

이육사는 스스로 고뿔도 잘 걸리지 않을 정도로 건강하다고 했다. 그러나 이육사의 건강도 피고름을 받아낸 모진 고문과 거듭된 투옥을 감당할 수는 없었다. 여러 차례 바닷가와 암자에서 요양을 해야 했고, 나중에는 폐 질환까지 얻었다. 병상에서 씌어진 「황혼」은 그러나 '우주적인 사랑'이 넘치는 시이다.[7] 병으로 몸은 쇠약했지만, 이육사는 소외되거나 외로운 모든 사물과 사람들에게 사랑을 보낸다. 황혼이 세상을 품듯이, 자신의 "타는 입술"을 땅과 하늘 곳곳에 맞추고자 한다. 외롭고 힘든 모든 존재를 향한 이 애정이야말로 우주적인 사랑이라고 하지 않을 수 없다.

이 우주적인 사랑은 이육사의 시와 의식(思想)을 이해하는 가장 중요한 통로이다. 「황혼」이 갈무리한 이 '우주적인 사랑'이야말로, 이육사의 삶과 문학을 관통하고 있는 핵심이자 그의 삶과 문학이 출발하고 도착하

---

7 구체적인 분석은 「「황혼」, 낭만적 자아와 우주적 사랑」(손병희, 『안동문화』 14집, 안동대학교 안동문화연구소, 1993)에서 시도했다.

는 지점이기 때문이다. 세상에서 고립되고 고통 받는 모든 이들을 껴안고 품으려는 이육사의 무한한 애정은, 그가 참으로 고결한 이상주의자였음을 뜻한다. 그것은 곧 그의 시가 자아의 무한한 가능성을 전폭적으로 긍정하는 낭만주의적 태도를 기반으로 한다는 것을 뜻하는 것이기도 하다.

절대적이고 완전한 것을 지향하고 추구하는 이러한 이상주의를 바탕으로 하지 않는다면, 참혹하고 왜곡된 현실을 어떻게 부정하고 비판할 수 있겠는가. 이육사는 이상주의자의 자세를 관념적으로 표방하는 것에 그치지 않고, 현실에 대한 냉정하고도 객관적인 인식을 바탕으로 일제의 폭압적인 상황 속에서 구체적인 실천을 통해 이를 지속하고 현실화했다. 항일투사로서 일제의 부당한 지배에 저항하고, 논객으로서 국내외 정치, 경제, 문화 현실에 대한 날카로운 시사평론을 발표한 것이 그 증거이다.

식민지 백성의 현실은 참혹한 것이었다. 이육사는 자신의 시 「자야곡(子夜曲)」에서, 고향에 대해 "노랑나비도 오잖는 무덤 우에 이끼만 푸르리라"라고 했다. 이 황폐한 고향은 이육사가 형상화한 식민지 현실 그 자체였다.[8] 식민체제와 급변하는 시대에 의해, 고향(조국)의 유구한 역사와 전통도 허물어지고 안정된 삶도 불가능했다. 식민지 백성은 실향민의 처지가 되고, 떠돌이의 삶은 고달프고 고통스러울 수밖에 없다. 떠돌이가 된 식민지 백성의 처지를, 이육사는 「노정기(路程記)」에서 "쫓기는 마음! 지친 몸이길래/ 그리운 지평선을 한숨에 기오르면/ 시궁치는 열대식물처럼 발목을 오여쌌다."고 표현했다. 사랑스럽고 가치 있는 것

---

8 염상섭이 「만세전」에서, 불모지가 되어버린 식민지 조국의 모습을 '묘지'로 상징한 것에 상응한다.

들이 파멸하고, 정착할 곳을 잃어버린 사람들의 상실감이야말로 식민지 시대 망국민의 지배적인 정서였을 것이다.[9] 이러한 상실의식이야말로 1930년대의 한국시를 특징짓는 중요한 한 표정이기도 하다.

이육사는 낭만주의 서정 시인으로 출발했다. 이상주의적 성향과 개인의 주관을 분출하는 점에서 그렇다. 그러나 현실은 이육사가 서정적이고 낭만적인 열정을 마음껏 펼칠 수 있는 상황이 아니었다. 이육사는 자신에게 무한히 너른 공간이 필요하지만, "벼룩이 꿇어앉을 만한 땅"도 없다고 한탄했다.

이육사의 절창 「절정(絕頂)」[10]에서는, 위태로운 현실을 더욱 더 극적으로 묘파했는데, "한발 재겨 디딜 곳 없다"는 표현은 절체절명의 상황을 간결하고도 날카롭게 드러낸 것이다. 그것은 인간의 삶을 원천적으로 불가능하게 하는 상황이다. 그러나 이러한 상황 속에서 이육사는 혼절하지 않고 오히려 새로운 앎을 추구한다.

매운 季節의 챗죽에 갈겨
마침내 北方으로 휩쓸려오다

하늘도 그만 지쳐 끝난 高原
서리빨 칼날 진 그 우에 서다

---

9 백석(白石)은 "아, 나의 조상은 형제는 일가친척은 정다운 이웃은 그리운 것은 사랑하는 것은 우러르는 것은 나의 자랑은 나의 힘은 없다 바람과 물과 세월과 같이 지나가고 없다."(「북방(北方)에서」)라고 했다. 송준(편), 『백석시전집』(초판2쇄), 흰당나귀, 2013. 228쪽.

10 전면적 분석은 「「절정」, 극적 구조와 앎의 추구」(손병희, 『문학과언어』 10집, 문학과언어연구회, 1989)에서 시도했다. 「절정」에 대한 아래 서술은 그 개괄이다.

어데다 무릎을 꿇어야 하나
한발 재겨디딜 곳조차 없다

이러매 눈감아 생각해 볼밖에
겨울은 강철로 된 무지갠가 보다.

　　　　　　　　　　　　　—「絕頂」 전문

　한 시인이 일찍이 한국시가 보여준 적이 없는 '비극적 황홀'[11]이라고
평가한 바도 있지만, 「絕頂」은 고도의 언어적 압축과 긴장을 보여준다.
작품은 크게 두 부분으로 나누어지는데, 앞의 두 연은 상황에, 그리고
뒤의 두 연은 시적 자아의 의식에 초점이 놓인다. '매운 季節', '하늘도
그만 지쳐 끝난 高原'의 상황과 '서리빨 칼날 진 그 우'에 '서'는 의지/행
위가 그것이다.
　"서리빨 칼날진 그 우"에 기꺼이 "서"는 행위는, 상황과 대결하려는
시적 자아의 결단이며 외부에 의해서 강제된, "휩쓸려" 온 삶을 더 이상
지속하지 않겠다는 의지의 표현이다. 이러한 결단은 지금까지의 자기를
부정하고 초월하려는 자세이다. 시적 자아가 "칼날" 위에 섬으로써 "칼
날"에 의한 예리하고도 깊은 상처를 감당하는 정신의 단호함과 준열함
이 드러난다. 맞서는 자는 맞섬의 대상이 가지는 힘과 강인함을 자신에
게로 옮겨 싣게 됨으로써 자신의 굳셈을 역설적으로 표현하는 것이다.
　상황의 위기감과 절박성은 '한발 재겨디딜 곳조차 없다'[12]는 데서 극

11　김종길, 「한국시에 있어서의 비극적 황홀」, 『심상』 11월호, 1973. 16쪽.
12　"재겨디딜"은 '제겨디딜'이며, '발끝이나 발뒤꿈치만으로 땅을 디디다'는 뜻이다. 곧 '발끝으
　　로 다니다'는 뜻의 '제기다'와 '디디다'가 합쳐진 말로서 '제겨디디다'가 그 기본형이다.
　　이러한 사전적인 의미를 넘어서 "재겨"는 '젖혀', 혹은 '재어/쟁여', '포개어'란 뜻으로 해석이

점에 도달한다. 이러한 절체절명의 상황 속에서 단련되지 못한 정신은 자신을 지탱하지 못한다. 이 한계상황은 우리를 전율케 하고 압도적인 충격 속에 몰아넣는다. "한발 재겨디딜 곳조차 없"는 상황 속에서 시적 자아가 어떻게 자신을 지탱할 수 있을 것인가. 이러한 상황이야말로 세계의 압도성과 그에 따른 존재의 위기를 극명하게 표현한다. 시적 화자는 이 위기 상황을 스스로 확인하고 있다. 이것은 비극적인 앎이다. 이 앎이 비극적인 것은 자아의 외부가 존재의 위기를 초래하며 그것을 피할 수 없다는 사실을 거듭 확인하기 때문이다.

근거 없는 낙관적 상황 분석은 환상을 낳는다. 환상이 비록 고통을 일시적으로 완화해 주고 비극적 감정에서 벗어나게 한다 하더라도, 그것은 거짓된 위안에 지나지 않는다. 이 기만적인 자기 위안을 거절하고 사태 자체의 참모습을 직시하려는 것이 진정한 앎이며, 그로 인한 위기감과 대면할 수밖에 없는 것이 참된 앎의 비극성이기도 하다. 따라서 이육사는 '이러매 눈감아 생각해 볼밖에'라고 담담히 말한다. '생각'한다는 것은 상황에 대한 이육사의 사유/인식행위이자 의미 부여이다.

"한발 재겨디딜 곳조차 없"는 것으로 묘파된 상황 속에서, 시적 화자는 "눈깜아 생각"함으로써 오히려 현실을 규정하고자 한다. 자신을 규정하는 현실을 오히려 규정하고자 하는 행위 속에서 인간의 인간됨의 본질이 드러난다. 인간은 세계에 의해서 규정되지만, 인간은 세계를 또한 규정하는 존재이다. 인간과 세계는 이러한 상호 규정의 관계에 있다. 의식 존재로서 인간 존재는 의식이 세계로부터 자유로울 수 없음을 알고 있지만, 동시에 의식이 거기에서 해방되어야 할 것임을 늘 관심하

될 수 있는 여지도 있다. 이에 대해서는 「이육사 문학 언어의 (재)해석」(손병희, 『국어교육연구』 69집, 국어교육학회, 2019)을 참고할 수 있다.

고 있다. 자아의 "생각"하는 행위는 현실을 규정하는 인간 정신의 드러 냄이며, 이와 함께 자아는 현실을 새롭게 구성할 것이다.

따라서 눈을 감는 행위는 현실의 외면, 혹은 현실에서의 도피가 아니다. 현실의 외면은 자아 앞에 엄존하는 현실의 의도적인 망각이며, 이것은 세계에 의해서 규정되면서 동시에 세계를 규정해야 하는 인간 존재의 본질을 망각하는 것이기도 하다. 그것은 존재의 포기라고 할 수 있다. 여기서 시적 화자는 이러한 존재의 포기를 기도하는 것이 아니다. 의도적인 현실 망각이 아니라 오히려 명확한 현실 규정을 위하여 그의 눈감음이 이루어진다. 따라서 눈을 감는 행위는 오히려 현실에 대한 눈뜸을 기도하는 것이라고 할 수 있다. 그것은 현실에 대한 새로운 개안을 준비한다. 사유, 혹은 사색은 그래서 사태 그 자체로 돌아가는 행위이며, 사태에 대한 새로운 통찰에 이르는 구체적이고 진정한 방법이다. "생각"한다는 것이 참으로 뜻하는 것이 그것이다. 현실에 대한 올바른 규정, 참다운 해석, 진정한 앎을 획득하는 방법이 오로지 사태 그 자체로 돌아가는 사유밖에 없음을 시적 화자는 말하고 있다.

그래서 시적 화자는 "생각해볼밖에"라고 말한다. 이 부분은 그 앞부분 "이러매"―이것은 앞 연에서 제시된 시적 화자의 상황을 지시한다.―와 호응하여 사유가 현재 선택 가능한 유일한 것임을 암시한다. 그러나 이 유일한 선택 가능성으로서의 사유는 패배적이거나 관념적인 현실 대응이 아니다. 오히려 사태 그 자체를 새롭게 반성함으로써 그 진정한 면모를 보려는 주체의 적극성이며, 이 적극성이야말로 참된 사유의 본질이다. 다음 행에서 "겨울은 강철로된 무지갠가보다."라는 현실에 대한 새로운 앎과 규정이 이루어지는 것은 그런 연유이다. "사유"를 통한 현실 인식, 세계 규정은 사유가 참으로 탁월한 인간 행위임을 증언한다. 창조적이고 진지한 사유는 어떤 하나의 사태에 작용하는 데 그치는 것이 아니라, 세계 자체를 근본적으로 변모시키는 힘을 발휘하기 때문이다.

이러한 사유를 통한 새로운 현실 인식, 세계 규정은 "겨울은 강철로 된 무지갠가 보다."로 마무리 된다. 「절정」의 앞부분은 모두 이 부분이 의미하는 것을 구축하기 위해서 존재한다. 그렇다면 이 최종적인 부분이 제시하는 내용은 무엇인가. 그것은 "겨울"이 "무지개"라는 인식이며, 이것은 하나의 비유로 제시된다. 비유적 표현은 다채로운 해석을 허락하는 열린 언어이다. 그러나 동시에 자체의 구조와 시적 논리에 충실할 것을 요구함으로써 해석의 자의성을 무턱대고 허용하지는 않는다. 그런 뜻에서 비유는 닫힌 언어이기도 하다. 이 부분에 대한 다채로운 해석은 그만큼 시 자체의 내적 논리의 발견이 쉽지 않다는 반증이기도 하다. "겨울"이 "무지개"로 인식되는 논리, 그리고 "겨울"의 보조 관념인 "무지개"가 "강철"로 되었다는 한정어의 개입은, 「절정」의 시적 논리와 의미를 훨씬 복잡하게 만들고 있다. 물론 이 비유의 해명은, 「절정」의 전체적 논리 구조와의 관련 아래에서 이루어져야 할 것이다. 그러나 이 비유의 논리가 해명되지 않고서는 「절정」의 전체적 논리, 혹은 의미는 존재할 수 없게 된다. 따라서 이 부분에 대한 해명은 앞부분에 대해서 이미 이루어진 이해와 서로 되비추면서 진행될 수밖에 없다. 이런 과정 속에서 전체에 대한 점진적인 생각과 그 구성 부분들에 대한 소급적인 이해 사이의 계속적인 상호 작용이 서로를 제약하면서 하나의 타당한 해석을 가능케 할 것이다.[13]

"겨울"이 "무지개"로 인식되는 것이 「절정」이 추구해 온 앎의 내용이라면, 그 의미가 무엇인지를 탐색하는 일은 가장 중요한 일이 된다. "겨울"이 「절정」의 핵심적인 이미지라는 사실은 다시 말할 필요가 없다.

---

13 Hernadi, P., 『비평이란 무엇인가』, 최상규 옮김(정음사, 1984.), 18~19쪽 참조.

"겨울"은 이 시의 마지막 행에 와서야 그 모습을 나타내지만, 변주된 모습은 작품 전체에 두루 나타나 작품을 지배하는 요소가 된다. 작품 첫머리에 등장하는 "매운 季節"은 "겨울"의 효과적인 대치어이며, "북방"이나 "서리빨 칼날진" 또한 "겨울"을 환기하는 언어이다. "겨울" 이미지는 작품의 첫 행과 끝 행 머리 부분에 자리함으로써 이 이미지가 「절정」의 실마리이자 마무리임을 암시한다. 이것은 동시에 이 시가 "겨울" 곧 현실에 대한 앎의 성취를 겨냥하고 있다는 사실도 암시한다. "매운 계절"이 좀더 구체적이고 명료한 "겨울"로 표현되는 것은 그 때문이다.

　"겨울"의 이미지는 '삶의 위축, 생명의 소멸, 불모성' 등의 부정적이고 위협적인 상징성을 지닌다. 「절정」에서도 "겨울"의 이미지는 '맵다'라는 감각적 인상에 의해서 부정적 성격이 구현되며, "챗죽"에 비유됨으로써 폭압성과 위협성이 그 속성으로 규정된다. 곧 "겨울"은 자아의 삶을 위축시키고 소멸하려는 적대적이고 위협적인 상황, 현실, 혹은 세계라는 의미를 지닌다. 그 포악성은 자아를 "한발 재겨디딜 곳조차 없"는 한계 상황 속으로 몰아넣는 것에서 잘 드러난다. 이 악마적인 이미지의 "겨울"이 그러나 「절정」의 대단원에서는 마침내 황홀한 "무지개"로 인식된다. 무지개의 아름다움은 신비롭고 황홀하다. 그래서 "무지개"는 지극한 아름다움, 황홀함, 영광과 기쁨, 천상과 지상의 교량 등등의 상징적 의미를 갖는다.[14]

---

14 이육사의 다른 시편들에도 '무지개'는 많이 나타난다. "무지개같이 恍惚한 삶의 光榮□「鴉片」), "밤은 예ㅅ일을 무지개보다 곱게 짜내나니"(「江건너 간 노래」), "새벽하늘 어데 무지개서면/무지개 밟고 다시 끝없이 헤여지세"(「芭蕉」), "초ㅅ불 鄕愁에 찌르르 타면/運河는 밤마다 무지개 지네"(「獨白」) 등의 예가 그것이다. 이와 같이 이육사의 시에서 '무지개'는 대체로 그 속성이 황홀하고 고운 것으로 드러난다. '무지개'가 그 속성으로 갖는 순간성이나 환상적 특질로 인한 부정적인 인식은 나타나지 않는다. 이육사의 시편들에 등장하는 "칠색 바다", 혹은 "일곱 바다"의 이미지도 '무지개'의 색깔과 관계된다고 생각한다. 특히 "무지개같이 황홀한 삶의 광영"은 「절정」의 마지막 줄을 해석하는 데 직접적인

삶의 불모성을 뜻하는 "겨울"이 "황홀한 삶의 광영"을 의미하는 "무지개"로 반전되는 것은 놀랍다. 하나의 예상하지 못했던 결말이자 인식의 놀라운 역전이다. 이 역설적인 인식은 사색의 결과이다. 앞 행의 "눈감아 생각"하는 행위는 마침내 세계에 대한 역설적인 규정을 낳고 있다. 이 갑작스러워 보이는 역설은 그러나 이미 그 자체의 논리를 예비하고 있었다는 점에서 돌발적인 것이 아니다. 예상하기 어려운 결말을 향하여 나아가는 플롯이 자체의 논리를 확보하기 위하여 꾸준한 준비를 게을리 하지 않듯이, 「절정」은 이러한 역설을 보이지 않게 예비하고 있었다.

"매운 계절"은 "겨울"의 또 다른 이름이고 '시간'의 비유이다. 그리고 이 시간은 한 시대의 시간, 곧 '역사적 시간'이지만, "계절", 곧 "겨울"이라는 자연적 '절기'에 비유됨으로써 역사적인 시간에 그치지 않고 '순환하는 시간'이 된다. 이 순환하는 시간은 인간의 원초적 시간 인식의 한 모습으로 신화 속에 잘 표현된다. 이것을 '신화적 시간'이라고 부를 수 있다. 신화적 시간은 시간의 역사적 성격을 앗아간다. 역사적 시간은 거듭될 수 없지만, 신화적 시간은 끝없이 반복하고 회귀하기 때문이다. 회귀하는 시간은 자연의 순환에서 잘 드러난다. 하루의 순환, 사계의 순환과 같은 자연 질서의 순환성은 인간적 삶의 순환성을 일깨운다. 봄이 가고 겨울이 지나 또 다시 봄이 오듯이, 인간의 삶 또한 죽음과 재생을 다양한 국면에서 시현한다. 신화적 시간은 자연과 인간적 삶의 동질성에 공감적인 원시적 심성과 사고에 특히 두드러지게 표현되며, 생물학적 차이를 무시한 생명의 연대성에 대한 믿음과 연결되어 있다.[15]

도움을 준다.

15 Cassirer, E., 『인간론』(최명관 옮김, 민중서관, 1960. 169~174쪽.)과 Eliade, M., 『종교형태론』(이은봉 옮김, 형설출판사, 1979. 331쪽.)의 '식물종으로부터의 인간 발생의 신화'와 그 이하 참조.

자연과 인간의 동질성에 기초한 '신화적 인식'은 인간의 삶 또한 순환하고 있는 것으로 이해한다. 순환하고 회귀하는 인간의 삶에서 역사적 의미가 탈각될 때, 남는 것은 삶의 보편적 형식, 곧 신화적 원형성이다. 그것은 삶의 진실한 한 뼈대이기도 하지만, 구체성과 현장성을 잃어버림으로써 하나의 박제가 될 염려가 있다. 그러나 무엇보다 신화적 세계 인식의 위험성은 세계에 대한 객관적이고 과학적인 검증을 억누르는 자체의 유혹에 있다. 이 유혹은 마침내 인간 경험의 특수성보다 보편성에 주목하게 만들거나 엄존하는 현실의 구체성을 약화시켜 버린다. 순환의 원리 속에서 파악되는 하나의 사태는 현존하는 엄연한 사실이라기보다 일과성의 한 현상으로 비쳐질 수 있기 때문이다. 겨울이 봄으로 가는 길목이라는 사실만 강조할 때, 겨울의 불모성은 은폐되고 현실은 증발해 버린다. 이럴 때 신화적 세계 인식은 현실의 고통을 무화하는 값싼 진통제가 되고, 소극적인 자기 위안이나 현실 도피를 합리화하는 심정적 처방이 된다.

그러나 신화적 세계 인식이 삶의 고통에 대한 환각 작용을 일삼는 것은 아니다. 환각은 그것을 요구하는 취약한 정신에게 닻을 내리는 법이다. 신화적 세계 인식은 인간적 삶이 역사적이면서 동시에 초역사적이라는 사실, 그리고 그것이 인간 특유의 것이면서 동시에 자연적인 것이라는 자각을 일깨운다. 신화는 인간의 삶이 전우주적 연대감 속에서 실현되는 보편적 생명 현상이라는 사실을 상징적으로 표현해 왔다. 신화적 세계 인식의 참된 구실은 오히려 자연의 이법을 인간의 삶에 투영함으로써 자연과 인간을 연결하고, 인간의 삶에 대한 새로운 통찰을 가능케 하는 데 있다. 굳센 정신은 신화적 세계 인식을 환각을 위해서가 아니라 각성을 위한 방법으로 삼는다. 이럴 때 신화적 인식은, 생명의 자유롭고 자연스러운 자기 전개를 억압하는 부당한 횡포에 맞서는 윤리적 바탕이 될 것이며, 엄습하는 억압을 감당하면서 그와 대결하는 힘을 제공할 것이다.

"계절"로 상징되는 「절정」의 시간은 역사적이면서 신화적이다. "계절"은 순환함으로써 「절정」의 상황이 최종적인 것이 아니라는 것을 암시한다. 이것은 절대적인 위기 상황 속에 빠져 있는 자아의 윤리적 소망과 확신을 다져 줄 것이다. "계절"의 순환은 "겨울"이 최종적인 것이 아니며, 마침내 "겨울"이 지속될 수 없음을 보여주기 때문이다. "겨울"이 봄의 전조이자 씨앗임을 신화적 인식은 보여 주고 있다. 그러므로 "겨울" 속에 있다는 것은 역설적으로 '이미' 봄의 영광 속에 있는 것이 된다. "겨울"이 "무지개"가 될 수 있는 까닭은 따라서 「절정」이 가질 수 있는 가능한 자기 논리이다.[16] 이러한 신화의 논리는 시적 화자를 절망에서 구출한다. 존재가 무화되는 상황 속에서 자아는 그 상황을 최종적인 것으로 받아들이지 않고 거기에서 오히려 역설적인 의미를 발견함으로써 승리한다. 이 때 "무지개"는 현존하는 부당한 세계의 지양된 모습으로서 당위적인 미래, 곧 "예언적 미래"[17]가 된다. 이 "예언적 미래"는 자아의 윤리적 확신과 소망을 내포하며, 그 가운데 비로소 존재한다. 이것은 이육사의 다른 시편에서 "마침내 저버리지 못할 약속"(「꽃」)으로

---

16 이육사의 시에서 이러한 시적 논리는 식물적 상상력에 의존하고 있다. 이육사의 「꽃」은 식물적 생생력의 상징을 통해 생명 의지의 영원성과 불굴성을 노래하는 하나의 예가 될 수 있다.

17 카시러는, 종교적 예언자들의 생활 속에 잘 표현되어 있다는 점에서 이것을 예언적 미래라고 부른다. 이것은 미래에 대한 단순한 기대 이상의 것으로 인간 생활에 있어서 하나의 명령imperative이 되며, 이 명령은 인간의 여러 가지 직접적인 실제 요구를 훨씬 넘어서는 것이며, 그 최고의 형태에 있어서는 인간의 경험적인 생활의 제 한도를 넘는 곳에 미친다고 했다. 그에 따르면, 종교적 예언자들이 말한 미래는 하나의 경험적 사실이 아니라 하나의 윤리적 및 종교적 과제였으며, '새로운 하늘과 땅'에 대한 소망과 확신을 내포하는 것으로 약속이 되는 것이다. 그는 인간에게 미래는 다만 하나의 심상에 지나지 않는 것이 아니라 하나의 이상이 된다고 했다. Cassirer, 앞의 책, 114~118쪽 요약.

표현된다.

이러한 상황 해석은 해석하는 자의 윤리적 신념을 그 토대로 한다. 부당한 세계의 횡포에 맞서 그 진상을 드러내면서 새로운 세계를 꿈꾸는 것은 강인한 윤리적 신념의 지지 속에서 가능하다. 고난 속에 있는 예언자와 같이, "마침내 저버리지 못할 약속"으로서 도래할 미래를 믿고 소망함으로써, 비로소 "겨울" 속에서 "무지개"를 발견할 수 있을 것이다. "무지개"는 마땅히 있어야 할 세계, 와야 할 시간의 은유이다. 비극적 현실에서 당위적 미래를 선취하는 이 예언자적 태도가 「절정」의 숨겨진 구조를 이룬다. 이 예언자적 태도는 비장하다. 폭압적인 상황과 대결하면서 자아의 윤리적 확신을 지탱하는 것은 얼마나 엄숙하고도 비장한 일인가. 그러나 자아의 윤리적 신념 표명이 소박한 도덕주의의 천명에 머문다면, 그것은 낭만적 자기주장에 지나지 않는다.

그러나 이 시의 참으로 탁월한 점은 이러한 낭만적 자기주장에 빠지지 않는 데에 있다. 윤리적 확신에 바탕을 둔 당위적 세계의 선취를 견제하는 또 하나의 논리가 함께 하고 있기 때문이다. 그것은 냉엄한 현실의 논리이며, 이것이 이 시의 드러난 구조를 이루고 있다. 움직일 수 없는 폭압적인 현실이 현존하고 있음을 거듭 확인하고 있는 것이 그것이다. 네 연으로 이루어진 「절정」의 세 연이 이러한 냉엄한 현실의 논리, 역사적 상황을 확인하는 데 바쳐지고 있다는 것이 그것을 실증한다. 뿐만 아니라 마지막 행에서 다시 그것을 확인하고 있다. 곧 "무지개"가 "강철"로 되어 있다는 언명이 그것이다. 윤리적 확신과 소망이 낭만적 자기 구원과 소박한 도덕적 비전으로 전락하지 않도록 견제하는 것이 이 관형어구이다. "강철"은 비정하고 강압적인 현실의 견고성과 지속성을 상징한다. 강철의 물질적 성질이 전이됨으로써 이러한 상징성은 구현된다. 그와 함께 "강철"의 금속성은 '차가움, 비정함, 위협, 위해' 등의 느낌과 '생명의 부재, 생명의 파멸' 따위의 위협적 이미지를 환기한다. "강철"의 이러한 상징성은 이미 "서리빨 칼날"에서 암시된 바가 있다. 이것은 현존하고 있는 상황에 대한 냉철하고도 온당한 인식이며, 이러한 현실 인식은 부당한 세계에 맞서는 자아의 윤리적 소망과 확신을 한층 비장하고 숭고하게 만든다.

"겨울"이 그냥 "무지개"가 아니라 "강철"로 되었다는 전제는, "겨울"이 가진 상반적인 것의 공존[18]을 상징한다. 모순적인 것의 공존으로 제시되는 "겨울"이라는 사태는 현실에 대한 시적 화자의 착잡한 인식을 드러낸다. 그것은 참담한 절망도 아니고 섣부른 희망도 아니다. 그것은 현실과 신념의 긴장 관계에서 비롯하는, 사태에 대한 새로운 앎이다. 비극적 현실과 예언적 미래가 하나의 사태에서 동시에 발견되는 이러한 앎은, 절망적 상황 속에서 그것과 날카롭게 대립하려는 정신이 사유를 통하여 획득한 것이다. 이 마지막 줄은 부당한 현실과 그에 맞서는 자아의 윤리적 확신이 그 어느 것도 일방적인 우위를 확보하지 않고 팽팽한 긴장을 유지하고 있음을 보여 준다. 이러한 두 개의 논리, 곧 자아의 윤리적 확신과 관련되는 '신화의 논리'와 세계의 횡포에 입각한 '현실의 논리'는 서로를 부각시키고 강화하는 구실을 한다. 참담한 현실은 그에 맞서는 자아의 신념과 의지를 돋보이게 하고, 자아의 윤리적 태도는 현실의 위압성과 부당성을 한층 절실하게 만든다. 이 두 개의 논리가 고도의 긴장 관계를 이루면서 극적으로 제시되어 있는 것이 「절정」의 마지막 줄이라고 할 수 있다. 또한 이 끝줄은 「절정」의 복잡한 구조의 집

---

18 한 사물 안의 반대의 공존은 신화적 표현에서 두루 발견된다. 兩性具有 인간의 신화가 그 대표적인 것이라 할 수 있다. 이 점은 칼 융의 심리학에서도 거듭 확인된다. 융의 아니마*anima*, 아니무스*animus*는 공존하는 이질적인 정신, 곧 反性的*contrasexual* 인 요소이다. Jacobi, J., 『칼 융의 심리학』(이태동 옮김, 성문각, 1978). 183쪽 참조.

약이자, 「절정」이 도달한 최종적인 현실 인식이다.

「절정」이 보여주고 있는 이러한 긴장된 현실 인식은, 절망적인 상황에서 사유를 통해 획득한 예지라고 할 수 있다. 이러한 예지가, 인간의 세계 개조 가능성에 대한 섣부른 낙관주의나 압도적인 세계에 대한 절망적 비전에서 「절정」을 구제한다. "강철"같은 상황에 대면하여 그 실체를 똑똑히 알려고 하지 않는 자에게는 이러한 예지가 깃들 수 없을 것이다. 사태에 대한 지적 탐구가 결여된 경우에는 절망의 깊은 나락 속으로 추락하거나 저돌적인 자폭의 길로 들어서는 일이 있을 뿐, 「절정」이 보여주는 긴장되면서도 균형 잡힌 현실 인식은 가능하지 않을 것이다. 이러한 균형 잡힌 현실 인식이 현실에 대한 지속적인 응전을 가능케 할 것이다.

이육사는 일찍이 「계절의 오행(季節의 五行)」이란 글에서, 위협적인 현실에 맞서 자기를 희생하려는 굳건한 의지를 다음과 같이 선언한 적이 있다.

내가 들개에게 길을 비켜줄 수 있는 겸양을 보는 사람이 없다고 해도, 정면으로 달려드는 표범을 겁내서는 한 발자국이라도 물러서지 않으려는 내 길을 사랑할 뿐이오. 그렇소이다. 내 길을 사랑하는 마음, 그것은 내 자신에 희생을 요구하는 노력이오. 이래서 나는 내 기백을 키우고 길러서 금강심에서 나오는 내 시를 쓸지언정 유언은 쓰지 않겠소.

다만 나에게는 행동의 연속만이 있을 따름이오. 행동은 말이 아니고, 나에게는 시를 생각는다는 것도 행동이 되는 까닭이오. 그런데 이 행동이라는 것이 있기 위해서는 나에게 무한히 너른 공간이 필요로 되어야 하련마는 숫벼룩이 꿇어앉을 만한 땅도 가지지 못 한 내라, 그런 화려한 팔자를 가지지 못 한 덕에 나는 방 안에서 혼자 곰처럼 뒹굴어 보는 것이오.

"정면으로 달려드는 표범"과 맞서는 기백과 자기희생을 무릅쓰는 이육사의 용기는, 바른 세상과 참된 역사에 대한 신념과 소망이 없다면 불가능한 것이다. 이육사는 생명을 억압하는 부당한 식민체제가 반드시 끝날 것을 믿었고, 또 그렇게 되도록 자신을 역사의 제단에 바쳤다. 이육사는 유작 「꽃」에서 "북쪽 툰드라에도 찬 새벽은/ 눈 속 깊이 꽃 맹아리가 옴작거려/ 제비떼 까맣게 날아오길 기다리나니/ 마침내 저버리지 못할 약속이여!"라고 했다. 언 땅에서 움트는 생명의 불꽃은 누구도 거역하지 못할 약속이며, 새로운 역사의 도래 역시 필연적인 것으로 확신했다. 일제하 많은 지식인들이 이육사와 같은 믿음을 지닐 수 있었다면, 친일과 훼절의 역사에 자신의 오명을 남기는 치욕을 겪지 않았을 것이다.

　이육사의 윤리적 확신과 소망은 막연한 관념이나 헛된 공상이 아니었다. 그것은 새로운 미래를 꿈꾸고, 기다리며, 준비하는, 구체적이고도 적극적인 실천으로 이어졌다. "매화 향기 홀로 아득한", 눈 나리는 광야에서 "가난한 노래의 씨를 뿌리는" 시인의 모습이 그것이다. 스스로 "가난한 노래"라고 시인은 겸손하게 말하지만, 이러한 씨 뿌리기는 마땅한 미래를 앞당겨 현실화하려는 시인의 적극적이고 실천적인 행위이다. 그것은 또한 미래의 "초인"을 위해 신성하고 장엄한 자기희생의 제단을 쌓는 일이기도 하다.

> 한 개의 별을 노래하자 꼭 한 개의 별을
> 十二星座 그 숫한 별을 어찌나 노래하겠니
>
> 꼭 한 개의 별! 아침 날 때 보고 저녁 들 때도 보는 별
> 우리들과 아―주 親하고 그 중 빛나는 별을 노래하자
> 아름다운 未來를 꾸며볼 東方의 큰 별을 가지자

한 개의 별을 가지는 건 한 개의 地球를 갖는 것

아롱진 서름 밖에 잃을 것도 없는 낡은 이 땅에서

한 개의 새로운 地球를 차지할 오는 날의 기쁜 노래를

목안에 피ㅅ때를 올려가며 마음껏 불러보자

—「한 개의 별을 노래하자」 일부

한 개의 별을 노래하는 것, 그것은 "새로운 地球"를 갖는 것, "아름다운 未來를 꾸며"보는 일이다. 그것은 "아롱진 서름 밖에 잃을 것도 없는" 망국민에게 허락된 마지막 기도일지도 모른다. 그러나 이육사는 마침내 억압의 세계가 무너지고, 반드시 바라고 꿈꾸는 해방된 세계, 새로운 역사가 시작될 것이라고 믿었다. "새로운 地球를 차지할" 날이 "오는 날"로 신념화되어 있는 것은 그러한 까닭이다.

고통에 갇혀서는 결코 고통을 넘어설 수 없다. 고통을 줄이기 위하여 근거 없이 섣부른 희망을 가질 수도 있지만, 거짓된 희망을 갖는 일은 더욱 위험하다. 그것은 공허한 낙관주의이며, 기만적인 자기위안이다. 오직 현실의 어둠을 정직하게 인식하고 그에 대결하고자 하는 사람에게만 희망은 현실 극복의 튼튼한 디딤돌이 될 수 있을 것이다.

암흑 속에서 빛나는 별을 꿈꾸고 "오는 날"의 기쁨을 노래할 수 있었던 이육사는 거짓된 희망에 사로잡히지 않았다. 그는 결코 현실의 위압에 압도되지 않았고 오히려 그를 넘어서는 빛나는 정신의 경지를 보여주었다. "白馬타고 오는 超人"을 기다리며 "가난한 노래의 씨"를 뿌리는 의연한 모습이나 "서릿발 칼날" 위에 자신을 세우는 것에서 볼 수 있는 것은, 바로 이육사의 정신이 이룩한 비장한 아름다움이다.

이러한 비장한 아름다움 속에서 이육사의 기다림이 이해되어야 한다. 이육사의 기다림은 미래에 대한 막연한 몽상이 아니다. 그의 기다림은,

치유된 세계, 해방된 삶을 윤리적으로 강렬히 소망하고 확신하는 사람만이 가질 수 있는 것이다. 이육사의 의식이 선취(先取)한 미래[19]는 경험적 사실은 아니지만, 인간의 윤리적 소망과 확신 속에 살아 있는 하나의 '약속'이다. 카시러(Ernst Cassirer)가 예언자들의 삶 속에서 잘 드러난다는 뜻에서 '예언적 미래'라고 불렀던 '상징적 미래'가 바로 그것이다. 상징적 미래에 대한 이와 같은 이육사의 윤리적 확신은 생명의 강인성과 무궁함을 노래한 「꽃」에서 직접적으로 나타난다. 따라서 "바라는 손님"(「청포도」)이나 "白馬 타고 오는 超人"(「광야」)을 위해 "하이얀 모시 수건"을 준비하고 "노래의 씨"를 뿌리는 것은 적극적인 행위이다. 미래는 저절로 오는 것이 아니라, 인간의 의식이 애타게 갈구하면서 만들어 가는 것이기 때문이다.

내 고장 七月은
청포도가 익어가는 시절

이 마을 전설이 주저리 주저리 열리고
먼데 하늘이 꿈꾸려 알알이 들어와 박혀

하늘 밑 푸른 바다가 가슴을 열고
흰 돛단배가 곱게 밀려서 오면

내가 바라는 손님은 고달픈 몸으로

---

19 김홍규는, 이육사가 "갈구하는 미래"를 "〈의식 속에 선취된 미래〉"로 규정했다. 김홍규, 「육사의 시와 세계인식」, 『창작과비평』 여름호, 1976, 259쪽.

靑袍를 입고 찾아온다고 했으니

내 그를 맞아 이 포도를 따 먹으면
두 손은 함뿍 적셔도 좋으련

아이야 우리 식탁엔 은 쟁반에
하이얀 모시 수건을 마련해 두렴

—「靑葡萄」 전문

「청포도」는 공간의 응축과 확장을 통해 자연과 자연, 자연과 인간의 융화와 호응을 보여 준다. 조그마한 포도 알에 끝없이 넓은 하늘이 응축되는 것은 놀랍고도 아름다운 상상이 아닐 수 없다. "주저리 주저리" 열린 포도 알이 "마을의 전설"에 비유되면서 고향에서 이루어진 유구하고 풍부한 역사를 넌지시 암시한다. 아울러 "먼데 하늘이 꿈꾸려 알알이 들어와 박"힌 포도 알은 이제 높고 귀한 하늘의 꿈이 어린 사물이 된다. 포도라는 사물을 통해 마을(인간의 역사)과 하늘과 땅이 호응하는 데 이어 그 아래 연에서는 바다와 사람의 일(기다림과 만남)로 연결된다. 공간은 하늘에서 포도 알로 축소되는가 하면 다시 "바다"로 확장되었다가 청결한 "식탁"으로 축소된다. 이러한 공간의 역동적인 흐름 자체가 주는 즐거움은 「청포도」가 제공하는 심미적 쾌락의 중요한 일부이다.

서정성 넘치는 아름다운 시 「청포도(靑葡萄)」는, 마침내 인간적 삶이 가능한 해방된 세계의 행복한 시간과 공간을 탁월하게 그리고 있다. 여기서는 "청포도"를 통해 풍성한 마을의 역사가 복원되고, 무한한 하늘을 인간이 호흡한다. 그것은 「자야곡」에서 형상화된 황폐한 고향(현실)의 회복이자 풍성한 재건이며 자연과 인간의 조화와 화합이다. 이 조화롭고 아름다운 공간에서 바라던 사람과 함께 우주의 기운이 충만한 청포도를 함께 먹는 것! 이 사소해 보이는 일상의 행복이야말로, 인간이 인간답게 살 수 있는 가장 근본적인 조건이 아닐까.

마침내 기다리는 사람을 만나 정결한 식탁에서 함께 "포도를 따 먹"는 상상은 사람을 행복하게 만든다. 또한 기다림이 해소되고 만남의 기쁨을 나누고자 하는 열망은 어느 시대 누구나 가질 법한 상상이며 꿈이다. 그것은 단순히 식민지 시대가 끝나기를 바라는 나라 잃은 백성만이 가지는 바람에 그치지 않는다.[20] 그것은 정치적 해방을 싸안으면서 동시에 그것을 뛰어넘는 진정 해방된 세계, 행복의 본질적인 세계를 환기하는 서정의 문맥을 구성한다. 따라서 「청포도」에서 형상화된 이 아름답고 행복한 상상의 세계는 특정한 시대와 역사를 넘어서는 보편적 공감력을 지닐 것이다.

5. 어두운 시대 빛나는 정신

자신의 수필 「질투의 반군성(嫉妬의 叛軍城)」에서, 이육사는 자신이 '부정할 바를 부정'하고, 다른 사람에게 요구하지 않는 고민을 "혼자 무한히 고민"한다고 했다. 부정할 것을 마땅히 부정하는 것, 남에게 요구함이 없이 스스로 시대와 역사의 짐을 지는 것, 그것은 어느 시대든 남다른 의지와 자기희생의 각오 없이는 엄두를 낼 수 없는 일이다.

---

20 김흥규는 「청포도」에 대해 "〈조국해방〉이라는 주제보다 깊이 해방된 삶의 핵심에 육박한다. 일제 침략세력의 축출이 민족적 삶의 최종 목표가 아니라 그 전제의 하나일진대, 이 작품(「청포도」: 필자)이 형상화한 기다림의 포괄성은 오늘날에도 유효한 것"이라고 했다. 위의 책, 257쪽.

그것을 이육사는 어두운 밤, 태풍과 폭우 속에 겨우 발끝밖에 비추지 못하는 전등을 들고 바다를 향했던 경험에 빗대고 있다. 태풍과 폭우, 어둠을 뚫고서야 마침내 "영롱하게 빛나는 바다의 일면!"과 대면한 경험은, 그것이 심미적인 것이든 그것을 넘어서는 역사적이고도 정치적인 문맥의 것이든, 현실의 난관을 뚫고 나가려는 의지의 산물이다. 이육사가 "나는 아직도 꿈이 아닌 그날 밤의 바닷가로 태풍의 속을 가고 있는지도 모릅니다."라고 끝맺은 것은, 이후 그가 걸어갔던 항일 투쟁과 순국의 길을 미리 보여주는 것일지도 모른다.

"유언"을 거부하고 단호히 "행동의 연속만이 있을 뿐"이라고 한 이육사는 자신에게는 시를 생각하는 것도 행동이라고 했다. 이육사는 온갖 "고독이나 비애를 맛볼지라도 〈시 한편〉만 부끄럽지 않게 쓰면 될 것"이라고 말했다. 이것은 스스로 시인으로서의 자의식과 지향을 뚜렷이 밝힌 것이기도 하다. 「절정」, 「광야」, 「청포도」와 같은 그의 시편들이 오늘날까지 지속적인 공감력을 발휘하고 있다는 사실 역시 그것을 웅변하고 있다. 따라서 항일 시인이라는 선입견에 사로잡혀 이육사의 모든 시편들을 정치적 저항의 차원에서만 해석하려는 강박증은 경계해야 마땅하다.

항일 투사로서의 이육사 또한 마땅히 본받고 기려야 할 것이다. 그러나 시인 이육사를 이해하고자 한다면, 그것은 무엇보다 이육사의 시가 주는 감동을 실감하는 데서 출발할 수밖에 없다. 시는 시인의 풍부한 의식세계를 다채롭게 형상화하는 까닭에, 독자는 시를 통해 시인의 내면과 시인이 경험한 시대를 다시 살아 볼 수 있다. 이육사의 시가 축조한 심미적 세계를 실감 있게 느끼는 것이 이육사와 그가 산 시대를 이해하는 지름길이 될 수도 있기 때문이다.

이육사는 일제 식민지의 어두운 시대, 부당한 세계와 훼손된 삶을 강렬하고도 정직하게 드러낸 시인이다. 그러나 그는 식민지 시대의 찢긴 삶을 다만 드러내는 데 머물지 않았다. 그를 뛰어넘어 그것을 치유하고 훼손되지 않은 시간과 공간을 그의 시 속에 굳건히 쌓아 올림으로써 시인으로서의 자기완성을 이룩했다. 「청포도」에서 형상화한, "고달픈 몸"의 "손님"을 환대하고 삶의 즐거움을 함께 향유하는 평화롭고 해방된 세계가 그것이다. 그 세계는 이육사가 출발기의 시 「황혼」에서 그린, 세상의 모든 외롭고 고통 받는 이들과 함께 하려는 '우주적 사랑'의 일상화이자 구체화이기도 하다. 그의 항일투쟁과 순국 역시 그의 사랑이 구축한 '예언적 미래'에 바친 거룩한 자기희생의 과정이었다. 그 바탕에는 인간의 자유를 억압하고 인간을 착취하는 부당한 세계를 해체하고 해방된 세계를 앞당기려는 윤리적 확신이 자리하고 있다.

거듭 말해 이육사는 망국민의 일그러진 삶을 치유하는 해방된 조국, 나아가 인간다운 삶이 가능한 해방된 세계에 대한 윤리적 소망과 확신 속에 살아 있는 미래를 시적 현실로 형상화하였다. 온 겨레가 정치적 노예의 신분에 있을 때, 절망하지 않고 해방된 세계를 예언하고 그 씨앗을 뿌린 이육사를, 우리는 어두운 시대를 밝히는 빛나는 정신이라고 부를 수 있을 것이다.

애국의 결, 혹은 사랑의 결
─ 이육사, 정완영, 조영일 시조 읽기

김경미

1. 까마득한 날부터

육사 이원록은 누구나 알다시피 일제에 항거한 독립투사이며 민족시
인이었다. 100년의 한국 시문학사를 통하여 누구도 범접할 수 없는 한
결같은 의지로 민족의 생명력을 노래한 혁명 시인이었다.[1]

이육사는 서른이 넘어 시작에 손을 대었던 만성의 시인이었지만 시만
쓰는 단순한 시인은 아니었다. 시, 소설, 수필, 문예·문예비평, 기사·
시사평론, 번역, 엽서·편지·설문까지 다양한 작품을 발표했다. 그 가
운데서도 1942년 이육사가 평생의 지기로 삼은 신석초에게 보낸 세 편
의 편지 중 하나가, 두 수로 된 시조형태였다. 그의 많은 작품 중 유일

---

1 강일우, 『하늘은 부끄럽게 웁니다』, (주)미디어창비, 2019, 1쪽.

한 시조라 할 수 있다. 비교적 정확한 자료를 모아 출판된『이육사 전집』[2]과 최근 수정 보완돼 출판된『이육사의 문학』[3]에 귀한 선물처럼 실려 있다.

백수 정완영 시인은 우리나라 시조 문단의 거장이다. 그가 조국을 사랑하고 걱정하는 마음은 그의 작품 곳곳에 투영되어 있는데, 첫 작품집『探春譜』(1969)에 실린 등단작이자 일반에게 널리 알려진「조국」은 가야금을 매개체로 해서 분단된 조국의 현실과 통일을 바라는 강한 의지를 담고 있다. 특히 정완영 시인은 이육사문학관에서 제정한 제1회 이육사문학상 수상자로 선정되었다.

조영일 시인 역시 대한민국 시조단의 몇 손가락 안에 꼽히는 시인이다. 그는 고향인 안동을 지키는 것은 물론 11여년이라는 짧지 않은 기간 동안 이육사문학관 관장으로 재직하면서 이육사 추모 사업에 전력을 다 하였다. 우리나라뿐만 아니라 다른 나라까지 이육사의 행적과 문학을 전파하고 그 정신을 전승한 공로는 매우 크다고 할 수 있다.

'까마득한 날에/ 하늘이 처음 열리고/ 어데 닭 우는 소리 들렸으랴//' 로 시작되는 이육사의「曠野」[4]는 하늘이 처음 열리던 그 장엄한 순간을 상상하는 것으로 시작한다.[5] 이 시에 나오는 것처럼 까마득한 날부터 '모든 山脈들이/ 바다를 戀慕해 휘달릴때도/ 존재했을 사랑을 들여다 본다. 그래서 이육사의 단 한 편뿐인 시조와, 비교적 근거리에서 이육사의 정신을 이어받은 것은 물론 시조에 문학적 소량을 다 바친 정완영,

2 김용직·손병희,『민족시인 李陸史 탄신100주년기념 출판 이육사 전집』, 깊은샘, 2011, 86쪽.

3 손병희,『이육사의 문학』, 이육사문학관, 2017, 136쪽.

4 李源祿,『李陸史全集』, 正音社, 1980, 33쪽.

5 황현산,『잘 표현된 불행』, 난다, 2019, 796쪽.

조영일의 작품 한 편 씩을 가져왔다. 세 시인들의 누구나 다 아는 유명한 작품들은 더 명망 있는 지식인들에게 맡기고 이육사 유일의 시조 한 편과 정완영의 「설화조(說話調)」, 조영일의 「안부」를 읽어본다.

필자가 임의로 택한 세 작품도 독자마다 여러 가지 해석이 있을 수 있겠지만 이 글에서는 온전히 사랑이라는 주제를 놓고 살펴본다. 불멸의 혼을 영위하고 생명의 날을 이어가는 사랑, 그 안녕을 묻는 세 시인의 정서와 감정을 들여다보면서 세대를 통합하는 사랑의 결을 배우고, 천년만년 이어져도 모자랄 사랑의 힘과 가치를 생각해 본다.

2. 이육사, 정완영, 조영일 시조 응시

1) 이육사의 「비올가 바란 마음」 읽기

그 동안 이육사의 시와 시어에 대한 연구는 상당히 축척되었고 시인론과 작품론 또한 많은 성과를 거뒀다.[6] 그러나 시조는 그 발견이 늦었을 뿐만 아니라 지인에게 보내는 친서 정도로 여기고 발견 자체에 의의를 두는 정도였다. 그래서 작품 연구나 해석은 전무하다시피 한 것이 사실이다. 하지만 이육사가 남긴 많은 문학 자료 중에 시조 장르에 속하는 유일한 작품으로 그 의의가 크다. 「비올까 바란 마음」은 이육사가 경주 옥룡암에서 신병을 다스릴 때 신석초에게 보낸 엽서에 실려 있다. 원문과 제목은 앞서 밝힌 손병희 교수의 저서 『이육사의 문학』에서 가

---

6 손병희, 「이육사 문학 언어의 (재)해석」, 『국어 교육연구』 제69집, 국어교육학회, 2019. 2, 264~265쪽.

져왔다.

　　비올가 바란마음 그마음 지난바램
　　하로가 열흘같이 기약도 아득해라
　　바라다 지친이넋을 잠재올가 하노라

　　잠조차 업는밤에 燭태워 안젓으니
　　리별에 病든몸이 나을길 업오매라
　　저달상기 보고가오니 때로볼가 하노라

— 「비올가 바란 마음」 전문⁷

　　신병을 다스릴 때 쓴 것으로 감안하면 이 작품의 의미맥락이 파악된다. 내용에서 화자는 살뜰하게 그리는 한 대상을 가지고 있다. 그 대상이 여기서는 일단 인격적 실체로 나타난다. 그러나 그 무렵 육사가 모색한 것은 민족해방의 길이었다. 이렇게 보면 그가 그리고 있는 것은 나라, 겨레에 수렴된다.⁸고 밝히고 있다. 그러나 시대와 신변의 상황을 빼 버리고 우정, 애국이라는 통상적인 해석만 접어둔다면 기다림과 그리움이라는 연정의 주제가 된다.

　　이 시는 이별, 혹은 실연을 가상해 그려졌다. 내용을 현대적으로 풀어보면 '만날 수 있을까 싶어 바란 마음/ 그 마음 깊어// 하루가 열흘같이/ 기약조차 없지만// 기다림에 지친 마음을/ 잠재울 수 있을까// 불면의 긴긴 밤을/ 촛불 밝혀 앉아 있으니// 이별에 병든 마음이/ 나을 길

---

7 손병희, 앞의 책, 136쪽.
8 김용직·손병희, 앞의 책, 86쪽.

없고// 달을 쳐다보니 임 생각 다시 나/ 행여 볼 수 있기를 기대한다//'
정도로 볼 수 있겠다. 다분히 여성적인 화자의 목소리로 담담하게 진술
하면서도 병상을 견디다 불현듯 터져 나오는 그리움 속에 숨어 있는 절
실함과 애틋함을 아프게 보여준다. 사랑이라는 가치척도로 볼 경우 가
장 절망적인 그리움을 피력한 이 시의 상황은 우선 그리움의 주체인 임
을 보고 싶지만 볼 수 없는 좌절감에서 설명되어야 할 것이다. 그러나
이 시를 주의 깊게 읽어 본 결과 이 시가 단순히 화자의 좌절감만을 표
상하고 있는 것이 아니라 떠나버린 임에 대한 미련 혹은 재결합에의 집
념, 또한 그에 못지않게 체념을 넘은 극복의 강한 의지로 표상되어 있
다는 결론에 도달하였다. 민족시인, 저항시인, 독립운동가 이육사일지
라도 세월이 흐르고 세상이 변해도 변하지 않는 단 하나의 사랑 정도는
있지 않았을까? 그는 다소 여성적인 내용이 쑥스러운 듯 시조 앞에 "하
도 답 안오내니 또적소, 웃고 보사요"-한겨레신문(2004. 7. 27)라는 머리글
을 붙이면서 살짝 수줍은 마음을 숨겨 놓기도 했다. 견고한 독립의지로
가득 찼던 이육사의 삶에서 이런 애틋한 감정과 정서를 들여다 볼 수
있는 작품이라 더욱 귀하게 여겨진다.

　다만 형태면에서 보면 이 작품은 시조의 형식을 완벽하게 띤 것은 아
니다. 시조의 형태는 3·4조를 바탕으로 한 음수율을 취하는, 3장 6구
45자 내외로 이루어지는 것이 기본이다. 즉, 초장 3·4·3(4)·4, 중장
3·4·3(4)·4, 종장 3·5(5~9, 넓게는12까지)·4·3으로 이루어진다.
음보에 따라 글자의 변수가 있을 수 있지만 종장의 3·5에서 3의 자수
만큼은 꼭 지켜져야 한다. 이 작품에서 둘째 수 종장 '저달상기'는 4글
자다. 일단 자수가 맞지 않다. 그래서 '저달상기/ 보고가오니'가 아니라
'저~달(혹은 저어달)/ 상기보고 가오니'로 호흡을 맞추면 리듬상, 음율
상 3이라는 글자 수에 맞아 시조 형태로 적합하다. 시조라는 장르에서

는 다른 파격은 용서돼도 종장 내구의 3글자만은 지켜져야 한다는 것이 불문율이기 때문이다.

2) 정완영의 「설화조(說話調)」 읽기

유장하면서도 세미한 품격과 아취를 갖추고 있어 격조 높은 한국서정의 진면목을 보여주는 정완영의 시조는 한국 현대시조의 완성형이다. 그는 첫 시조집 『採春譜』(1969)를 시작으로 시조집은 물론 수필집, 수상집, 평론집, 동시조집 등 많은 저서를 출간하였다. 양적으로도 방대하지만 작품 또한 함부로 범접할 수 없는 정완영 시인만의 확실한 시세계를 보여주고 있다. 정완영의 작품을 개략 살펴보면 확실히 한국적 정서가 강하다. 형태적으로는 시조 문학의 현대적 계승에 심혈을 기울이면서, 내용적으로는 소시민적 생명의 탐구와 사랑, 인간애를 추구하였다. 생활인이자 시인으로서의 현실적 위치를 지켜오면서도 주체할 수 없는 통증과 허허로움에 시달린다. 그러면서도 강한 달관의 의지를 작품 곳곳에 심어 놓았다. 그 중 눈길을 잡은 「설화조(說話調)」를 살펴보면 다음과 같다.

내 만약 한 천년 전
그 세상에 태어났다면

뉘 모를 이 좋은 가을 날
너 하나를 훔쳐 업고

깊은 산 첩첩한 골로

짐승처럼 숨을 걸 그랬다.

구름도 단풍에 닿아
화닥 화닥 불타는 산을

나는 널 업고 올라
묏돝처럼 숨이 닿고

너는 또 내 품에 안겨
달처럼을 잠들 걸 그랬다.

나는 범 좇는 장한(壯漢)
횃불 들고 산을 건너고

너는 온유의 여신
일월에나 기름 부며

한 백년 꿈을 누리어
청산에나 살 걸 그랬다.

—「설화조(說話調)」 전문[9]

　누구나 남다른 눈을 가지고 있다. 남다른 눈은 다른 사람은 보지 않는 것을 본다. 이는 곧 남다른 마음을 가지고 있다고 바꿔 말할 수도

9 정완영, 『세월이 무엇입니까』, 태학사, 2000, 57~58쪽.

있겠다. 남다른 눈과 남다른 마음은 누구나 다 가지고 있겠지만 남다른 상상력을 짧은 글로 표현하는 능력은 시인에게만 있는 것일까?

이 시는 가눌 길 없는 정서의 분출을 보여준다. 중심을 이루는 인물은 '나'가 아닌 얼굴도 소리도 보이지 않는 '너'란 존재다. 처음부터 끝까지 이 시를 이끌어 가는 주체는 '너'이며 화자인 '나'는 이루지 못한, 이룰 수도 없는 파라다이스적 염원을 강하게 표출하고 있다. 결국 현실적인 삶 때문에 사랑을 내주었어도 화자는 체념하고 돌려받기를 희망할 뿐이지 그것을 어떠한 방법으로 획득하려고 하지는 않는다. 화자의 행동은 소극적이고 직선적이었지만, 마음만은 그 옛날 어느 좋은 한날 한순간만이라도 염원의 실체를 이루고 싶은 마음을 숨김없이 표현하고 있다.

근대적이면서 낭만적 상상력에 의해 탄생된 것 같은 이 시의 배경은 언뜻 알 듯도 하고 모를 듯도 하다. 임을 간절히 원하고 갖기를 갈망하면서도 냉정하리만큼 침착한 어조로 현실은 얼른 끝날 일이 아닌 것임을 먼저 자각한다. 그러면서도 그리움에 지쳐 버린 자신을 위로하는 방편으로 설화처럼, 전설처럼 '너 하나를 훔쳐 업고' 숨고 싶은 염원을 표출한다. 무엇보다 슬픔을 드러내지 않으려 하여 슬픔의 모습이 표면적으로는 보이지 않는다. 숨겨 논 상태로 뭉개버렸다. 그럴 수밖에 없는 자신의 심정을 이해받고 동시에 만남에 대한 희망의 싹을 자른다. 방법적으로는 사랑의 정한을 좀 더 새로운 모습으로 다듬어 표현함으로써 현대시에 전통의 맥을 은근히 이어갈 수 있게 하였다. 천년만년 이어질 사랑의 열병조차 긴 세월을 거슬러 올라간 옛 이야기조로 그려낸다. 또한 수없이 긁힌 사랑의 안부를 먼 훗날까지 묻고 있으며, 개인을 벗어난 다수를 향한 속되지 않은 사랑으로 마무리된다.

이 작품의 형태적 기교를 잠깐 살펴보면 첫 마디보다 둘째 마디가 긴 것을 알 수 있다. 첫째 수만 살펴보더라도 초장 둘째 마디가 4음절로 되어 있는데 비해 중장 둘째 마디는 6음절로 되어 종장의 둘째 마디보다 호흡이 길다. 그리고 종장의 넷째 마디 역시 6음절로 시조에서 가장 호흡이 긴 종장 둘째 마디보다도 길게 배치되어 있다.[10] 이러한 현상은 둘째, 셋째 수에도 나타난다. 그러면 이러한 음절의 안배 및 그것과 관련된 음악적 호흡은 어떠한 효과를 가져 오는가. 이러한 음절의 안배는 쉽게 말하면 처음에는 약하게 시작했다가 뒤가 강해지는 형식이다. 이것은 서정적 감정의 밀도를 강화시키는 역할을 하여 작품에 비장감을 자아내게 한다. 또한 초장 둘째 마디의 '한 천년 전'에서 '한'을 빼거나 중장 둘째 마디의 '이 좋은 가을날'에서 '이'나 '좋은'을 빼 버리면 감정의 맥이 확 풀리고 호흡이 단순해지는 것을 느낄 수 있다. 이처럼 정완영은 두 번째 마디가 무거운 형식을 즐겨 채용하기는 하지만 작품의 주제와 분위기에 따라 적절한 변형을 꾀하기도 했다. 우리가 정완영의 시조를 읽으며 단순한 서정의 화폭을 제시하는 경우에도 어떤 감정의 고양이라든가 비장감 같은 것을 느끼게 된 데는 이 운율적 장치의 작용이 큰 역할을 했던 것이다.[11]

3) 조영일의 「안부」 읽기

조영일 시인은 70년대를 대표하는 시조단의 한 사람으로 1975년 ≪월간문학≫신인상 및 ≪시조문학≫ 추천으로 문단에 등단하였다. 이후 다양한 활동을 통하여 『바람 길』 외 다수의 시집을 펴냈으며 수작 「사월

---

10 이숭원, 「현대시조의 아름다움과 예술적 높이」, 『세월이 무엇입니까』, 태학사, 2000, 166쪽.
11 이숭원, 위의 글, 166~167쪽.

이후」로 이호우시조문학상을 수상했다. 이육사문학관 관장으로 재직하면서 올곧고 치열한 육사의 정신을 계승하는데 전념했다.

역시 필자가 가려 뽑은 그의 시조 「안부」를 살펴보면 다음과 같다.

나이 먹을수록 겨울밤이 깊어진다
입동 그 언저리 눈이라도 내릴라치면
하얗게 된서리 앉은 생각 잠 못 이룬다.

—「안부」 전문[12]

조영일 시인은 현실을 응시할 줄 안다. 현실을 응시한다는 것은 시인의 내적 성찰에 충실하고 있음을 의미한다. 현실을 제대로 응시하기 위해서는 부화뇌동하지 않고 자신의 내면을 찬찬히 들여다 볼 수 있어야 한다. 그럴 때 시인은 현실에 대한 응수 깊은 응시의 눈을 가질 수 있다.[13]

단수 45자 내외로 된 이 작품은 45가지 이상의 해석을 이끌어 낼 수 있을 것 같다. 그 중에서도 현실에 대한 시인의 반성과 자책에 대한 모습이 강하게 보인다. 자의든 타의든 현실에 얽매인 채 자신의 역할을 충실히 수행하려고 노력하면서 보낸 세월이었지만 어쩔 수 없는 자책과 삶의 무게에 눌린 자신을 돌아보는 모습은 같은 시집에 실린 「손 모아 쥐고」[14]라는 시에서도 잘 나타난다. '살아온 날의 견고함마저 헐렁해진'

---

12 조영일, 『시간의 무늬』, 東芳, 2008, 89쪽.
13 고명철, 「참된 진의 경계에서 추는 탈춤」, 『마른 강』, 조영일, 태학사, 2004, 143쪽.
14 나이 먹을수록 몸이 오그라든다
　조금씩 가벼워지는 무게뿐 아니라
　살아온 날의 견고함 마저 허렁해진다
　-「손 모아 쥐고」 일부, (조영일, 앞의 책, 39쪽.)

나이에도 숨 가쁜 채찍질을 가하는 모습은, 사정없이 옥죄어오는 현실에 내몰린 절박한 상황을 감당하다 지친 감정의 고갈과 불면으로 이어진다.

시의 내용을 언뜻 보면 참담한 무기력이 묻은 삶을 그리고 있는 것 같지만 「안부」라는 제목 하나로 그 의미는 완전히 바뀐다. 비록 몸은 노쇠했으나 그도 한 때는 폭발 같은 열정의 소용돌이 속에 있었을 것이다. 그러나 이제는 다 내려놓고 돌아 온 가슴 따뜻한 시인으로, 자연인으로 그와 인연을 가졌던 사람들에게 눈물겨운 안부를 묻고 있다. 그것도 '입동 언저리 깊은 겨울밤'에 혼자서 속으로만 묻는다.

유교적인 관습에 물들여진 할아버지, 혹은 아버지들의 방법이었을까 마른기침 몇 번이면 인사도 되고, 칭찬도 되고, 꾸지람도 되는 시절이 있었고, 조영일 시인도 그런 시절을 건네 온 세대다. 그래서 시인도 유교적 관습에 맞는 삶을 살아왔을 것이다. 그러나 그는 진정한 안부는 혼자 생각하고 곱씹으면서 정작 당사자 본인에게는 묻기조차 염려되는 것임을 본능적으로 터득하고 있었을 것이다. 그것을 알고 있는 이상, 소중한 인연일수록 더욱 직접적으로 묻는 안부에 익숙하지 못하였으리라.

그의 삶은 현재까지도 치열한 외적 투쟁으로 이어진다. 동시에 시적 투쟁일 수도 있다. 그 시적 투쟁의 고쟁이엔 차마 밀어내지 못한 사랑이 매달려 있다. 현대적 사랑은 이성에게 사랑을 구하고, 사랑하는 마음을 겉으로 드러내어 애정의 대상에게 다가서려는 노력이라 하겠다.[15] 그러한 영향으로 많은 서정시도 오랫동안 직접적인 방법으로 자기의 감정이나 형편이나 서정을 표현하여 왔고, 또한 이러한 방법으로도 얼마든지 좋은 시가 될 수 있다. 하지만 항거할 수 없는 것에, 항거해서는

15 황병익, 『고전시가 사랑을 노래하다』, 산지니, 2010, 13쪽.

안 될 것에 부질없이 항거하는 것은 추태일 뿐 진정한 용기는 아니다. 체념이야 말로 진정한 의미이며 이성미의 참된 발로라고 할 수 있다. 그러한 행동이야 말로 사랑은 잃었을지언정 인간으로서 승리를 의미하는 것이다.[16] 이처럼 이 시에서도 그 마음을 숨긴다. 아니 애초부터 포기한다. 초라함과 궁색함 때문에 임에게 돌아가야 함에도 불구하고 돌아가지 못하고 있다. 늙어 고단하고 허루한 삶, 그래서 사랑이든 뭐든 마음 닿는 대로 할 수 없는 환경적 상황을 누르며 혼자 애태우는 마음이 처연하게 드러난다. 그런 의미에서 조영일의 시조 「안부」는 자상함을 넘어 선 깊이 있는 배려의 미학, 보살핌으로 볼 수 있다.

이 시의 결론은 제목에 있다. 「안부」라는 최상의 위로 같은 제목을 붙여, 끝까지 인내하면서 자기의 자존심을 지킬 줄 아는 사람이 되기를 바라는 마음을 눌러 담았다. 나에게 혹은 타인에게 존재의 상처와 고통의 정경들을 의미심장하게 제시함으로써, 우리가 잃어버린 사랑의 진정한 가치는 무엇인가 다시 묻고 있다.

3. 사랑, 더없이 서툰

세상에 존재하는 모든 것은 사랑 아닌 것이 없다. 사랑이라는 단어만 앞에 세우면 모두가 사랑으로 둔갑된다. 그러나 사랑이라는 허울만 덮어 쓴 사랑이 얼마나 많이 널브러져 있는지는 두말하면 잔소리다.

필자는 앞에 언급한 시조 세 편을 좀 더 감성적으로 읽어보았다. 예를 든 시조의 읽기를 통해 얻을 수 있는 것은 무엇일까? 공통적인 내용

---

16 김현승, 『한국현대시해설』, 관동출판사, 1972, 83쪽.

은 이루지 못한 사랑에 대한 소회 정도로 다소 진부한 주제로 볼 수 있다. 임이 떠나가는 일이 일어나거나 떠나갔을지라도 그와 영원하고 싶은 간절함을 마음 깊숙이 감추고 있다. 표현의 밀도와 부피가 다를 뿐 세 작품 모두 마음의 깊이는 같다. 즉, 작품의 공간적, 시간적 차이를 제외하면 세 화자의 정서와 태도는 마치 거울을 보듯 닮아있으며 진정한 사랑은 어떠해야하는 것인가를 한 목소리로 내고 있다. 또한 시조라는 짧아서 더욱 절절한 여운의 시, 아니 온전한 사랑의 시로 완성됐다.

사랑에 관한 것은 태곳적부터 다양한 형태로 나타났고, 이어져 왔으며 앞으로도 이어질 것이다. 그 중 말과 노래로 전하는 방법이 압도적이었고 문자가 생긴 이래로는 더욱 솔직 대범하게 또는 숨김의 미학으로 창조, 패러디, 변용되어 왔다.[17] 이처럼 세 시인도 시조라는 문학적 장르를 통하여 정직하고 우직한 사랑을 그려냈다.

예를 든 세 작품의 사랑에 공감하는 까닭은, 애국이든 사사로운 정이든 그 본질적 깊이의 선율은 어느 한 사람의 것이 아니라 우리 모두의 것이고 동시에 세대를 통합하는 힘이 되기 때문이다.

그래서 이육사를 비롯한 정완영과 조영일 시인이 시조라는 짧은 형식의 작품을 통하여 보여 준, 사랑을 대하는 곧은 속대와 배려의 뿌리는 내내 이어질 것이다.

---

17 로버트 스턴버그·카린 웨이스 편저, 김소희 옮김, 『심리학, 사랑을 말하다』, 21세기북스, 2010, 121쪽.

이육사 「절정」과 니체의 '디오니소스적 긍정의 철학'

나우천

1. 들어가며 – 이육사의 니체 철학 수용

이육사는 시력이 비록 10여 년 정도의 짧은 기간에 머물러 있었고, 그는 살아서 단 한 권의 시집도 간행하지 못했지만[1] '기백을 키우고 길러서 금강심에서 나오는 내 시를'[2] 쓰고자 고통을 세계 해석의 과정으로 기꺼이 받아들였다. 온갖 고독과 비애를 맛볼지라도 '시 한편'만 부끄럽지 않게 쓰면 될 것이라 다짐했던[3] 이육사는 과연 그의 세계 해석의 과

---

1 김종태, 「이육사 시에 나타난 비극과 소망의 문제」, 『한국문예비평연구』 제54집, 2017. 6, 73쪽.

2 이육사, 「계절의 오행」(손병희 편저, 「이육사의 문학」, 『이육사전집』 I , 이육사문학관, 2017, 187쪽.

3 도진순, 『강철로 된 무지개 – 다시 읽는 이육사』, 창비, 2018, 6쪽.

정을 그대로 시로 형상화하였고 그 속에서 자기 존재를 극복하고 다시 세계를 구성하고 창조하였다. 본 연구는 이육사의 니체 철학 수용을 전제로 「절정」을 중심으로 한 이육사의 세계 해석을 니체의 '해석'으로 보고 그 결과로 나타난 '긍정'의 자세를 니체의 '디오니소스적 긍정의 철학'의 관점에서 고찰하고자 한다.

우선 이육사의 니체 철학의 수용과 관련하여 박노균과 김정현의 연구에 주목하였다. 박노균은 니체를 이육사에게 상당히 중요한 존재로 보았다. 그 이유로 그는 육사의 산문에서 니체의 시 『가을』이 구체적으로 언급되고 있을 뿐만 아니라, 그의 시 「광야」에서는 '초인'이라는 시어가 등장하고 있다는 점을 들고 있다. 그는 이육사가 니체를 시인으로 수용하였다는 점에 독자성이 있다고 평가한다.[4] 다음은 이육사가 그의 수필 「계절의 표정」에서 니체를 언급한 부분이다.

> 哲人니—체의 『가을』은 그 愛妹의 能辯으로도 修整할수 없을 만큼 가슴을 찢어논 『가을』이다.[5]

이 부분에서 박노균은 '육사가 니체의 시 가을을 읽었다는 점, 그리고 이 작품에서 "가슴을 찢어" 놓을 정도로 강한 슬픔을 느꼈다는 점'을 강조하면서 '니체가 시인으로 수용되었다'는 사실을 '육사에게서 처음으로 확인'[6]되고 있다는 점에 주목하였다.

---

4 박노균, 「니체와 한국문학(2) - 이육사를 중심으로」, 『개신어문연구』, 개신어문학회, 2010, 207~208쪽.

5 손병희 편저, 「이육사의 문학」, 『이육사전집』 I , 226쪽.

6 니체는 '1930년대 이전에는 '차라투스트라의 시인이자 문필가로 간주되었고, 1930년대부터 학자로 읽히게 되었고(정동호 외, 『오늘 우리는 왜 니체를 읽는가』, 책세상, 2006, 138쪽.), 서정주 가 그 이전의 시문학파와 모더니즘계 시인들의 시를 비판하고 자신의 문학적

우리가 육사와 니체의 영향 관계를 말하게 된다면 그것은 그의 시 「광야」에서 '초인'[7]이라는 시어 때문일 것이다. 사실 이 '초인'이 곧 니체의 '위버멘쉬'인가 하는 점에서 연구가 더 필요하겠지만, 「광야」의 '초인' 이미지는 니체 철학이 아니고는 설명되기 어렵다고 말할 수 있다.

김정현에 따르면, 1920년대 초반에 '세계 문명의 흐름, 사회진화론, 새로운 윤리 질서와 관련한 주제로 니체가 소개되었다. 이는 조선의 자기 정체성과 식민지 시대의 과제를 해결하고자 하는 민족주의적 사회철학적 니체 해석'이었다. 1930년대에는 '철학과 문학의 영역에서 니체수용이 이루어졌으며, 문학 분야에서는 니체 사상을 기반으로 문예비평의 이론으로서 '네오휴머니즘'(김오성)과 '생명파'(서정주, 유치환, 오장환, 윤곤강) 시인 그룹이 나타났다.' 1940년대에 이르러 니체는 '주로 문학의 영역에서 제한적'[8]으로 논의되었다. 김정현은 '30년대 한국문학에서 가장 큰 영향을 미친 것은 니체의 영향을 받으며 나온 김오성의 '네오휴머니즘론'이었다'[9]고 보았다. '임화는 1937년에 발표한 글 〈조선문화와 신휴마니즘

출발을 할 수 있었던 배후에는 니체의 '생철학' 사상이 자리잡고 있었다. 미당은 우리 문학사에서 니체를 본격적으로 수용하여 자신의 문학적 고유 영역을 개척하는 데 성공한 대표적인 시인이자만, 니체의 '차라투스트라는 이렇게 말했다'에 한정되어 있었던 반면에 육사는 니체를 시인으로 수용하였다는 점에 독자성이 있다.(박노균, 앞의 책, 208~212쪽 참조)

7 '초인'은 니체의 '위버멘쉬(Ubermensch)'를 번역한 말로 1920년대 초 우리나라에서 묘향산인, 김억 등에 의하여 사용되기 시작한 이후 널리 인정되어 온 철학 용어이다. 니체의 이 사람을 보라(1889)에서 '최고로 완성된 유형의 인간'으로 정의된 바 있는 이 '위버멘쉬'는 오늘날 "모든 인간이 이 지상에서 구현해야 하는 이상적 인간 유형"으로 설명되고 있다.(정동호 옮김, 2002:552)(박노균, 같은 책, 217쪽에서 재인용)

8 김정현, 「1940년대 한국에서의 니체수용 - 이육사, 김동리, 조연현의 문학을 중심으로」, 『니체연구』 제26집, 2014, 306~308쪽.

9 그(김오성)는 니체사상을 수용하며 현대문화의 위기를 극복할 수 있는 방법을 인간 탐구에서 찾으며, 문학이란 새로운 능동적 실천적 창조적 인간타입을 창조하는 데 기여해야 한다고 보았고, 이를 한국 문예비평론으로 확장시켰다. 이러한 그의 논의는 30년대 후반 유진오, 김동리, 김환태, 이원조, 서인식 등에 의해 문학의 본질과 정체성에 관련한 일련의 논쟁을

론)에서, 김오성의 네오휴머니즘은 "모든 전제를 초월한 순수 인간의 주체적 행동성"을 강조하는 것이며 이 논의의 중심에 니체가 서 있다고 보았다.' '임화에 따르면 김오성은 니체를 통해 서양 근대문화의 위기뿐만 아니라 조선문화의 위기를 극복하는 단서를 찾으며 이를 능동적이고 창조적인 인간 유형에서 발견하고자 했는데, 이러한 김오성의 네오휴머니즘은 결국 나치즘으로 귀결될 수밖에 없는 것이었다.'[10]

이육사는 「朝鮮文化는 世界文化의 一輪」(1938.11.)이라는 글에서 니체의 영향을 받은 김오성의 휴머니즘에 관한 문학적 논쟁을 언급하며 임화와 마찬가지로 이를 조선문화의 위기 극복과 연관시켰다.'[11] 하지만 이육사는 임화와는 다른 입장을 보였다. '임화는 김오성, 니체, 네오휴머니즘이 철학적으로 연관되어 있고 창조하고 행동하는 인간 유형을 옹호하는 김오성의 네오휴머니즘이 조선 문화의 위기를 극복하고자 하는 시도였지만 결국에는 나치즘으로 귀결될 수밖에 없다고 보았다. 이에 반해 이육사는 서양에서 근대문화의 위기에 직면해서 그 대안을 찾고자 하는 노력이 있었는데, 김오성의 네오휴머니즘은 이를 염두에 두며 조선문화의 위기를 극복하고자 하는 노력의 일환으로 나온 것이라고 보았다.'[12]

김정현은 이육사가 이미 니체를 알고 있었다고 보고 있다. 그 이유로 '30년대 철학과 문학계의 주요 담론이었던 김오성의 휴머니즘 논쟁을 언급했다는 사실'은 든다. 그가 '서양의 정신세계를 이해하기 위해 방대

일으켰고, 40년대 김동리의 순수문학론과 조연현의 생리 문학론이 나오고, 50년대 이후 한국 문학의 주류에서 순수문학이 자리를 잡게 되는 배경이 되었다.(김정현, 앞의 책, 309쪽.)

10 김정현, 같은 책, 309~310쪽.
11 김정현, 같은 책, 310~311쪽.
12 김정현, 앞의 책, 311쪽.

한 독서를 했던 이육사는 수필 「계절의 표정」(1942.01.)에서 폴 베를렌, 로이이 드 구르몽, 존 키이츠, 윌리엄 버틀러 예이츠, 레나우, 리리엔 크론의 가을에 관련한 시를 읽어 보았다고 말하며', 앞서 언급하였듯이 "'철인 니-체의 「가을」은 愛昧의 능변으로도 수정할 수 없을 만큼 가슴을 찢어논 「가을」이다'고 언급'한 것으로 보아 '니체의 텍스트들은 그의 독서범주에 있었을 것으로 추정'할 수 있다. '1942년에서 43년경에 쓰인 것으로 추정'되는 이육사의 대표적인 유고시 〈광야〉에 나오는 "백마 타고 오는 초인"을 니체와 연관되는 것으로 보는 것'은 바로 이러한 까닭에서다. 김정현은 이 시가 '이육사가 니체의 시를 읽고 가슴을 저며 하던 시기에 쓰인 것'으로 보고 있는데, '「광야」뿐만 아니라 「한개의 별을 노래하자」(1936), 「아편」(1938), 「청포도」(1939), 「절정」(1940)을 비롯해 수많은 이육사의 시에서 우리는 직·간접적으로 니체의 흔적이나 목소리를 들을 수 있으며, 이육사가 시를 쓰고 문학에 대해 관심을 갖기 시작하면서 니체는 그의 내면세계에 들어와 시대를 비판적으로 논하는 그의 평론이나 시적 조형 언어 형성에 기여했다'[13]고 보았다.

　지금까지의 이육사의 니체 철학 수용에 대한 연구는 그의 수필 「계절의 표정」에 언급된 니체의 「가을」이라는 시에 대한 감상의 말과 그의 대표 시 「광야」에 등장한 '초인'이라는 시어 하나에 주목했을 뿐이다. 본 연구는 지금까지 이육사와 니체 관련 연구에서는 본격적으로 연구된 바 없는 「절정」을 니체의 '해석'과 '디오니소스적 긍정의 철학'의 관점에서 분석하고자 한다. 이로써 이육사의 니체 철학 수용 연구가 더 본격적으로 진행되기를 바라며 이육사가 철학자-예술가적 시인으로 고쳐 볼 수 있는 계기를 마련하고자 한다.

---

13 김정현, 같은 책, 312~313쪽.

2. 니체의 '해석'과 '디오니소스적 긍정'

니체는 철학을 해석적-예술적 활동으로 이해한다. 니체는 철학이 의미 세계를 창조하는 해석 활동이며 의미 세계를 조직하고 창조하는 이런 활동을 예술Kunst 라고 부른다. 니체에게 해석Interpretation은 '해석자가 세계와 관계 맺는 방식에 대한 표현'이며 '해석자의 인식 의지가 세계와 상호작용을 하면서 자신의 의미 세계를 구성해내고 창조해내는 작업이다.'[14] 이와 같은 해석 작용은 '힘과 삶의 의지로부터 발생하고 또한 그 의지를 충족시킨다.'[15] 이러한 '힘에의 의지는 인간 안에서 의미와 가치의 세계를 창조하는 힘으로 작용한다. 니체는 힘에의 의지의 이러한 창조 활동을 예술 활동으로 이해한다.'[16] 또한 '모든 인식행위에는 세계를 자신의 방식으로 확정지으려는 힘의 의지가 작용한다. 따라서 인식이란 인간이 자신을 유지하기 위해 변화무쌍한 세계를 계산 가능한 것으로 만들고자 하는 욕망으로 정의할 수 있다.'[17] '니체는 세계를 하나의 텍스트에 비유한다. 텍스트가 다양한 해석의 가능성을 열어둘수록 훌륭하듯이, 세계도 해석이 많으면 많을수록 세계의 본질에 더 다가갈 수 있다.'[18] 요컨대, '예술은 근본적으로 해석이며'[19], '세계는 거대한 해석 작용의 장이며 거대한 해석 작품이다.'[20]

---

14 백승영, 『디오니소스적 긍정의 철학』, 책세상, 2019, 105쪽.

15 백승영, 같은 책, 492쪽.

16 백승영, 같은 책, 649쪽.

17 정낙림, 『니체와 현대예술』, 역락, 2012, 60쪽.

18 정낙림, 위의 책, 61쪽.

19 백승영, 같은 책, 665쪽.

20 백승영, 앞의 책, 649쪽.

우리는 니체의 '해석'과 '힘에의 의지'와의 관계에 대해 주목해야 할 필요가 있다. 왜냐하면, 중단함이 없는 해석은 주체의 본질에 대한 긍정이며 이는 힘에의 의지라는 것의 본성으로 영원히 되돌아오는 것이기 때문이다. 또한 이것은 생기적 세계나 인간에 대한 '최고의 긍정'[21], 곧 '디오니소스적 긍정'이기 때문이다. 앞서 해석의 구조상 해석 작용은 힘과 삶의 의지로부터 발생하며 또한 그 의지를 충족시킨다고 하였다. 니체는 한 해석의 유의미성은 그 해석이 의지에 얼마나 가까운가에 달려 있다고 말한다. 힘에의 의지에 가까울수록 해석은 구체적인 삶의 맥락에서 가장 성공적인 것이 된다는 것이다. 이 힘에의 의지에 대한 긍정은 곧 주체의 부단한 해석 행위를 말하는 것이며 이러한 해석 행위 지속은 그 주체가 끊임없이 새로운 진리를 찾고자 자신의 현 상태를 넘어서는 것이다. 다시 말해서 해석의 지속됨은 곧 진리 추구 과정의 지속됨이며 이는 다시 해석 주체 자신의 본질에 대한 긍정을 말해주는 것이다. 요컨대 니체에게 세계와 삶에 대한 긍정은 곧 힘에의 의지에 대한 긍정이다. 이것은 끊임없는 힘과 삶의 의지에 의해 해석하고 또 해석하려는 인간에 대한 긍정이다. '이 중단 없음은 힘에의 의지가 매 순간 자신의 힘의 극대화를 꾀하는 자신의 본성으로 항상 되돌아오지ewiges wiederkehren 않는다면 불가능하다. 즉 그런 경우 힘 사용의 극대 경제는 더 이상 실행되지 않게 되어버리는 것이다.' 이와 같은 '힘 소비의 극대 경제가 중간 없이 지속될 수 있으려면, 매 순간 이루어지려면 힘

---

21 '니체에 따르면 영원회귀는 인간이 도달할 수 있는 '최고의 긍정'이다. 영원회귀를 적극적으로 받아들이는 인간은 자신이 직면하는 것은 오직 순간이기에, 그것을 긍정하며 매 순간 최선을 다해 자신의 삶을 영위한다. 과거와 현재 그리고 미래의 모든 순간들은 그것의 영원회귀를 바랄 정도로 유의미하고 필연적이며, 영원하다. 따라서 모든 삶은 가치가 있다.'(정낙림, 앞의 책, 58~59쪽.)

에의 의지의 자신의 본성으로의 중단 없는 회귀가 전제되어야 한다. 따라서 '같은 것의 영원회귀'는 곧 '같은 것의 같은 것으로의 영원회귀'를 의미하게 된다. 즉 '힘에의 의지'가 '힘에의 의지라는 자신의 본성으로 영원히 되돌아 온다'는 것이다. 의지의 힘은 항상 자신의 본성으로 되돌아오고, 매 순간 자신의 본성을 실현한다.'[22] 그러므로 인간의 본성은 곧 유일한 실재인 힘에의 의지와 같다는 점을 긍정하는 것이다. 바로 이러한 긍정이 니체 철학의 정수인, 세계와 인간을 생기로 규명하고, 이 생기적 세계와 인간에 대한 절대적 긍정을 요구하는 '디오니소스적 긍정'[23]을 가능하게 한다.

해석의 주체는 또 무엇을 긍정하는가? 니체에 의하면 해석하는 주체는 자신의 해석을 하나의 궁극적인 진리로 내세우지 않으며 이는 또한 해석하는 주체로서의 인간의 한계에 대한 긍정이다. 세계와 존재에 대한 우리의 해석은 필연적으로 한계를 가지는데 그것은 거의 폭력적으로 대상 세계를 단순화하는 언어를 도구로 하기 때문이다. 그러나 이와 같은 언어에 의한 해석은 한계를 지님과 동시에 이러한 한계상황에 대해 정면으로 인식하고 통찰하도록 요구한다. 이러한 인식과 통찰은 자신이 창조해낸 세계라고 하더라도 모순을 인정하고 파괴에 필연적으로 이르게 됨을 인정하지 않을 수 없게 만든다.[24] 그러나 힘에의 의지로 인식하

---

22 백승영, 앞의 책, 365쪽.

23 '니체는 삶에 대한 긍정을 디오니소스 신을 통해 설명한다. …… 디오니소스는 자신의 모든 고통을 피하거나 부정하지 않는다. 그리고 그는 고통을 제의를 통해 기쁨으로 승화시키는 지혜를 가지고 있었다. 그리스 비극은 바로 디오니소스적 지혜의 산물이다. 니체는 자신의 철학을 디오니소스적인 것으로 규정한다.'(정낙림, 앞의 책, 71~72쪽.)

24 "나는 사랑하노라. 깨닫기 위해 살아가는 자, 언젠가 위버멘쉬를 출현시키기 위해 깨달음에 이르려는 자를, 그런 자는 그럼으로써 그 자신의 몰락을 소망하고 있는 것이니."(니체, 정동호 옮김, 『차라투스트라는 이렇게 말했다』, 니체 전집 13, 책세상, 2019, 21쪽.)

고 힘에의 의지에 가깝게 해석하는 주체에게 파괴는 더 이상 고통이 아니다. 그것은 오히려 기쁨이다. 왜냐하면, 힘에의 의지로 이루어진 자신의 삶은 또 다시 새로운 창조를 요구하며 새로운 창조에 의해 다시 삶의 극복과 고양이 가능하기 때문이다.

> 나 너희에게 위버멘쉬Übermensch를 가르치노라. 사람은 극복되어야 할 그 무엇이다.[25]

디오니소스적 긍정은 세계와 삶의 모든 순간과 모든 계기를 긍정의 대상으로 한다. '고통은 회피되어야 하거나 신의 품안에서 중단되는 것이 아니라, 매 순간 그것을 자기 극복의 계기로 받아들이고 적극적으로 긍정할 때, 세계의 무의미함은 사라질 것이다. 새로운 가치를 창조하는 것은 니힐리즘 극복의 핵심이며, 그것은 세계와 삶의 모순에 대한 긍정에서 가능하다.'[26]

> 존재하는 것에서 빼버릴 것은 하나도 없으며, 없어도 되는 것은 없다[27]

니체는 이 '디오니소스적 긍정의 철학'의 정수를 "'있는 것은 아무것도 버릴 것이 없으며, 없어도 좋은 것이란 없다"라는 짧막한 문장으로 표현한다. 이것이야말로 인간과 세계에 대해 "그것이 있는 그대로 아무런 삭감 없이 아무런 예외도 허용치 않고 그리고 아무런 취사선택 없이"

---

25 니체, 정동호 옮김, 『차라투스트라는 이렇게 말했다』, 위의 책, 16~17쪽.
26 정낙림, 앞의 책, 72쪽.
27 니체, 백승영 옮김, 『이 사람을 보라 외』, 니체 전집 15, 책세상, 2019, 392쪽.

긍정하는 것으로서, 니체는 이러한 긍정에 대해 "최고의 긍정 형식", "최고의 통찰", "가장 깊은 통찰"[28]이라고 스스로 평가하였다.

니체의 '디오니소스적 긍정은 오로지 영원회귀 사유에 의한 인간의 위버멘쉬적 존재로의 변화에 의해서만 가능하게 된다. 위버멘쉬적 존재로의 변화는 곧 인간의 자기 긍정의 표현이며, 인간의 운명에 대한 사랑이다.' '운명애는 가장 큰 고통까지도 받아들이며, 우리를 우리 자신과 우리 운명에 자유롭게 머물게' 한다. 즉 '운명애는 우리 자신이 갖는 창조적 에너지를 거스르거나 억제하지 않고, 오히려 창조적으로 우리의 운명을 결정하며, 그렇게 결정된 우리의 운명을 긍정하는 것이다.' '운명에 대한 사랑은 이처럼 영원회귀에 대한 믿음에서 정점에 달하는 비극적인 긍정이며, 생성의 모든 계기들의 필연성과 유의미성에 대한 통찰에서 비롯된다.' '인간 존재는 자기 극복의 실험 장소이며, 창조를 통한 자기 변화를 한다. 창조적 힘은 고통으로부터 나오고, 창조는 고통받는 자의 정식이다. 살아 있는 인간은 항상 고통받는 인간이며 고통에 대한 긍정은 삶의 기본 특성이다.'[29] 니체는 '인간은 자기 극복의 삶을 강화해 주는 것을 아름답다고 판단'[30]한다.

니체는 '**몸**[31]과 예술'[32]의 관계에서 '도취(Rausch)'[33]에 주목한다. 도취는

---

28 백승영, 앞의 책, 109쪽.

29 백승영, 앞의 책, 111~112쪽.

30 백승영, 위의 책, 657쪽.

31 "너의 신체 속에는 너의 최고의 지혜 속에 있는 것보다 더 많은 이성이 들어있다."(니체, 정동호 옮김, 『차라투스트라는 이렇게 말했다』, 앞의 책, 53쪽.)

32 '니체에 따르면 몸이 세계와 맺는 관계는 직접적이고 근본적이다. …… 따라서 예술이 진정으로 세계와 본질에 다가가려면 몸과 관계해야 한다. 니체가 예술을 생리학적 차원에서 이해한다는 것은 바로 이런 맥락에서 출발한다.'(정낙림, 앞의 책, 118쪽.)

33 '니체에게 예술이란 예술작품을 통해 표현된 예술가의 이념이나 진리의 표현이라는 협의의 예술이 아니라 개별 인간이 가진 창조성을 근거로 성취되는 자기극복이나 자기창조의

예술 창작의 전제 조건이다. '예술활동의 필수적 요소인 도취는 생명감이나 활력이라는 생리적 조건에 전적으로 의존한다. 도취는 또한 힘의 징후이고, 힘에의 의지는 모든 살아있는 존재의 내적 원리이다.'[34] 미적 행위와 미적 인식은 해석자인 주체의 판단이며 '이때 주체는 아름답다고 판단 내릴 수 있는 조건을 충족시켜야 한다. 즉 주체가 도취 상태에 있어야 한다. 주체가 도취 상태에서의 힘 상승의 느낌을 경험해야 한다.' '니체에게 힘 상승이라는 것은 힘에의 의지에 의한 자기 극복의 역학이 이루어지는 과정을 의미한다. 힘에의 의지라는 자기 극복의 역학은 곧 삶을 의미한다.'[35] '지금 이곳의 삶을 인정하고 사랑하는 것을 니체는 디오니소스적 지혜 또는 긍정이라고 본다. 예술은 이제 형이상학적 위안물이 아니라 실재적 삶을 인정하고, 긍정하는 디오니소스적 지혜를 구현해야 한다.'[36] 미적 체험은 언제나 인간의 신체와 관계하며 인간의 삶을 전제로 한다. 인간의 삶은 '니체에게서 가치의 유일한 척도이자, 그 자체로는 더 이상의 다른 정당화를 필요로 하지 않는 마지막 척도[37]이다. 요컨대 '예술은 근본적으로 세계 해석이며, 세계 해석인 한에서 언제나 인간의 힘과 삶에의 의지가 예술에 규제적 원리로 작용하고, 그런 한에서 예술은 언제나 인간의 삶을 목적으로'[38] 한다.

행위 일체를 의미한다. 이러한 니체의 주장은 인간 모두는 근본적 의미에서 예술가임을 천명하는 것이다. 새로운 가치를 창조하는 행위인 예술은 인간을 고양시키고 이 고양은 도취라는 몸의 감정으로 나타난다.'(정낙림, 위의 책, 119쪽.)

34 정낙림, 같은 책, 114~115쪽.

35 백승영, 같은 책, 656~657쪽.

36 정낙림, 앞의 책, 113쪽.

37 백승영, 앞의 책, 107쪽.

38 백승영, 위의 책, 665쪽.

3. 「절정」과 '디오니소스적 긍정의 철학'

니체의 '해석'과 '디오니소스적 긍정의 철학'과 관련하여 이육사의 「절정」을 분석하고자 할 때 주목하여 본 기존 연구는 다음과 같다. 손병희는 「절정」이 '앎에 이르는 하나의 도정이자 앎 그 자체의 시적 형상화'[39]라고 하였다. 그에 따르면 '시적 구조의 역동성과 극적 성격은 「절정」이 현실에 대한 진정한 '앎의 추구'를 기도하는 데서 비롯'한 것이며, 철저한 현실 대면을 거쳐 비로소 '현실을 오히려 규정'하고자 한다. 이러한 '세계 규정은 사유, 혹은 사색을 통해 이루어진'[40] 것이다. 이와 같은 사유, 혹은 사색을 인간이 세계와 관계 맺는 방식에 대한 표현이라고 본다면 이는 니체가 말한, 해석자가 세계와 관계 맺는 방식에 대한 표현이며 해석자의 인식 의지가 세계와 상호작용을 하면서 자신의 의미 세계를 구성해내고 창조해내는 작업, 즉 '해석Interpretation'에 닿게 된다.

이강하는 일제강점기 이육사의 저항시에 나타난 리미널리티(liminality, 전이행위) 연구에서, 이육사의 시는 '자기의 저항 행위를 준비시키기 위한 리미널리티를 위해서 쓰였다'[41]고 보았다. 그에 따르면 '전사들이 전쟁을 하기 전에 특별한 의식을 통해 적개심을 키우는 것처럼, 이육사는 가상적 저항을 통해서 자기의 저항 행위를 고무하고 고취하고 역사적 당위성을 자기 행위에 부여한다.'[42] 그리고 '리미널리티에서 결론은 항상 긍정적이다.'[43] 정유화는 「절정」에서 주체의 긍정적인 자세에 주목하

---

39 손병희, 『한국 현대시 연구』, 국학자료원, 2003, 104쪽.

40 손병희, 위의 책, 104, 116쪽.

41 이강하, 「일제강점기 이육사 저항시에 나타난 리미널리티 연구」, 『현대문학이론연구』 78집, 2019, 149쪽.

42 이강하, 위의 책, 같은 쪽.

면서 이는 '육체적 고통을 통해서 정신적 세계를 획득하려는 방법'이며 '부정적인 자기 응축이 아니라 긍정적인 자기 확산의 의지'[44]라고 보았다. 이와 같은 리미널리티의 결론과 긍정적인 자기 확산 의지의 논의는 니체가 말한 실재에 대한 긍정, 힘에의 의지에 대한 긍정일 뿐만 아니라 니체 철학의 정수인 생기적 세계와 인간에 대한 절대적 긍정을 요구하는 '디오니소스적 긍정'에 이르게 된다.

니체의 '해석'과 '디오니소스적 긍정의 철학'의 관점으로 「절정」은 다음과 같이 분석할 수 있다.

매운 季節의 챗죽에 갈겨
마츰내 北方으로 휩쓸려오다

하늘도 그만 지쳐 끝난 高原
서리빨 칼날진 그우에서다

어데다 무릎을 꾸러야하나
한발 재겨디딜 곳조차 없다

어러매 눈깜아 생각해볼밖에
겨울은 강철로된 무지갠가보다.

—絶頂 전문[45]

43 이강하, 같은 책, 163 쪽.
44 정유화, 「응축과 확산의 시적 원리와 의미 작용 – 이육사론」, 『현대문학이론연구』 27집, 2006, 371쪽.
45 손병희 편저, 「이육사의 문학」, 『이육사전집』 I , 이육사문학관, 2017, 70쪽.

1940년 1월 ≪文章≫에 발표된 「절정」은 그 제목에서 상황의 치달은 극한, 그러한 상황 속에 있는 화자의 심리 세계의 극한을 암시하고 있다.

　　매운 季節의 챗죽에 갈겨

"챗죽"은 인정사정을 두지 않는 몹시 춥고 독한 " 매운 季節"이라는 미각적 이미지를 만나 '살갗이 터지는 촉각적 연상을 환기하며, 감내할 수 없는 세계의 횡포와 그 강도에 대한 감각적 인상을 효과적으로 제시'[46]하고 있다. 그리고 "계절"은 자연의 순환 원리를 바탕으로 하며 이러한 "겨울"이 반복될 것임을 인식하고 있다. 왜냐하면 '자연의 순환은 반복과 회귀성을 본질로 하기 때문이며 반복하고 회귀하는 시간을 긍정하는 것이다'[47]. 니체는 이러한 인식을 "실재에 대한 긍정"이라고 하였으며 이것은 인식 주체에 내재하는 관점을 설정하는 힘에 대한 긍정이다. 힘에의 의지에 대한 긍정은 주체가 새로운 진리를 찾고자 하는 끊임없는 해석 행위를 말한다.

　　마츰내 北方으로 휩쓸려오다

이러한 긍정은 "北方"에서도 나타난다. 정유화는 '주체의 심리로 보면 북방 공간에 대한 태도가 부정적이지 않다는 점을 발견할 수 있다'[48]고 보았다. 그에 따르면 "'마츰내'와 "휩쓸려오다"라는 시어 사용이 그것

---

46 손병희, 『한국 현대시 연구』, 국학자료원, 2003, 106~107쪽.
47 손병희, 위의 책, 108쪽.
48 정유화, 앞의 책, 370쪽.

을 밑받침해 주고' 있는데, "'마츰내"는 잠재적으로 염원해 오던 것이 성취될 때 사용하는 부사어다. 이로 미루어보면, 주체는 "매운 계절의 채쭉에 갈"기기 전부터 북방을 동경해 왔다는 것을 알 수 있다.'[49] "마츰내"는 불행한 사태의 도래에 대한 단순한 암시에서부터 그를 예기한 자의 준비된 자세와 태도까지 긍정함을 보이고 있다. 이는 앞서 언급한 바와 같이 이강하가 말한 자기의 저항 행위를 준비시키기 위한 리미미널리티를 위한 것이며, 정유화가 말한 육체적 고통을 통해 정신적 세계를 획득하려는 방법이며, 니체가 말한 인간의 자기 극복의 삶을 강화해 주는 미적 판단의 조건인 도취 상태에 있으려 함이다.

> 하늘도 그만 지쳐 끝난 高原
> 서리빨 칼날진 그우에서다

"고원"과 "하늘도 그만 지쳐 끝난"에서 세계에 대한 자아의 대결 의식은 주체로 하여금 세계에 대한 해석을 촉발함과 동시에 결단을 요구하고 있다. 특히 "서릿빨 칼날진 그우"에 기꺼이 "서"는 행위에서 주체는 세계와 맞섬으로써 해석적 결단을 하게 된다. 이에 대해 손병희는 '자아의 자기 주장과 상황과의 대결 의지는 외부에 의해서 강제되는, "휩쓸려" 온 삶을 더 이상 지속하지 않겠다는 결단'[50]이라고 하였다. 그에 따르면, '이러한 결단은 지금까지의 자기를 부정하고 초월하려는 자세이다.' '가혹할수록 그에 맞서는 의지의 영웅성과 비극성은 강화'되고, "'칼날"에 의한 예리하고도 깊은 상처를 감당하는 정신의 단호함과 준열함

---

49 정유화, 위의 책, 같은 쪽.
50 손병희, 앞의 책, 109쪽.

이 드러난다. 그런 점에서 "고원"과 "칼날"은 자아에 대한 위압의 강렬성을 드러내면서, 역설적으로 그에 맞서는 자아의 단호한 의지를 부각시킨다.' '자기 앞에 놓인 시련의 의식은 그것 자체가 시련이자 영광이라는 양가적인 상징성을 지닌다.'[51] 자기를 부정하고 초월하려는 자세로서의 결단은 삶이 새로운 창조를 요구하며 새로운 창조에 의해 삶이 고양될 수 있음을 통찰한 것이다. 이것이 니체가 말한 '비극적 긍정'이다. 따라서 가혹할수록 그에 맞서는 의지의 비극성은 강화되고 자기 부정과 자기 초월, 나아가 창조를 통한 자기 변화를 시도하게 된다. '창조적 힘은 이와 같은 고통으로부터 나오고', '살아 있는 인간은 항상 고통받는 인간이며 고통에 대한 긍정은 삶의 기본 특성이다.'[52] 니체는 "내 인간애는 끊임없는 자기 극복"[53]이라고 말했다. 그야말로 '사람은 극복되어야 할 그 무엇'[54]이다.

어데다 무릎을 꾸려야하나
한발 재겨디딜 곳조차 없다

주체의 결단과 행위의 제시로부터 참된 앎의 비극성에 이르는 과정을 손병희는 다음과 같이 분석하고 있다.

51 손병희, 같은 책, 110~111쪽.
52 백승영, 앞의 책, 112쪽.
53 니체, 백승영 옮김, 『이 사람을 보라 외』, 니체 전집 15, 책세상, 2019, 346쪽. "사람은 극복되어야 할 그 무엇이다."(정동호 옮김, 『차라투스트라는 이렇게 말했다』, 앞의 책, 58쪽.)
54 니체, 정동호 옮김, 앞의 책, 59, 77, 93쪽 참조.

「절정」의 첫 연과 둘째 연은 …… 상황과 의지, 세계와 자아의 긴장 관계의 구체화이지만, 시적 화자는 자신의 내면을 독자에게 드러내지 않는다. …… 그러나 셋째 연에서는 시적 화자의 내면이 직접적으로 노출된다. 이것은 자아의 상황 인식의 서술이면서 상황에 대한 자아의 태도를 직접적인 형태로 표백하는 것이다. …… 시적 화자의 목소리는 첫 연과 둘째 연[과 달리 셋째 연에서: 이하 옮긴이] …… 시적 화자는 자신에게 물으면서 자신의 상황을 다시 확인[하고] …… 주위를 조망[한다.] …… 이 물음은 자아가 세계에 대해 폭넓은 전망을 하도록 한다. 이와 같은 물음은 사태에 대한 새로운 전망을 획득하는 앎의 통로로서 존재한다. 마지막 연은 이 물음이 현실에 대한 새로운 인식으로 향하는 길임을 암시[하고,] …… 이 물음을 통하여 세계의 참모습, 혹은 상황의 비극성을 다시 확인한다. 따라서 그의 물음은 근본적으로 상황에 대한 앎을 추구하는 한 방법으로서 존재한다. …… ["재겨디딜"에서] 상황의 이러한 절박성은 고조된 긴장을 한층 더 상승시킨다. …… 여기에 와서 긴장감과 공포심은 정점을 이룬다. 공포와 연민이 비극의 본질이라면, 「절정」이 이 부분[이 그 정점이다.] …… 이것은 비극적인 앎이다. 이 앎이 비극적인 것은 자아의 외부가 존재의 위기를 초래하며 그것을 피할 수 없다는 사실을 거듭 확인하기 때문이다. …… 사태 자체의 참모습을 직시하려는 것이 진정한 앎이며, 그로 인한 위기감과 대면할 수밖에 없는 것이 참된 앎의 비극성이기도 하다.[55]

이 비극적인 앎은 곧 니체가 말하는 인간의 운명에 대한 사랑이다. '니체가 운명애Amor fati를 디오니소스적 긍정에 대한 최고의 표현으로

55 손병희, 『한국 현대시 연구』, 앞의 책, 112~115쪽.

제시하는 것은 이런 맥락에서다.' '운명애는 가장 큰 고통까지도 받아들이며, 그럼에도 불구하고 우리를 우리 자신과 우리 운명에 대해 자유롭게 머물게 하기 때문이다. 즉 운명애는 우리 자신이 갖는 창조적 에너지를 거스르거나 억제하지 않고, 오히려 창조적으로 우리의 운명을 결정하며, 이렇게 결정된 우리의 운명을 긍정하는 것이다. 따라서 운명애는 인간의 힘에의 의지를 통한 자기 극복의 기회를 운명과 고통에의 의지로 정식화한 것이라고 할 수 있다.' '운명에 대한 사랑은 이처럼 영원회귀에 대한 믿음에서 정점에 달하는 비극적인 긍정이며, 생성의 모든 계기들의 필연성과 유의미성에 대한 통찰에서 비롯된다.'[56]

어러매 눈깜아 생각해볼밖에

여기에서 '눈'을 감는다는 것은, 그 결정적 행위를 위해서 그때까지는 눈을 뜨고 있어야 함을 의미한다. '눈깜아 생각'하기 위해서는 온몸으로 깨어 있어야 한다는 것이다. 손병희는 '셋째 연이 주체의 실재의 긍정에 의한 철저한 세계 확인이었다면, 「절정」의 마지막 연은 확인된 세계에 대한 해석이라고 할 수 있다'[57]고 하였다. 그에 따르면, '해석은 대상에 대한, 해석하는 자의 의미 부여이다. 여기서는 존재의 위기에 직면한 자아가 자신과 맞서 있는 상황, 현실, 혹은 세계라고 이름할 수 있는 것을 규정하는 행위이다. 이 세계 규정은 사유, 혹은 사색을 통하여 이루어진다.'[58] 이 지점에서 우리는 니체의 '해석'을 만나게 된다. 앞서 말한

---

56 백승영, 앞의 책, 111~112쪽.
57 손병희, 『한국 현대시 연구』, 앞의 책, 116쪽.
58 손병희, 위의 책, 같은 쪽.

바와 같이 니체에게 '해석'은 해석자가 세계와 관계 맺는 방식에 대한 표현이며 해석자의 인식 의지가 세계와 상호작용을 하면서 자신의 의미 세계를 구성해내고 창조해내는 작업이다. 해석의 지속됨은 곧 진리 추구 과정의 지속됨이며 이는 다시 해석 주체 자신의 본질에 대한 긍정을 말해주는 것이다.

정유화는 "'무릎을 꿇'는 것은 육체적 수축인 동시에 죽음을 의미'[59]하는 것으로 보았다. 그에 따르면 '육사는 바로 이러한 삶과 죽음이 교차하려는 고통의 순간에 비로소 내면의 정신세계를 획득하고 있다. "이러매"라는 전환 접속사가 바로 정신세계의 획득을 구체화해 준다. 그래서 '눈을 감고 생각하는 것'은 부정적인 자기 응축 자기 응고가 아니라, 오히려 긍정적인 자기 확대 자기 확산의 의지가 되는 것이다.' '겨울처럼 외부적 상황이 더 부정적일수록 육사의 자기 확산 자기 확대의 의지는 이와 비례하여 더욱 커지게 된다. 이것이 바로 육사의 정신세계이다.'[60] 그리고 "겨울의 채찍', '서릿발 칼날', '거꾸로 쳐 박힌 교목' 등의 극한적 육신의 고행은 다름 아닌 정신적 신념을 가다듬는 행위라고 볼 수 있다. 니체는 이를 인간의 자기 극복의 삶을 강화해 주는 미적 행위와 미적 인식, 그리고 미적 판단을 내릴 수 있는 조건인 '도취 상태'에 있고자 함이라고 하였다.

손병희는 '인간은 세계에 의해서 규정되지만, 인간 또한 세계를 또한 규정하는 존재'라고 보았고, 따라서 '인간과 세계는 이러한 상호 규정의 관계에 있다.'[61] 그에 따르면 '의식 존재로서 인간 존재는 의식이 세계로

---

59 정유화, 앞의 책, 371쪽.
60 정유화, 앞의 책, 371~372쪽.
61 손병희, 앞의 책, 116쪽.

부터 자유로울 수 없음을 알고 있지만, 동시에 의식이 거기에서 해방되어야 할 것임을 늘 관심하고 있다. 자아의 "생각"하는 행위는 현실을 규정하는 인간 정신의 드러냄이며, 이와 함께 자아는 현실을 새롭게 구성할 것이다.' '사태에 대한 새로운 통찰, 곧 "생각"한다는 것이 참으로 뜻하는 것이 그것이다.' '"생각해볼밖에" 이 부분은 "이러매"와 호응하여 사유가 현재 선택 가능한 유일한 것임을 암시한다. 그러나 이 유일한 선택 가능성으로서의 사유는 패배적이거나 관념적인 현실 대응이 아니다. 오히려 사태 그 자체를 새롭게 반성함으로써 그 진정한 면모를 보려는 주체의 적극성이며, 이 적극성이야말로 참된 사유의 본질이다.'[62]

> 창조, 그것은 고뇌로부터의 위대한 구제이며 삶을 가볍게 해주는 어떤 것이다. 그러나 창조하는 자가 존재하기 위해서는 고뇌가 있어야 하며 많은 변신이 있어야 한다.[63]

니체의 말에 따라 인간은 창조를 통해 자기 변화를 하며 곧 인간 존재는 극복해야 할 그 무엇이다. 현실 세계의 한계에 대한 인식과 통찰이 "생각" 행위에 의한 현실 세계의 새로운 창조에 이르게 하고 또한 지속적인 해석에 의한 삶의 고양을 지향하게 하며, 이때 창조된 세계의 모순과 파괴를 필연적인 것으로 인정하게 한다.

> 겨울은 강철로된 무지갠가보다.

---

62 손병희, 앞의 책, 116~117쪽.
63 니체, 정동호 옮김, 『차라투스트라는 이렇게 말했다』, 앞의 책, 142쪽.

이 시의 중심 이미지인 '강철로 된 무지개'의 의미에 대해 이승훈은 다음과 같이 정리한 바 있다. '(1) 매운 채찍의 계절인 겨울을 나의 운명으로 껴안을 때, 그 껴안는 행위 속에서 겨울은 마침내 무지개처럼 황홀한 미래를 약속하게 된다는 것(김영무), (2) 절망적인 죽음의 극한경을 무지개로 상정함으로써 절대적 詩美의 세계, 겨울 자체와 강철로 된 절망의 테두리를 미화시켜 음미하는 정신적 여유, 정서적 여지를 남김으로써, 소극적인 현장 탈출, 환상적이지만 정서적 진실을 통한 감정적 초극의 통로를 마련한 것(박두진), (3) 항복과 타협을 모른 채 다만 자기가 비극의 한가운데 놓여 있음을 깨닫고 겨울, 즉 '매운 계절'을 '강철로 된 무지개'로 보는 것으로 이 비극적 비전은 또 하나의 비극적 황홀의 순간을 나타낸다고 보는 견해(김종길), (4) '겨울'은 모든 생명적 전개를 거부하는 한계상황, '강철로 된 무지개'는 화자가 인식한 상황 자체의 이미지(김홍규), (5) 이 시의 전체적 역설구조인 삶의 비극적 초월, 혹은 의식 공간의 축소(강철)와 확대(무지개)라는 기본 공식을 단 한 구절로 압축 제시함(오세영), (6) 삶을 거부하는 상황에서 자기를 초극하지 못하고, 다만 자기발견과 초극의 시도만을 보여 주고 있다는 것(문덕수), (7) '매운 계절—서릿발—강철'로 이어지는 현실은 하늘의 무지개까지 지배하고 있지만, 시인의 자아는 이러한 외적 상황에 의해 왜곡될 수 없음을 역설적으로 고발하고 있는 대목, 곧 '강철로 된 무지개'는 일제에 의해 왜곡된 무지개이며, 시인의 무지개와는 다른 것임을 주장함으로써 자아의 진실을 증명하려는 태도의 표명(김시태) 등의 견해가 있다.'[64]

손병희는 '"겨울"이 「절정」의 핵심적인 이미지'이며 '「절정」의 대단원에서는 마침내 황홀한 "무지개"로 인식되고 무지개의 아름다움은 신비

---

64 이승훈, 『한국대표시 해설』, 탑출판사, 1993, 231~232쪽.

롭고 황홀하다'[65]고 하였다. 그래서 '"무지개"는 지극한 아름다움, 황홀함, 영광과 기쁨, 천상과 지상의 교량 등등의 상징적 의미를 갖는다.'[66] 또한 그는 '삶의 불모성을 뜻하는 "겨울"이 "황홀한 삶의 광영"을 의미하는 "무지개"로 반전되는 것은 놀랍고 하나의 예상하지 못했던 결말이자 인식의 놀라운 역전이며 이 역설적인 인식은 사색의 결과'[67]라고 하였다. "강철로 된 무지개"라는 "해석"은 니체의 말에 따라 해석자의 인식 의지가 세계와 상호작용하면서 의미 세계를 구성하고 창조해내는 것이다. 이는 자신의 본성에 대한 긍정이며 이는 또한 힘에의 의지로부터 발생한 것이다. 다시 말해, 힘에의 의지에 대한 긍정이 진정한 앎, 곧 진리를 찾고자 하는 주체의 현 상태를 극복하게 하고 끊임없이 힘과 삶의 의지로 해석하고 또 해석하려는 인간에 대한 긍정을 가능하게 한다. 이 중단없는 힘에의 의지가 매 순간 자신의 본성으로 항상 되돌아오는 영원회귀를 함으로써 자신의 본성을 실현한다. 이것이 '겨울'을 '강철'로 해석하고 곧 파괴하여 '무지개'의 재창조로 나아가게 한 것이다. 이것이 바로 인간의 본성이 유일한 실재인 힘에의 의지와 같다는 점에 대한 긍정이며 곧 니체 철학의 정수인 '디오니소스적 긍정'인 것이다.

손병희는 "계절"로 상징되는 「절정」의 시간은 역사적이면서 신화적이

---

65 손병희, 앞의 책, 119~120쪽.

66 손병희, 같은 책, 같은 쪽. '육사의 다른 시편들에도 '무지개'는 많이 나타난다. "무지개같이 恍惚한 삶의 光榮"(「鴉片」), "밤에 예ㅅ일을 무지개보다 곱게 짜내나니"(「江건너 간 노래」), "새벽하늘 어데 무지개서면/ 무지개 밟고 다시 끝없이 헤여지세"(「芭蕉」), "초ㅅ불 鄕愁에 찌르르 타면/ 運河는 밤마다 무지개 지네"(「獨白」) 등의 예가 그것이다. 이와 같이 육사의 시에서 '무지개'는 대체로 그 속성이 황홀하고 고운 것으로 드러난다. '무지개'가 그 속성으로 갖는 순간성이나 환상적 특질로 인한 부정적인 인식은 나타나지 않는다. 육사의 시편들에서 가끔 발견되는 '칠색 바다', 혹은 '일곱 바다'의 이미지도 '무지개'의 색깔과 관계된다고 생각한다. 특히 "무지개같이 황홀한 삶의 광영"은 「절정」의 마지막 줄을 해석하는 데 직접적인 도움을 준다.(손병희, 『한국 현대시 연구』, 120쪽 각주)

67 손병희, 같은 책, 120쪽.

라고 말한다. 그에 따르면, "계절"은 순환함으로써 「절정」의 상황이 최종적인 것이 아니라는 것을 암시한다. 이러한 신화의 논리는 시적 화자를 절망에서 구출한다. 존재가 무화되는 상황 속에서 자아는 그 상황을 최종적인 것으로 받아들이지 않고 거기에서 오히려 역설적인 의미를 발견함으로써 승리한다. "겨울"이 그냥 "무지개"가 아니라 "강철"로 되었다는 전제는 참담한 절망도 아니고 섣부른 희망도 아니다. 그것은 현실과 신념의 긴장 관계에서 비롯하는, 사태에 대한 새로운 앎이다.[68] 주체의 현 상태인 "겨울"은 해석에 의해 구성하고 창조하여 "강철"로 긍정하게 하고 다시 해석의 과정에 파괴하여 또 다시 중단 없는 해석에 의해 "무지개"로 긍정하게 된다. 하지만 이것 또한 해석 주체로서의 유한성을 긍정하여 "인가 보다"로 나아가게 되는 것이다.

> 국가라는 것이 끝나는 곳, 거기에서 존재할 가치가 없지 않은 사람들이 비로소 시작된다. 그리고 꼭 있어야 할 자들의 노래, 단 한 번뿐이며 다른 것으로 대신할 수 없는 멜로디가 시작된다.
> 형제들이여, 국가가 **끝나고 있는** 저쪽을 보라! 무지개와 위버멘쉬에 이르는 다리가 보이지 않느냐?[69]

4. 마치며

본 연구는 이육사의 니체 철학 수용을 전제로 「절정」을 중심으로 한

---

68 손병희, 앞의 책, 122~125쪽.
69 니체, 정동호 옮김, 『차라투스트라는 이렇게 말했다』, 앞의 책, 83쪽.

이육사의 세계 해석을 니체의 '해석'의 관점에서 해석하고 그 결과로 나타난 '긍정'의 자세를 니체의 '디오니소스적 긍정의 철학'의 관점을 빌어 고찰하였다. 지금까지의 이육사의 니체 철학 수용에 대한 연구는 그의 수필 「계절의 표정」에 언급된 니체의 「가을」이라는 시에 대한 감상의 말과 그의 대표 시 「광야」에 등장한 '초인'이라는 시어 하나에 주목했을 뿐이다. 이에 본 연구는 지금까지 이육사와 니체 관련 연구에서는 본격적으로 연구된 바 없는 「절정」을 니체의 '해석'과 '디오니소스적 긍정의 철학'의 관점에서 분석하였다. 이육사는 그의 세계 해석의 과정을 그대로 시로 형상화하였고 그 속에서 자기 존재를 극복하고 다시 세계를 구성하고 창조함으로써 중단 없는 해석의 과정을 보였다. 이는 자신의 본성에 대한 긍정이며 진정한 앎, 곧 진리를 찾고자 하는 주체의 현 상태를 넘어서게 하고 끊임없는 힘과 삶의 의지에 의해 해석하고 또 해석하려는 인간에 대한 긍정이다. 이 중단 없는 힘에의 의지가 매 순간 자신의 본성으로 항상 되돌아오는 끊임없는 회귀를 하게 함으로써 자신의 본성을 실현한다. 이것이 바로 인간의 본성이 유일한 실재인 힘에의 의지와 같다는 점에 대한 긍정이며 곧 니체 철학의 정수인 '디오니소스적 긍정'인 것이다.

전통시론으로 이육사 시 읽기

한경희

1. 전통시론으로 접근하기 위하여

1930년대 후반으로 오면 모더니즘의 세례 속에서 우리 시의 문학적인 지형도는 다양한 국면에 접어든다. 김기림, 김광균 등의 30년대 초반기의 이미지즘 중심의 시문학과는 변별되는 청록파 등의 전통적인 시문학이 등장한다. 이런 경향을 모더니즘의 다원화로도 읽을 수 있으나, 동시에 현대성과 전통성이 조화를 이루는 문학지형의 변화된 판도라고도 할 수 있다. "30년대 중반 이후 진행된 모더니즘 운동에 대한 비판적 성찰은 한국 현대시의 지향점을 제시한다. 이것이 30년대 후반의 시문학에서 서정주, 오장환, 이용악, 김광섭, 이육사, 유치환, 청록파 시인 등 시문학파의 신세대 시인들의 개성적인 시작활동에 주목해야 하는 이유이다."[1]

개화기 혹은 근대교체기와 일제강점기 기간 동안의 문학적 변화란 점진적인 문화변화가 아니라 정치사회 현실의 판도가 달라지면서 충격적인 속도로 급변하게 되었다. 이때 문학적인 변화도 궤도수정을 할 정도로 급속하게 변화한다. 그 혼란의 와중에 여러 장르의 실험형태가 등장하고 조선시대의 대표 장르인 한시도 급격하게 변화한다. 그 변화의 실제 내용이란 한시가 문학주류에서 주변으로 밀려나거나 아예 사라지는 현상으로 나타난다. 이 현상은 현대문학의 관점에서는 근대문학 장르의 새로운 등장의 결과로 읽혀지고 있다.

그러나 현대시가 전통적인 한시와의 연관관계를 찾아내려고 할 때, 매우 난감해지는 상태에 이른다. 이런 현실적인 문제는 전통단절론의 입장으로 나타났으나 실제 문학작품에서는 전통적인 방식으로 창작된 자유시가 존재한다. 더구나 일제시기 많은 작가들은 한문학적 소양을 충분히 소유한데다, 한시 짓는 일도 매우 자유로웠던 것으로 전해진다. 이런 관계 속에서 우리의 자유시가 전통의 충분한 거름과 함께 변화되어 왔다는 사실을 확인할 필요가 있다. 일방적인 모더니즘 일색으로만 자유시의 전개와 발전을 이해하는 축이 주류인 현실을 감안한다면 전통적인 요소가 우리의 현대문학과 어떤 밀접한 관련을 맺는가를 연구하는 일은 중요한 것이다.

모더니즘의 세례 속에서 한국의 시문학은 새로운 패러다임으로 태어났고, 또 다양한 언어실험이 시도되던 시기의 범 문단적 현상은 서구적인 영향의 결과로 이해하는 입장을 낳았다. 당연히 1920년대 이후의 모든 모더니즘 지향의 시문학은 영미의 이미지즘의 영향권 안에서 해석되고 평가되어 왔다. 김종길[2], 장경렬[3] 등은 페놀노사와 리처즈가 이미지

---

1 곽봉재, 「백석 시 이미지 연구」, 『국어국문학』 124호, 1999, 272쪽.

즘을 중국 한시의 시적 그늘에서 완성하게 되었음을 언급하였다. 그러
나 여전히 이미지즘은 서구의 상표를 등록하고 있는 실정이다. 이것은
이들의 한시수용 관계가 얼마나 미미하게 이해되고 있는가를 보여주는
사례이다. 또, 모든 시문학의 방법론적 접근에서 동양시학의 접근을 차
단하는 의식작동의 단초가 되기도 한다. 고전·현대문학의 분리된 연구
경향이 지속된 결과로도 이해된다.

본고에서는 이 시기에 주로 창작활동을 했던 이육사 시를 통해 시문학
의 전통적인 세계를 찾아보고자 한다. 자유시를 창작하던 시인들은 일본
유학에서 영미 이미지즘을 받아들이고 그것의 체화를 통한 창작의 과정
을 거친다. 또, 이들은 잡지중심으로 동인활동을 하면서 작품경향이 닮
아가고 문학적인 세계를 공유하는 동일성을 보인다. 이른바 문학동인을
두고 연구자들이 붙인 '-파'라는 이름이 바로 이들의 동류의식을 시사하
는 것이다. 이런 문단의 분위기와 이육사는 차이를 갖고 있다. 변화된
시대를 따른 새로운 문학장르를 적극적으로 받아들여 근대문학의 길을
터놓은 모더니즘의 문학적 고민은 전통 서정시 장르의 입장과 근대의
시간에 공존했다. 시문학파로 불리는 신세대 시인들의 고민과 깊이는
모더니즘의 통찰만큼 조명해내지 못한 현실적인 한계가 있다.

이육사 시에서 볼 수 있는 이미지의 특징은 모더니즘이 풍미하던
1930~40년대의 시적배경과는 다르다. 이미지즘이 지향하는 세련된 언
어의 정제, 절제 및 서구적인 언표화와는 어느 정도 거리를 둔 이미지
이다. 대부분의 모더니즘 류의 시가 보여주는 확연한 이미지 그 자체의
시와는 다르기 때문이다. 모더니즘에서 이미지즘이란 기의를 제외하고

---

2 김종길, 『시론』, 탐구당, 1985.
3 장경렬, 「이미지즘의 원리와 〈詩畵一如〉의 시론」, 『작가세계』, 세계사, 1999 겨울호.

서 기표로 충분하게 한 폭의 그림이 되는 것을 추구하기 때문이다. 이런 기표와 기의의 이미지의 차이는 이육사 시를 이미지 중심으로 해석하는 일을 부담스럽게 만들고, 더더욱 이육사 시의 세계를 밝히는 일을 막연하게 만들기도 한다.

문학작품이 반드시 역사현장과 어떤 식으로든 관련성이 있을 테지만, 문학해석에서 그 관계성을 찾는 것은 매우 주관적인 결과를 낳을 수도 있다. 특히 시어가 지닌 은유적 세계를 고려한다면 역사현장과의 거리는 막연한 것도 사실이다. 이런 작품의 역사적 현실을 감안하면서 일차적으로 작품의 이미지 상황을 고찰하고자 한다. 이육사에 관한 문학연구에서 문학작품 자체에 대한 접근은 어떤 의미를 가질 수 있는지 돌아볼 수 있는 계기가 될 수 있다. 역사적인 의미부여를 통해 상징적 존재가 되어 있는 한 인물에 대한 문학적 접근은 매우 조심스럽다. 시 작품 자체 해석과 평가를 위한 작업으로서의 의의를 확보할 수 있으리라 기대한다.

2. 전통시론의 내면 – '情', '景', '情景一致'

이육사 시에 나타난 이미지 배치방식은 대체로 병렬형태를 갖고 있다. 이것은 작위적인 언어배치를 전혀 시도하지 않았다는 것을 시사하는 내용이다. 약간 다른 형태라 하더라도 이미지를 배열하되, 내용의 수위를 점차 강화하는 형식은 더러 보이고 있다. 점층적인 이미지의 확장이나 강화는 전통적인 한시 형식인 절구가 가지고 있는 특징임을 감안한다면 이육사의 시는 매우 전통적인 형식 안에 있음을 파악할 수 있다. 시장르를 유념한 가장 우선적인 연구방법 가운데 이미지 고찰이 있다. 시어가 가진 중요한 요소로 가장 먼저 꼽는 것이 이미지이다. 시어를 새로운 사물의 탄생처럼 생산해내는 일의 선두에 이미지의 역할이 있기 때문이다. 전통적인 문학연구 방법에서 이미지는 의상(意象)으로 이해되면서 시의 감상과 해석의 많은 길을 열었다. 의상은 물아일체를 통한 감정이입의 과정에서 발생하는 시적경계이면서 단순히 이미지에 고정되는 것은 아니다. 의상은 경(境)이 될 수도 있는 것이다.

"전문비평용어의 정의를 명확히 할 수 없는 이유는 중국 사람들이 이성보다는 직각(直覺)을 중시하고 분석과 추리를 중시하지 않기 때문이다. 이로 인해 그들을 추상적인 사물에 대해서는 서양 사람들과 달리 논리적 사고로 정의 내릴 수 없고, 약간 의미가 모호한 비평용어를 즐겨 쓰게 되었다. '상'은 객관 사물의 실상(實像)이 아니라 비유나 상징을 통한 '표의지상(表意之象)'이며 이러한 '의상'은 마땅히 연상이나 상상 등의 심리를 통해서만 인식될 수 있는 것임을 알 수 있다."[4] 이육사 시에서 몇몇 이미지들은 서구의 영향관계와는 상관없이 매우 놀라운 사물로서 생산된 면이 있다. 그 언어에 한정된 이미지 분석의 글쓰기는 이육사 전반의 시세계와는 어울리는 작업이 못된다.

따라서 시세계를 밝혀낼 이미지의 배치형식과 그것이 지향하는 세계를 통해 시인의 의식을 연결시켜보는 일을 시도하고자 한다. 이육사 시가 한시의 영향을 통해 생산된 것이라는 생각을 전통적인 문학이해의 방식으로 설명할 수 있다면 막연한 추측에 가까운 이해는 극복될 수 있을 것이다. "중국시에서도 어떤 다른 시에서와 같이 시어의 본질은 추상적이기보다는 구체적이기 때문에 수많은 단순 심상을 찾을 수 있다. 중국시의 용어는 극히 간명하고 또 때로는 품사들을 소용없이 만들 정

---

4 김원중, 『중국문학 이론의 세계』, 을유문화사, 2002, 14~34쪽.

도이므로 시 한 줄이 심상의 연속으로 이루어질 수도 있다. 이러한 심상들은 단순히 단어 속의 그림일 뿐만 아니라 그들은 정서적 연상을 일으키며, 그들의 시적 문맥을 풍부히 해준다."[5]

문장에 대한 전통적인 이해의 출발점에는 사르트르의 사물로서의 언어보다 더욱 객관화된 세계의 시어관이 있다. 시적 언어가 사물에 대한 시인의 '정'이 움직이는 감흥을 통해 발산된다고 할 때, 그 '정'의 움직임이란 '기'를 통해 가능하다. "시문은 기(氣)를 주장으로 삼는다. 기는 성에서 발하고 뜻은 기에 의지하며, 말은 정에서 나오므로 정이 곧 뜻이다. 그러나 신기한 뜻은 말을 만들기가 더욱 어려우므로 서둘면 더욱 생소하고 조잡해지는 것이다."[6]

정요일이 고전비평 용어를 정리한 기준으로 '정', '경'의 어휘 사용범주와 의미를 그대로 따른다. 먼저 '정'은 시론용어에서 본질론에 해당되는 것으로 유협이 말하는 '육의'(문학작품이 갖추어야 할 요건: 情, 風, 事, 義, 體, 文) 중에서 '정'은 으뜸간다. 『문심조룡』「풍골」에서 슬픔에서 우러난 정의 서술은 반드시 풍에서 시작하며…… 한편의 훌륭한 문장은 반드시 작가의 정서가 살아 숨쉬고 있으며, 문사의 구조가 긴밀하면서도 간결하며, 또한 문채로 윤색을 하여야 한다고 보았다. 또 釋 皎然(석교연)의 『詩式』에서 정감을 따라 다하지 않는 것을 정이라 하고…… 정은 많되 어두워서는 안 되니 어두우면 졸렬하고 둔함에 기울[7]게 됨을 강조하였다.

모든 시적인 경계는 반드시 〈정취 情趣〉(feeling: 정서)와 〈의상 意象〉(image)의 두 요소가 있어야 한다. 〈정취〉를 간단히 〈정 情〉, 〈의상〉

5 유약우 저, 이장우 역, 『중국시학』, 범학도서, 1976, 182~183쪽.
6 최자 저, 이상보 역, 한국명저대전집 『파한집/보한집』, 대양서적, 1972. 290쪽.
7 정요일, 『고전비평용어연구』, 태학사, 1998, 221~239쪽.

을 〈경 景〉이라 칭한다. 우리는 때때로 정취 속에서 살아가지만 정취를 변화시켜 시로 만드는 것은 매우 드문데, 그것은 정취가 비유는 할 수 있으나 직접 묘사할 수 없는 실제적인 감정이기 때문이며, 또 만약 수식을 덧붙이지 않고 구체적인 경景으로 나아가면 근본적으로 볼 만한 형상이 없다. 우리들이 고개를 들고 바라보거나, 눈을 감고 생각하면 무수한 이미지들이 분분하게 끊임없이 떠오르지만 그 중에도 다만 극소수만이 우연히 시의 이미지가 될 뿐이다.[8]

이육사 시의 경계는 정취에 충실하기보다는 '의경'에 치중한 현상을 보이고 '정경'의 조화로운 단계로 승화되는 과정을 보인다. 주변 물상에 대한 시인의 감흥과 정취를 충실하게 담아내는 작품보다는 격물의 자세로 '경'의 세계에 대한 진지한 시적 현실을 구성하는 편이다. 따라서 매우 담백한 은유와 이미지를 선택하기 때문에 다층적인 상징생산으로 이어지는 작품은 많지 않다. 그래서 추상적 세계로 나아가는 이미지를 선택하기보다는 일상에서 익숙한 이미지를 선택하고 있다. 이미지가 서구의 이미지즘에서 나온 문학연구방법론이지만, 그 방법론을 처음 언급한 리처즈는 중국 한시의 영향을 바탕으로 이미지즘을 언급했다. 동양시학의 대표적 장르라고 할 수 있는 한시에서 이미지는 역시 시의 위상을 가늠하는 아주 중요한 요소로 이해되었다. "누구의 시라 하더라도 만약 그것이 진실로 시라면 그림이 없겠는가? 또 누구의 그림이라도 만약 그것이 진실로 그림이라면 시가 없겠는가?"[9] 이런 상황에서 서구 이미지즘의 중심으로 시 이미지를 언급한다는 것은 이미지즘의 근원적인 이해를 무시하는 처사가 될 염려스러움이 있다.

---

8 주광잠 저, 정상홍 역, 『시론』, 동문선, 1991, 81쪽.
9 주광잠 지음, 정상홍 옮김, 『시론』, 동문선, 1991, 194쪽.

3. 경(景)에 치중한 사물시의 이미지

이육사의 시세계에서 이미지를 찾는데 가장 적절한 시는 사물묘사에 충실한 작품들이다. 시가 제시한 제목에 충실하게 정밀묘사에서부터 출발한다. 사물이 원래 가지고 있는 속성과 특징을 일반적으로 제시하면서 그 시어들의 시적 긴장까지 이어진다. 이때 사물의 본래성에 충실한 시적 이미지 재현으로 "경(景)"의 경계를 들 수 있다. '정'이 움직인 감흥의 힘으로 사물시의 생산도 가능하다는 것은 당연하다. 그러나 사물시는 사물의 호흡에 최대한 육박해서 사물의 언어와 시선으로 시적현실을 구현해낸다. 이육사의 사물시는 시적대상으로서의 사물이 아니라 시의 본질적 세계를 구성한다. 이육사의 시작품 중에서 사물세계의 묘사를 통해서 '경'의 경계에 이른 작품을 살펴보기로 한다.

이육사 시의 진정성은 대부분 격물과 감흥이 조화를 이루면서 드러나지만, 사물과 맞닿는 경계에서 시적 성취도도 매우 높게 발휘된다. "이미지적인 것은 이성적인 것을 서로 감싸고 서로 표현하는"[10] 것이므로, 사물시는 이성의 언어를 찾아가는 매력이 있다. 물론 그 시어는 시가 추구하는 의미세계를 벗어나지 않는 범위 내에서 묘사적 긴장력을 발휘한다. 이미지를 설명하는 기본적인 표현은 이미지가 언어로 그려진 그림이라는 것이다. 이미지에 대한 기본적인 설명에 가장 충실하게 이미지 시를 생산해낸 것이라고 볼 수 있다. 그것은 시어로 그림만 그리는 것이 아니라, 시어로 시인의 의식을 구체화시켜내고 있는 것에 있다. 시어 그 자체의 세계만으로 이미지를 가두지 않고 이미지 제시를 통해 진술을 확보하는 방식이라고 할 수 있다.

---

10 이지훈, 「이미지의 안과 밖」, 『철학연구』 57집, 대한철학회, 1996, 209쪽.

물새 발톱은 바다를 할퀴고/바다는 바람에 입김을 분다./여기 바다의
恩寵이 잠자고잇다

힌돗(白帆)은 바다를 칼질하고/바다는 하늘을 간절너본다./여기 바다의
雅量이 간직여잇다.

낡근 그물은 바다를 얽고/바다는 大陸을 푸른 보로싼다./여기 바다의
陰謀가 서리워잇다.

―「바다의 마음」 전문

'물새발톱에 할퀴는 바다', '흰 돛이 칼질하는 바다', '낡은 그물이 얽어
매는 바다'이지만 바다는 대륙을 감싸는 대양의 굳건한 이미지로 일관
한다. "바다의 음모"란 예리한 '물새의 발톱', 항해하는 '흰 돛', '낡은 그
물' 등이 바다를 두고 해악적인 입장을 갖는 것이다. 그러나 가치판단의
세계를 떠나 있는 것은 바다만이 아니다. 바다와 유사한 자연물로써 '물
새'는 바다의 풍경이 살아있는 중요한 요소이다. 그러나 바다 이외의 모
든 시적대상물은 바다를 향해 위악적인 가치로 제시되어 있다. 이 위악
성은 "할퀴다", "칼질하다", "얽다" 등의 부정적인 동사형태를 통해 이미
지로 구성된다.

파도의 역동성을 불러내는 이미지로서 "할퀴다", "칼질하다", "얽다"(얽
어매다)는 즉물적인 바다의 이미지와는 달리 끊임없는 파도의 움직임을
묘사하는 시어들이다. 바다의 깊이와 바닷물의 밀물과 썰물, 바다 위를
항해하는 배에 이르기까지 위악적인 의도로 수렴되는 시어가 배치되어
있다. 그러나 이 시에서 중요한 이미지 중심은 "바다"를 향해 가능한 모
든 위악을 시도하는 사물과는 달리, "바다"는 대륙을 감싼다는 사실이
다. "바다"는 실제 바다로 드러난 이미지 그대로 폭 넓고 깊이있는 중
심을 가지고 있으면서 이해와 포용이 가능한 세계로서 제시된다. 바다

의 "은총"과 "아량"은 바다를 향한 "음모"를 넘어설 수 있음을 이미지의 대비를 통해 확연하게 파악할 수 있다.

해악적인 시어들의 배열 속에서 그 위악성을 감당하는 바다의 "은총"과 "아량"이 넉넉하게 구성되면서 시어 "바다"는 세계를 위악스런 상태로 몰고 가는 것이 아니라, 그 상태를 정화하거나 극복하는 단계로 나아간다. 이 이미지배열의 방식은 주변적인 이미지를 각 연별로 배치하면서, 동시에 그 위악성을 해결할 이미지를 함께 제시한다. 매듭의 국면을 기술하는 동시에 해결의 실마리도 마무리에 제시하는 방식의 시어 배치가 바로 이미지 "바다"를 이해의 세계로 만들어낸다. 더욱 중요한 배치는 여러 위악적인 사건들이 연별로 등장하나 이 위악성은 한결같이 "대륙을 보로 싸는" 바다로 지향하고 있다. 그러므로 해악적 이미지가 긍정적인 이미지로 탈바꿈된다. 이것은 시인의 세계관을 반영하는 시어 배치에서 비롯한 것으로 볼 수 있다.

> 어느沙漠의나라 幽閉된 後宮의 넋이기에/몸과 마음도 아롱저 근심스러워라.//
>
> 七色바다를 건너와서도 그냥 눈瞳子에/고향의黃昏을 간직해 서럽지 안뇨//
>
> 사람의품에 깃들면 등을 굽히는짓새/山脈을 늦긧사록 끝없이 게을너라//
>
> 그적은 咆哮는 어느先祖때 遺傳이길래/瑪瑙이 노래야 한층더 잔조로우리라//
>
> 그보다 뜰앞에 흰나븨 나즉이 날어올땐/한낮의 太陽과 튜맆 한송이 직 힘직하고
>
> —「班猫」 전문

고양이 묘사를 단순하게 시도하는 시라고 하기에는 시어의 겉만 읽는 단편적인 이해라고 할 수 있다. 시 제목 '반묘'는 사전상의 의미로는 '가뢰'라는 한약재이고, 고양이로 해석하자면 '반'이 '半'으로 이해되면 의미소통은 무난해진다. 어쨌든 고양이를 두고 시도한 이미지들의 변화를 짚어보자. 고양이가 변주되어 제시된 "후궁"은 '사막에서도 유폐된' 곳에 처한 존재이다. 상징적인 바다를 건넜지만 원래 떠나온 고향에 대한 생각을 잊지 못한다. 더욱이 유폐되어 있는 존재에게 고향이란 특별한 공간으로 작용하게 된다. "후궁"에서 다시 고양이의 특징이 제시되면서 고양이로 돌아오는데 고양이가 게을리 굽히는 등은 산맥을 떠올리게 한다. 포효라고 하기에는 미미한 고양이의 함성은 종의 유전형질이지만 수정처럼 "잔조로운" 의미를 표현한다. 후궁의 이미지가 겹쳐지면서 고양이는 꽃밭의 나비와 튤립을 지키는 귀여운 동물의 이미지를 드러낸다.

고양이가 지닌 동물적인 특징을 이미지화하면서 고양이의 서사를 재현해낸 위의 시에서 시어배치는 고양이의 개성을 특화시키는 병렬형태를 띤다. 사람들로부터 사랑을 받는 이미지의 구현으로 "후궁"이 설정되었다면, 꽃밭의 나비와 꽃을 지키는 앙증스러운 이미지를 살려냈다. 이 이미지는 고양이가 가진 아주 특징적인 면모라고 볼 수 있다. 특히 고양이의 유연한 등을 통해 산맥을 연상하고, 나름의 야옹소리를 포효로 적극적으로 읽으면서 고양이의 이미지를 최대한 강하게 포착한다. 수정이 지닌 맑고 아름다운 보석의 특징처럼 고양이도 그것과 나란히 배치하고 있다. 그런데 시인은 그저 단순히 고양이의 귀여운 특징을 드러내기 위해 이 시를 썼을까 라는 의구심이 든다. 봄날의 꽃밭을 이리저리 뛰어다닌 한 마리 귀여운 고양이를 두고 쓴 시라고 생각해도 충분하다. 그런데 그렇게 단순화시키기에는 시 제목이 석연치 않다.

鄕愁에 철나면 눈썹이 기난이요/바다랑 바람이랑 그사이 태여났고/나라마다 어진 풍속에 자랐겠죠

짓푸른 깁 帳을 나서면 그몸매/하이얀 깃옷은 휘둘러 눈부시고/정영 「왈츠」라도 추실난 가봐요

햇살같이 펼쳐진 부채는 감춰도/도톰한 손결야 驕笑를 가루어서/공주의 笏보다 개끗이 떨리오

―「아미-구름의 백작부인」 부분

미인의 눈썹인 '아미'는 결국 미인을 가리킨다. 여성의 외모에 대한 아름다움을 표현한 작품이다. 아름다운 미인에 대한 묘사로서 긴 눈썹과 향수를 함께 연결시켜 신비한 미를 잘 표현한다. 미인의 태어남을 자연의 조화로움인 바다와 바람, 또 문화적 품격을 함께 포함시킨 것이다. 비단옷을 입은 미인의 아름다운 몸매는 '왈츠'처럼 화려하다. 섬섬옥수의 고운 손과 교태가 담긴 미소는 미인의 자태를 드러내는 표현이다. 3연까지는 미인의 겉으로 드러나는 외모를 묘사한다.

미인을 묘사하는 이미지 언어에는 거의 의도적 수식이 보이지 않는다. 예를 들면, "鄕愁에 철나면 눈썹이 기난이요"에서 긴 눈썹을 그리움으로 연결시킨다. 이때 긴 눈썹의 이미지를 살려내는 표현을 보면, '향수에 철나는 눈썹'이다. 매혹적인 미를 불러내는 화려한 표현은 없으며 그리움에 대한 직접적인 표현을 그대로 담담하게 제시하고 있다. 이육사 시인의 이미지는 대체로 이런 방식을 보이고 있다. 이것이 한시의 영향인지는 아직 잘 모른다. '아미'의 소제목이 '구름의 백작부인'인 것으로 미루어 구름, 특히 뭉게구름의 여러 아름다운 모습을 통해 미인의

형상을 시도했거나, 구름처럼 이내 사라질 꿈처럼 막연한 아름다움을
미인에 의지해서 풀어봤을 수도 있다. 종착점이 없는 먼 항해 길에서
바다와 바람을 맞는 일을 역설적인 방식으로 풀어냈다.

서리 빛을 함복 띄고/하늘 끝없이 푸른데서 왔다.

江바닥에 깔여 있다가/갈대꽃 하얀우를 스처서

壯士의 큰칼집에 숨여서는/귀향가는 손의 돋대도 불어주고

젊은 과부의 뺨도 히든날/대밭에 벌레소릴 갓구어노코

悔恨을 사시나무 잎처럼 흔드는/네오면 不吉할것같어 좋와라

—「서풍」 전문

서풍의 색깔을 서리 빛으로 이미지화하면서 높이와 깊이를 헤아릴 수
없는 먼 근원적 태생으로 제시한다. 역시 갈대꽃 흰 이미지와 구별되지
않은 바람의 색이미지는 거의 투명에 가까운 존재로 묘사되었다. "큰
칼집에 숨"거나 "대밭의 벌레소릴 갓"은 힘이 바로 '흰'서풍이 된다. 서
풍은 어느 특정한 공간에 매이지 않은 자유자재의 몸으로 칼집에 들거
나, 돛대를 불거나, 과부의 희망을 불어주거나 한다. 시적 맥락으로 볼
때, 서풍은 결코 미온의 바람이기보다는 불길한 조짐을 안고 있다. 이
"불길함"을 앞서서 회한의 형식으로 수용하고 있다.

시 전체의 구도를 보자면 "하늘 끝"→"강바닥"으로 열어놓을 수 있는
최대한의 공간을 제시하면서 이 공간 어느 곳에나 스쳐가는 바람의 장소

몇 곳을 나열하는 방식이다. 매우 사소한 공간인 "칼집"에서부터 사적공간의 환희라고 할 수 있을 "귀향"길, 그리고 역시 매우 낭만적인 희망의 장소인 "대밭"까지 닿지 않는 곳이 없다. 굳이 색조 이미지를 "흰색"을 떠올리도록 "서리"와 "갈대꽃"까지 직접 제시하고 있으나 실제 바람이 거처하는 모든 장소를 보면 바람은 투명하다. 규정할 수 없는 색조는 후회와 한으로 변화와 확장을 동시에 일으킨다. 마지막 2행 이전까지 시의 전개는 매우 정적인 진행을 보인다. 특히 바람이 개인의 사적영역에 머물면서 긍정적 세계를 열어간다. 그러다가 마지막 2행에 이르면 그 사적 영역은 사라지고 "회한"의 부정세계로 변모하면서 확장된다.

「서풍」은 이미지를 일관성 있게 살려낸 이육사 시의 몇 안 되는 이미지 시라고 할 수 있다. 시적 내용과 사건전개에 무게 중심이 있는 것이 아니라 완전히 이미지에 의지한 시적진술로 구성되어 있다. 서풍의 불안함을 역설의 기법을 통해 한껏 드러낸 이 시는 통상적으로 바람의 이미지를 잘 살려냈다. 매우 개인적인 영역을 중심으로 바람의 움직임을 표현해낸 것이다. 서풍의 영향권에서 자유롭지 못한 항해 길은 시적자아의 개인적인 낭만을 불러낼 수 있는 기호이기는 하다. 그러나 그 낭만적인 서풍이 지속되지 못하고 매우 현실 제약적이나 부정적인 상태로 최대한 악화된다. 그 악화된 상황설정에서도 빛나는 역설이 있다. "불길해서 좋"을 수 없는 낭만의 정서와 달리 언표는 '좋와라'로 끝맺음한다. 최대한의 긴장된 역설을 통해 서풍의 불길한 조짐을 그대로 드러내고자하는 의도로 보인다.

한낮은 햇발이/白孔雀 고리우에 합북 퍼지고//

그넘에 비닭이 보리밧헤 두고온/사랑이 그립다고 근심스레 코고을며//

해오래비 靑春을 물가에 흘여보냇다고/주그리고 안저 비를 부르건만은//

힌오리대만 분주히 밋기를차저/자무락질치는 소리 약간들이고//

언덕은 잔듸밧 파라솔 돌이는 異國少年들/해당화가튼 뺨을돌어 望鄕

歌도 부른다.

—「小公園」 전문

「소공원」은 맑은 햇살이 찬란하게 퍼지는 조그마한 공원의 풍경을
묘사한다. 공원의 햇살만큼 산뜻하게 묘사된 시어들은 "백공작", "비닭
이", "해오래비", "힌오리대", "이국소년들"이다. 공원의 풍경은 햇살과
함께 여러 동물들의 반응형태로 연결된다. 햇살을 따라 깃털을 활짝 편
백공작, 그리운 사랑을 떠올리는 비둘기, 물가에 주저앉은 해오라기, 자
맥질하는 오리떼는 공원의 아름다운 모습을 보이는 이미지이다. 이런
시인의 의인적인 이미지를 바탕으로 잔디가 푸른 언덕에는 잔디만큼 선
명한 파라솔을 돌리는 이국적인 소년들도 있다. 이 동물들과 이국소년
들은 무리무리 즐거운 시간을 보낸다.

햇살의 따뜻한 기운과 함께 생동하는 공원의 정경들이 매우 동적인
이미지를 중심으로 전개되다가, 시의 결구에 가서 어두운 분위기로 전
환된다. 시인의 어조가 직접적으로 드러나는 "망향가"는 동물들의 즐거
운 시간을 모두 서글프거나 현재 결핍된 대상으로 연결시킨다. 공작,
비둘기, 해오라기, 흰 오리떼들의 여유로운 모습에서 "해당화가튼 뺨"으
로 고향을 그리워하는 간절함이 전면에 나타난다. 공원에서 본 동물들
의 한가한 놀이는 고향의 생각을 간절하게 불러내는 이미지로 작용하게
된다.

위의 시의 경우, 이미지는 마지막 구절로 지향하는 경향이 있다. 즉,
의인적인 상상력을 바탕에 둔 이미지가 매우 우호적으로 제시되다가,
전환의 국면에서 우호적인 이미지는 일제히 상실과 결핍을 호출하는 상

대적인 이미지로 변모한다. 결국 시인은 고향에 대한 그리움과 서글픔을 표현하기 위해 공원의 아름다운 한 때를 즐거이 묘사해낸 것이다. 물론 구조적으로 반전의 형태라고 볼 수 있으나, 반전단계 이전에 이미 동물들의 이미지 수사를 통해 반전이 가능하도록 사전단계를 거치고 있다. 사랑이 그리운 비둘기, 청춘의 시간이 아쉬운 해오라기는 시인의 자성적인 의식이 반영된 이미지이다. 이런 간접적인 이미지 제시가 시 종결부분에 오면 반전으로 확정된다.

> 나릿한 南蠻의 밤/燔祭의 두레ㅅ불 타오르고//
>
> 玉 돌보다 찬 넉시잇서/紅疫이 발반하는 거리로 쏠려//
>
> 거리엔 「노아」의 洪水 넘처나고/위태한 섬우에 빛난 별하나//
>
> 너는 고 알몸둥아리 香氣를/봄바다 바람실은 돗대처럼오라//
>
> 무지개가치 恍惚한 삶의 光榮/罪와 겻드러도 삺즉한 누리.
>
> ─「鴉片」 전문

'남만의 번제', '찬 넋이 발반(反叛)하는 거리', '섬 위에서 빛나는 별', '봄바다같은 향기' 등은 "황홀한 삶의 광영"으로 연결된다. 이국적인 정서를 드러내는 "남만"은 남아시아 일대의 섬을 두고 이르는 말인 것으로 보인다. 시인 역시 유교적인 질서 안에서 세계를 읽어냈을 것이므로 중국을 제외한 국가에 대한 오랑캐의식이 있었음을 알 수 있다. 중화의식의 편린으로 보이는 이 시어는 사실상, 야만성을 드러내기 위해 의도적으로 쓰인 것이 아니다. 거의 고유명사로 굳어져 있던 시대상황에서 나온 표현에 불과하다. 물론 이 대목에서 당시 주자학적 질서에 따른 중화주의에 대한 비판적 거리를 확보하지 못한 이육사의 그늘을 볼 수 있다. 남쪽 아시아의 어느 나라에서 열리는 제사의식에서 "옥돌보다 찬 넋"이 거리에 가득하고, 그곳의 섬에 밝게 빛나는 별, 봄밤의 "알몸동아리 향기"가 돛대를 단 배처럼 오는 곳은 삶이 영광이 되는 곳이다. 이 이상적인 조화와 아름다움이 "무지개"로 모여든다. 남만의 의례가 단순히 이국적인 것이 아니라 매우 아름다우면서도 희망적인 의지를 키워내고 있음을 알 수 있다.

시의 제목으로 제시된 「아편」의 물질성은 혼미한 정신의 중독성을 상징한다. 아편을 맞은 자의 흐릿한 의식처럼 낯선 이국정취를 토해 놓았다. 번제의 화려한 행사 속에서 흐느적거리는 거리의 표정을 담아낸 작품은 노아의 홍수처럼 사람들이 흥성거림을 담아낸다. 또한 아편이 일으키는 묘한 여운을 "알몸동아리 향기"로 은유적으로 구성해내었다. 이렇게 흥청거리는 분위기 속에 언급된 "광영"이란 황홀한 삶의 광영으로 제한된다. 아편에 취한 남만의 밤 풍경에 도취되는 일은 "죄와 겻드리는" 일에 연결된다. "罪와 겻드러도 삶즉한 누리"라는 마지막 구절은 일상의 삶이 아니라도 삶을 누릴 수 있는 세계로서 충분하다는 의지의 표명이라고 단정하기는 어렵다. 다만, 아편으로 일어나는 다양한 이미지의 전개는 시어 아편을 충실하게 반영하고 있다. 마지막 행은 반어적인 표현을 통해 아편으로 일어나는 번제 풍경을 그려내고 있다. 이 표현은 '살 수 있다, 없다'의 문제가 아니라 일상을 벗어난 특별한 장면으로서의 아편을 중심에 둔 기술이다. 아이러니는 "황홀한 광영"이란 이미지를 확장시키는 역할을 한다.

4. 정(情), 경(景)의 일치 혹은 조화의 이미지

가장 조화로운 시적 이미지는 정경일치를 이루는 작품 속에서 확인된다. 시인의 감흥이 특별한 '경'의 경계에서 가능해진다고 할 때, 이 둘의 조화야말로 서정시의 진정성을 제대로 담아내는 구조이다. 이육사 시에서 정경일치를 이루는 작품들은 현재성의 가치와 일정 정도 거리를 확보하고 있다. 특히 시인에게서 정의 충만, 즉 감흥이 유발되기 위해서는 시간적인 거리를 충분히 유지해야 가능하다. "'言情'과 '寫景'은 한시에서 요체가 된다. 시는 감정의 결정체이기 때문에 비단 남녀 간의 애정뿐만이 아니라, 꽃 한 송이 나무 한그루 산수 간의 사물에는 모두 인간의 정을 담을 수 있다. 그리고 이러한 '情'은 '寫景'을 통하여 비로소 완미한 표현이 된다. 즉 가장 훌륭한 작품이란 因情造景하고 卽景生情하는 것이라야 한다. 정과 경이 한데 어우러져 분리시킬 수 없이 조화되어 정은 경을 낳고 경은 정을 불러일으키는 情景交融이 이루어짐으로써 독자를 더욱 감동시키는 것이다. 한시의 형상성은 바로 이러한 '言情'과 '寫景'의 결합에서 이루어진다."[11]

이육사 시에서 정감과 경치가 조화를 이루는 작품의 주제는 대부분 고향 이미지를 강하게 포함하고 있다. 시인의 '정'의 현재성은 항상 결핍되거나 상실한 대상을 향해 지속하기 마련이다. 이런 심리적인 접근 속에서 정경일치를 이루는 고향모티브 작품들은 결국 시인의 고향에 대한 향수가 근본 동력임을 알 수 있게 해준다.[12] 여행자, 혹은 유랑의 흔적이 작품에 자주 등장하는데 이것은 본래 사물의 이미지에 충실한 시에서 새로운 변주형태를 가능하게 한다. 특히 시인은 고향에 대한 그리움과 아쉬움을 작품에 녹아내고 있는데 이것은 지리적, 정신적 고향의

---

11 정요일, 『고전비평용어연구』, 태학사, 1998, 268쪽.
12 전미정, 「이미지즘의 동양시학적 가능성 고찰」, 『우리말글』 28호, 우리말글학회, 2003, 322쪽. 한시는 원래 서경과 서정이 어울려 한 편의 시가 형성되는 것이 보편적인 양상이다.

이중주를 동시에 포함하는 것이다. 특히 지리적 공간을 중심에 둔 고향의 경우에 이국적 도시 체험이 반사효과로 훨씬 강하게 나타난다. 시인이 시작과정에서 이미지 포착이 고향 이미지로 호출되었을 때 고향공간에 대한 각별한 이미지가 생산될 수 있다. 특이한 것은 그리운 고향에 대한 심사를 표현하는 것으로 그치고 현재적인 공간에 충실하게 이미지를 제시하는 방식이다. 과거의 추억의 공간으로 고향을 재현해내는 것보다는 시인이 거주하는 현재적인 공간에 충실하게 고향공간을 그려낸다. 이것은 좀더 고향에 대한 의식을 효과적으로 장치할 수 있는 바탕이다.

> 내여달리고 저운 마음이런만은/바람에 씿은듯 다시 瞑想하는 눈동자//
>
> 때로 白鳥를 불러 휘날려보기도 하건만/그만 기슭을 안고 돌아누어 흑흑 느끼는밤//
>
> 희미한 별 그림자를 씹어 노외는 동안/자주빛 안개 가벼운 瞑帽같이 나려씨운다.
>
> ―「湖水」 전문

자연 풍경으로서의 호수를 그려내고 있는 이 시는 호수를 "명상하는 눈동자" 혹은 "가벼운 瞑帽"로 비유한다. 맑은 호수의 표면을 명상의 세계로 지향하는 순수한 눈동자로 비유한다. 호수가 지닌 물의 맑음을 특징적으로 잡아낸 표현이다. 이 맑은 물살과 표면에 신비로운 안개가 내리면 호수는 순간 "가벼운 瞑帽"가 된다. 마치 깃털처럼 가벼운 모자를 씌운 듯 호수는 단장을 하게 되는 것이다. 맑은 물이 안개가 되어 피어오른다면 그 가볍고 신비로운 기운은 더욱 깊어지게 된다. 그러므로 이 시의 은유로 쓰인 "맑은 눈동자", "가벼운 瞑帽"는 호수를 두고 쓴 찬란한 은유들이다.

시어배치를 수렴형식으로 취하지 않고 자연스런 병렬배치로 두었다. 더구나 연별로 은유를 적절하게 활용하지 않고 1연, 3연에서만 쓰고 있고, 2연에서는 제외시켰다. 2연에서는 시어를 매우 주관적으로 배치하여 감각적인 이미지 제시로 그치고 있다. 사실, 호수는 그림 그리듯 중심적인 이미지는 회화적이다. 그러나 2연에서 감각적 이미지가 포함되면서 맑고 신비로운 호수의 분위기와는 달리 호수를 바라보는 시적자아의 심리상태는 슬픔으로 가득 차 있다. 이 비감어린 정서가 2연을 통해 전달되는 것인데 2연을 통해 자연풍경에 대한 이미지 시가 아니라 맑은 호수와 그것을 바라보는 슬픈 화자가 동시에 나타나게 된다.

2연의 감각적 이미지는 사실상, 시인의 세계관을 엿보는 지점이 된다. 맑고 신비로운 호수에서 굳이 비감어린 화자를 등장시킨 시인의 의도는 어디에 있었는가. 물론 창작의도를 작품 맥락에서 파악해 본다면 "내어달리고 싶은 마음"과는 달리 달려가지 못하는 현실이 대응축으로 존재한다. 대신 "백조를 불러 휘날려보지만" 백조는 마음처럼 달려가지 못한다. 차라리 물 위를 미끄러져 가거나, 자맥질을 치는 것으로 그치고 만다. 달려갈 수 없는 현실 앞에서 좌절과 절망을 직접적으로 토로할만하나 시인은 호수의 자연이미지를 긍정적으로 제시하는 것으로 마무리 한다.

쟁반에 먹물을 담아 햇살을 비쳐본 어린날
불개는 그만 하나밖에 없는 내 날을 먹었다

날과 땅이 한줄우에 돈다는 고瞬間만이라도
차라리 헛말이기를 밤마다 정영 빌어도 보았다

마츰내 가슴은 洞窟보다 어두워 설래인고녀
다만 한봉오리 피려는 薔薇 벌레가 좀치렷다

그래서 더 예쁘고 진정 덧없지 아니하냐
또 어데 다른 하늘을 얻어 이슬 젖은 별빛에 가꾸련다

―「日蝕」

일식현상이 일어나는 과정을 육안으로 관찰하고자하는 유년의 화자
는 먹물담은 쟁반에 해를 비춰본다. 일식은 그 먹물이 무색하게 사방을
어둠으로 몰아넣는다. 일식이 시작되자 동굴보다 어두워진 가슴은 벌레
에 뜯긴 장미꽃송이에 비유된다. 자연현상의 경이로움 앞에서 보인 이
미지는 '어두워 설레는 가슴'과 '벌레 물린 장미꽃잎'이다. 대낮에 일식
현상은 사방을 어둔 밤처럼 캄캄하게 만드는데 이 당황스러운 어둠 앞
에서의 설레임은 어둠 속의 또 다른 기대를 담는 언어이다. 피고 있는
장미꽃을 벌레가 물어뜯은 것처럼 어둠 이후의 설레임은 새로운 긴장의
영역이 된다. 흥미진진한 기대의 설렘이지만 마냥 달뜬 설렘이 아니다.
이 어둠과 긴장, 혹은 설렘이 "더 예쁘고 진정 덧없는" 것을 실마리 삼
아 어둠 앞의 긴장을 풀어간다.

어둠이 설렘을 낳아 진실로 덧없음을 확인하는 단계로 나아간다. 그
확인의 결과는 "다른 하늘을 얻"는 것으로 이어진다. 일식의 자연현상
이나, 장미꽃이 벌레에 물린 것이나 모두 "예쁜" 자연의 현상이지만 그
자체로 덧없는 것들이다. 이 덧없음에서 벗어나는 대안이란 "다른 하늘"
을 얻는 일이다. 일식이 일어나는 하늘을 탈피해서 새로운 하늘을 얻은
자리에 "이슬 젖은 별빛"을 가꾸고자하는 생각이 설렘을 낳았다. 시인
은 일식현상 앞에서 신념과 의지를 새로이 확인하는 시간으로 삼는다.

일식 그 자체와 별로 상관성이 없는 세계를 그리기 위해 방법적으로 일식이 선택되고 있다. 유년의 화자가 궁금해하는 일식의 원리나 대낮 어둠이 불러내는 긴장은 담담한 삶의 관망처럼 정리된 후, 실제 시인의 의지가 직접 개입하는 "다른 하늘"로 마무리된다. 이육사 시인의 의지와 세계가 직접적으로 개입된 작품이다.

> 光明을 背反한 아득한 洞窟에서
> 다 썩은 들보라 문허진 城砦 위 너 헐로 도라단이는
> 가엽슨 빡쥐여! 어둠에 王子여!//
> (중략) 가엽슨 빡쥐여! 永遠한 「보헤미안」의 넉시여!//
> (중략) 가엽슨 빡쥐여! 滅亡하는 겨레여!//
> (중략) 가엽슨 빡쥐여! 검은 化石의 妖精이여!
>
> ─「蝙蝠」 부분

박쥐를 이미지로 형상화한 작품 「편복」에서 박쥐는 "어둠의 왕자"로 고독하다. "쥐"와 "대붕"이 버린 존재로 고독해졌다. "앵무", "딱따구리"처럼 지껄이지만 종족을 잃어버려 갈 곳이 없다. "불사조"도 못되는 박쥐도 "두견새"의 흘리는 피에 동정을 얻는다. 많은 "새짐승에게 부칠 애교"도 없는 박쥐는 다시 동굴로 돌아가야 할 운명이다. 시인은 새와 쥐의 몸을 동시에 가진 박쥐를 설정하고 새와 어울리지도 못하고 그렇다고 짐승들과 어울리지도 못하는 단절되고 고립된 존재를 묘사한다. 박쥐의 특징을 일별하면서 그것이 다른 종류의 새, 짐승과 어울리지 못함을 하나씩 꼬집고 있다.

어둠과 동굴에 붙어사는 박쥐의 특징을 떠올리며 이 박쥐의 특징과 화합하지 못하는 여러 무리의 동물이 모두 박쥐와 거리두는 형식으로

시가 전개된다. 쥐도 박쥐를 버리고, 대붕도 북해로 가버리는 형식이다. 2연에 오면 박쥐는 더불어 화해하고자 먼저 행동을 한다. "앵무"와 쫑알 거리고, "딱따구리"처럼 나무를 쪼아도 보나 종족을 잃어버리고 만다. 3연에서는 박쥐의 역사를 드러내며 "두견새"의 흘리는 피만큼도 설득력이 없는 종족이 되고 만다. 그런데 "가여운 박쥐여"라고 쓴 바로 뒤를 이어 "멸망하는 겨레여"라는 시구절이 따라온다. 물론 정황이 어울리는 것처럼 보이지 않으나 시의 전문을 따라간다면 이 모든 박쥐 은유는 겨레로 모아진다. "한 토막 꿈" 없이 다시 동굴로 돌아가야 할 박쥐의 운명이 결국 겨레의 운명이라는 것으로 연결된다. 신념과 의지에의 확신을 보인 시의 세계와는 좀 거리가 있는 박쥐의 운명에 철저히 슬퍼하는 것으로 마감되는 작품이다.

> 내 고장 七月은/청포도가 익어가는 시절//
> 이 마을 전설이 주저리 주저리 열리고/먼데 하늘이 꿈꾸려 알알이 들어와 박혀//
> 하늘 밑 푸른 바다가 가슴을 열고/흰 돛단 배가 곱게 밀려서 오면//
> 내가 바라는 손님은 고달픈 몸으로/靑袍를 입고 찾아 온다고 했으니//
> 내 그를 맞아 이 포도를 따 먹으면/두 손은 함뿍 적셔도 좋으련//
> 아이야 우리 식탁엔 은 쟁반에/하이얀 모시 수건을 마련해 두렴
> ─「청포도」 전문

사물의 특징을 잘 드러내는 표현방식이 유독 돋보이는 「청포도」는 포도 열매가 시적 상징으로 살아난다. 마을과 관련된 전설은 탐스러운 포도송이의 열매처럼 "주저리 주저리" 구성지게 묘사된다. 그 풍성한 포도열매에는 먼 하늘의 꿈이 "알알이 박혀서" 포도송이를 두고 고향의

풍경을 구성해낸다. 이 청포도가 익어가는 고향 마을에 "고달픈 몸"의 손님이 상징성으로 제시되는데, "손님"은 상징의 겹을 두르고 있는 셈이다. 청포(靑袍)를 입은 손님의 상징은 푸른 도포의 의미에 멈추지 않고 정결한 지사적 의미를 내포하고 있다. "청포 입은 손님"을 기다리며 "은쟁반에 청포도를 준비하는 일"은 동시간대의 공감각적 이미지의 탁월한 배치로 마무리된다.

위의 시는 제목 "청포도"를 통해서 고향 여름의 풍성한 추억을 이야기하려는 의도가 아니다. "청포를 입고 고달픈 몸으로 찾아올 손님"과의 만남에 비중이 놓인 작품이다. 그러므로 시어배치는 병렬형태라고 할 수 없고, 중심적인 의미는 후방으로 보내놓고 서두에서는 과일 청포도를 제시해 두었다. 물론 청포도는 시의 결구에서 시어의 최대효과를 발휘하고 있다. 시의 제목과 부합하는 상징성으로 청포도를 제시하는 듯 하면서 실제로는 "청포입은 손님"맞이를 위한 단계임이 작품 마무리에서 확연하게 드러난다. 시인은 의도적으로 청포도를 시의 서두와 결말 부분에 배치함으로써 손님의 의미를 최대한 확장해내고 있다.

물론 시인은 언어를 사물과 같이 의식하고 창조해내는 위력을 지닌 존재이지만 이육사 시인이 선택해내는 시어는 은유적 진행과정과는 좀 다른 독특한 면을 지닌다. 그것은 청포도 시어를 다른 유사한 이미지를 거느리는 세계로 비유하거나 변화시키는 것이 아니라 청포도를 그대로 살리면서 맥락을 벗어나지 않는 연결관계를 만들어낸다. 이런 시쓰기의 특징은 언어자체의 사물화과정에 중심을 둔 것이 아니라, 표현하고자 하는 내용에 충실한 구성에서 이루어진 결과이다.

그러므로 위의 시의 경우처럼, "청포도/청포"의 시어는 새로운 사물화단계로 나아가는 것이 아니라 그 자체로 고유한 원래의 의미를 지니면서 서로 상승작용을 일으킨다. 이미지가 확연하게 돋보이는 작품임에도 불구하고 청포의 중의성 중심으로 시가 진행되고 있음을 알 수 있다. 이런 이육사 식의 이미지 선택 방식은 한시의 영향과 밀접한 관계가 있다. 서구 모더니즘 영향의 이미지 수사는 시어자체의 변화에 골몰한다면, 동양적 이미지 전개방식이란 주제의식을 일관되게 지향하면서 구성됨을 알 수 있다.

수만호 빛이래야할 내 고향이언만/노랑나븨도 오쟎는 무덤우에 이끼만 푸르리라.

슬픔도 자랑도 집어삼키는 검은 꿈/파이프엔 조용히 타오르는 꽃불도 향기론데/연기는 돛대처럼 날려 항구에 들고/옛날의 들창마다 눈동자엔 짜운 소금이 저려

바람 불고 눈보래 치쟎으면 못살이라/매운 술을마셔 돌아가는 그림자 발자최 소리

숨막힐 마음속에 에데 강물이 흐르뇨/달은 강을 따르고 나는 차듸찬 강맘에 드리라

수만호 빛이래야할 내 고향이언만/노랑나븨도 오쟎는 무덤우에 이끼만 푸르리라.

—「자야곡」 전문

'자야곡'은 자시(23시-1시)에 부르는 노래라고 할 수 있으니 풀어보면 한 밤중에 부른 노래 정도가 된다.[13] 한 밤중 항해하는 바닷길에서 떠올린

고향의 풍경은 쓸쓸하기 짝이 없다. '수만호'가 있어야 할 큰 동네가 어둠에 다 휩쓸려 과거의 영화와 욕됨도 보이지 않는다. 바닷길의 험난한 여정처럼 바람과 눈보라를 이겨내는 일이 힘겹다. 험난한 항해에서 도수 높은 술은 나름의 위로가 된다. 그 술을 통해 보이는 고향의 강에는 달이 밝고 그 달을 따라 마음도 따른다.

雲母처럼 히고찬 얼골/그냥 죽엄에 물든줄 아나/내지금 달알에 서서 있네

돛대보다 높다란 어깨/얕은 구름쪽 거믜줄 가려/파도나 바람을 귀밑에 듣네

갈멕인양 떠도는 심사/어데 하난들 끝간델 아리/오롯한 思念을 旗幅에 흘리네

船窓마다 푸른막 치고/촛불 鄕愁에 찌르르 타면/運河는 밤마다 무지개 지네

빡쥐같은 날개가 펴면/아주 흐린날 그림자 속에/떠서는 날쟌는 사복이 됨새

닭소래나 들니면 갈랴/안개 뽀얗게 나리는 새벽/그곳을 가만히 나려서

---

13 최병우, 「이육사 시연구」, 『선청어문』 14, 서울대국어교육과, 1986, 117쪽. '자야곡'이란 한시에서 이별가의 형태를 가리킨다.

감세

「독백」의 이미지 배열방식은 특별히 가공된 시어를 제시하는 이미지 진술이 아니라 사물의 특징을 제시하면서 그 특성을 통해 사태가 이해되는 '사물-진술'의 관계를 보인다. 사물은 세련된 시어가 아니라 사물의 특별한 개성을 뾰족하게 내세운 것이고 이 사물과 시적자아의 영역이 연결된 방식이다. 그러므로 세련된 언어의 나열이 없이 사물이 지닌 특징적인 요소에 주목하는 언어선택을 하고 있다. 이런 시적 기법은 모더니즘의 언어진술 방식과는 일정한 거리가 있는 것으로 추측된다.

'운모', '죽엄'은 희고, 찬 얼굴과 어울려 창백한 달밤으로 묘사된다. 돛대보다 높은 키는 거미줄에 걸린 구름도 보고 바다의 파도와 바람도 귀 밑으로 울린다. 머물지 못하고 끊임없이 떠도는 삶의 애환이 기폭을 따라 묻어난다. 밤배의 선창가에는 검푸른 바닷물이 출렁이고 촛불이 가녀리게 밤을 지키고 운하의 물길을 따라 밤배의 불길은 잦아든다. 바다의 검은 물결은 박쥐의 날개처럼 펼쳐지고, 마치 내려앉지 못하는 한 마리 박쥐처럼 보이기도 한다. 새벽의 긴 항해 뒤에도 머물지 못할 뱃길에 안개만 대신 그 땅을 적시고 길 떠나는 나그네가 되는 심사를 읊은 시다. 이정표를 확인할 수도 없는 항해 길을 표표히 지나가는 시인의 독백은 먼 대양의 아련한 세계처럼 미래와 현실을 향해 매우 불명확하게 열려 있다. 확고한 의지나 신념에 대한 회의나 좌절을 드러내는 항해가 아니다. 멀고, 끝을 알 수 없는 항해에서 시인은 '갈매기'에 자신을 투영하면서 바다의 오랜 길을 담담하게 바라본다.

동방은 하늘도 다 끗나고/비 한방울 나리쟌는 그따에도/오히려 꽃츤 밝

아케 되지안는가/내 목숨을 꾸며 쉬임업는 날이며

北쪽 「쓴도라」에도 찬 새벽은/눈속 깁히 꼿 맹아리가 옴작어려/제비떼 까마케 나라오길 기다리나니/마츰내 저버리지못할 約束이며!

한 바다 복판 용소슴 치는곧/바람결 따라 타오르는 꽃城에는/나븨처럼 醉하는 回想의 무리들아/오날 내 여기서 너를 불러보노라

—「꽃」 전문

「꽃」은 어디에서도 피고, 피지 않을 수 없는 약속이 있다는 말로 이 시는 요약할 수 있다. 그렇다면 이 시 역시 시인의 의지나 신념이 그대로 전달되는 작품이다. 시인의 세계관에서 잘 알 수 있듯이 꽃의 묘사와 이미지 전달을 통해 "저버리지 못할 약속"을 확인하고, 지키기 위한 길에 서 있는 상황을 잘 보여준다. "동방"의 세계와 "툰드라"는 매우 닮은 세계다. 이 세계에서 꽃의 존재는 생명의 출발이자, 의지로서 제시된다. 동방은 하늘도 다 끝났으나 꽃은 붉게 피어나는 생명력이 빛난다. 이 생명력에 의지해서 "내 목숨"도 쉼 없을 수 있다. "툰드라"의 추운 새벽에서 생명의 망울은 움직인다. 이 움직임이 제비떼가 날아오는 날을 기약할 수 있게 하는 큰 약속이 되는 것이다. 이 거부할 수 없는 약속은 바로 추운 툰드라 지역의 눈 속 깊이 갇힌 꽃망울에서 가능해진다는 것을 시인이 역설하는 것이다. 동방과 툰드라도 아닌 바다 한복판에서 바람결 따라 휘청거리는 무리를 염려하는 마음이 드러난다.

1. 2연은 동방의 얼어버린 세계를 툰드라지역의 예를 통해 보여주는 방식이다. 동방의 끝난 하늘은 붉게 피는 꽃으로 끝난 하늘이 아님을 역설적으로 드러낸다. 툰드라 역시 북쪽 얼어붙은 얼음의 계절 속에 꽃

피울 망울의 약속이 있음을 강조하고 있다. 표면적으로 동방이나 툰드라가 드러내는 세계와는 달리 매우 역동적으로 생명이 자라고 있음을 보여주고 있다. 결국 시인은 꽃의 붉은 이미지를 통해 생명의 강한 힘을 표현한 것이다. 거기다가, 3연에서는 "취"하거나 과거로 "회상"하는 무리에게 동방의 지속되는 하늘과 꽃 피는 툰드라를 보여주고 싶어한다.

분명 라이풀線을 튕겨서 올나/그냥 火華처름 사라서 곱고

오랜 나달 煙硝에 끄스른/얼골을 가리면 슬픈 孔雀扇

거츠는 海峽마다 흘린 눈초리/항상 要衝地帶를 노려가다
　　　　　　　　　　　　　　　　　　　　　―「광인의 태양」 전문

일반적으로 은유적 수사란 사물에 대해 의도적으로 새로운 언어를 제시하는 경우를 가리킨다. 이미지를 감각적으로 살리면서 원관념과는 매우 낯선 세계를 표현하는 형식이다. 원관념과는 상반되거나 대조되는 세계를 빌려와서 그 세계를 더욱 새롭게 표현하고자 하는 언어표현의 극치형태이다. 언어의 조탁에서 기본 출발점이자 조탁이 가진 세계를 단적으로 드러내는 도구라고 할 수 있다. 그러나 이육사 시에서 서구의 이미지즘의 직접적인 영향이라고 할 만한 은유적 수사나 이미지는 보이지 않는다. 그러므로 이육사 특유의 은유적 질서와 이미지를 제시할 수 있어야 한다.

「광인의 태양」에서 "태양"으로 수렴될 이미지를 살펴보면 "화화처럼 고운", "연초에 끄을린 얼굴"이다. "라이풀"은 라이플(rifle) 소총을 가리키는데 이 총이 뿜어내는 뜨거운 열기도 "광인의 태양"으로 해석가능하다.

총신에서 불을 뿜듯이 발사되는 총알은 불꽃덩어리이고 이것의 시적 표현으로서 "화화"는 불의 이미지를 살린 표현이자 태양의 이미지이다. "연초에 끄을린 얼굴"이란 불꽃이 작열하면서 피워낸 연기에 의미중심을 옮겨온 것이다. 이것은 태양의 얼굴이면서 동시에 시적자아를 반영한 이미지이다. 불덩어리 같은 태양을 머리 위에 두고 가파른 해협을 지나다니는 경계심은 매서운 눈초리를 기억해낸다.

광인의 태양은 미친 태양이 아니라 태양을 바라보는 시적자아의 상황을 담은 표현이다. "해협마다 흘긴 눈초리"는 상황을 의식하는 시적자아의 경계심을 드러낸다. 해협을 건너가면서 갖는 경계는 불안한 마음에서 비롯되는데 시인은 의도적으로 '광인'을 설정하나, 시적맥락에서 광인의 이미지는 전혀 나타나지 않는다. 따라서 "광인의 태양"은 '광인' 혹은 '태양'의 사실적 의미가 아니라 은유적 세계로 이해해야 한다. "화화"처럼 살기 때문에 고운 것은 곱다는 의미에 멈추지 않고 고운 것은 "슬픈 공작선"으로 이어진다. 그러므로 고운 것은 슬픔의 도화선일 뿐이니 "고움→슬픔"의 과정으로 변화된다. 이 심리적 바탕은 요충지대에서 흘겨보는 눈초리를 의식하는데 집중된다. 거친 해협의 긴장된 시간에 던져진 상황에서 시는 끝맺음을 한다. 이미지는 단순구조를 넘어서서 고움과 슬픔으로 감정적인 이미지를 확대한 후, 이 이미지가 지속적으로 연결되는 상황을 설정한다. 이 연속성을 통해 비감이나 슬픔으로 감정 이미지가 멈추지 않고 근본적인 물음을 묻는 단계로 나아가고 있다.

5. 남는 과제들

성정이란 "참된 마음이 쌓인 다음에 광휘가 밖으로 나타나기 때문에 사물에 감응하는 일은 말로써 형용하여 성정의 올바름을 얻게 되는 것이며, 시는 인간의 정서를 진작시키고 인간의 정서를 순화하고 인간심성을 도야하고 세상도리를 평정하여 사회교화로 나아간다."[14] 결국, 감흥과 정경이 잘 어우러진 시의 세계로 가닿는 일이란 우선 시인의 성정 문제에서 출발하게 된다. 문장에 대한 이러한 전통적인 세계관을 볼 때, 시는 아름다운 이미지의 선택과 배열의 문제가 아니라 시인의 심성과 성품에 직접적인 관련을 두고 있음을 알 수 있다. 동양의 문학관이란 문장과 사람을 구분하지 않고 둘 간의 관계를 통해 작품이 형상화되는 과정을 아우른다고 할 수 있다.

서구의 모더니즘 기법이 들어온 이후, 이미지 중심의 시쓰기와 전통적인 문학창작 과정에서 채택하는 이미지가 어떻게 다른가를 과연 구분할 수 있는가의 문제가 남는다. 이육사 시의 경우, 시의 전개에서 모더니즘에 대한 기본 관심과 함께 전통적인 한시의 영향관계도 함께 보인다. 일단, 몇몇 어휘 속에서 한시의 세계와 통하는 경우를 만나는가하면, 작품 창작과정에서 언어배치나 시어 선택에서 작위적인 언어취사와 배제가 전혀 보이지 않는다. 아주 자연스런 시어의 채택이 확연하게 드러난다. 이 현상은 언어의 긴장과 조화를 의도하지 않은 결과로 보이지만 시 읽기의 매력을 떨어뜨리는 것으로 나타나기도 한다.

이미지의 경우, 한시, 시조 등 전통적인 시가의 역사전개에서 절대 빠질 수 없는 요소라고 할 때, 이것의 구분이 과연 타당한 접근 방법이기나 한 것인지 여전히 애매하다. 그렇다면 이런 접근법을 굳이 사용하여 이미지분석을 시도한 까닭은 무엇인가. 현대시의 작품 해석과 분석의 과정에서 언제나 서양의 시학이론에 추수하는 방식에서 해석자의 정서

---

14 정대림, 「고전시론과 그 계승문제」, 『한국고전문학비평의이해』, 태학사, 1991, 257~260쪽.

를 담아낼 도구의 부족함을 느꼈기 때문이다. 그 글쓰기의 빈틈을 전통적인 문학론을 빌어다 메우고 싶었다. 그러나 우리의 문학사 전개과정에서 배태된 수많은 작품의 이미지가 있음에도 불구하고 그것을 분류한 작업이 아직 없기 때문에 언제나 언어의 의미와 그것의 풀이에 치중한 결과로 이어졌고 이 글도 그 범주를 벗어나지 못했다.

2부

君아! 는 갓튼 나의 生活이야 別로 異常스러울

것도업지 갓치가서 잇갓 ...? 아만 十數의 그리운 벗을 바라

갓치가서 잇갓젼나고 반나고 쓰번개 갓치 써나를

새 보내는 그대의 마음으로 섭々한줄 알엇가 바란은 써

나는 나의 마음은? 안니 떠나면 안되는 나의 生活

아! 이것을 現代人의 안니 사라리 멘의 남으느

는 悲哀라고 나 하여둘가? 우슘다. 書室아즉安東

메잇는 지 그래 遠對가 되엿는가 써보니 엄는 할떄

더우만타 寂宣노 遠流하실 새는 되 음지 등것

罪悚스러워라. 것흐로 健康을

육사 문학을 읽는 몇 가지 단상
─눈물, 소리, 문바지, 노래*

권두연

1. 起-"무서운 규모"와 눈물

육사는 1938년 12월 『조선일보』에 연재한 「季節의 五行」에서 "본래 내 동리란 곳은 겨우 한 百餘戶나 되락마락한 곳 모두가 내 집안이 대대로 지켜온 이따에는 말도 글도 아닌 무서운 규모가 우리들을 키워주엇"[1]다고 서술한 바 있다. 육사 스스로 전통적인 유교관이 지배하는 대

---

* 시작하기 앞서 이 글은 제목에 제시한바, 육사 문학에 대한 단편적인 생각을 긁적인 것에 불과하다. 정제되지 않은 글을 '단상'이라는 형식으로 내보이는 것에 대한 부끄러움과 책임은 전적으로 필자의 몫이다.

1 손병희 편저, 「季節의 五行」, 『이육사전집 I - 이육사의 문학』, 이육사문학관, 2017, 175~6쪽. 이 글에서 인용한 이육사의 글은 『이육사전집 I - 이육사의 문학』에 의거한 것이며 띄어쓰기만 현대의 방식을 적용하였다. 이하 인용 시에는 『전집』의 작품명과 쪽수만을 표시한다. 이 자리를 빌려 귀한 책을 제공해주신 이육사문학관과 김균탁 선생님께 감사드린다.

가족의 질서 속에서 성장했다는 사실을 서술하지 않았더라도 그의 시와 문학 세계 전반에 유교적 세계관이 뿌리 깊게 자리하고 있다는 사실은 여러 연구들을 통해 이미 밝혀진 바다.[2]

흥미로운 것은 이 전통적인 유교관이 지배하는 대가족의 질서가 "말도 글도 아닌" "규모"가 지배하는 세계였다는 데 있다. 좀 더 정확하게 말하면 육사가 이 전통적인 대가족의 질서를 "무서운 규모"로 인식했고 무엇보다 이 "무서운 규모"를 억압이나 지배가 아닌 성장과 자긍이라는 긍정적인 메시지로 받아들였다는 점이다. "무서운 규모"의 세계는 "내 나이 어릴 때에는 아침 일직이 손톱을 잘르면 어른들은 질색을 하시며", "아침에 손톱 깎고 밤에 머리 빗는 것은 몸에 해롭다"[3]든가 "거미라도 방안에 사는 거미들은 아츰 일즉언니 기여나오면 그 집에서는 그날 반가운 소식을 듯는다고 깃버한 것"[4]과 같은 언급에서 드러난바, "버릇"에서부터 "고장의 풍속"에 이르기까지 삶의 전면에 침투해 그를 성장시키는 촉매이자 "자랑"[5]으로 여겨졌다.

「剪爪記」나 「銀河水」, 「戀印記」 등 여러 글에서 육사의 집안과 유년의 기억은 문학적 자산으로 이어졌음을 알 수 있다. 그가 「朝鮮文化

---

2 대표적인 연구로 유병관, 「선비정신과 초인의 꿈」, 『국제어문』 23집, 2001; 박현수, 「이육사 문학의 전거수사와 주리론의 종경정신」, 『우리말글』 25집, 2002; 박지영, 「이육사의 시세계 - 전통적 미의식과 혁명적 실천의 결합」, 『반교어문연구』 17집, 2004; 한경희, 「이육사 문학사상의 저변과 실천정신」, 『차세대 인문사회연구』 1권, 2005; 홍용희, 「거경궁리(居敬窮理)의 정신과 예언자적 지성 - 이육사 론」, 『한국문학연구』 38집, 2010; 홍기돈, 「이육사 시에 나타난 성리학 이념 고찰」, 『한국현대문학연구』 49호, 2016; 강진우, 「육사 시에 나타난 천명의식 - 「광야」, 「꽃」을 중심으로」, 『국학연구』 38집, 2019; 김효선, 「이육사 시의 서정과 온유돈후(溫柔敦厚)」, 『우리문학연구』 66집, 2020 참조.

3 「剪爪記」, 171쪽.

4 「季節의 五行」, 178쪽.

5 고향과 유년에 대한 기억은 "나의 精神에 끼처온 자랑"으로까지 확장된다고 볼 수 있다. 「季節의 表情」, 231쪽.

는 世界文化의 一輪 - 知性擁護의 辯」에서 취하고 있는 입장에서 보여주었듯 "우리도 엇던 형식이엿든지 文化를 가지고 왓고 쏘 그것을 사랑하고 앞으로도 이 마음은 變할 理가 업슬 것"[6]이라는 긍지의 토대가 이로부터 비롯되었음을 확인할 수 있다. 이런 점에서 육사를 성장시킨 환경과 세계관을 그의 문학과 관련시키는 것은 상당한 설득력을 지닌다.

그런데 이러한 규모 안에는 "눈물을 흘리지 안는 사람이 되라"[7], "눈물은 산애자식이 흘이는 법이 아니라"[8]는 어머니와 집안 어른들의 가르침, 그리고 "너는 돌다리목에 줘왔다"는 일종의 "문바지"임을 일깨우는 "할머니의 핀잔"[9]이 공존한다. 가부장적 질서가 공고했던 전통적인 유교사회에서 눈물은 감정을 표출하는 대표적인 표징이자 약자의 표상이었다.[10] 조선 말기 사회상에 대한 방대한 저술을 한 프랑스 선교사 샤를 달레(Claude-Charles Dallet)는 유교문화를 대표하는 사례로 아내의 죽음에 눈물을 흘렸다는 이유로 그가 속한 집단에서 외면 받은 선비에 대한 일화를 기록한 바 있다.[11] 세간에 떠도는 말로 '남자는 평생 세 번 운다.'는 속설이 있는데 태어날 때, 임금이 돌아가셨을 때, 부모가 돌아가셨을 때에만 눈물을 흘릴 수 있다는 것이다. 그만큼 일상적인 상황에서 남성의 눈물은 허용되지 않았고 억압되었다.

육사의 집안 역시 전통적인 대가족의 질서 아래 있었던 만큼 어릴 적

---

6 「朝鮮文化는 世界文化의 一輪 - 知性擁護의 辯」, 422쪽.

7 「季節의 五行」, 175쪽.

8 「年輪」, 214쪽.

9 「年譜」, 55쪽.

10 『눈물의 역사』에 대해 서술한 안 뱅상 뷔포에 의하면 18~19세기 서양에서도 남성이 좀처럼 눈물을 흘리지 않게 된 것은 예의바른 행동에 대한 부르주아 계급의 강요가 일어나면서부터이다. 안 뱅상 뷔포, 『눈물의 역사』, 이자경 옮김, 동문선, 2000, 9~13쪽.

11 샤를 달레, 『한국천주교회사 상』, 안응렬 · 최석우 옮김, 분도출판사, 1979 참조.

부터 사내아이들에게 눈물을 흘리지 않도록 강요했다. 그렇지만 역으로 이렇게 억눌려 온 눈물은 "열다섯 애기시절"의 육사로 하여금 "마음 한 편이 헛헛하고 무엇이 모자라는 것만 가터 발길은 제절로 내 동리 江가로만" 향하게 했다. 그리고 "그 물소리를 따라 어데든지 가고 시픈 마음을 참을 수 업서" "동해를 건"너 길을 떠나게 한다든가 "뿌류닭-크의 영웅전"과 "씨-저", "나폴레옹"을 읽도록 만들었다.[12] 여섯 살 때부터 『小學』[13]을 비롯한 『中庸』, 『大學』, 『論語』, 『孟子』, 『詩傳』, 『書傳』[14] 등의 경서를 강독했다는 육사의 독서와 공부는 성리학적 세계관에 그치지 않고 서양의 각종 영웅전은 물론, 향후 니체와 매슈 아놀드, 루쉰에 이르기까지 다양하게 확장되었다. 이처럼 다양한 독서 경험을 추동토록 한 이면에도 "헛헛하고 무엇이 모자라는 것만" 같은 "마음"이 자리하고 있다.

요컨대 눈물을 억압해 온 "무서운 규모"의 세계는 역설적으로 "첫 사랑이 흘러간 港口의 밤 눈물 섞어 마신 술 피보다 달"[15]다는 세속의 이치에 이르도록 했던 것이다. 육사가 지닌 투사적이고 지사적인 면모로 인해 눈물이나 마음과 같은 정서적 측면은 지금까지 주목받지 못했거나 간과되어 온 경향이 있다. 그런데 이러한 정서적 요인들이 육사의 시 세계에 드러나는 서정적이고 비극적인 세계관과 무관하지 않을 것이라는 판단이 든다. 더욱이 "물소리를 따라 어데든지 가고 시픈 마음"이 그에게 혁명의 길과 문학의 길을 동시에 작동시켰을 수 있다는 점에서 이같은 정서적 요인들에 대한 저평가는 재고의 여지가 있다. 육사는 「季

---

12 인용은 모두 「季節의 五行」, 175~7쪽.
13 「剪爪記」, 172쪽.
14 「銀河水」, 201쪽; 「戀印記」, 209쪽.
15 「年譜」, 55쪽.

節의 五行」에서 "나에게는 詩를 생각는다는 것도 行動이 되는 까닭"[16]
이라고 밝힌바, 그에게 혁명과 문학은 모두 "행동"의 실체이자 실체의
족적, 즉 육사 자신이 걸어간 삶의 "길" 그 자체로 간주된다. 그런 점에
서 "무서운 규모"의 세계로부터 형성된 정서적 측면들은 행동의 시작
(始作)이자 시작(詩作)의 근원을 엿볼 수 있는 단서를 제공한다.

2. 承-"파도나 바람을 귀밑에 듣"는 습관

육사는 1941년 6월 『조광』에 「年輪」을 발표한다. 친구 C의 글에 대
한 답글 형식을 취하고 있는 이 글에서 그는 자신의 "풋된 시절"이 친구
C와는 "아주 다른 세상"이었음을 다음과 같이 이야기한다.

> 大部分 讀書나 習字의 時間이였고 그 外의 하로의 殆반은 어른 밑에
> 서 居處飮食, 起居를 해야하는 것이었다. 그럼으로 잠자는 동안을 빼놓
> 고는 거의는 이얘기를 듣는데 허비되였다. 그런데 그 이얘기란 것이 채장
> 없이 긴 것이라 지금쯤 역력한 記憶은 남지 않었으나 말슴을 해주신 어
> 른분들의 年歲에 따라서는 內容이 모도 다른 것이었다.
>
> 대개 例를 들면 老人들은 祭禮는 이러이러한 것이라 하섰고 中年 어
> 른들은 接賓客하는 節次는 었더타든지 또 그보다 매우 젊은 어른들은 靑
> 年銳氣로써 나는 어떠한 難關을 當했을 때 어떻게 處事를 했다든지 무
> 서운 일을 보고도 눈 한번 깜짝한 일이 없다거나 아모리 슬픈 일에도 눈
> 물은 산애자식이 흘이는 法이 아니라는 等々이였다.[17]

---

16 「季節의 五行」, 187쪽.

채장 없이 하는 어른들의 이야기는 연령에 따라, 내용에 따라 모두 다른 것이어서 대중이 없고 대개는 집안의 대소사와 관련된 일들에서부터 어떻게 살라는 훈계조의 삶의 태도에 이르기까지 시시콜콜하다. 눈길을 끄는 것은 앞서 "무서운 규모"에서와 마찬가지로 이렇게 채장 없이 길어지는 시시콜콜한 일들에 대한 육사의 태도이다. 인용문에서 "잠자는 동안을 빼놓고는 거의는 이얘기를 듣는데 허비"했다고 쓰고 있지만 「銀河水」나 「戀印記」와 같은 글에서 드러나듯 충만한 세계에 대한 그리움과 따뜻함이 곳곳에서 묻어난다. 대표적으로 "옛날 어른들의 너무나 嚴한 敎育方法에도 天文에 對한 初步의 基礎知識이라든지 그나마 별의 傳說같은 것으로서 情緖方面을 매우 所重히 역이신 것을 생각하면 나의 童年은 너무나 幸福스러웠든"[18] 것이다.

이 같은 "풋된 시절"에 대한 서술을 통해 사물과 자연, 세계를 받아들이는 그의 태도에서 "잠자는 동안을 빼놓고는 거의는 이얘기를 듣는데 허비"한 습관 덕에 형성된 유별난 집중력과 소리에의 탁월한 감각을 발견하게 된다. 그의 시에서 무언가를 '듣'고 포착하는 장면이 자주 목격되는데 가령 "파도나 바람을 귀밑에 듣"[19]는 데에까지 이르게 된 것도 어쩌면 어릴 적 "情緖方面을 매우 所重히 역이신" 교육과 듣는 훈련 덕분에 형성될 수 있었던 것이 아닌가 싶다. 그의 첫 시로 알려진 「말」에서부터 유고작에 이르기까지, 총 40여 편이 넘는 시의 절반에서 소리와 관련된 청각적 심상이 활용되었다는 점을 주목한다면 이러한 추측은 육사 시를 이해하는 하나의 단서가 될 수 있다. 다시 말해 그의 시 세계

---

17 「年輪」, 214쪽.
18 「銀河水」, 202쪽.
19 「獨白」, 88쪽.

에 포진되어 있는 청각적 심상을 어릴 적부터 훈련된 그의 듣는 습관과 관련시킨다면 그의 시에 대한 보다 내밀한 읽기가 가능해진다.

"파도나 바람을 귀밑에 듣"는 이로서 육사에 이르게 되면 그가 귀 기울인 파도나 바람은 모두 끊임없이 움직이는 대상이고 그 움직임으로 자기 존재를 증명해 갔음을 알아차릴 수 있다. 그가 파도나 바람을 귀밑에 들을 수 있었던 것은 대상들과 마찬가지로 끊임없이 움직이고 이동했기에 가능한 일이다. 육사의 이동과 관련하여 장문석은 「고향」의 '별자리(constellation)'를 구성하고 있는 육사의 "이동, 번역, 창작의 연속"에 주목한 바 있다.[20] 그에 따르면 "수이성의 청포도"로 대표되는 육사의 문학적 행보는 동아시아 질서 속에서 배태된 월경하는 텍스트와 상통하는데 이는 비단 「고향」에만 한정되지 않는다.

가령 육사의 첫 시가 「말」[21]이라는 점은 그가 고향을 떠나 대구로, 일본으로, 상해로 떠돌면서 이동했음을 상기시킨다.[22] 「말」은 1930년 1월 『조선일보』 신년호에 소개되었는데 "먼 길"과 "채죽에 지친 말"[23]에 대한 이야기가 등장하고 신년호답게 "새해에 소리칠 흰 말"에 대한 언급으로 마무리된다. 이 시가 독립투사로 "먼 길"과 "채죽에 지친 말"처럼 끊임없이 달려온 육사 자신의 모습과 중첩해 읽히는 것은 우연이 아니다. 육사에게 떠남과 이동이라는 월경의 모티프는 언급했듯 그가 신념

---

20 장문석, 「수이성(水生)의 청포도 - 동아시아의 근대와 「고향」의 별자리」, 『상허학보』 56집, 2019 참조.

21 「말」이 육사의 첫 시인지 대해서는 여전히 확정되지 않은 분위기이다. 예컨대 중등 교육에 활용되고 있는 문학 교과서의 대부분은 육사의 첫 시를 「황혼」으로 소개하고 있다.

22 김희곤, 『이육사 평전』, 푸른역사, 2010 및 김학동, 『이육사 평전』, 새문사, 2012 연보 참조.

23 「말」, 19쪽.

으로 삼았던 실천하는 "행동"에 다름 아니기 때문이다.

이처럼 "동아시아를 월경"한 혁명가이자 시인으로서의 육사의 삶과 문학은 이동과 밀접하게 연동한다. 그리고 이동하지 않았다면 듣지 못했거나 포착하지 못했을 '소리'의 세계에 기대고 있다. 고향땅에서조차 "무엇이 모자라는 것만 가터 발길은 제절로 내 동리 강가로만 가"[24] "버들피리 곡조를 부러보내는"[25] 유년과 소년기를 보낸 덕에 그는 소리를 관찰하고 감각하는 '듣는 습관'을 형성할 수 있었다. 이러한 소리에의 감각적 습관은 고향을 떠나 이국의 땅에서도 지속되고 강화되었다.

독립투사의 길이라는 비교적 목적이 분명한 그의 이동에 비해 그가 포착한 소리들은 대개가 하찮고 미미하여 곧 사라질, 부유하는 존재들이다. 그럼에도 이 부유하는 존재들을 포착하여 그 소리를 알아듣고 가려내 분별하는 시인의 귀는 '지음'[26]처럼 외부로부터 사물과 대상을 지각해냈다. "목숨이란 마치 께어진 배쪼각" 같아 "남들은 깃벗다는 젊은 날이엇건만"[27] 쫓기는 마음과 지친 몸으로 "날 부를 이 없는" 외롭고 고독한 젊은 밤을 타향에서 보내면서도 각종 소리에 민감하게 반응하고 그 소리들을 채집하여 지각할 수 있었던 것은 어릴 적부터 훈련된 '듣는 습관'에 힘입은 바이다. 결국 이 모든 소리는 시인의 내면에서 상징과 이미지로 변환되어 때로는 "한 개의 별"에 대한 "노래"로 때로는 "노래의 씨"로 실체화되기에 이른다.

---

24 「季節의 五行」, 175쪽.

25 「年譜」, 55쪽.

26 여기에서 '지음'은 육사의 「少年에게」의 한 구절인 "히고 푸른 지음을 노래하며"에서 "사이, 경계"를 가리키는 뜻으로 사용된 시구를 염두에 두면서도 이 단어의 또 다른 의미인 知音으로 썼음을 밝혀 둔다. 「少年에게」, 68쪽.

27 「路程記」, 40쪽.

「春愁三題」라는 제목하에 세 편의 연작이 『신조선』(1935.6)에 실리는 것을 계기로 육사는 1944년 1월 41세의 나이로 북경 감옥에서 옥사하기까지 각종 문예지와 월간지에 꾸준히 시를 게재하였다.[28] 『전집』에 따르면 육사는 「말」을 포함하여 총 40여 편 이상의 시를 쓴 것으로 조사된다. 이 시들을 소리와 청각적 심상의 유무를 기준으로 분류하면 꽤 흥미로운 점이 하나 발견된다. 청각적 심상을 활용한 시와 그렇지 않은 시가 구분되면서 청각적 심상에 기댄 작품일수록 감정의 과잉이 드러나고 서정성이 강화된다는 사실이다. 반면 대표작으로 널리 알려진 「絶頂」이나 「喬木」과 같은 청각적 이미지가 거의 사용되지 않은 시들의 경우에는 정적이고 고요하면서도 선명하고 투명한, 그리하여 결의나 강직한 이미지가 부각된다는 점이다. 물론 이러한 분류가 다소 자의적이며 편의적일 수 있음을 부인하진 않는다. 그럼에도 청각적 심상과 소리에의 감각이 육사의 시를 읽는 하나의 새로운 참조항이 될 수 있음은 분명하다.[29]

---

28 게재지 별로 보면 『조선일보』(2), 『신조선』(3), 『풍림』(2), 『자오선』(1), 『비판』(5), 『시학』(3), 『문장』(6), 『인문평론』(3), 『삼천리』(1), 『춘추』(1)로 총 27편이다. 그의 유고인 「광야」와 「꽃」 2편은 1945년 12월 17일 『자유신문』에 소개되었으며 「나의 뮤즈」를 비롯한 11편은 미상이다. 연도별로는 발표 지면을 근거로 1930년에 1편, 1935, 6, 7년에 각각 2편씩, 1938, 9년에 각각 4편씩, 1940년에 7편, 1941년에 5편이고 나머지는 유고이거나 미발표작들이다. 이 가운데 「편복」은 신석초의 언급을 참고하여 1940년 1월 이전에 작성된 것으로 간주하고 시조와 한시 3편은 1942~3년으로 추정하고 있다.

29 애초 이 글의 구상은 육사의 시선에 포착된 부유하는 소리들의 존재, 혹은 존재들의 소리가 어떻게 노래하는 마음으로 확장·변주해 가는지, 그리하여 마침내 「광야」에서 "가난한 노래의 씨"를 뿌리기에 이르는지를 살펴보고자 한 데서 출발하였다. 필자의 능력 부족으로 구상에 머문 이 단상은 향후 공부가 더해지면 다른 지면을 통해 보충하고자 한다.

3. 轉-'문바지 의식'과 시작(詩作/始作)

　앞서 언급했듯 육사는 자신을 둘러싼 온갖 고향의 전설과 풍속들, 그리고 "눈물을 흘리지 안는 사람이 되라"[30]는 가르침과 함께 "돌다리목에 줘"온 "문바지"임을 일깨우는 "할머니의 핀잔"[31]이 공존하는 세계 속에서 성장했다. 여기서 "문바지"란 육사의 시 「年譜」에 등장하는 시어로『안동방언사전』에 따르면 "문 앞에 버려진 것을 거두어 기른 아이"를 의미한다.[32]『전집』의 각주에는 "남의 집 대문 앞에 버려져, 남이 이를 받아 키우는 아이"[33]를 가리키는 말로 풀이하고 있다. '다리 밑에서 주워 온 아이' 혹은 남의 집 문 앞에 버려진 일종의 '업둥이'는 지역마다, 세대마다 흔히 구전되는 이야기[34]인 동시에 가족 서사의 출발이기도 하다.

　업둥이는 고아와 함께 근대소설의 주인공을 설명하는 가족 로맨스의 분석적 도구로 활용되었다. 대표적으로 김명인은 고아의식의 짝으로 '업둥이 의식'이라는 용어를 사용하여 염상섭의『만세전』을 분석한 바 있다.[35] 육사의 시에 등장한 "문바지" 역시 이러한 맥락에서 다루어 봄 직하다.[36] 대가족의 질서 속에 형성된 마을 공동체와 가족은 1차 집단으

---

30 「季節의 五行」, 175쪽.

31 「年譜」, 55쪽.

32 사전에는 문바지→문받이로 제시되어 있다. 김정균,『안동방언사전』, 안동문화원, 2009, 155쪽.

33 「年譜」, 55쪽.

34 '다리 밑에서 주워 온 아이'라는 모티프는 지역마다 조금씩 다르기는 하지만 매우 보편적으로 구전되어 오는 민간 풍속 가운데 하나이다.

35 김명인, 「한국 근현대소설과 가족로망스 - 하나의 시론(試論)적 소묘」,『민족문학사연구』 32호, 2006, 336~9쪽.

36 그렇다고 문바지와 업둥이를 동일시하거나 기존 문학사에서 가족 소설 혹은 가족 로망스의 한 유형으로 분석하는 것과는 거리를 두고자 한다.

로 가장 친밀하고 끈끈한 속성을 지닌다. 그런데 "문바지"는 그토록 철석같이 믿고 있던 관계들로부터 태생을 부정당하고 분리되는 경험을 야기한다.

어릴 때부터 형성된 이러한 자의식은 나는 누구의 자식인가라는 근원을 묻게 하고 진짜 부모를 찾아 떠나는 모험으로 이어진다. 『기원의 소설, 소설의 기원』에서 논의되었듯 소설이야말로 잃어버린 가족을 찾아 떠나는 주인공의 여정으로부터 시작하는 장르이기 때문이다.[37] 육사의 「黃葉箋」은 이러한 연장에서 읽힌다. 다만 나면서 그토록 들었던 고향의 전설과 어른들의 이야기는 그에게 서사가 아닌 리듬과 이미지로 체화되어 우리에게 잘 알려진 「靑葡萄」, 「絕頂」, 「曠野」, 「喬木」, 「꽃」과 같이 정제되고 상징적인 시어로 완성되었다. 육사가 소설에서부터 수필, 번역, 평론, 서간문 등 다양한 글쓰기를 구사했지만 시인으로 자리매김된 것은 어릴 적 근원으로부터 길어 올린 감수성과 외부 세계를 감각하는 듣기로 잃어버렸거나 사라진 것들을 기억하고 불러낼 수 있기 때문이었으리라. 불러내는 것이야말로 시작(詩作)의 시작(始作)인 때문이다.

그가 유년에 규모 있는 집안에서 자랐음에도 "무엇이 모자라는 것만가터 발길은 제절로 내 동리 강가로만 가"[38] "열여덟 새봄 버들피리 곡조에 부러보내"[39]는 서러움과 슬픔의 정조를 지니게 된 데에는 "문바지"로부터 비롯된 부재에서 오는 서러움과 버려진 존재에의 근원적 슬픔이 일찌감치 자리한 것으로 보인다. '문바지 의식' — 이런 식의 명명법이

---

37 마르크 로베르, 『기원의 소설, 소설의 기원』, 김치수 · 이윤옥 옮김, 문학과지성사, 1999 참조.
38 「季節의 五行」, 175쪽.
39 「年譜」, 55쪽.

성립 가능하다면 — 은 소리에의 감각과 더불어 육사 문학의 주된 정서를 이루고 있는 요인이자 출발점으로 간주된다. 그의 문학과 시의 출발에 이 같은 '문바지 의식'이 내재하고 있음을 상기한다면 그의 혁명적 기질 속에 내포된 서러움의 정서와 슬픔의 정조도 어느 정도 설명될 수 있지 않을까 생각한다.

이처럼 출처가 불분명한 풍속과 관습이 만들어 놓은 이른바 "규모"[40]의 세계와 이를 "주저리 주저리"[41] "채장 없이"[42] 늘어놓는 이야기 사이에 형성된 일종의 '문바지 의식'은 청년 육사가 독립운동가가 되고 혁명가가 되고 글을 쓰는 사람으로 살아가도록 일정하게 작용한 인식적 토대라 할 수 있다. 이러한 의식은 나아가 안으로 들어가지 못하거나 들어가지 않은 "문외한"의 정체성을 깨닫는 데에까지 이어진다.

> 人生의 門外漢이 되겟소. 그래서 남들이 모두 門안에서 보는 世上을 나는 門박게서 보겟소 남들은 기피 보는 世上을 나는 널리 보면 또 그만한 自矜이 잇을 것갓소. 오늘은 高氣壓이 어데 잇는지 風速은 六十四미리오 이 洞里를 떠나 아무도 발을 대지 안흔 大雪原을 걸어가겟소, 前人未到의 原始林을 가는 느낌이오, 누가 나를 따라 이 길을 올 사람이 잇슬른지? 업서도 나는 이 길을 永遠히 가겟소.[43]

인용한 글은 「門外漢의 手帖」의 일부로 "나와는 매우 親한 동무"였던 R이 쓴 동명의 유고의 마지막 부분이다. 육사 자신으로 짐작되는[44]

---

40 「季節의 五行」, 176쪽.
41 「靑葡萄」, 63쪽.
42 「年輪」, 214쪽.
43 「門外漢의 手帖」, 169쪽.

화자인 "나"는 R의 글을 여기까지 보고는 "이것은 한 사람이 人生의 門 안으로 들어오지 못하고 永遠히 걸어간 記錄이다 오! 그러면 나도 亦是 門外漢인가?"[45]라고 반문한다. 이로써 그 역시 문 밖에 있는 동류임을 고백한 셈이다.

육사를 끝내 체제 안으로 포섭되기를 거부하고 월경한 영혼의 지도자라는 이미지로 떠올리게 되는 것은 이처럼 스스로 문외한이길 자처했기 때문인지 모르겠다. 그가 문 밖에 있기를 욕망했기에 문 안에선 들을 수 없고 문 밖에서만 들을 수 있는 부유하는 존재들의 소리와 "히고 푸른 지음"[46]을 포착할 수 있었던 것이 아닐까 싶다.

4. 結-"가난한 노래의 씨"

육사는 부유하는 존재들과 그 존재들의 소리를 포착하여 그것에 시어라는 이름과 자리를 부여하였다. 시가 노래로부터 분화되었다는 시의 장르적 속성을 빌려 시인들의 마음을 노래하는 마음으로 간주하는 것이 가능하다면 육사의 시는 소리에서 출발해 "가난한 노래의 씨"로 완결된다고 볼 수 있다. 육사의 시에서 노래를 모티프로 한 시만 해도 여러 편이다. 노래라는 시어가 직접적으로 드러나는 시에는 「한 개의 별을 노래하자」, 「海潮詞」, 「江 건너간 노래」, 「少年에게」, 「斑猫」, 「曠

---

44 「門外漢의 手帖」은 주인공 나가 고인이 된 R의 동생으로부터 간단한 편지 한 장과 동명의 원고 하나를 받는 것으로부터 시작되는 액자소설의 구성을 취하고 있다. 그렇지만 『조선일보』 연재 당시 수필로 분류되었고 『전집』에서도 이러한 사실을 근거로 수필로 보고 있다.

45 「門外漢의 手帖」, 169쪽.

46 「少年에게」, 68쪽.

野」,「나의 뮤즈」 7편이 있다. 이 밖에도 「子夜曲」처럼 제목 자체가 노래에 관한 것이거나 '망향가'나 '왈츠', '諧調'와 같이 노래와 밀접하게 연관된 것들까지 포함한다면 그의 시 가운데 1/3가량이 노래의 범주를 이룬다.

육사와 절친했던 신석초는 육사의 초기 문단활동을 회고하면서 1935년 『신조선』에 게재했던 「春愁三題」나 「黃昏」같은 시들을 "최초의 걸음마"[47]로 보았다. "본격적인 시작활동의 소산이라기보다는 일종의 준비기의 산물"[48]로 간주한 것이다. 그렇지만 소리에 민감하게 반응한 시인의 감각은 초기 시에서부터 예외 없이 발현된다. 세 편의 시가 세 개의 연으로 구성된 「春愁三題」[49]는 "이른 아침 골목길을 미나리 장수가 기-르게 외우고" 가는 것으로 시작한다. 아침 일찍 미나리를 사라고 외치는 미나리 장수의 긴 외침이 시각적으로 표현된다. 두 번째 시에서는 "시내ㅅ가 버드나무"로 옮겨가 빨래하는 나이든 여자의 "모"난 방망이 소리에 귀 기울인다. 이로써 "쨍ㅅ한 이 볏살에 누덱이만 빨기는 싸증이"나 방망이에 감정을 담은 장면을 포착해낸다. 마지막으로 세 번째 시의 시적 화자는 "쎌딩의 避雷針"에 걸린 "아즈랑이"와 "抛射線을 그리며" "옛집터를 차저 못찻"아 괴로워하며 "재재거리는" "도라온 제비떼"에 시선이 머문다. 세 편의 시 모두 소리를 통해 포착해 낸 장면들을 시각화하고 있다.

「黃昏」[50]에서도 "바다의 힌 갈메기들 갓치도 人間은 얼마나 외로운

---

47 신석초,「이육사의 인물」,『나라사랑』 16집, 1974, 100쪽, 손병희,「「黃昏」, 낭만적 자아와 우주적 사랑」(『안동문화』 제14집, 안동문화연구소, 1993),『전집』, 575쪽 재인용.
48 손병희는「황혼」을 발표하던 이 시기를 육사의 시 창작활동이 본격화된 출발기로 간주한다. 손병희, 앞의 글,『전집』, 576쪽.
49 「春愁三題」, 22~3쪽.

것이냐'는 첫 연의 외로움과 서러움의 정조를 "情情이 살어지긴 시냇물 소리"를 통해 더욱 고조시킨다. 초기작인 「黃昏」에서 보이는 이러한 외로움과 혼자 가는 차가운 밤/길의 이미지는 이후 「海潮詞」, 「年譜」, 「獨白」, 「子夜曲」, 「나의 뮤즈」, 「邂逅」, 「山」 등에서 다양하게 변주된다. 「海潮詞」[51]에서는 밀물과 썰물 즉, 조수 소리가 "이 밤에 날 부를 이 업거늘! 고이한 소리!"가 "내 孤島의 매태낀 城廓을 깨트려" "고요한 섬 밤을 지새게" 해 "巨人의 誕生을 祝福하는 노래의 合奏!"로, "하날에 사모치는 거룩한 깃봄의 소리!"로, "내 가슴을 어르만지며 잠드는 넋을 부"르는 소리로 확장된다. 「年譜」[52]에서는 앞서 살펴보았듯 "너는 돌다리목에 쥐왔다"는 할머니의 핀잔으로부터 "버려진 문바지" 의식이 형성되고 "첫 사랑이 흘러간 港口의 밤 눈물 섞어 마신 술 피보다 달"게 느끼면서도 "거미줄만 발목에 걸린다 해도 쇠사슬을 잡어 맨 듯 무거워"진 삶을 고백한다. 그럼에도 삶에의 희망과 의지를 놓지 않고 "눈 우에 걸어가면 자욱이 지리라고 때로는 설래이며 파람도 불" 것임을 조심스럽게 낙관한다.

「獨白」[53]에서는 돌비늘처럼 "히고 찬 얼골"을 하고선 "죽엄에 물든 줄 아"나 보지만 시적 화자는 "달 아래 서서" "파도나 바람을 귀밑에" 들으며 "떠도는 심사 어듸 하난들 끝간 델" 알지 못한 채 "닭소래나 들니면 갈" 것인가를 반문한다. 그러면서도 "그곳을 가만히 나려서" 갈 것을 다짐하는 것으로 마무리한다. 「子夜曲」이나 「山」에서도 "매운 술을 마셔 도라가는 그림자 발자최 소리"와 "나라 나라를 흘러 다니는 뱃사람들

50 「黃昏」, 26~7쪽.
51 「海潮詞」, 36~8쪽.
52 「年譜」, 55~6쪽.
53 「獨白」, 88~9쪽.

부르는 望鄕歌"[54]에 '강의 마음'[55]과 "바다의 마음"[56]을 헤아린다. 「나의 뮤즈」나 「邂逅」에서는 "翡翠가 녹아 나는 듯한 돌샘ㅅ가에 饗宴이 벌어지면 부르는 노래란 목청이 외골수"라 밤이 다 사라지고 "닭소래 들릴 때면" 나의 뮤즈는 "별 階段을 성큼성큼 올러가고" "나는 초ㅅ불도 꺼져 百合꽃 밭에 옷깃이 젖도록" 자거나[57] "우리"는 "모든 별들이 翡翠 階段을 나리고 풍악소래" "조수처럼 부푸러 오르던 그 밤" "바다의 殿堂을 떠"[58]난다고 읊조린다.

이처럼 육사의 시에서 소리는 때로는 바다가 부르는 "노래의 合奏"로, 때로는 이국 소녀나 뱃사람들이 부르는 "望鄕歌"로, 혹은 "瑪瑙이 노래"로 변주된다. 육사는 「黃葉箋」에서 인간은 "모다 제각기 제 갈 길을 가고만 잇"고 "캄캄 暗黑 속을 永遠히 차고 永遠히 새지 못할 듯한 밤을 제 혼자 가는 것"[59]으로 그려낸 바 있다. 혼자 가는 밤의 길이 황엽이 깨달은 인간 삶의 모습이라는 점에서 '노래'는 이국의 밤/길을 "채죽에 지친 말"처럼 달린 육사 자신에게 더더욱 절실했던 것인지 모르겠다.

"金剛心에서 나오는 내 詩를 쓸지언정 遺言은 쓰지 안켓"[60]다고 한 육사의 말을 떠올린다면 유언 대신 남겨진 그의 시는 견고하고 단단한 삶의 말이다. 그에게 삶이란 행동, 그 이상도 이하도 아니었기에 그의 시는 곧 '단단하고 견고한 마음'의 결정체이자 '행동'의 결과요, 삶의 다

---

54 「山」, 122쪽.
55 「子夜曲」의 5연 "차듸찬 강맘"에서 착안함. 「子夜曲」, 97쪽.
56 「바다의 마음」의 제목에서 착안함. 「바다의 마음」, 134쪽.
57 「나의 뮤즈」, 113~4쪽.
58 「邂逅」, 119쪽.
59 「黃葉箋」, 152쪽.
60 「季節의 五行」, 187쪽. 이하 인용도 모두 같은 글.

른 이름이지 않다. "나에게는 詩를 생각는다는 것도 行動이 되는 까닭"
이기에 시를 생각하고 쓰는 행위가 그에게 어떤 의미였는지는 보다 분
명해진다.

쉽게 희망을 말하지 않으면서 불확실한 미래로 걸어갔던 루쉰의 소설
「고향」의 주인공처럼 육사는 자신의 길, "正面으로 달려드는 표범을 겁
내서는 한 발자욱이라도 물러서지 안흐려는 내 길을 사랑"하여 그 길을
걸어갔던 것이다. 육사가 사랑한 "내 길"에는 언제나 노래가 있었으니
이 노래는 때로는 과거와 고향에 대한 향수이기도 했고 때로는 현재의
절망에 대한 한탄과 울분이기도 했으며 아직 오지 않은 미래에 대한 희
망과 당부이기도 했다.

이육사와 노신

김균탁

1. 이육사와 중국

1930년대와 40년대를 대표하는 저항시인 육사 이원록은 죽는 순간까지도 일제의 강압에 굴복하지 않았던 실증적인 생애와 함께 문학사에서도 독보적인 위치를 차지하고 있다. 1944년 북경의 차디찬 형무소에서 순국하는 순간까지 백마 타고 오는 초인을 목놓아 불렀던 그의 시는 구체적인 실천의 문학으로서 많은 연구자들에 의해 그 중요성이 부각되었다.

1946년 첫 번째 시집인 『陸史詩集』이 동생 이원조에 의해 출판 된이후 이육사에 대한 연구는 주로 그와 친분이 있던 사람들의 회고담에의해 이루어졌다. 그러던 중 1974년 외솔회에서 발행한 『나라사랑 제16집』에서 그의 삶과 문학을 특집으로 다루면서 그에 대한 연구가 본격화되었다. 『나라사랑 제16집』은 이육사에 대한 연구가 본격적으로 이루어지는 시발점이라는 면에서도 의의를 가지지만 이육사 연구에 방향성을 제시했다는 면에서 더 큰 의의를 가진다. 이후 이육사에 대한 연구는 다방면에 걸쳐 이루어졌고, 『나라사랑 제16집』에 실린 글들은 최근에 이르기까지 이육사 연구의 기초적인 발판을 마련해주고 있다.

본고 역시 『나라사랑 제16집』을 통해 논의의 출발점을 찾아보려한다. 본고가 『나라사랑 제16집』에서 주목한 점은 이육사와 중국의 관계다. 김학동은 「이육사의 문학활동」에서 이육사 문학에 나타난 중국 현대 문학의 영향에 대해 언급하였고, 신석초는 「이육사의 인물」이라는 글을 통해 이육사가 가진 중국 문학에 대한 관심을 언급하였다.

> 육사의 문학은 중국 근대 문학의 영향이 컸던 것이 아닌가 하는 점이다. 일반적으로 육사의 시는 그의 수학기(修學期)의 한문학적 소양에 힘입은 바가 크다는 것이 통설로 되어 왔으나 필자는 그렇게만은 보고 싶지가 않다.[1]

> 어쨌든 그는 말이 많은 편은 아니었다. 자기를 결코 과장하지 않았다. …(중략)… 다만 그가 문학을 이야기할 때, 가령 노신(魯迅)이나 호적(胡適) 등을 이야기할 때, 동양의 고유한 미(美)나 아취를 이야기할 때는 의외로 다변적이고 열렬하였다.[2]

김학동의 말에 따르면 이육사의 문학은 기존 그에 대한 언급에서 주

---

1 김학동, 「이육사의 문학 활동」, 『나라사랑』 제16집, 외솔회, 1974, 94쪽.
2 신석초, 「이육사의 인물」, 『나라사랑』 제16집, 외솔회, 1974, 101쪽.

로 다루었던 유교적인 영향과는 달리 중국 현대 문학의 영향 하에 형성되었을 것이라는 점을 단적으로 보여준다. 또한 신석초의 회고를 통해서도 알 수 있듯 이육사는 중국과 중국 현대 문학이 이룬 성과에 지대한 관심을 가졌었다.

이러한 언급뿐만 아니라 중국에 대한 이육사의 관심은 그의 행적을 통해서도 잘 드러난다. 1925년 이정기, 조재만과 함께 중국을 다녀 온 이후, 이육사는 1926년, 1932년, 1943년 총 네 번에 걸쳐 중국을 다녀 왔다. 그 동안 그는 중국의 정치적 변화는 물론 중국의 현대 문학의 변천 과정도 구체적으로 체험했을 것이다.

이러한 체험과 중국에 대한 이육사의 관심은 그가 발표한 시사평론을 통해서도 잘 드러난다. 그는 1933년 의열단이 세운 조선혁명군사정치간부학교를 졸업하고 국내로 들어 온 1934년부터 「五中全會를 압두고 外分內裂의 中國政情」, 「危機에 臨한 中國政局의 展望」, 「公認 "깡그"團 中國靑幇秘史小考」 등 중국 정세와 관련된 다섯 편의 시사평론을 발표하였다. 그의 시사평론은 독재체재를 공고히 하기 위한 장개석을 비판하고 국민당(國民黨)의 부정부패를 고발하며, 정치깡패조직으로서 중국 청방의 역할을 상세히 다루는 등 중국 정세에 대한 날카로운 시선을 보여준다. 이는 중국 정세에 대한 해박한 지식이 있어야지만 가능한 것으로 그가 중국의 상황을 항상 예의주시하고 있었다는 사실을 말해준다.

뿐만 아니라 이육사의 중국에 대한 관심은 문학평론을 통해서도 확인할 수 있다. 그는 중국 현대 소설의 선구자라 할 수 있는 노신(魯迅) 사후 3일 만인 1936년 《朝鮮日報》에 4회에 걸쳐 「魯迅追悼文」을 연재하였다.

이 글에서 이육사는 노신 문학이 가진 우수성을 구체적으로 언급한다. 그는 예술과 정치의 관계에서 예술의 우위적 역할을 인정한 노신의 입장을 수용하며, 일반 사람들의 의식을 각성시키기 위한 도구로써 소설을 선택했던 노신의 작품들이 현실을 제대로 읽고, 변화를 주도하는 의식을 만드는 힘의 근원이었다는 사실을 피력한다.[3] 즉 당대 일제의 감시 하에 독립 투쟁을 위한 직접적인 행동이 제약될 수밖에 없었던 이육사의 입장에서 노신의 문학이 보여 준 성과는 행동과 예술과의 간격에 기인한 그의 고민을 해결[4]해 줄 돌파구였으며, 문학적 실천을 통해 중국 사회를 변화시키려 했던 노신과의 정신적 연대의 구축[5]이었을 것이다. 또한 이육사는 「中國 現代詩의 一斷面」이라는 글을 통해 중국 현대시의 변화 과정을 예리하게 분석한다. 특히 서지마의 시 「拜獻」과 「再別康橋」를 직접 번역해 소개하고 있는데, 이는 이육사가 가진 중국 현대 문학에 대한 관심을 단적으로 보여주는 예일 것이다.[6] 이와 더불어 이육사는 호적(胡適)의 글 「中國文學五十年史」를 번역하여, 중국 현대 문학의 정착 과정을 소개하였으며, 노신의 「故鄕」과 고정(古丁)의 「골목안」을 번역 발표하여 우리 문단에 중국 문학의 동향을 알리고자 노력하였다.

　　이상에서 살펴본 것과 같이 중국 현대 문학과 중국 정세에 대한 이육

3 한경희, 「이육사 문학사상의 저변과 실천정신」, 『차세대인문사회연구』, 2005, 451쪽 참조.

4 심원섭, 「이육사의 초기 문학평론 및 소설에 나타난 노신 문학 수용양상」, 『연세어문학』, 1986, 156쪽 참조.

5 이시활, 「근대성의 궤적 : 이육사의 중국문학 수용과 변용」, 『동북아시아문화학회』, 2012, 93쪽 참조.

6 이와 관련하여 심원섭의 연구는 주목할 만하다. 그는 이육사가 서지마의 시를 어떻게 바라보았는지 뿐만 아니라 서지마의 번역 시 두 편이 이육사의 시의 사상과 표현, 시어에 구체적으로 어떤 영향을 끼쳤는지에 대해 밝힘으로서 중국 현대시와 이육사 시의 영향 관계에 대해 분석할 기초를 마련하였다. 심원섭, 「이육사의 서지마(徐志摩)시 수용 양상」, 『우리문학연구』, 1988 참조.

사의 관심은 그가 문단활동을 하는 내내 꾸준히 지속된 것이었다.[7] 그렇기에 우리는 그의 사상의 저변에는 분명 중국 현대 문학이 달성한 정신사적인 성과가 자리하고 있으리라 추측해 볼 수 있다. 따라서 본고는 이육사의 초기 작품 활동에 영향을 미쳤을 것이라 생각되는 중국 현대 문학, 특히 중국 현대 문학의 선구자로서 문학을 통해 민중들의 의식을 변화·각성시키고, 민족의 자주권을 회복하고자 노력했던 노신과의 관계를 살펴봄으로써 그의 문학이 추구하고자 했던 방향성을 고찰해 보고자 한다.

2. 이육사와 노신

이육사가 가졌던 노신에 대한 관점은 노신 사후 3일 만에 ≪朝鮮日報≫에 발표한 「魯迅追悼文」을 통해 잘 드러난다. 1936년 잦은 검속과 고문으로 몸이 쇠약해진 이육사[8]는 조국독립을 위한 강력한 행동을

---

7 중국에 대한 이육사의 글은 그가 본격적인 문단활동을 시작하기 전인 1934년부터 활동이 절정에 이른 1941년까지 이어진다.
1934년 「오중전회를 앞두고 외분내열의 중국정정」 발표.
1935년 「위기에 임한 중국정국의 전망」, 「공인 "깽그"단 중국청방비사소고」 발표.
1936년 「중국의 신국민운동 검토」, 「중국농촌의 현상」, 「노신추도문」, 번역소설 「고향」 발표.
1941년 번역비평 「중국문학오십년사」, 「중국현대시의 일단면」, 번역소설 「골목안」 발표.
8 1936년 7월 이육사는 세약해진 몸을 추스르기 위해 포항 동해송도원에서 요양을 했다. 이는 신석초에게 보낸 1936년 7월 30일자 엽서와 1937년 3월에 발표한 수필 「嫉妬의 叛軍城」을 통해서 알 수 있다. 엽서에서 이육사는 '石艸兄! 떠나서 大邱에 오니 귀病이 나서 한 週日 治療를 햇지요'라며 병 치료차 해안가에 가까운 동해에서 요양을 하고 있다는 사실을 알리고 있다.(손병희 편저, 「申石艸에게(1)」, 『이육사의 문학』, 이육사문학관, 2017, 516쪽.) 또한 「嫉妬의 叛軍城」에서는 '그것은 지나간 七月입니다. 나는매우衰弱해진몸을 나의시골에서 그다지 멀지 안은 東海松濤園으로 療養의길을 떠났읍니다.'라며 요양을 요할 만큼 몸이 허약해졌다는 사실에 대해 이야기하고 있다.(손병희 편저, 「嫉妬의

잠시 미뤄두어야 했다. 하지만 불굴의 저항정신을 가진 그로서 조국독립에 대한 염원과 의지는 꺾을 수 없는 것이었다. 그렇기에 그는 다른 방편을 찾아야했다. 이때 이육사가 선택한 것이 문학을 통한 저항의식의 고취였다. 그리고 이육사는 평소 관심을 가지고 있었던 노신을 문학적 실천의 이상모델로 인식하고 문학 활동을 사회적 실천'의 또 다른 행동으로 삼았던 것이다.

이러한 그의 사상적 변화는 쇠약해진 몸과 노신의 죽음이라는 극단적인 상황에서 발생한 것이 아니다. 그는 이전부터 글을 통한 민중 각성에 대한 의지를 가지고 있었다. 이는 1934년 일제에 의해 작성된 〈이활 신문조서〉를 통해서 확인할 수 있다. 이육사는 앞으로의 투쟁 방법에 대해 묻는 김원봉의 질문에 다음과 같이 답한다.

나는 김원봉에게 호출되어 금후 어떻게 하겠느냐고 물으므로, 조선독립운동을 위해서는 조선으로 돌아가서 노동자, 농민에게 독립사상을 고취하여야 한다고 주장[10]

나는 졸업 후의 활동방침이란 것을 다음과 같이 썼다.

나는 도회지 생활이 길어서 도회지인의 심리를 잘 이해하고 있으므로 도회지에 머물러 공작을 할 생각이다. 곧 도회지의 노동자층을 파고들어서 공산주의를 선전하여 노동자를 의식적으로 지도 교양하고, 학교에서 배운 중·한 합작의 혁명공작을 실천에 옮겨 목적 관철을 기한다.[11]

叛軍城」, 앞의 책, 158쪽.)

9 홍석표, 「시인 이육사와 중국 현대문학」, 『중국현대문학』, 2010, 107쪽 참조.

10 김희곤, 신진희 편역, 「이활 신문조서(1934년 6월 17일)」, 『이육사의 독립운동자료집』, 이육사문학관, 2018, 202쪽.

138 이육사, 칼날 위의 시인

조선혁명군사정치간부학교를 졸업하며 이육사는 김원봉에게 노동자와 농민의 독립운동사상 고취를 위해 활동하고 싶다는 의견을 피력한다. 그리고 실제 귀국 후 이육사는 다양한 평론을 발표하며 노동자와 농민의 의식을 고취시키기 위해 노력한다. 하지만 시사평론을 통한 민중 의식 고취에는 다양한 제약들이 따랐다. 우선 당대 노동자와 농민계층이 가진 생활 여건과 지식 기반에서 오는 한계가 있었을 것이다. 이와 더불어 국제적인 관계들을 노골적으로 다루어야하는 시사평론의 특성상 일제의 언론탄압이 심각했을 것이다. 이러한 내적인 한계와 외적인 억압에 부딪힌 이육사는 어떻게 해서든 이 상황을 돌파해야했다. 이때 돌파를 위한 방편으로 떠올린 것이 바로 중국의 봉건주의와 자본주의의 폐단에서 허우적거리던 수많은 아Q들을 구해낸 노신의 소설들이었다. 즉 피압박민으로서 정신적 연대를 가지며, 예술을 통해 전통을 의도적으로 부정하고 민중의 각성을 유도하여 중국 사회를 변화시키려 했던 노신[12]을 통해 자신의 앞에 놓인 제약들을 돌파할 탈출구를 찾은 것이다.

「魯迅追悼文」은 노신에 대한 짧은 추도와 함께 그와의 만남으로 시작된다.

> 그때魯迅은 R氏로부터 내가 朝鮮靑年이란것과 늘한번對面의 機會를 가지려고 햇드란말을듯고 外國의先輩압히며 處所가處所인만치 다만 勤愼과恭遜할뿐인 나의손을 다시한번 잡아줄때는 그는매우 익숙하고 親切한친구이엿다[13]

11 김희곤, 신진희 편역, 「증인 이원록 신문조서(1935년 5월 15일)」, 위의 책, 239~240쪽.
12 이시활, 앞의 논문, 93~95쪽 참조.

이육사는 중국에 머물 당시 장개석이 이끄는 중국 국민당에 의해 희생당한 양행불(楊杏佛)의 장례식에 참석하기 위해 만국빈의사(萬國殯儀社)를 방문한다. 그리고 이곳에서 이육사는 그토록 만나고 싶었던 노신을 만나게 된다. 조선청년을 한 번 꼭 만나고 싶었다는 그의 말과 맞잡은 두 손에서 느낀 친절함에서 그는 마치 오랜 친구를 만난 듯 한 감격을 느낀다. 이는 피지배민족으로서 가지는 동질감이었을 것이고, 피지배민족의 해방을 위해 노신이 걸오 온 행적에 대한 찬사였을 것이다.

아! 그가벌서 五十六歲를一期로 上海施高塔九號에서 永逝하엿다는 訃報를바들때에 暗然 한줄기 눈물을지우느리 엇지朝鮮의 한사람後輩로써 이붓을잡는나뿐이랴[14]

이육사는 '아!'라는 탄식을 통해 노신의 죽음에 대해 안타까운 마음과 추도의 뜻을 표한다. 그리고 스스럼없이 자신을 한 사람의 후배로 지칭함으로써 노신이 보여준 행적, 피지배민족으로서 지배민족에게 굴하지 않는 정신을, 민중들에게 독립의 정신을 일깨워주었던 사상을 따르고자 하는 마음을 무의식적으로 드러낸다.

그런 연유에서인지 「魯迅追悼文」은 더 이상 '추도문'이 아닌 중국문학사상사에 그가 남긴 업적을 서술하는 작가론이 된다. 물론 이 글은 노신의 전기인 '진화론 시대'에 역점을 둠으로 인해 전체적으로 '계급론 시대'인 후기에 소홀하다는 작가론으로서의 미흡한 점을 가지고 있다는 지적이 있기는 하다.[15] 하지만 문학을 통한 행동의 실천을 준비하고 있

---

13 손병희 편저, 「魯迅追悼文」, 앞의 책, 242~243쪽.
14 손병희 편저, 위의 책, 243쪽.

던 이육사에게는 '아Q의 시대'라 불리며 중국 청년들의 의식을 변화시켰던 「阿Q正傳」과 '어린이를 구하자'는 구호로 젊은 세대의 중요성을 인식하고 그들을 행동하게 만들었던 「狂人日記」 등에서 보여준 노신의 창작과정과 방향[16]은 투쟁을 위한 새로운 행동의 발견이었을 것이다. 즉, 식민지를 극복하기 위한 새로운 미래 기획으로 노신의 문학적 발상과 정신세계를 수용하고, 이를 조선의 민족적 현실에 맞춰 실천[17]하는 일이 이육사에게 새로운 과제로 주어진 것이다.

노신이 문학을 통해 이룬 업적과 앞으로 추구해야할 과제는 노신에 대한 단적인 평가에서 잘 드러난다. 이육사는 노신을 '現代中國文學의 아버지'라 칭한다. 이는 뒤에 이어질 육사의 말처럼 노신이 현대 중국 문학에서 형식적·내용적 변화를 주도하였기 때문이고, 이를 통해 '實로 수만흔 阿Q들'에게 '自身들의 運命을 열어갈길'을 가르쳐 주었기 때문이다.

노신은 「狂人日記」를 통해 고문체로 일관되던 중국소설에 백화소설(白話小說)을 정착시켰다. 즉 근대화의 과정 속에서 필히 동반되어야할 언문일치체를 정착시킨 것이다. 언문일치는 소설의 현전성을 가능하게 한다. 다시 말해 언어에 의해 지시되는 사태가 독자의 눈앞이나 내부에 마치 실제로 일어나는 것처럼 받아들일 수 있게 만드는 것이다.[18] 이러한 연유에서 「狂人日記」가 발표되었을 때 '文學이란 것이 무엇인지몰

---

15 심원섭, 앞의 논문, 153~154쪽 참조.
16 노신의 후기는 프로문학가로서의 성격을 지니고 있었으며, 이 역시 중국문학사상사에 지대한 영향을 미쳤다. 하지만 「魯迅追悼文」이 발표된 1936년 조선에서는 프로문학이 그 방향성을 상실한 시기였다. 1935년 5월 조선프롤레타리아 문학을 대표하는 카프는 해산계를 제출하였고, 이미 박영희를 필두로 한 프로문학가들 일부는 전향을 선언하였다.
17 이시활, 앞의 논문, 93~95쪽 참조.
18 이효덕, 『표상 공간의 근대』, 소명출판, 2007, 124쪽 참조.

랏든' 청년들이 '異常한興奮 늣끼게 되었고, 「阿Q正傳」이 발표되었을 때 '平素魯迅과 交分이좃치못한사람들은 모다自己를모-델로 故意로쓴 것'이라고 느낄 수 있었던 것이다.

노신은 형식의 변화까지 도입하며 자신이 추구하고자하는 문학과 문학을 통해 이루고자 하는 의도를 더욱 선명하게 하였다. 그 결과 「狂人日記」를 통해 의도했던 '어린이를救하자'는 외침은 중국인들을 각성시켰고, 아Q였던 젊은이들이 드디어 아Q와 같은 삶에서 벗어나고자 변화를 촉구하게 되었다. 이러한 노신의 행보처럼 이육사가 노신에게 주목한 것 역시 민중의 변화를 주도하는 문학의 힘이었다.

> 實로大膽하게 또明確하게 封建的인 中國舊社會의 惡弊를痛罵한다
> …(중략)… 封建社會의生活을 그린 것으로 어떠케必然的으로 崩壞하지
> 안흐면안될 特徵을가젓는가를描寫하고 어떠케 새로운社會를 살어갈가
> 를 暗示하고잇다.[19]

위의 인용에서 알 수 있듯 이육사는 노신을 통해 1930년대 중후반 일제에 의해 비정상적으로 성장한 사회를 변화시킬 새로운 힘과 행동을 발견하게 되었다.

1930년대 카프의 해체는 조선의 문학인들에게 방향성을 상실하게 만든 사건이었다. 경향문학과 모더니즘 문학을 통해 자본주의를 극복할 수 있다던 확신에 찬 신념이 무참히 짓밟혔던 것이다. 이에 때를 같이해 일제는 파시즘 체제를 공고히 만들기 위해 문학인들에 대한 탄압은 더욱 가중 시켰다. 언론과 집회 등의 자유가 철저히 통제되었고, 전쟁을

---

19 손병희 편저, 앞의 책, 245~246쪽.

준비하기 위한 수탈은 가혹해져만 갔다. 그로인해 당대의 문학인들은 역사적 방향감각을 상실했고, 일부 문학인들은 환멸과 허무주의를 노래하고, 일제에 동조하기 시작하였다. 여기에 더해 당대에도 남아 있던 봉건주의적인 인습들은 사회전반을 속물주의적인 근성으로 물들였다.[20]

일제의 강압적인 정책에 굴복한 조선 문단은 노신이 말한 가짜 지식인들을 대거 양산했다. 노신은 〈지식계급에 관하여〉라는 강연에서 지식인의 지위와 역할과 나아갈 길에 대해 다루었는데, 그는 진짜 지식인이란 강한 권력 즉, 사상을 통일하려는 권력자에 맞서는 사람으로 민중의 편에 서서 사상을 펼치고, 이해관계를 떠나 사회를 위해 희생할 수 있는 사람이라고 말했다. 하지만 파시즘 체제에 굴복한 조선의 문단에는 통치자의 지휘에 따르며, 갖가지 이해관계를 따지는 가짜 지식인들이 넘쳐나고 있었던 것이다.[21]

이러한 상황 속에서 이육사는 노신이 문학을 통해 보여주었던 굴복하지 않는 실천이 필요함을 절실히 느꼈을 것이다. 관념성을 탈피한 문학을 통해 대중들을 실질적인 행동으로 이끌고 파시즘에 대항하여 스스로 독립에 대한 의지를 다지며, 민중들에게도 새로운 길을 제시할 필요성을 느꼈을 것이다. 즉 권력을 위한 것이 아닌 근본적으로 권력에 대항[22]하고 미래를 지향하는 노신과 같은 문학이 필요함을 현실적으로 인식하게 된 것이다. 그렇기에 1936년 10월 「魯迅追悼文」을 발표한 이육사는 두 달 뒤인 12월 노신의 「故鄕」을 번역하여 대중들에게 소개하며 그 방향성을 제시하게 된다.

---

20 류보선, 「환멸과 반성, 혹은 1930년대 후반기 문학이 다다른 자리」, 『민족문학사연구』, 1993, 235~241쪽 참조.
21 임현치 지음, 김태성 옮김, 『노신 평전』, 실천문학사, 2006, 232~233쪽 참조.
22 임현치 지음, 김태성 옮김, 위의 책, 136쪽 참조.

3. 노신의 「故鄕」과 이육사의 「黃葉箋」

이육사는 왜 노신의 수많은 작품들, 특히 「魯迅追悼文」에서 소개한 「狂人日記」, 「阿Q正傳」, 「孔乙己」와 같은 대표적인 작품들을 제쳐두고 「故鄕」을 번역하게 되었을까? 그건 아마 「故鄕」에서 보여 준 현실이 조선의 현실과 닿아있기 때문일 것이며, 이육사의 향후 작품 활동에 대한 방향성을 제시해주고 있기 때문일 것이다.

「故鄕」은 이상적으로 생각했던 고향의 모습을 상실한 채 황폐해진 고향의 모습을 마주한 주인공의 슬픔을 담아낸 작품이다.

> 사람들이 살고있는듯한 활기라고는 조금도없었다. 내마음은참을수없이 슬픔이 치미러 올너왔다.
> 아-이십년 이날이적까지 한시도 이즐수없든 고향은 이런 것이였든가. 내마음에 남어있든 고향은본대 이런것은아니였다.[23]

고향이란 많은 사람들에게 정서적인 안정을 주는 공간일 것이다. 그렇기에 오랜 시간 동안 많은 작가들이 고향에 대한 그리움을 노래해 왔다. 하지만 당대의 고향은 타지에서 지친 몸과 마음을 위로해줄 공간으로서 기능을 상실해 버렸다. 세계열강에 의해 강제로 이식된 근대화는 중국과 조선에 자본주의를 빠르게 전파하였다. 하지만 이러한 자본주의화는 서구의 것과 달리 기존의 계급들이 가지고 있던 갈등을 해결하지 못했고, 위로와 안도의 공간으로서 고향을 파괴하는 방향으로 이루어졌다. 마을 한 가운데로 철도가 지나며 마을 공동체를 파괴하였고, 항구

---

23 손병희 편저, 「고향」, 위의 책, 442쪽.

와 공장을 건설하는 과정에서 토지는 집중화 되어 농민들은 소작농이 되거나 공장 노동자가 되었다. 풍요롭던 마을은 굶주림으로 가득 차게 되었고, 공동체로 연대되어있던 고향 사람들은 서로를 견제하며 인간성을 상실하게 되었다. 자본주의 경제체제에 의해 계획적으로 구획된 고향은 더 이상 어린 시절 풍요로움을 주던 마음 속 고향의 모습이 아니었다.

이런 변화는 고향의 공간적인 것에만 국한된 것이 아니다. 세계열강의 이권 침탈과 파시즘으로 대표되는 폭력성은 연대의식으로 똘똘 뭉쳐 있던 고향 사람들의 모습도 바꾸어 놓았다. 이는 주인공의 어릴 적 친구 윤토와의 만남에서 잘 드러난다. 공간적으로 황폐화된 고향이지만 주인공은 어린 시절 경이와 선망의 대상이었던 윤토와의 만남을 통해 사라진 고향의 모습을 조금이나마 되찾으려는 희망에 찬 기대를 가진다. 하지만 세파에 시달린 윤토의 모습을 본 주인공의 행복한 환상은 산산이 깨어진다.[24]

「서방님」
나는 몸서리가 처졌다. 나는 곳 우리둘사이에 어느듯 헐기어려운 슬픈 장벽이 서계되고 마른 것을 깨다렸다. 나는 아모말도하지 못하였다.
…(중략)…
오후, 그는제마음에 맛는몇가지를 골너내였다, 긴 테-불두개 의자네개 한불의 향로(香爐)와 촉대(燭臺) 짐지는멜채한개, 그는또재템이가 가지고십다고 말하였다[25]

---

24 심원섭, 앞의 논문, 164~165쪽 참조.
25 손병의 편저, 「고향」, 위의 책, 453~455쪽.

'서방님'이라는 계층적 차이를 나타내는 호칭을 통해 주인공이 오래전 고향에 대해 가지고 있었던 희망에 찬 이미지는 깨어지고 만다. 즉 공동체 의식 속에서 하나로 묶여 있던 정서적인 공감대에 '슬픈 장벽'이 쳐지는 것이다. 윤토의 만남을 통해 알 수 있듯이 이제 더 이상 주인공이 알고 있는 고향의 모습은 어디에도 없다. 그렇기에 주인공은 고향의 모습을 받아들이고 고향의 현실을 직시해야한다.

노신의 「故鄉」은 신해혁명을 배경으로 하고 있다. 신해혁명은 반제반봉건(反帝反封建)자산계급민주혁명으로 이를 통해 중국은 전제군주제도를 전복하고 자산계급공화국이 되었다. 하지만 신해혁명은 약한 기반과 역량으로 철저히 완성하지 못하였다. 그 결과 중국은 반식민지반봉건(半植民地半封建)의 상태에 놓이게 되었다.[26] 다시 말해 겉으로 드러난 경제적인 구조는 자본주의 체제이지만 이 역시 세계열강의 이권을 대변해주는 허울뿐이었고, 생활상 역시 봉건주의적인 생활에서 벗어나지 못한 것이다.

주인공의 기억 속에서 어린 시절 신비로운 고향의 모습을 간직한 윤토는 현재 온갖 수탈에 지친 초라한 농민일 뿐이었다. 이는 윤토가 데려온 아들을 통해서도 알 수 있는데, 주인공의 기억 속 윤토와 비슷한 또래의 아이이지만 그 아이는 풍요로운 고향의 모습에서 생기를 간직한 윤토의 어린 시절과 달리 얼굴빛이 나쁘고 여위었다. 어린아이까지 황폐해진 모습 이것이 결국 고향인 것이다. 세상은 변하였지만 변하지 못한 사람들은 끝까지 수탈의 대상이 될 수밖에 없다. 이는 '향로'와 '촉대'를 통해서도 잘 나타난다. 향로와 촉대는 제사를 지내기 위해 필요한 물건으로 이는 세상이 변하였지만 무지한 농민들은 그에 발맞추어 나가는 것이

---

26 박려화, 「이육사의 중국관」, 원광대학교 석사학위논문, 2009, 47~48쪽 참조.

아니라 오직 우상에게 기도하는 것 밖에 없다는 사실을 보여준다.

노신의 「故鄕」은 황폐화된 고향의 모습과 수탈로 인해 피폐해진 고향 사람들의 모습을 보여주는 것에서 끝나지 않는다. 그는 더 나아가 구시대의 관습과 새로운 시대의 도래 사이에서 핍박받는 사람들이 결국 사회를 지탱하던 도덕성까지 잃어버린 모습을 보여준다.

> 그적게는 재템이있는데서 사발과 접시등속을 여나무개나 그내여가지고 와서 말말끗헤 이것은 윤토가 무더둔게라고. 그래서 재템이를 파갈 때 함게집으로 가저 가려든 것이 틀님없다고 말했다[27]

오랜 관계 맺음을 간직한 사이에서도 상대를 속여 물건을 훔쳐가려 하는 윤토의 모습을 통해 노신은 도덕성까지 상실된 절망적인 고향의 모습을 보여주고 있는 것이다. 이는 단지 소설 속에 등장하는 인물들만의 모습이 아니다. 노신의 소설이 모두 그렇듯 「故鄕」 속의 등장인물 모두는 당대 중국 사회의 전형을 보여준다. 농촌 사회의 몰락과 그로 인해 황폐해진 고향의 모습 그리고 떠남으로 인해 다시는 찾을 수 없는 고향은 중국 전체 사회의 모습인 것이다. 중국 사회 전체가 세계열강의 침략에 의해, 무기력한 대중에 의해 절망에 빠진 고향인 것이다. 하지만 가장 중요한 것은 노신이 절망적인 현실을 보여주는 것에서 멈추지 않는다는 사실이다.

> 우리들의 후배들로서도 역시우리와가치 현재에 내눈앞에보이는 굉아와 수생의 일도생각해 보는것이지마는 나는 두번다시 그들이 나와가치또 서

---

27 손병희 편저, 위의 책, 456~457쪽.

로사이에 아무런 간격도 없기를 희망하는 것이다.

그렇지만 나는 또 그들이꼭가치된다하드라도 결코나와가튼 괴롬과 방낭의생활을하도록 되는 것을 원하지쌀아니라, 또 결코 윤토와가튼 괴롬과 마비된생활을하게되는 것을 원하지안는다. 또 다른사람들과가튼 괴롬과 제멋대로하는 생활을하면 좋다고도 바라지안는다 그들은 우리가 아즉보지도못하고 알지도못하는 새로운생활을 하지안으면 안되리라고 생각하는 것이다.

…(중략)…

이렇게 어지러히생각하고 있을때에 눈앞에 보이는것은해변에 푸른 모래불의 한쪽이였다. 위에는 감청색의 하늘에 금빛으로 빛는둥근달이떠 있었다. 생각하면 히망이라는 것은 대체 「있다」고도말할 수 없고 또는 「없다」고도 말할수없는 것이다. 그것은 마치지상에 길과가튼 것이다. 길은 본래부터 지상에있는것은아니다 왕내하는 사람이 많어지면그때길은스스로나게 되는 것이다.[28]

황폐화된 고향을 통해 절망적인 중국의 현실을 보여주던 노신은 글의 마지막에 희망을 제시한다. 그리고 그 희망이라는 것은 결코 혼자의 힘으로 이루어지는 것이 아니라는 점을 보여준다. 노신은 많은 사람들이 함께 노력해 희망의 길을 만들어야 한다고 주장한다.[29] 그러기 위해서

---

28 손병희 편저, 위의 책, 458쪽.
29 노신은 『신청년』의 편집위원 중 전형동과의 대화에서 이렇게 말했다. 누군가 희망을 말했을 때, 이를 말살해버릴 수는 없는 것이다. 왜냐하면 희망은 미래에 있는 것이므로, 희망이 없다는 것도 확신할 수 없고, 희망이 있다고 믿는 그도 설복할 수 없다. 임현치 지음, 김태성 옮김, 앞의 책, 120쪽 참조. 이는 노신이 「狂人日記」를 쓰게 된 계기를 말해주는 것이지만 그의 집필 전반에 대한 이야기를 대변하기도 한다. 그는 희망, 미래에 있을 그 희망을 위해 글을 썼다. 「故鄕」 역시 미래를 개척할 아이들을 위해 그 희망을 믿고 현재에 최선을 다해 희망의 길을 개척해야함을 이야기하고 있다.

는 윤토 같은, 노신 자신 같은 중국을 대표하는 전형적인 인물들이 각성하고 노력해야 한다. 없던 길도 다니는 사람들이 많아지면 생겨나듯이 끊임없이 희망의 길을 걸어 새 세대들이 새로운 세상에서 살아갈 수 있게 만들어야 한다. 구세대들이 노력해서 굉아와 수생 같은 새 세대들이 결코 이런 세상에 살지 않도록 만들어야함을 역설하고 있는 것이다.[30] 결국 이육사가 노신의 「故鄕」을 통해 전하려고 했던 것도 이와 같은 희망의 길에 대한 모색이었을 것이다.

물론 노신의 「故鄕」은 새로운 시대에 대한 희망의 메시지만 담겨 있는 것이 아니다. 신해혁명이 실패한 원인과 통치제도의 문제를 통해 혁명의 주력이 되어야할 농민층의 우매함과 지식인들의 무기력함을 극복해야 반제독립운동이 이루어질 수 있음을 암시하고 있다.[31] 이러한 노신의 주제의식은 앞서 말한 이육사와 김원봉의 대화에서도 잘 드러난다. 이육사는 그 대화에서 '조선으로 돌아가서 노동자, 농민에게 독립사상을 고취'할 것을 주장하였고, 노신의 「故鄕」을 통해 그 주장이 실현될 미래의 가능성을 발견한 것이다. 즉, 이육사 역시 노신처럼 문학을 통해 대중들에게 독립사상을 고취시키고, 미래에 도래할 희망의 길을 개척하고자 한 것이다.[32]

1936년 10월 「魯迅追悼文」을 발표한 이육사는 1936년 12월 「故鄕」을 번역하고 그 가능성에 대한 시도로서 1937년 10월 31일부터 4회에

---

30 박려화, 위의 논문, 52~53쪽 참조.
31 박려화, 위의 논문, 50~51쪽 참조.
32 이러한 그의 사상은 유고작인 「曠野」에서도 잘 드러난다.
　'내 여기 가난한 노래의 씨를 뿌려라 // 다시 千古의 뒤에 / 白馬타고 오는 超人이 있어 / 이 曠野에서 목노아 부르게하리라' 「曠野」 중에서, 손병희 편저, 위의 책. 107쪽.
「曠野」에서 화자는 천고의 뒤에 백마 타고 올 초인을 위해서 현재의 행동을 이어간다. 즉, 미래에 도래할 희망을 위해 현재의 삭막함 속에서도 꿋꿋이 자기의 길을 가는 것이다.

걸쳐 ≪朝鮮日報≫에 「黃葉箋」을 발표한다. 「黃葉箋」은 연재 당시 제목 앞에 소품(小品)이라고 명시되어 있어 소설이라는 장르상의 문제가 제기될 수 있다. 당대 소품이라는 용어의 사용은 본격적인 소설에 미치지 못하는 질적 수준과 양적 규모를 뜻할 수도 있지만 당대 갈래 의식의 반영으로 볼 수도 있다.[33] 하지만 중요한 것은 「黃葉箋」이 분명한 서사구조를 가지고 있다는 점이다. 이는 당대 문학 저널리즘의 관행상 분량이 적은 글의 경우에 소품이란 규정이 통용[34]되었을 것이라는 추측에서 본고는 「黃葉箋」을 소설의 갈래로 분석하며 노신의 「故鄕」과 비교 고찰하고자 한다.[35]

「黃葉箋」은 의인화된 낙엽이 연대기적 순차에 의해 전개되는 소년의 이야기를 관찰하면서 그의 '소외와 소외의 극복'에 대한 이야기를 제시한다. 이 과정에서 소외를 극복하기 위한 소년의 행위는 끊임없이 좌절되고 유령이 된 소년은 정착하지 못한 채 끝없는 표랑의 길을 걷게 된다.[36] 여기서 주목해야할 점은 소외가 일어나는 상황과 이러한 상황에

---

33 손병희 편저, 위의 책, 143쪽 참조.

34 홍신선, 「육사소설의 구조」, 『동악어문학』 vol.17, 1983, 433~444쪽 참조.

35 이육사의 소설 장르 인식에 대해서는 몇몇 연구자들이 그 의의를 밝혀 놓았다. 하지만 이들은 「黃葉箋」보다 수필로 규정된 「門外漢의 手帖」(≪朝鮮日報≫, 1937년 8월)이 서사구조가 더욱 뚜렷하다는 특성을 들어 소설로서 더 높은 전형성을 획득하고 있다 논의한다. 하지만 「門外漢의 手帖」은 작품 서두에 수필이라는 명백한 장르인식이 있기에 본고에서는 논의에서 제외하고자 한다. 물론 장르의 설정이 작가 자신에 의한 것일 수도 있고, 편집자에 의한 것일 수도 있기에 이에 대한 구체적인 논의가 필요하며, 이 논의는 앞으로의 연구과제로 남겨둔다.
   홍신선, 위의 논문, 1983.
   김장동, 「이육사 소설에 대하여」, 『안동문화』 vol.141, 1993.
   심원섭, 앞의 논문, 1986.

36 소년의 소외에 대한 극복의지는 사랑을 통한 행복 추구, 자살을 통한 극복 추구, 꿈을 통한 화합 추구의 방법으로 이루어지나 이러한 극복의지는 모두 좌절된다. 홍신선, 앞의 논문, 448~459쪽 참조.

서 보여주는 행동이다. 사랑의 실패와 존재의 확인이라는 개인적인 차원에서의 소외의 배경에는 황폐화된 고향이라는 근본적인 원인이 자리하고 있다.

> 큰물이나고 하루밤사이에 왼洞里가 물에쓸려 갓습니다 왼여름 피땀을 흘려 지은農事도 한포기업시 사람마다 두주먹과한개의 목숨박게는 남지안엇습니다 주림과 치위가 매운챗죽갓치 그들을 휘갈겻습니다 그래서 洞里사람들은 제각기 이故鄕을 떠나지안흐면 안되엿습니다 勿論녯날에야 父母의 품속갓치 포근하고 사랑스러운 땅이엿지만은 지금은 慘憺과 苦痛의 回憶以外에 아무것도 그들의 愛着을 붓잡어 두지는 못하엿습니다.[37]

이육사가 그리고 있는 고향이란 이처럼 황폐화된 모습이다. 고향이 가지는 상징성을 고려할 때 이는 일제에 의해 상실한 조국이라는 의미와 일맥상통할 수도 있다. 또한 자본주의화로 인해 산업화되어가는 과정 속에서 '怪獸가티 늘어선 삘딍들'에게 땅을 빼앗기고 소작농이나 노동자로 전락한 사람들이 사는 고향일 수도 있다. 하지만 그러한 상징성보다 중요한 것은 이육사가 그리고 있는 고향의 모습이 참담과 고통과 회억만 남은 장소라는 사실이다. 그리고 이러한 고향의 모습에서 더욱 황폐해진 개인들의 모습을 제시하고 있다는 사실이다. 이는 굶주림과 가난에 지쳐 인간의 본 모습까지도 상실한 고향과 고향 사람들을 묘사한 노신의 「故鄕」과 유사하다. 물론 이러한 고향의 모습은 1930년대 문학에 나타나는 보편적인 모습일 수도 있다. 하지만 황폐해진 고향을 화합을 통해 극복하려는 의지의 서사적 구조는 보편적인 모습이 아닐

---

37 손병희 편저, 위의 책, 149쪽.

것이다. 「故鄕」에서는 윤토와의 재회에 대한 기대를 통해 황폐해진 고
향의 모습을 극복할 수 있다는 의지가 나타나고, 「黃葉箋」에서는 소년
과 고향 사람들의 화합을 통해 극복하려는 유사한 서사 구조를 가진 것
이다.

> 幽靈은 그들가운데서 제일나이만흔 老人을 發見햇습니다그리고 그것
> 은十年前 그가故鄕을 떠나올 대 아즉도 그다지늙지안흔 그의아버지인것
> 도 알엇습니다 그리고 모든사람은 그의 어린時節의 동무엿습니다 그는
> 참다못해 『아버지』하고 소리첫습니다 그러나그들은 어느한사람도 그를
> 相對로 반겨마저주는 사람은 업섯습니다.[38]

또한 「故鄕」이 어린 시절과 달라진 윤토의 모습으로 인해 극복에 대
한 의지를 좌절하듯, 「黃葉箋」의 주인공인 소년 역시 자신을 알아보지
못하는 고향 사람들로 인해 좌절을 겪게 된다. 하지만 이러한 좌절 속
에서도 희망은 있다. 그리고 좌절을 극복하고 희망을 보여주는 양상 역
시 두 작품이 유사하다.

> 『가자 조금이라두 빨리가자불빗을 볼때까지』그들中에서 한 사람이 굴
> 근목소리로 외치는것입니다
> 『암그래야지』또 멫사람의 대답이 끗나면 모다들 沈默은하면서 마음속
> 으로는亦是 『가자』고 대답하는것입니다
> 사람들은 이빨을물고 잇는힘을 다하야 前進합니다 지나온 길이 얼마이
> 며가야할길이 얼마인것도 모르면서 죽으나사나가야한다는 것박게는 그들

---

38 손병희 편저, 위의 책, 152쪽.

은 한사람도 自己만을 생각하는 사람은 업섯습니다. 그들의 同伴者의 발소리와 呼吸이 그들의가튼 運命을 決定한다는 것은 이殘酷한 自然과 싸워가는 무리들의 金科玉條이엿습니다.[39]

노신이 「故鄉」에서 보여준 극복에 대한 의지는 힘은 들어도 많은 사람들이 그 길을 가는 것이었다. 그리고 「黃葉箋」 역시 끊임없이 길을 걸어감으로써, 그 행위를 통해 현재의 고난을 극복하고자 하는 의지를 보여준다. 다른 점이라면 「故鄉」은 그 희망에 대한 암시를 나타내는 것에서 끝맺는다면, 「黃葉箋」은 이미 그 길을 감으로써 실천적인 행동을 하고 있다는 점이다.

고향의 상징성이 황폐화된 조국이라면 이육사는 1920년대 중반부터 이를 극복하기 위해 자신을 희생하였다. 더군다나 「黃葉箋」이 발표된 1937년은 '조선혁명군사정치간부학교'를 졸업한 이후로 동지들과 함께 더욱 치열하게 국난 극복을 위해 헌신하던 때이다. 즉 이육사는 「黃葉箋」을 통해 동지와 민중들에게 '발목에 잇는 힘을 다해서 눈과 진흙'이라는 고난을 극복하고자 독려하고 있는 것이다. 즉 길을 걷는다는 실천적인 행위를 통해 이육사는 노신이 암시한 새로운 희망을 실천하였던 것이다.

고향이 폐허의 모습으로 드러났을 때 유발될 수 있는 정서는 두 가지이다. 하나는 폐허가 되기 전의 상태를 그리워하는 것이고, 다른 하나는 상실감이나 허탈감으로 세계를 인식하는 것이다. 세계가 훼손되었다는 그리고 그 안에서 삶이 훼손되었다는 의식에 처하게 되었을 때 인간이 할 수 있는 행동은 세 가지이다. 첫 번째는 훼손된 세계를 회복하려

---

39 손병희 편저, 위의 책, 151쪽.

는 적극적 의지로 나아가는 것이고, 두 번째는 훼손되기 이전의 과거로 도피하려는 것이다. 마지막 세 번째는 훼손된 상태에서 뿌리 뽑힌 자신을 방기하는 것이다.[40] 그 중 이육사는 「黃葉箋」을 통해 폐허가 된 고향의 모습을 제시하고 훼손되기 이전의 고향의 모습을 그리워하면서 이를 극복하기 위한 적극적인 행동을 제시하고 있다.

위에서 살펴보았듯 이육사는 문학을 통해 노신이 이루어 놓은 성과를 높이 평가하며 이를 조선 문단에 수용하고자 노력하였다. 하지만 「黃葉箋」 이후에는 이와 같은 장르의 글이 없다는 점에서 그의 시도가 실패로 귀결되었다는 결론에 도달할 수 있다. 그러나 이는 당대의 시대적 여건을 고려해 살펴보아야 한다. 일제는 대동아 전쟁을 준비하는 과정에서 우리말로 된 신문과 잡지를 대부분 폐간하였으며, 그나마 남아 있는 신문과 잡지에 대한 검열도 강화하였다. 그렇기에 주제가 직접적으로 드러날 수밖에 없는 소설 장르로는 한계에 부딪혔을 것이다. 이육사에게 중요한 것은 노신이 이룬 문학의 장르적 성과가 아니었다. 노신이 중국 사회 전반에 걸쳐 일으킨 문학적 성과와 민중의 변화였다. 더군다나 이육사에게는 지금껏 자신이 걸어온 행동의 연속으로서 문학적 실천이 더욱 중요했다.

4. 이육사의 초기 시에 나타난 노신 수용 양상

노신의 「故鄕」에서부터 이어진 미래에 도래할 희망에 대한 개척 의지는 「黃葉箋」보다 그의 시작활동에서 더욱 극명하게 드러난다. 그의

---

40 홍신선, 앞의 논문, 459~460쪽 참조.

초기 시 중 이를 가장 잘 보여주는 것은 1936년 12월 『風林』에 발표한 「한 개의 별을 노래하자」이다. 이 시는 「故鄕」을 번역 발표한 시기와 동일하기에 「故鄕」을 번역하면서 가졌던 정서가 시에 반영되었을 것이라는 추정이 가능하다.

한 개의 별을 노래하자 꼭한개의 별을
十二星座 그숫한 별을 었지나 노래하겟늬

꼭 한개의별! 아츰날때보고 저녁들때도보는별
우리들과 아-주 親 하고그중빗나는별을노래하자
아름다운 未來를 꾸며볼 東方의 큰별을가지자

한개의 별을 가지는건 한개의 地球를 갓는 것
아롱진 서름밖에 잃을 것도 없는 낡은이따에서
한개의새로운 地球를차지할 오는날의깃븐노래를
목안에 피ㅅ때를 올녀가며 마음껏 불너보자

처녀의 눈동자를 늣기며 도라가는 軍需夜業의 젊은동무들
푸른 샘을 그리는 고달픈 沙漠의 行像隊도마음을 축여라
火田에 돌을 줍는百姓들도沃野千里를 차지하자

다같이 제멋에 알맞은豊穰한 地球의 主宰者로
임자없는 한개의 별을 가질 노래를 부르자

한개의별 한개의 地球 단단히다저진 그따우에

모든 生産의 씨를 우리의손으로 휘뿌려보자

罌粟처럼 찬란한 열매를 거두는 餐宴엔

禮儀에 끄림없는 半醉의 노래라도 불너보자

렴리한 사람들을 다스리는神이란항상거룩합시니

새별을 차저가는 移民들의그틈엔 안끼여갈테니

새로운 地球에단罪없는노래를 眞珠처럼 흣치자

한개의별을 노래하자 다만한개의 별일망정

한개 또한개 十二星座모든 별을 노래하자.

—「한 개의 별을 노래하자」 전문[41]

위 시의 주제는 도래할 미래의 희망에 대한 현재의 행동과 행동에 대한 의지이다. 화자에게 있어 '별'이란 미래의 희망이며, '아름다운 未來를 꾸며볼 東方의 큰별'이다. 더군다나 이 희망은 아주 먼 곳에 있는 것이 아니다. '아츰날때보고 저녁들때도보는별'처럼 흔한 것이며, '우리들과 아주 親'한 것이다. 그렇기에 '아롱진 서름밖에 잃을 것도 없는 낡은이따'이라는 어려운 환경 속에서도 '목안에 피ㅅ때를 올녀가며' 당연히 불러야할 '오는날의깃븐노래'이다. 그렇기에 화자는 '軍需夜業의 젊은동무들'도, '고달픈 沙漠의 行像隊'도, '火田에 돌을 줍는百姓들'도 모두 '제멋에 알맞은' '主宰者'로 희망을 가져야 한다고 외친다.

하지만 화자에게 중요한 것은 단지 희망을 가지고 희망에 대해 노래하는 것에서 그쳐서는 안 된다는 사실이다. 이 노래는 '찬란한 열매'를

---

41 손병희 편저, 위의 책, 32~33쪽.

거둘 수 있는 '生産의 씨'가 되어야 한다. 그렇게 미래 희망에 대한 생산이 되었을 때 화자가 노래했던 '꼭한개의 별'은 '한개 또한개'가 되어 '十二星座모든 별'이 될 수 있으며, 이육사가 전하고자 했던 희망의 메시지는 민중, 억압 받고 핍박 받는 민중 모두의 것이 되는 것이다.

「한 개의 별을 노래하자」에서 보여준 희망에 대한 확신과 희망을 향한 여정은 노신이 「故鄕」에서 말한 '길은 본래부터 지상에있는것은아니다 왕내하는 사람이 많어지면그때길은스스로나게 되는 것이다.'라는 말과 일맥상통한다. 그리고 어려운 환경 속에서도 새로운 곳을 찾아 계속해서 걸어가는 「黃葉箋」 속 주민들의 여정이다.

이육사의 삶은 투쟁의 연속이었다. 수차례 검거되는 과정에도, 잦은 고문으로 얻은 병환에도 그는 끝까지 굴복하지 않았다. 이는 북경을 향한 그의 마지막 여정만 보더라도 잘 알 수 있다.[42] 1930년대 파시즘 체제를 강화하며 조선의 독립운동을 탄압하던 시기에도 그는 투쟁을 계속해서 이어나가야했다. 그렇기에 그는 멈추지 않고 행동을 이어나갈 방법을 찾아야했다. 그리고 그가 발견한 투쟁의 방법은 노신이 묵묵히 걸어간 길이었다.

노신은 투쟁에 관해 이렇게 말했다. '투쟁을 제외하고 쇠망한 민족에게 다른 희망은 없다. 미약하고 조그만 희망일지라도 투쟁을 통해서만 얻어질 수 있다.'[43] 그리고 노신은 그 투쟁의 일환으로 끊임없이 창작활동을 전개하였다. 그렇기에 이육사 역시 죽는 순간까지 펜을 놓지 않았

---

42 이육사의 1943년 북경행 역시 조국의 독립을 위한 투쟁의 일환이었다. 그는 1940년대 국내에는 무력항쟁을 도모하는 독립군 조직이 결성되고 있었다. 이에 그는 귀국할 때 국내로 무기를 반입하고자 도모하였다. 김희곤, 『이육사의 독립운동』, 이육사문학관, 2017, 220쪽 참조.

43 임현치 지음, 김태성 옮김, 앞의 책, 176쪽 참조.

던 노신처럼 창작활동을 통해 투쟁을 이어간 것이다.[44]

하지만 무엇보다 중요한 것은 문학을 통한 투쟁이 작가 혼자만의 것이 아니라는 사실이다. 노신도 가끔은 독전의 비애라는 고독한 투쟁의 감정에 휩싸이기도 했다. 하지만 그는 대중 속에 잠재해 있는 가능성을 보려고 노력했다. 그는 문자를 최초로 창조한 자도 이름 없는 민중이었고, 예술을 최초로 창조한 자도 이름 없는 민중이었다는 사실을 알고 있었다.[45] 그는 민중이 가진 힘을 믿었고, 문학을 통해 민중이 그 가능성을 실현할 수 있기를 바랐다. 이육사 역시 노신과 같은 마음으로 민중에게 미래의 희망을 노래하는 작품을 보여준 것이다. 그렇기에 그가 남긴 여러 시편에서는 미래에 대한 희망이 곳곳에 숨어 있는 것이다.[46]

이육사는 노신과 같이 문학이 가진 투쟁의 힘과 미래를 바꾸리라는 희망을 끝까지 믿었다. 노신은 〈문예와 무력〉이라는 마지막 강의에서 문학이 가진 힘에 대해 주장했다. '통치계급은 자유와 반항을 외치는 모든 문학에 대해 무력진압을 할 것이다. 하지만 이는 아무런 효과가 없다. 왜냐하면 문학은 개인의 것이 아니라 사회의 것이라 민중의 불만을 당해낼 수 없을 것이다.'[47] 노신의 말처럼 이육사 역시 대중 속으로 들어간 문학이 가진 힘을 믿었다. 그렇기에 이육사는 죽음을 맞이하는 순

---

44 '그래서 나는 이가을에도 아예 遺言을 쓸려고는하지안소 다만나에게는 行動의連續만이 잇슬따름이오 行動은 말이아니고 나에게는詩를 생각는다는것도 行動이되는까닭이오.' 손병희 편저, 앞의 책, 187쪽. 이육사는 1938년 ≪朝鮮日報≫에 발표한 수필 「季節의 五行」에서 자신의 창작 활동에 대해 스스로 다짐한다. 즉, 그에게 창작이란 감상에 젖은 한낱 유언이 아니라 행동의 연속이다.

45 히야마 히사오 저, 정선태 역, 『동양적 근대의 창출』, 소명출판, 2000, 240쪽 참조.

46 「연보」에서 '때로는 설레이며 바람이 부'는 것도, 「청포도」에서 '고달픈 몸'을 이끌고 오는 '손님'도, 「일식」에서 '다른 하늘을 얻고'자하는 소망도, 「광야」에서 기다리는 '백마타고 오는 초인'도 모두 미래에 대한 희망이다.

47 임현치 지음, 김태성 옮김, 앞의 책, 310쪽 참조.

간까지 미래에 도래할 희망에 대해 노래하며, 묵묵히 자신의 길을 걸어
갔던 것이다.

5. 한 개의 별을 노래한 사람들

지금까지 본고는 이육사와 중국문학 특히 노신과의 관계에 대해 살펴
보았다. 이육사는 네 차례 중국을 다녀오면서 중국의 근황과 중국 문학
에 대해 꾸준한 관심을 표명해 왔다. 특히 그는 중국 현대 문학의 아버
지라 불리는 노신에게 큰 관심을 가지고 있었다. 이는 노신 사후 3일
만에 발표한 그의 추도문을 통해서도 잘 알 수 있다. 그렇다면 이육사
는 왜 노신의 문학에 큰 관심을 가졌을까?

이는 그가 번역하여 소개한 「故鄕」을 통해서 잘 드러난다. 일생을 조
국 독립에 투신한 이육사에게 1930년대는 가혹한 시대였다. 일제는 중
국과 전쟁을 준비하면서 조선을 병참기지로 만들었고, 이러한 정책에
조금이라도 반하는 사람들을 가혹하게 탄압했다. 이러한 상황에서 이육
사 역시 행동의 제약이 따를 수밖에 없었다. 독립을 위한 직접적인 행
동에 제약이 생긴 그에게는 새로운 돌파구가 필요했다. 그리고 마침내
찾은 돌파구가 바로 노신이 보여주었던 행동, 문학을 통해 대중들의 의
식을 끊임없이 고취시키는 멈추지 않은 행동의 연속이었다.

이육사가 느낀 조선의 현실은 노신이 「故鄕」을 통해 보여준 것처럼
황폐하고 절망적인 것이었다. 하지만 노신이 그곳에서 희망을 발견했듯
이육사도 황폐화된 조선에서 희망을 발견했다. 이육사는 노신을 통해
다가올 미래에 대한 희망, 그리고 현재의 자신이 그 희망의 길을 걸어
가는 방법을 발견한 것이다. 이육사는 노신과 같이 대중적인 것으로서

의 문학의 힘을 믿었으며 죽는 순간까지 미래에 대한 희망을 노래했다. 조국 독립의 희망을 끝까지 잃지 않은 이육사, 그는 문학을 통해 찬란한 열매를 거둘 생산의 씨를 뿌리며 조선의 민중들이 걸어야할 길을 제시하며 먼저 걸어간 초인이었다.

육사 이원록의 글쓰기와 공동의 사유

김민수

밤중에 계속 걸을 때 도움이 되는 것은
다리도 날개도 아닌 친구의 발소리다.
—발터 벤야민

1. 광야曠野: 천추의 일대 통곡장

장구한 세월, 우리 민족의 삶과 함께 묵묵히 흘러가기를 쉬지 않았던 낙동강. 물줄기를 따라 상류에 가로놓인 안동安東의 강변을 거닐다 보면 육사 이원록(陸史 李源祿, 1904~1944)을 기리기 위하여 건립된 비석을 하나 만날 수 있다. 그를 위한 것 중에서도 가장 앞서 세워진 이 시비詩碑에는 시인 조지훈이 작성한 육사의 약력이 뒷면에 아로새겨져 있다.[1] 그리고 강을 마주한 정면에는 당당하게도 「광야曠野」의 전문이 자신의 위용을 드러내고 있다.

　이육사를 대표하는 작품으로 널리 알려진 이 시를 두고 김윤식은 일찍이 "태초, 천지창조 등 신화적 세계를 향해 열려 있는 상상력"을 읽어낸 바 있다. 철두철미한 해석을 바탕으로 문학사에서 일가를 이룬 사람에게 "엄청난 형이상학"을 선사함은 물론, "아득함"이라는 탄식에 가까운 표현을 자아내기까지 한 「광야」의 의미가 새삼스럽지 않을 수 없다.[2]

　　　까마득한 날에
　　　하늘이 처음 열리고
　　　어데 닭 우는 소리 들렷스랴

　　　모든 山脉들이
　　　바다를 戀慕해 휘달릴때도
　　　참아 이곧을 犯하든 못하였으리라

　　　끈임없는 光陰을
　　　부지런한 季節이 피여선 지고
　　　큰 江물이 비로소 길을 열엇다

　　　지금 눈 나리고

1　이동영, 『한국독립유공지사열전』, 육우당기념회, 1993, 87~88쪽 참조.
2　김윤식, 「광야와 청량산에 흐르는 민족문학론의 강물 - 이원조와 이원록」, 『해방공간 한국 작가의 민족문학 글쓰기론』, 서울대학교출판부, 2006.

梅花香氣 홀로 아득하니
내 여기 가난한 노래의 씨를 뿌려라

다시 千古의 뒤에
白馬타고 오는 超人이 있어
이 曠野에서 못노아 부르게하리라

—「광야」 전문[3]

　육사를 사랑하는 사람 중에서 이 시에 매료된 적이 없는 사람이 과연 몇이나 있을까. 이는 한편으로 그의 시편이 사람으로서 어찌할 수 없는 추상과 마음의 영역에 단어를 흩뿌리기 때문일지 모른다. 그러나 김윤식은 '문학사'의 대가답게 '아득함' 앞에 머뭇거리다 돌아서는 대신, '역사·사회학적 문맥'이라는 '제약'을 가하는 방식으로 「광야」의 의미망을 솔질하고자 한다. 즉 '광야'라는 시어詩語가 선사한 망망한 추상의 공간이 아니라, '요동 벌판'이라는 구체적인 '현장성'에서 일말의 단서를 얻어내고자 한 것이다. 잠시 그의 이야기를 따라가 보도록 하자.

　일찍이 추사 김정희는 요동 벌판을 목전에 둔 심정을 풀어내며 "천추의 일대 통곡장이란 익살스런 비유가 신묘한 법문일세千秋大哭場 戱喩仍妙詮"라 읊은 바 있다. 이 문장은 여행을 떠나기도 전 추사에게 관념으로 이미 주어져 있던 '통곡장'이란 표현과 '요동 벌판'이라는 극한의 현장성이 마주하게 된 순간을 잘 드러낸 사례라 받아들여진다.

　더 나아가 김윤식은 김명호의 연구를 근거로 추사에게 '미리' 주어졌

3 이육사, 「광야」(『자유신문』, 1945.12.17.), 손평희 편저, 『이육사전집Ⅰ-이육사의 문학』, 이육사문학관, 2017, 106~107쪽. 이하 손병희 편저, 『이육사전집Ⅰ-이육사의 문학』(이육사문학관, 2017)을 인용한 경우 『전집』으로 줄여서 표기함.

던 '천추대곡장'과 같은 표현의 근거를 『열하일기』에서 찾고자 한다. 연암 박지원 또한 요동 벌판을 마주했을 당시에 얻은 각별한 감상을 남겨두기 위하여 "통곡하기 좋은 장소로고! 울어볼 만하구나!好哭場可以哭矣"라고 남긴 바 있기 때문이다.[4] '광야'의 현장감이 불러일으킨 생생한 이미지가 연암의 '기문奇文'과 만나 '잔존Survivance'한 사례라 할 만하다. 요컨대 김윤식이 '호곡장' 논의에서 눈여겨 살폈던 주제란 곧 요동 벌판(=광야)에 선 '조선인'이란 자각에 닿아 있었다.

> 이렇게 받아들이고 나자, 육사의 「광야」 읽기가 내겐 한결 정다워지기 시작했다. 육사, 그는 인간으로서, 또 조선인으로서 광야에 반응했음과 동시에 요동벌판과 반응했을 터이다. 그에 있어 관념성이란 곧 구체성에 다름 아니었다.[5]

그렇다면 그가 주목하고자 했던 "조선인으로서 광야에 반응"하기란 과연 무엇일까. 해석의 단초는 의외로 간단한 곳에 있을지 모르겠다. 새삼 지적할 것도 없이 육사가 '민족'의 시인이라 불려왔다는 사실을 잊지만 않으면 된다는 것. 아니, 어쩌면 그의 이름에 늘 따라붙어 온 '민족'이란 단어가 판에 박힌 수식어 취급을 당하는 것은 아닌지 되물어야 할 정도라 할 수가 있겠다. 김윤식이 넘보고자 했던 "조선인으로서 광야에 반응"하기란 실상 조선인이라는 주체적 자각의 역사, 그리고 그에 대한 구체성에 다름없을 것이기 때문이다.

일본 제국주의 통치라는 시대적 파고 아래, 육사는 한반도를 벗어나

---

4 김윤식, 앞의 책, 273~274쪽.
5 위의 책, 275쪽.

일본을 다녀온 경험뿐만 아니라, 독립과 혁명을 꿈꾸며 중국을 여러 차례 '횡단'한 사람이었다.[6] 이를 고려한 뒤에서야 '광야'는 비로소 '조선인'으로서의 '한계'와 '가능성'을 동시에 사유하도록 만든 "인간학적 타자성"[7]의 극적인 '소격', 그리고 그에 따른 주체 출현의 '무대(場)'로 읽히게 된다.[8]

육사가 남긴 편편의 '글'이 '아득함'에 닿아 있다는 것은, 우리가 여전히 '민족'이라는 아포리아에 충분히 근접하지 못했다는 사실을 새삼스레 환기하도록 만든다.[9] 이 글은 그네의 삶 속에서 '동아시아 - 근대'를 관통하며 '혁명'을 노래했던 육사 이원록이 우리에게 남긴 '글쓰기', 그리고 그 성좌Constellation의 아득함에 관한 짧은 노트다.

---

6 육사의 마지막 순간마저도 '횡단'의 삶을 잘 대변하고 있다고 여겨진다. 1944년 중국 북경에서 순국한 육사의 유해가 한반도로 귀환한 과정 뿐만 아니라, '해방' 이후 유작이 귀환한 사례 또한 매우 드라마틱하다. 이육사의 이력과 횡단적 삶에 관하여 다음과 같은 글을 참고할 수 있다. 김희곤, 『이육사전집 II - 이육사의 독립운동』, 이육사문학관, 2017; 장문석, 「수이성(水生)의 청포도 - 동아시아의 근대와 「고향」의 별자리」, 『상허학보』 56, 2019 참조.

7 에티엔 발리바르, 『우리, 유럽의 시민들? - 세계화와 민주주의의 재발명』, 후마니타스, 2010.

8 주체의 출현을 두고 벌어지는 '소격'의 논의에 관해서는 자크 라캉, 피에르 르장드르, 에티엔 발리바르 등의 논의를 참고할 수 있을 것이다. 예컨대 프랑스의 법제사가 피에르 르장드르는 라캉에게 수학하며 '주체'의 문제를 공준, 그리고 역사의 무대와 겹쳐놓는다. 그에게 〈거울〉(혹은 주체)과 표상의 문제란 곧 법과 제도, 사회, 역사 등을 관통하는 주제라 할 수 있다. 사사키 아타루, 안천 옮김, 『야전과 영원 - 푸코 · 라캉 · 르장드르』, 자음과모음, 2015, 243~435쪽 참조.

9 '역사'를 무대로 한 '주체' 게임 자체가 애초 단일한 표상 아래 국한시킬 수 없다는 것이란 점을 지적해야 할 것이다. 에티엔 발리바르가 제시한 적 있는 "관 - 경계적 상상력"과 '민족'의 개념을 연결지어 깊이 천착할 필요가 있다. 에티엔 발리바르, 앞의 책 참조.

2. 황혼黃昏: '아득함'의 근거Grund −전통 · 근대 · 역사

내 골방의 커―텐을 것고
정성된 맘으로 黃昏을마저드리노니
바다의 힌갈메기들 갓치도
人間은 얼마나 외로운것이냐

黃昏아 네 부드러운 손을 힘즛내미라
내뜨거운 입술을 맘대로 맛추어보련다
그리고 네품안에 안긴 모―든것에
나의 입술을 보내게 해다오
　　　　　　　　　　　　　―「黃昏」의 부분

　전집 곳곳에 실린 육사의 글을 읽어가노라면 누구든 당혹감에 휩싸이지 않을 수 없을 것이다. 일반적으로 널리 알려진 시편들 외에도 기사, 시사평론, 수필, 비평문 심지어는 번역 등 그가 선보인 문장의 편폭이 넓을 뿐 아니라, 각각의 문체가 다채로운 방식으로 뻗어나간 탓에 '깔끔한' 정리가 불가능하다고 여겨질 정도이기 때문이다. 조선일보에서 기자로 활동할 당시에 작성했던 기사의 정갈함, 당대 최고의 비평가 이원조의 형다운 날카로운 비평적 안목과 시사평론에 드러난 세계사적 외연, 번역으로 선보인 통언어적 실천translingual practice, 마지막으로 몇몇 기문들 속에서 엿볼 수 있는 환상적 필치 등은 한 사람의 작업이라 생각되지 않을 지경이다.

　해석을 쉬이 허락하지 않는 시편들의 '아득함'과 강철같은 상징적 언어처리에 대해서는 널리 알려진 바와 같아서 「광야」에서 살펴본 아득함은 하나의 사례에 불과할 정도라 할 수 있다. 그중에서도 온갖 글쓰기의 양식을 교차하고 있는 '문체'의 탐구는 가장 험준한 장벽을 자랑한다.[10] 이를 모두 고려하면 때때로 육사의 텍스트를 대상으로 해석학적 논쟁이 불거진 이유가 어렵지 않게 수긍이 간다.

그런데 대체 무엇이 '육사' 한 사람으로 하여 기사·비평·평론·번역 등의 정연한 문장과 더불어, 시·수필·소품문 등에 드러난 난해함의 글쓰기를 '공-가능한 계열'로 만들어준 것일까? 약간 결은 다를 수 있겠으나, 자크 라캉의 '난해함'을 정면으로 돌파하고자 했던 사사키 아타루의 경우를 참고할 수 있을지 모르겠다. 사사키 아타루는 라캉을 분석하기 위하여 대담하게도 다음과 같이 따져 묻는다. "무엇을 위한 난해함인가?"라고. 일면 지나치게 담백한 질문처럼 느껴질지 모르겠으나, 이와 같은 화두를 던지는 것만으로 새로운 논점이 하나 도입된다. 이러한 문제 제기를 통해 악명 높은 라캉 철학의 난해함은 "필요한 것"이었고, "그 자체가 하나의 기능을 지니고 있"는 것임이 드러나기 때문이다. 사사키 아타루의 말을 빌리자면 "오해의 폭 때문에 비로소 이해되는 것"이 생성된다고 말할 수 있을 정도이다.

사사키 아타루의 논의에서 한 가지 더 중요한 것은 라캉의 난해함이 전적으로 "그가 제시한 개념의 혼성성과 불균질성에 기인한"다는 지적에 있다. 즉 그가 "제조한 개념은 하나하나가 특수한 잉여성을 지니고 있"는 것이라 할 수 있다. 그런데 바로 이러한 특성으로 말미암아 라캉을 상대하는 사람들은 그곳에서 각자 원하는 "설명 원리를 끌어낼 수 있"으며, 이를 기반으로 끊임없는 "설명의 증식", "해석의 번성"이 가능해진다.[11]

---

10 '수필', 혹은 '소품문'으로 발표된 작품 중 문학 장르 개념에서의 '양식'을 초월한 글쓰기들이 특히 눈길을 끈다. 「문외한의 수첩」과 「황엽전」을 대표적인 예로 들 수 있을 것이다.

어쩌면 정작 주목해야 할 지점은 바로 여기에 있는지도 모른다.[12]

육사에게도 비슷한 질문을 던져볼 수 있을 것 같다. 과연, 무엇을 위한 '아득함'인가? 어쩌면 그의 작품에 수놓아져 있는 아득함 자체가 하나의 기능을 수행한다고 말할 수는 없을까? 이 문제를 제대로 매듭짓기 위해서는 철저한 해석작업이 동반되어야 함은 물론이다. 그러나 다소 당돌한 방식으로 문제를 던지기는 했으나, 육사의 생애와 글쓰기 전반에 과문한 필자의 처지에선 이러한 작업은 벅찬 일이라 할 수밖에 없다. 앞서 한 차례 언급한 것처럼 어디까지나 노트를 남기는 심정으로, 가능한 수준으로나마 계속 논지를 이어가고자 한다.

'아득함'이 하나의 성좌로 기능하게 된 '원천Ursprung'에 대해 논의하기 위해서라도 — 즉, '이해되지 않음'을 이해하기 위하여 — 손에 잡히는 대로 이해가 가는 것들부터 더듬어 갈 필요가 있다. 단순한 말장난 같이 느껴질 수도 있겠지만, 사실은 그렇지 않다. 이를테면 모리스 블랑쇼뿐만 아니라 들뢰즈와 가타리가 '카프카'를 분석할 때 그러했듯, 우리는 '작품oeuvre'이란 보다 총체적인 층위에서 각각의 텍스트들이 어떠한 방식으로 일정한 '통접'을 구성하고 있는지를 파악할 필요가 있기 때문이다.[13] 뒤에 다시금 살펴보게 되겠지만, 육사가 남긴 갖가지 글쓰기는 근대적인 문학 '양식'의 틀을 교차하는 방식으로 읽어내려가는 작업 또한 가능하다. 이번 장은 아득함을 이해하기 위한 일종의 우회로라 보아도 좋을 것 같다.

---

11 사사키 아타루, 안천 옮김, 『야전과 영원: 푸코 · 라캉 · 르장드르』, 자음과모음, 2015, 27~32쪽 참조.

12 이는 애초에 '문학의 공간'이라는 것이 그러한 것이지 않은가, 따위와 같은 근원적인 문제와 결부된 까닭이다. 모리스 블랑쇼, 이달승 옮김, 『문학의 공간』, 그린비, 2010.

13 모리스 블랑쇼, 위의 책; 질 들뢰즈 · 펠릭스 가타리, 이진경 옮김, 『카프카 - 소수적인 문학을 위하여』, 동문선, 2001 참조.

그렇다면 '광야(=아득함)'에 비길 수 있는 가장 구체적인 대상에 과연 무엇을 위치시킬 수 있을까. 두말할 것 없이 '고향(=전통)'이란 문맥文脈이야말로 가장 앞자리에 서야 할 주제라 할 수가 있겠다.[14] 서둘러 한 가지 첨언 하자면, '양식'상으로는 비평적 글쓰기에 대한 주목이 우선적으로 요청된다. 아쉽게도 남아 있는 글이 많은 편이 못되지만, 그의 사상적 지평을 엿볼 수 있는 귀중한 자료들이라 할 수 있기 때문이다.

먼저 '안동 - 고향 - 전통'의 문제를 중심으로 '친숙함'의 세계에 관하여 살피도록 하자. 먼저 아래와 같이 육사의 장조카 이동영이 남긴 소박하고도 흥미로운 서술이 시선을 사로잡고 있다.

> 陸史의 교육면을 먼저 살피고 넘어 갈 필요가 있다. 우리나라 교육이 어릴 때 흔히 조부 앞에서 千字文 · 小學 · 通鑑 등의 글귀를 익히는 습관을 기르거니와 6형제가 모두 조부의 무릎에서 자라면서 글을 배웠다. 陸史는 여섯 살 때 小學을 배웠다고 한다. 六兄弟가 하나같이 才藝가 뛰어 났으나 그 중에도 재주가 뛰어나기로는 源朝(號 黎泉)였고, 가장 근엄하기는 陸史라 할 수 있다. 伯兄과는 다섯 살 차이나, 책을 펴서 공부하기는 동생 源一(裕)과 源朝와 같이 하였다. 글 배울 때 이야기인데 源朝는 才氣潑剌하여 장난도 심하였거니와 곧잘 글구를 만들어 가지고 陸史에게 약을 올리는 것이어서, 한번은 육사가 몹시 화가 났던지 책을 내던졌다. 그래서 형제 訟事가 났다. 마침내 黎泉이 형을 걸어 조부에

---

14 장문석은 육사의 '통언어적 실천'의 사례 중에서도 루쉰의 단편소설 「고향」을 번역한 일에 주목한 바 있다. 그의 「고향」 번역이 반식민지 중국과 식민지 조선의 역사적 경험에 근거한 것임을 논증한 것이다. 그에 따르면 치리코프의 「시골읍내」에서 발원한 '고향' 인식의 문제는 1920년을 전후한 시기 동아시아 지식인의 내면으로 확장된다. 뒤에 본문을 통해서 재차 언급하게 되겠지만 육사는 루쉰을 경유하는 방식으로 '고향'과 '전통'의 문제를 심화하게 된다. 장문석, 앞의 글 참조.

게 소송을 제기했던 것이다. 형제가 각기 사유를 설명하고서 마지막 黎泉이 말하기를 "책 속에는 孔孟과 뭇 聖賢이 계시거늘 책을 내던지는 것은 성현을 욕보이는 것과 다름이 없으니 형을 벌 주십시오"하여 陸史는 완전히 판정패를 보았다. 육사는 家學으로써 줄곧 漢學을 배웠고, 신교육 기관인 普文義塾에는 祖父와 伯兄을 따라다녔을 뿐 나이로 보아 정규 학생은 아닌 것 같다.[15]

낙동강이 흐르는 안동 '원촌'에서 "무서운 규모"[16]로 그를 키웠다고 전해지는 '고향'과 '전통'이란 문맥은 단순히 '오래된 것', 혹은 '집안' 문제 정도에 그치지 않는다. 비근한 예시라 할 수도 있겠으나, 널리 알려진 바와 같이 '가학家學'으로 공부한 '한학漢學'은 육사의 번역과 한시 등 곳곳에서 그 흔적을 살펴볼 수 있는 것이기 때문이다.

더불어 위에서 인용한 부분에서도 살펴볼 수 있듯이 '전통'의 문제에 관해서라면 어린 시절 성현의 말씀을 두고 일대 승부를 펼친 육사의 동생이자 '당대 최고의 비평가', 여천 이원조를 참고하는 일 또한 가능하다. 가령 육사와 마찬가지로 '댄디'이면서 동시에 '양반'[17]이었던 이원조의 경우, 「조선적 교양과 교양인」에서 "조선에는 교양이라는 것이 없었는가"와 같은 질문을 앞에 두고 단호하게 "반드시 그렇지 않"라고 주장한 적이 있다. "현대적 의미의 교양이란 어휘는 없다고 하더라도 오늘날 우리가 교양이라고 하는 개념에 해당하는 문화적 사실은 없었을 리

---

15 이동영, 「민족시인 이육사」, 앞의 책, 60쪽. 한편으로 김희곤은 육사가 '보문의숙'을 거쳐 '도산공립보통학교'로 편입하여 1회로 졸업한 사실을 재구한 바 있다. 김희곤, 앞의 책, 41~44쪽 참조.

16 이육사, 「계절의 오행」(『조선일보』, 1938. 12. 24.~28) 『전집』, 176쪽.

17 장문석, 「댄디와 양반 - 여천 이원조 연구(1)」, 『한국문학연구』 44, 동국대 한국문학연구소, 2013.

가 만무하다"는 것이다.[18]

여천의 이와 같은 미묘한 태도는 「연애와 정조」라는 글에서도 확인할 수가 있다. '연애'라는 현상 자체는 지극히 '근대적인 것'이란 세간의 인식을 부정하지 않으면서도, '연애의 감정' 자체는 어느 시대를 막론하고 존재해왔다는 식으로 자신의 논지를 펼쳐나간 것이다.[19] 그가 직면한 시대적 변천과 통념notion을 인정하면서도, 논평해야 할 각각의 시대를 사유하며 '이념idea'과 '정동affect'의 차원을 두루 고려하고 있다는 점에서 그 의미가 각별하다. 가히 그가 목전에 둔 시대에 관념상 분할을 이룬 '고전'과 '근대' 사이의 통행로를 열어젖힌 시도라 평가할 만하다.

이원조의 글을 조금만 더 살피도록 하자. 그는 「『임꺽정』에 관한 소고찰」에서도 "역사란 제 자신이 시간적인 동시에 '이데아'를 가지는 것"이라 정의하고 있으며,[20] 이는 「문학의 영원성과 시사성」에서의 "시사성이란 영원성의 한 계기"라는 말과 공명하고 있다.[21] 결정적으로 「고전부흥론 시비」에서 여천은 미키 기요시를 참조하면서 "역사는 써 보태지는 것이 아니라 고쳐 씌어진다는 것"이라는 관념을 제시하고 있다. 이는 당연히 분절된 '고전'과 '현대'를 사유하는 이원조 특유의 감각과 결부되어 있기에 주목을 요한다. '댄디'로 거듭난 '양반'에게 있어 '고전'의 가치란 비단 '취미'라거나 '동양적인 것(혹은 전통)'이라는 차원이 아니라 항상 '현재적인 것'이어야 했던 것이다. 「고전부흥론 시비」가 "역사의 창조"라거나 "고전의 부흥"을 문제로 삼은 글이라는 점은 매우 의미심

18 이원조, 「조선적 교양과 교양인」(『인문평론』, 1939.11), 『이원조 비평 선집』, 양재훈 엮음, 현대문학, 2013, 297~303쪽 참조.
19 이원조, 「연애와 정조」(『사해공론』, 1938.8), 위의 책, 249~252쪽.
20 이원조, 「『임꺽정』에 관한 소고찰」(『조광』, 1938.8), 위의 책, 359~367쪽.
21 이원조, 「문학의 영원성과 시사성」(『인문평론』, 1940.8), 위의 책, 325~331쪽.

장하다.[22]

당대 최고의 비평가 이원조의 형 육사의 입장은 어떠했을까? 『형상』 창간호 설문에 응답한 다음 문장은 극히 짧지만, 육사의 답답한 심정마저 느낄 수 있을 정도로 강렬한 인상을 남기고 있다.

설문
일구삼사년에 임하야 문단에 대한 희망

이활
외국의 문학 유산의 검토도 유산이 없는 우리 문단에 필요한 일이겠지만 과거의 우리나라의 문학에도 유산은 적지 아니합니다. 좀 찾아 보십시요—거저업다고만 개탄치 말고[23]

사실 육사와 여천이 '전통'을 붙들고 벌인 곡절의 과정을 잘 이해하기 위해서는 한 가지 유념해야만 할 전제가 있다. 이들이 각각 자신들의 문장을 세상에 내던지기 시작한 시대는 이미 역어譯語로서의 '문학 Literature' 개념이 근대의 물결과 함께 '조선'을 한 차례 휩쓸고 지나간 뒤였다는 점이다.[24] 이와 더불어 개화 · 계몽의 이념과 함께 문학의 '양식'이 제각기 '기능분화'를 펼쳐나갔다는 사실을 고려해야 할 필요가 있

---

22 이원조, 「고전부흥론 시비」(『조광』, 1938.3), 위의 책, 235~240쪽. 여기에 하나 첨언하자면 여천이 당대의 현실 속에서 괄호를 치고자 한 것은 단순히 '동양적인 것', 혹은 '전통'이라기보다 '규구준승'으로 전락한 낡은 관념 내지는 '원리'들이라 할 수 있을지 모르겠다. 이러한 의미에서 이원조가 그의 글 곳곳에서 인용한 『맹자』의 맥락을 거슬러 가면서까지 '규구준승'의 의미를 부정적으로 사용하고 있다는 점은 흥미롭다.
23 이육사, 「『형상』 창간호 설문에 대한 답변」(『형상』, 1934.2), 『전집』, 540쪽.
24 황종연, 「문학이라는 譯語」, 『동악어문논집』 32, 동악어문학회, 1997 참조.

다.[25] 즉, 식민지 '근대'와 긴밀하게 연결된 '문학' 개념이 새로운 문법文
法으로 작용하면서 '전통'에 근거한 유산 일체가 부정되기에 이른 상황
이었던 것이다.

그러한 여건 속에서 육사는 아래와 같이 「조선문화는 세계문화의 일
류」이란 글을 통하여 조선문화의 전통 속에서 '지성'을 찾아볼 수 없다
는 당대 문학가들의 입장에 전면 반대하고 나선 바 있어 흥미롭다.[26]

> 그런데 朝鮮文化의傳統 속에는 地性을가저보지못햇다고하는데 좀 생
> 각해볼問題입니다. 가령歐羅巴의 敎養이 우리네 敎養과 다르다는그理
> 由를 루넷상스에서指摘한다면 우리네의敎養은 루넷상스와가튼 크다란産
> 業文化의 大過渡期를經過하지 못햇다는것일겝니다. 그러나 우리도엇던
> 形式이엿든지 文化를가지고왓고 또그것을사랑하고 앞으로도 이마음은變
> 할理가 업슬것이리라.[27]

인용문에서 살필 수 있는 것처럼 육사는 '조선'과 '세계'의 공차共差를
저울질함에 있어 판단의 기준을 '근대(=서구 메이저리티)'로 일원화시키지 않
는다. 예컨대 전통과 문화·교양 등의 문제를 논변한 「모멸의 서」에서
그가 내세운 "모방할 그것이 무엇인가를 알고 하여야만 될 것"이란 뼈

---

25 근대의 유입과 '문학' 개념의 변천, 그리고 기능분화에 관해서는 다음과 같은 논의를
   참조할 수 있을 것이다. 김동식, 「한국문학 개념 규정의 역사적 변천에 관하여」, 『한국현대
   문학연구』 30, 한국현대문학회, 2010; 김동식, 「1900-1910년 신문 잡지에 등장하는 '문학'의
   용례에 대하여: 『대한매일신보』와 개화기 학술지를 중심으로」, 『미학·예술학연구』 20,
   한국미학예술학회, 2004 참조.
26 이 글은 『비판』에서 '지성옹호의 변'이란 특집 아래 수록된 것이다. 이육사, 「조선문화는
   세계문화의 일류」(『비판』, 1938.11), 『전집』 421~423쪽 참조.
27 이육사, 위의 글, 『전집』, 422쪽.

아픈 지적을 새삼 되새길 수 있겠다. '추종'과 '모방'을 경계한 이 글에서 육사는 자기 "자신을 의식했을 때보다 더 강한 것"은 없다는 식의 강변을 내세우고 있기도 하다.[28] 이 자신감 넘치는 문장은 따져 물을 것도 없이 그 자신이 '전통'과 깊게 관계했던 육사이기에 가능했던 것이라 할 수 있겠다.

당대의 문학가들이 '근대(=서구)'라는 대타자에 천착하는 방식으로 '조선'을 자각하며 변증법적 주체 인식의 대가代價로 '고전'의 세계관을 유폐시키고자 했다면, 육사와 여천의 경우는 확실히 어딘가 좀 색다르다. 단적으로 육사는 「노신추도문」을 통해 "옛것을 분명히 알고 새로운 것에 간도하고 과거를 요해하야 장래를 추단하는 데서만 우리들의 문학적 발전은 희망이 있다."와 같은 루쉰의 문장을 번역해 소개하기도 하였다.[29] 육사가 루쉰의 소설 「고향」을 번역하게 된 내력을 세밀하게 분석한 장문석이 지적한 바와 같이, 위와 같은 인식은 '동아시아 - 근대'라는 지평 아래, 즉 "'과거'에 근거하면서도 '장래'를 바라보며 '옛것'과 '새로운 것'의 긴장과 운동" 속에서만 가능한 것이다.[30]

육사와 여천 두 사람은 모두 맑스주의에 입각한 '유물변증법', 그리고 그와 결부된 역사 인식을 내면화한 사람들이었다. 다만 여타 좌익 계열의 문학가들과 차이가 있다면, 그들은 혁명의 '이념'을 향하여 곧바로 투신하는 대신에 현실의 토대를 '있는 그대로' 살피길 주저치 않았다는 점에 있다. 「자연과학과 유물변증법」에서도 확인할 수 있듯이 "유물론을 떠나서는 변증법이란 공허한 것"이기 때문이다.[31] 적어도 육사에게

---

28 이육사, 「모멸의 서 - 조선 지식여성의 두뇌와 생활」(『비판』, 1938.10), 『전집』, 415~420쪽.
29 이육사, 「노신추도문」(『조선일보』, 1936.10.23.~29), 『전집』, 241~257쪽.
30 장문석, 앞의 글, 159~160쪽 참조.
31 이육사, 「자연과학과 유물변증법」(『대중』, 1933.4), 『전집』, 322~327쪽.

있어 '전통'이라는 문맥은 근대란 물신物神을 내면화한 끝에 관념적으로 부정해야 할 대상이 아니었으며, 오히려 역사의 변천과 인식을 가능케 만들어줄 구체적인 토대로 작용하였다.

범박하게 말하자면 육사와 여천에게 있어 '근대'란 곧 '전환기'에 다름 아니었다. 그들에게 '혁명'이라는 이념적 가치 또한 바로 이러한 현실적인 조건에서만 온전하게 그 의미를 드러내는 것이라 할 수가 있다. 일본 제국의 식민치하 '조선'이 근거한 조건 자체를 있는 그대로 인식하면서도, 그와 같은 토대를 바탕으로 역사적 변천을 도모하고자 한다는 점에서 그 가치를 새로이 음미할 수 있게 된다. 떠오르는 '태양'[32]이 아니라, 저물어 가는 '황혼'에 입을 맞추는 형식으로 세계사적 지평과 함께 호흡하기. 그의 시편 「황혼」의 심상은 혹 이와 같은 것이 아니었을까.

3. 절정絶頂: '근대'의 임계점과 도래할 서사시

> 어데다 무릎을 꾸러야하나?
> 한발 재겨디딜 곳조차 없다
>
> 이러매 눈깜아 생각해볼밖에
> 겨울은 강철로된 무지갠가보다.
> ─「절정」의 부분

---

32 「광인의 태양」이라거나 「일식」 등의 시편에서 떠오르는 '태양'은 부정적인 대상으로 자리매김하여 있다. 일본 제국과 근대의 물신을 알레고리적으로 풀어낸 시도라 여겨진다.

육사의 글쓰기를 고구함에 있어 '전통'이 뻗어나간 문맥은 거듭 강조해도 지나치지 않을 것이다. 앞서 살핀 바와 같이 비단 그의 삶을 구성한 '구체적'인 토대로 작용했기 때문만이 아니라, 전통에 대한 인식을 바탕으로 말미암아 '역사'의 변천과 혁명에 대한 사유를 향해 뻗어나갈 수 있었던 까닭이다. 전통과 근대를 교차하고 있는 이와 같은 '전환기'적 감각은 그의 비평적 안목이 빛나는 순간마다 여지없이 그 위력을 발휘하게 된다.

앞서 언급한 루쉰, 그리고 중국을 매개로 삼아 조금 더 논의를 이어가도록 하자. 육사는 중국의 대문호 루쉰의 「고향」을 번역했을 뿐만 아니라, 여러 평문을 통하여 루쉰의 삶과 문학이 '중국문학사상'에 지대한 영향을 미친 것이었음을 누차 곱씹은 바 있다. 그런데 곳곳에서의 글을 살펴보았을 때, 중국에서 루쉰을 만난 감동적 소회의 발로 정도로 그 의미를 국한하기 어려운 비평적 관점이 그 속에 내장되어 있음을 곧 깨닫게 된다.

중국과 루쉰에 대한 관심사가 전환기에 대한 감각과 연결되어 있음은 물론이다. 예컨대 「노신추도문」에서 육사는 루쉰이 상찬을 받을 수밖에 없는 이유 중 하나로 '문체의 혁신'을 들고 있다. 고래로부터 "오늘날 우리가 보는 것과 같은 완전한 예술적 형태"가 없었던 중국에 새로운 문체를 도입한 사람으로 그를 소개한 것이다. 「광인일기」를 통하여 루쉰이 선보인 '일기체 소설'과 같은 사례는 육사에게 있어 '옛것'을 분명히 깨달은 사람이 불러일으킨 혁신이란 점에서 주목에 값하였을 것이다.[33]

중국의 '문학 혁명'에 관하여 논의한 「중국 현대시의 일단면」에서 육사가 각별하게 주목한 사례 또한 '현대중국시'의 발전과정 중 일어난

---

33 이육사, 「노신추도문」(『조선일보』, 1936.10.23.~29), 『전집』, 241~257쪽.

"시체詩體의 파괴"에 있었다.[34] '파괴'라는 단어를 사용할 정도로 전통을 중요시한 사람치고 표현이 다소 과격한 것이 사실이지만, 단순히 고전과 전통을 부정의 맥락에서 다루고자 한 것은 아니다. 예컨대 탈구축(=해체와 재구축)에 대한 육사의 지향은 미완의 번역에 그친 「중국문학오십년사」를 살펴보면 그 의미가 더욱 명확하게 드러나게 될 것이다.

애초에 그는 「중국문학오십년사」을 초역하는 작업을 통해 '고문古文', '백화소설白話小說', '문학혁신' 등 중국 근대 문학사의 변천 과정에 대하여 개괄적으로 소개하고자 했던 것 같다. 미완에 그친 탓에 전모를 모두 파악하기는 어려우나, 육사가 초점을 맞추고자 했던 부분을 간취하는 일이 불가능한 것은 아니다. 중국에서 쇠락의 시기를 노정한 '고문'이 번역 등을 통해 '응용'의 문법을 발생시킨 일, 백화소설이 불러일으킨 혁신적 가치 등에 대한 강조에서 우리는 육사가 문학을 지탱하는 '형식'적 틀에 깊이 천착했음을 확인할 수 있게 된다.[35] 이 역시 근대와 문학의 변천, 그리고 양식 등의 문제에 천착한 사례라 정리할 수 있겠다.

당대의 문학가들과 육사가 차별화되는 지점이 바로 여기에 있다. 그가 '근대'라는 파고를 넘나들면서 세계사적 지평을 엿보았던 통로는 굴절된 방식으로 모더니티를 매개했던 일본도, 원본의 이미지로 표상화된 서구 메이저리티도 아니었다.[36] 여기에 더해 육사가 작고한 뒤의 일이지만, 해방을 맞이한 이원조가 마오쩌둥의 이론을 경유하는 방식으로 가장 냉철하게 '조선'의 현실을 비판할 수 있었다는 평가를 겹쳐 읽을 수

---

34 이육사, 「중국 현대시의 일단면」(『춘추』, 1941.6), 『전집』, 287~294쪽.

35 이육사, 「중국문학오십년사」(『문장』, 1941.1~4), 『전집』, 474~494쪽.

36 육사의 번역작업이 중국의 문장에 할애되어 있다는 점을 부기할 수 있을 것이다. 사카이 나오키에 따르면 '번역'은 '주체'의 형성에 내밀한 영향력을 행사하는 것이기 때문이다. 그가 식민지 조선의 모더니티를 인식할 수 있었던 통행로가 '주변부의 근대'였음을 알 수 있게 된다. 사카이 나오키, 후지이 다케시 옮김, 『번역과 주체』, 이산, 2005 참조.

있을 것이다. 해방공간 이원조가 펼쳐나간 「민족문학론」의 잠재태는 필시 육사에게서도 그 연원을 짚어나가야 할 주제라 할 수 있다.[37] 요컨대 육사와 여천에게 '반식민지 중국'과 '식민지 조선'을 비교하는 작업 자체가 그들의 손에 닿는 가장 구체적인 현실과 맞닿아 있었던 것이다.[38]

무엇보다 중요한 것은 '전통'과 '근대' 사이의 역동적인 변증법과 문학의 변천 과정을 엿보는 작업은 곧 새로운 양식을 벼리는 방식으로 '혁명'의 사유와 접속하게 된다는 점이다. 지금까지 누적한 논지를 보강하기 위해서는 그간 육사의 텍스트 중에서도 그다지 주목을 받지 못했던 글을 몇 편 살펴볼 필요가 있다. 「영화에 대한 문화적 촉망」, 그리고 '씨나리오 문학의 특징'이란 표제를 달고 있는 「예술형식의 변천과 영화의 집단성」 등이 바로 그것이다.

「영화에 대한 문화적 촉망」에서 육사는 '문화'를 '역사 - 지정학적 Historio-Geopolitics' 배치"[39]의 문제로부터 출발하고 있으며, 이를 '계승'의 관점 아래 분석하고 있다. 그런데 이때 조선의 지적 전통이란 실로 "활자의 문화적 위치와 정비례"의 관계를 형성해왔다는 점이 문제로 지적되고 있다. 이로부터 한발 더 나아가 그는 문화적 중임을 활자에만 기댈 수 없는 시대적 한계에 접어들었음을 적확하게 간파하고 있어 눈길을 끈다. 근대와 매체의 상관관계를 묘파한 탁월한 감각을 드러내고 있기 때문이다.[40]

---

37 김윤식, 앞의 책; 장문석, 「주변부의 근대문학 - 여천 이원조 연구(2)」, 『사이間SAI』 27, 국제한국문학문화학회, 2019 참조.

38 본문을 통하여 언급한 평론 및 번역 이외에도 「오중전회를 앞두고 외분내열의 중국정정」, 「위기에 임한 중국정국의 전망」, 공인 "깽그'단 중국청방비사소고」, 「중국의 신국민운동검토」, 「중국농촌의 현상」, 소설 「골목안」 번역 등을 참조할 수 있다.

39 사카이 나오키 · 니시타니 오사무, 차승기 · 홍종욱 옮김, 『세계사의 해체 - 서양을 중심에 놓지 않고 세계를 말하는 방법』, 역사비평사, 2009, 159쪽.

발터 벤야민의 표현을 빌리자면 육사는 '기술복제시대의 예술작품'에 관하여 논의한 것이라 할 수 있겠다. 그는 「예술형식의 변천과 영화의 집단성」에서 "모든 예술부문이 기록적 형식을 취하고 있다는 데 주의" 할 것을 촉구하면서, 이로부터 한발 더 나아가 활자를 기반으로 한 소설적 문법을 가리켜 19세기적인 것이라 명명하고 있기까지 하다.[41] 이와 같은 관점은 다분히 프리드리히 키틀러의 매체 철학을 떠올리게 만들 정도인데, '기록'을 담당한 '매체'의 변천이 곧 예술 본질의 문제와 깊게 결부된 주제임을 지적하고 있기 때문이다.[42]

우리가 한편으로 '주변부의 근대'를 호흡한 육사로부터 벤야민과 키틀러적인 사유를 발견할 수 있다는 사실에 놀라지 않을 수 있는 까닭은, 앞서 살핀 바와 같이 그가 '유물변증법적 역사관'을 내면화한 사람이었기 때문이다. 말하자면 전환기의 문법을 독파함으로써 동시대를 지탱한 문학적 매체(미디어) 일체에 예민하게 반응할 수가 있었던 것이다. 특히 '근대'와 함께 유입된 사진과 영화 등의 매체는 활자를 기반으로 한 기존의 지적 체계를 비판할 수 있는 새로운 감각과 형식을 육사에게 선사하였을 것이다.

심지어 육사는 이로부터 한발 더 나아가 영화의 출현과 함께 "문필文筆"이란 "예술의 수공업적 표현형식의 해체"를 가늠하고 있을 정도이다.[43] 〈아랑〉의 예를 들어 '영화'가 종래의 극이나 소설에서 보지 못하

---

40 이육사, 「영화에 대한 문화적 촉망」,(『비판』, 1939.2), 『전집』, 263~266쪽.

41 이육사, 「예술형식의 변천과 영화의 집단성 ─ 씨나리오 문학의 특징」(『청색지』, 1939.5), 『전집』, 269쪽.

42 발터 벤야민, 「기술복제시대의 예술작품」, 최성만 옮김,『기술복제시대의 예술작품/사진의 작은 역사 외』, 길, 2007; 프리드리히 키틀러, 유현주 · 김남시 옮김, 『축음기, 영화, 타자기』, 문학과지성사, 2019 참조.

43 이육사, 앞의 글, 272쪽.

던 '새로운 문학'임을 강조하고 나선 것이다. 애초에 "인간 생활의 진실한 기록"이란 점에서 '소설 문학'이 영화와 동등한 위치에 놓인 적도 있으나, 적어도 「예술형식의 변천과 영화의 집단성」에서 "휴맨또규멘트"의 몫은 영화에 주어지고 있다. 그에게 '사진'이란 곧 "자연주의 원리의 가장 간단한 구체화"로 받아들여졌기 때문이다.

특히 「예술형식의 변천과 영화의 집단성」에서 주목해야 할 육사의 핵심적인 안목은 영화라는 새로운 매체가 '저자'의 권위를 밀어내고, 제도적 기반 및 협업에 기초한다는 인식을 드러낸 부분이다. 가령 육사는 「영화에 대한 문화적 촉망」에서도 '영화'를 지탱하는 현실적인 기반들을 언급하며, '시나리오 라이터'의 출현, '영화 자본', '프로듀서 제도' 등의 문제를 읊어나간 바 있다. 특히 이 글에서 '영화'라는 예술형식, 즉 척박한 환경에서 겨우 뿌리를 내리고 있는 '조선 영화'는 문화 전반에서 "지식전체를 결합하고 처리할 만한 창조적 정신과 수법" 등의 역량을 총동원해야 할 양식으로 정리되고 있다.[44] 이때 그의 비평에서 '사진'과 '영화'를 향한 찬사를 읽어나가는 일 정도로는 부족하다. 육사는 "영화를 창작한다는 사실이 곧 문화란 것은 아니"라는 사실을 냉철하게 인식하고 있던 사람이기도 하였기 때문이다.[45]

결국 그에게 있어 활자를 기반으로 한 리얼리즘의 양식 일체와 영화가 '장르'적으로 분할되는 결정적인 차이는 "영화에 있어서는 개인의 운명보다는 집단의 혁명이 주요한 '테마'"라는 점에 기인한다.[46] 활자 문학이 '심리'에 대한 탐닉으로 뻗어간 현상과 달리 '영화'는 존립 근거 자체

---

44 이육사, 「영화에 대한 문화적 촉망」(『비판』, 1939.2), 『전집』, 266쪽.

45 위의 글, 264쪽.

46 이육사, 「예술형식의 변천과 영화의 집단성 - 씨나리오 문학의 특징」(『청색지』, 1939.5), 『전집』, 270쪽.

가 공동의 산물인 까닭이다. 「예술형식의 변천과 영화의 집단성」에서 아래와 같은 서술을 주목할 필요가 있다. 중요한 부분이라 판단되기에 다소 긴 호흡의 문장이지만 직접 인용하도록 한다.

　寫眞의 發明에따라 外界의描寫에 關한限 文筆的인 手段에 依한 그 手工業的인 紀錄의 段階를 貫通할수가있었고 寫眞은 自然主義의 小說이 그說話속에서 갖이고나온 表現原理를 輕工業的으로까지 解決하였다. (…)

　그렇면 叙事詩와 小說에는 어떻한 區別이있어야하느냐하면 그것은 勿論 後者가얻은 特定한個人을 追求하고 個性을描寫하는데 反해서 前者는集團的인 題材를 取扱하는데 特徵이있는것이다. 이제 文藝大辭典의 記錄을 잠간빌어보면=「叙事文學은 무엇보다도 먼저 非個性的 文學인 것이다. 그것은 抒情詩나 性格小說이나 性格劇같이 個性을 中心으로 하는일없이 集團「民族 國民 階級」을 中心으로 하고 個人의 意識이아니고 集團의意識에 따라서 貫通된다. 叙事文學은 그때문에 그內容은 보담 偉大한 文學이고 個物이 아니고 全體에屬하며 孤立이나 扮裝이 아니고 綜合에 向한다. 그래서 叙事文學의 動機或은 興味는 個人의 슬픔이나 깃븜이 아니고 集團의 運命이며 이것을支配하는 것은 個人意識이 아니고 集團意識인 때문에 叙事文學은 個性속에 沒入하거나 耽溺하는일이없이 가장 健全한 嗜慾으로써 外界의 集團生活에로 나아간다. 即 그것은內面的인 或은 內向的인文學이 아니고 外面的或 外向的인 文學인 것이다. 云々」=이說明은그 自體가 最近의優秀한 映畫에適用되지안는가 이렇한 集團全體가힘을合하야 建設的인 目的을向해서 鬪爭하는 叙事詩的「테-마」가 映畫에서發展하였다는것은 當然한 일인 同時에 이렇한 映畫의 記錄的 性質이나 叙事詩的인 表現技術은 最近各國

의 映畵에서 現著하게볼수가있게되였다. 바로 얼마前에 우리가본 映畵 「大地」같은것은 가장 適切한例의 한個다.[47]

육사는 인용한 문장의 여백에 해당하는 부분에서 영국 시인 루이스의 입을 빌려 "위대한 문학이란 것은 항상 「레알리틔」를 서사시의 「핏취」에까지 끌어올"린 것이라 논변하고 있다. '자서전' 내지는 '성격소설'에서 출발한 '근대문학'이 일정한 한계를 드러내고 있음을 아쉬워하며 이를 대신할 사진과 영화라는 새로운 양식으로부터 '서사시'의 문학성을 기대하고자 한 것이다. 이때 위의 인용에서 살필 수 있는 것처럼, '문예대사전'[48]을 기초로 '서사시'의 세계관을 강조하면서 '민족'과 '국민', '계급'을 중심으로 한 '집단의 양식'을 바라마지 않고 있다는 점을 특별히 주목할 필요가 있다.

갑작스럽게 느껴질 수도 있겠으나 이제야 겨우 육사가 흩뿌린 '아득함'의 '원천'에 대하여 피상적으로나마 논할 수 있는 자리에까지 도달했다. 근대의 물결과 함께 새로 요청된 예술형식의 미래상을 걸머진 육사의 텍스트들 속에서 특별한 징후 하나를 추스를 수가 있기 때문이다. 지금까지 살핀 투철한 현실 인식을 바탕으로 그는 "역사란 항상 앞서가는 자만이 짓는 것이며 이것은 예술사회에 있어서도 또한 같은 것"이라 말한 바 있다.[49] 당연한 말이지만 여기에는 그 자신조차도 결코 예외일 수가 없다.

---

47 위의 글, 271~276쪽.
48 '근대'의 '문예' 개념과 '사전'의 상관관계에 대해서는 다음과 같은 저작을 참조할 수 있다. 사전은 곧 '근대'와 '지知'의 체계가 재정립되는 하나의 주요한 통로 중 하나였다. 강용훈, 『비평적 글쓰기의 계보 – 한국 근대 문예비평의 형성과 분화』, 소명출판, 2013 참조.
49 이육사, 앞의 글, 268쪽.

아이러니하게도 바로 이와 같은 대목에서 우리는 '시인詩人' 육사를 관통하고 있는 험난한 과제를 동시에 마주하게 된다. 전통과 미래 사이의 전환기, '동아시아'라는 '주변부의 근대'를 살아간 육사는 '문필'이라는 손안의 도구, 즉 예술의 수공업적 표현형식이라는 무기를 들고 싸워야 했던 사람이었던 것이다. 그가 도달했던 사상적 지평은 근대의 문턱임과 동시에 임계점이었다. 결국 '양반'이자 '댄디'였던 그가 당면한 '세계상'[50]을 투철하게 인식할수록 "한발 재겨디딜 곳조차 없"는 벼랑끝을 향하여 깊숙이 발을 뻗는 형국이었을 것이다. 혹 새로운 양식과 표현을 예기豫期하여야 할 시인의 사명과 그에 따른 고투가 육사 특유의 '아득함'으로 이어진 것은 아닐는지 생각해볼 문제이다.

4. 한 개의 별을 노래하자: 결어를 대신하여

한개의 별을 노래하자 꼭한개의 별을
十二星座 그숫한 별을 었지나 노래하겠늬

꼭 한개의별! 아츰날때보고 저녁들때도보는별
우리들과 아─주 親하고그중빗나는별을노래하자
아름다운 未來를 꾸며볼 東方의 큰별을 가지자

---

50 "상(像)이라는 단어에서 우리들은 우선 어떤 것에 대한 모상을 생각한다. 이에 따르면 세계상도 마치 존재자 전체에 대한 하나의 그림과 같으리라. 그러나 세계상은 그 이상을 말한다. 세계상은 세계 자체, 즉 우리에게 규준을 제공하고 우리를 구속하는 존재자 전체로서의 세계를 뜻한다." 마르틴 하이데거, 최상욱 옮김, 『세계상의 시대』, 서광사, 1995, 41쪽.

(⋯)

한개의별을 노래하자 다만한개의 별일망정
한개 또한개 十二星座모든 별을 노래하자.
　　　　　　　　―「한 개의 별을 노래하자」의 부분

　그가 바라마지 않았던 "개인의 의식이 아니고 집단의 의식에 따라서 관통"되는 문학, 혹은 "전체에 속하며 고립이나 분장이 아니고 종합에 향"하는 문학이란 과연 무엇이었을까.[51] 그가 도래할 양식으로 점쳤던 '혁명의 노래'와 그 성좌를 온전히 이해하기 위해서는 '전환기'를 인식하며 세상에 내놓은 비평들, 그리고 '아득함'에 닿아 있는 작품들을 교차하며 독해할 필요가 있을 것이다. 감히 화두를 던지기는 했으나 필자에게는 그러한 작업을 온전히 수행할 수 있는 능력이 부재하다. 다만 앞서 언급했던 "조선인으로서 광야에 반응"하기에 초점을 맞추어 글을 갈무리 짓는 일에 만족하고자 한다. 단초는 역시 육사에게 가장 구체적인 토대로 작용한 '전통'과 '고향'의 세계관으로부터 마련된다.

　본래 내동리란 곳은 겨우 한百餘戶나 되락마락한곳 모두가 내집안이 대대로 지켜온 이따에는 말도 아니고 글도 아닌 무서운 규모가 우리들을 키워주엇습니다. (⋯)
　하지만 내고장이란 洛東江가에는 고하이얀 조약돌들이 一面으로깔리고그곳에서 나는 홀로 안저 내일아침 花壇에갓다노흘 차디찬 怪石들을 주으면서 그江물소리를 듯는 것이엿습니다. (⋯) 그때 나는 그물소리를

따라 어데든지 가고시픈 마음을 참을수업서 東海를 건넛고 어느사이 뿌류닭-크의 英雄傳도읽고 씨-저나 나포레옹을 다읽은때는 모두 가을이엿습니다만은 눈물이 무엇입니까 얼마안잇서 菊花가 만발할花壇도 나는일헛고 내搖籃도 古木에걸린 거미줄 처럼날려보냇나이다.

그리고 나는 蜘蛛가 되엿나이다. (…)

그것은 果然그러하오이다 나에게는 진정코 最後를 마지할 世界가 머리의 한편에 잇는것입니다.[52]

정주할 고향 땅이 아니라 최후를 맞이할 세계(=도래할 혁명)를 바라며 거미蜘蛛가 되어 허공에 머물기. 이는 육사가 선택한 혁명가의 삶 그 자체였다. '창공'과 '별자리', '광야' 등 아득함의 심급을 헤이는 수필과 시편이 유독 많은 이유는 시대적 파고를 한 몸에 짊어져야 했던 그네의 감수성을 여실히 드러낸 사례들이라 여겨진다. 한편으로 전통의 세계관이 굳건한 땅으로써 늘 자리하고 있지만, 이를 떠나 유랑의 길에 들어서야만 했던 혁명가적 자의식마저 엿볼 수가 있다.

이로써 고향을 떠나 도래할 혁명과 문학 양식에 몸을 내던진 육사가 '광야'에 유독 격렬히 반응해야 했음도 이해가 간다. 그곳에는 동아시아 주변부의 근대를 징후적으로 가로지르는 균열선이 존재하고 있었던 것이다. 이제 마지막으로 광야의 '아득함'을 문제로 삼으면서 남몰래 뒤로 미뤄둔 주제를 이야기할 때가 되었다. '일대 통곡장'으로 군림한 '광야'가 시인 육사에게 선사하였을 소격의 실체, 숭고sublime의 미학이 바로 그것이다. 다만 칸트적인 의미에서만이 아니라, 김윤식이 제언한 바와 같이 사회와 역사적 문법이 선사한 제약과 함께 사유해야 할 문제로써

52 이육사, 「계절의 오행」(『조선일보』, 1938.12.24.~28), 『전집』, 175~178쪽.

말이다.

거칠게 말하자면 '광야'는 그가 절대적 크기magnitudo로 마주해야 했던 동아시아 주변부의 근대라는 시대적 파고에 다름 아니었을 것이다. 적어도 육사를 상대함에 있어 '주변부의 근대'는 '재현'의 대상일 수 없으며, 징후적으로 독해해야 할 '그 무엇'이었다. 요컨대 적합성과 의미를 매개로 구성되는 '재현'의 관점이 아니라, 숭고의 관점에서 파악해야 할 문제인 것이다. 이때 장-뤽 낭시의 지적과 같이 숭고의 영역이라 할 수 있는 탈경계illimité의 움직임은 곧 '경계'와 '총체성'의 자각이란 점에서도 공동체의 문제와 접속하는 주제임을 주의할 필요가 있다. 이를 전제로 할 때 비로소 우리는 육사에게 '서사시'라 명명된 "기예 없는 합목적성"을 읽어나갈 수 있게 된다.[53]

육사가 추구하고자 하였던 '서사시'의 세계란 기능분화를 이룬 근대문학 양식을 곧이곧대로 따르는 것은 분명 아니었던 것 같다. 그가 세상에 내놓은 시편들만 하더라도 '서정시'라 정리하기엔 깔끔히 맞아떨어지지 않는 잉여의 영역이 늘 상존하고 있는 까닭이다. 그의 시편을 어쩌면 시적 화자가 발 딛고 선 가장 구체적인 '장소'로부터 미결정의 상태로 틈입하는 아득히 먼 '공간' 사이의 해결 없는 변증법이라 불러도 좋을 것 같다. 수인囚人의 골방이라 불러도 좋을 곳곳에 '황혼'과 '해조', '별빛' 등의 심상이 아득한 공간으로부터 끊임없이 틈입해오고 있기 때문이다.

문필이라는 예술의 수공업적 표현형식으로나마 서사시의 세계관을 스케치하고자 한 또 하나의 징후적 글쓰기를 언급하는 것으로 지금까지

---

53 장-뤽 낭시, 김예령 옮김, 「서문」, 「숭고한 봉헌」, 『숭고에 대하여 - 경계의 미학, 미학의 경계』, 문학과지성사, 2005, 7~10쪽/ 49~102쪽 참조.

의 논의를 매듭짓고자 한다. 「황엽전」, 「문외한의 수첩」은 각각 '소품문'과 '수필'로 게재되었으나 구성상 알레고리에 가까운 서사 양식을 드러내고 있다. 문학 양식을 교차하는 방식으로 창작된 이들 작품 중에서도 「황엽전」은 유독 도드라진 난해함을 자랑한다. 여기에 더해 '소품'이라는 전통의 양식을 표제로 삼고 있으나, '고향 상실'을 주제로 한 작품인 점 또한 의미심장하다.

지면상 작품의 전모를 모두 소개할 수는 없으나, 활자를 기반으로 한 '장르'의 문법을 초월하기 위한 시도라 읽어낼 수 있으며, 공동체적 세계관을 갈망한 사례라 평가하기엔 손색이 없다. 아래와 같이 '서사시'의 양식에 나름의 방식으로 접근하고자 고투한 흔적을 엿보기엔 충분할 것이다.

> 밤은永遠히 차운것이며 뜨신것은 다만그들의 『마음』 뿐이엿습니다
> (…)
> 사람들은 이빨을물고 잇는힘을 다하야 前進합니다 지나온 길이 얼마이며가야할길이 얼마인것도 모르면서 죽으나사나 가야한다는 것박게는 그들은 한사람도 自己만을 생각하는 사람은 업섯습니다. 그들의 同伴者의 발소리와 呼吸이 그들의가튼 運命을 決定한다는 것은 이殘酷한 自然과 싸워가는 무리들의 金科玉條이엿습니다(강조는 인용자의 것)[54]

시인 육사 이원록의 '글쓰기'[55]가 '근대'의 '초월'에 성공했다거나, 도래

---

54 이육사, 「황엽전」(『조선일보』, 1937.10.31.~11.5), 『전집』, 150~151쪽.

55 육사 연구를 바탕으로 '문학'으로 일원화되지 않는 온갖 '글쓰기'를 사유할 수 있는 가능성을 찾아나갈 수 있을지 모른다. 김민수, 「'문학'에서 '글쓰기'로 - 김윤식의 '글쓰기론 3부작' 논의를 위한 예비적 고찰」, 『구보학보』 22, 구보학회, 2019.

할 양식을 선도한 끝에 '역사' 그 자체가 되었다는 식의 이야기를 하려는 것이 아니다. '육사'라는 이름을 읽어나가는 작업에 마침표가 있을 수는 없다. 이 글은 다만 그네의 고투가 펼쳐나간 편편의 '아득함'을 다시 읽어나가는 작업이 여전히 필요하다는 것을 강조하고 싶을 따름이다. 그가 흩뿌린 단어들은 육사라는 성좌로 여전히 우리에게 남아 있으며, 여전히 끊임없이 해석을 요구하고 있기 때문이다. "한 개의 별을 노래"하는 마음으로, '민족'과 '공동'의 사유에 근거한 '육사'라는 좌표와 성좌를 복원하는 작업이 계속 이어지길 희망한다.

이육사의 소설과 사회주의

김종현

1. 이육사, 소설, 사회주의

이육사는 1904년 안동에서 태어난 시인으로 흔히 '민족시인', '저항시인'으로 알려져 있다. 이는 지금까지의 육사에 대한 연구가 대체로 시를 중심으로 그의 민족적 항일 의식을 규명하는 것에 초점을 두었기 때문이라고 할 수 있다. 그러나 육사는 시뿐만 아니라 수필과 평론, 소설 등 다양한 장르를 통해 식민지 지식으로서의 고뇌를 표출하고 불합리한 현실에 저항하고자 했다. 그러므로 이육사라는 작가의 문학 세계를 정치하게 규명하기 위해서는 기존의 연구에서 상대적으로 소홀하게 취급했던 산문에 보다 더 주목해야 한다. 왜냐하면 한 사람의 문학 세계는 그가 남긴 작품 모두를 총체적으로 살펴봄으로써 온전하게 평가될 수 있으며, 이는 이육사의 문학을 시, 소설, 수필 등의 전체적 지형 속에서 새롭게 해명하기 위한 전제[1]이기 때문이다.

그 중에서도 본고는 특히 이육사의 소설을 중심으로 일제의 식민 지배에 대한 그의 현실 인식과 문학적 대응 방법을 살펴보고자 한다. 이육사의 소설에 대한 선행 연구의 가장 큰 문제점은 무엇보다 시와 비교했을 때 이육사의 소설에 대한 연구 자체가 매우 빈약하다는 점이다.[2] 그 중 홍신선은 「문외한의 수첩」과 「황엽전」은 분량이나 작품 자체의 미숙성으로 통념상의 소설이라고 보기 어려우므로 이야기체 작품(recité)으로 성격을 규정하는 것이 타당하며, 모두 세계와의 대결에서 패배한 주인공들을 보여준다고 보았다. 그리고 심원섭은 노신과 육사를 비교하면서 사상적·전기적인 면의 유사성 이외에도 문학 내적인 영향 관계가 뚜렷하게 드러나지만, 한시(漢詩)적인 것으로 이미 체질화된 문학적 기질이나 유미파 시인 서지마에 대한 애착이 보여주는 개인적인 취향, 또 소설을 통한 정면적인 현실대응이 매우 어려웠던 1930년대라는 시기상의 어려움 때문에 육사가 소설 창작을 포기했다고 보았다. 이에 비해 김장동은 「문외한의 수첩」은 각설의 분류가 분명하고 시공간의 위상이 확연히 드러나 있으며 주제 의식도 뚜렷해서 수필이 아니라 완결된 구조를 가진 소설이지만, 「황엽전」은 각설로의 분활이 덜 분명하고 1인칭 관찰자 시점인 '나'가 황엽과 소년으로 혼착되어 있으며 현재에서 미래로의 전환도 매끄럽지 못해 「문외한의 수첩」보다 미숙한 소설이라고

---

1 하상일, 「이육사의 사회주의사상과 비평의식」, 『한국민족문화』 26, 한국민족문화연구소, 2005.10, 3쪽 참고.

2 홍신선, 「육사소설(陸史小說)의 구조(構造)」, 『동악어문학』 17, 동악어문학회, 1983.
심원섭, 「이육사의 초기 문학평론 및 소설에 나타난 노신(魯迅) 문학 수용양상」, 『연세어문학』 19, 연세대학교 국어국문학과, 1986.
김장동, 「李陸史 소설에 대해」, 『안동문화』 14, 안동문화연구소, 1993.
이강언, 「육사 소설에 대하여」, 『향토문학연구』 1, 향토문학연구회, 1998.
고명철, 「육사 소설의 '우회적 글쓰기'와 저항」, 『국어문학』 43, 국어문학회, 2007.8.

평가하였다. 또 이강언은 「문외한의 수첩」과 「황엽전」은 모두 세계와 의 대결에서 패배한 주인공들의 모습을 액자형식의 구성으로 서술하고 있어 시의 세계와 밀접한 관련을 맺고 있다면서 시와 소설의 이미지를 대비하여 살펴보았다.[3]

이처럼 이육사의 소설에 대한 연구가 빈약한 이유는 우선 다른 장르 에 비해 소설의 작품 수가 절대적으로 부족하기 때문일 것이다. 현재 알려진 이육사의 소설은 창작소설 2편, 번역소설 2편에 불과하기 때문 에 시와 비교했을 때 연구 텍스트가 부족한 것은 사실이다. 그리고 「문 외한의 수첩」과 「황엽전」의 경우 외형적인 면에서 짧고 난삽하며 뚜렷 한 사건의 진행과 전개가 미흡하다는 점, 발표 당시 수필과 소품이라는 매우 모호한 장르로 규정되어 있어 논란을 부를 수 있다[4]는 점 또한 이 육사의 소설에 대한 본격적인 연구를 가로막는 이유라고 할 수 있을 것 이다.

그러나 텍스트가 부족하다고 해서 연구 대상으로서의 가치가 존재하 지 않는 것은 아니다. 어떤 작가가 특정한 장르를 선택하는 것은 작품 을 통해 말하고자 하는 주제를 전달하기에 그 장르가 적합하거나, 혹은 작가가 불합리한 현실에 대응하는 하나의 방법으로써 선택한 전략의 결 과라고 할 수 있을 것이다. 이육사가 소설을 발표한 시기는 1930년대 후반부터 1940년대 초반까지인데, 이 시기는 일제의 식민 지배가 한층 강화되어 파시즘체제로 나아가는 때였다. 그렇다면 육사는 시 창작을

---

3 첫째, 시에 나타난 고향의 훼손된 모습은 소설에도 그대로 나타나고 있다. 둘째, 시와 소설 모두에서 유랑이란 행위양식이 드러나고 있다. 셋째, 육사의 시와 소설 모두에서 확인되는 계절 감각은 겨울이다. 넷째, 훼손된 고향 회복의지가 시에서는 확인되나 소설에 서는 드러나 있지 않다.(이강언, 앞의 글, 91쪽 참고)

4 홍신선, 앞의 글, 3쪽 참고.

위주로 하고 있었으면서도 왜 소설을 창작하고 번역했을까? 이육사의 소설을 연구해야 하는 이유는 바로 이 때문이다. 또한 소설의 형식적 측면에서 미흡하다는 평가는 일반적으로 통용되는 좋은 소설의 자질을 기준으로 놓고 평가하기 때문에 발생하는 문제라고 생각된다. 육사는 전문적인 소설가가 아니었기 때문에 소설의 형식적인 측면에서 다른 소설가들에 비해 완성도가 떨어질 수밖에 없다. 그렇다면 육사의 소설에 나타난 형식상의 문제점과 내용상의 특징을 규명해서 그의 작품 세계를 정치하게 규명하려고 노력해야지 처음부터 연구 대상에서 배제하는 것은 올바른 태도라고 할 수 없을 것이다.

한편 이육사를 연구할 때 또 하나 염두에 두어야 할 것은 이육사의 문학과 사회주의[5]와의 연관성이다. 왜냐하면 육사는 중국에서 의열단이 설립하고 운영한 '조선혁명군사정치간부학교'에 1기생으로 입교하여 교육을 받은 후 국내에 입국하여 노동운동을 하려고 했으며, 「자연과학과 유물변증법」과 같은 평론에서 사회주의에 대한 해박한 지식을 드러내고 있기 때문이다. 이처럼 이육사는 사상적으로 사회주의와 밀접한 관계에 있었기 때문에 그의 문학 작품에는 사회주의 사상이 반영되어 있

---

5 사회주의 사상이 한국에 유입되어 문화와 예술에 대한 관심을 구체적으로 표명하기 시작하는 시기는 1920년대 초기였다. 그런데 이 시기에 유입된 사회주의는 마르크스주의, 아나키즘, 기독교 사회주의, 톨스토이즘 등 다양한 사상이 혼재된 상태의 담론이었다. 또한 사상적 혼재는 담론의 차원에 국한된 것이 아니라 사회주의자 개개인의 내부에서도 나타나는 현상이었다. 이러한 현상은 기존의 연구에서도 지적하고 있듯이 사회주의에 대한 이해가 심화되고, 한편으로 사회주의자들 간의 치열한 이론 투쟁의 결과 사회주의가 마르크스주의로 통합되면서 해소되었다.(김종현, 「1920년대 초기 사회주의 잡지의 문예론과 소설의 양상 연구」, 『민족문화논총』 60, 영남대학교 민족문화연구소, 2015.8, 32쪽 참고) 육사 또한 아나키즘에서 마르크스주의로 변모해가는 양상을 보이고 있다. 그러나 본고는 이육사의 사상적 변모 양상을 규명하는 것이 목적이 아니다. 그러므로 일제의 침략에 맞설 새로운 사상을 모색하는 과정에서 민족해방운동의 하나로 사회주의가 한국에 수용되었다는 점을 감안해서 본고에서는 '사회주의'라는 용어를 '반자본주의적 사고체계'를 총칭하는 넓은 의미로 사용하고자 한다.

을 수밖에 없다. 그래서 선행 연구에서도 이에 주목하여 이육사의 문학과 사회주의와의 연관성을 규명하려고 시도했다.[6] 그러나 이러한 연구는 주로 시와 평론을 대상으로 하여 진행되었을 뿐 이육사의 소설과 사회주의 사상과의 연관성에 대해서는 거의 주목하지 않고 있다.

이에 본고는 이육사 소설의 사회주의적 경향에 대해 살펴보고자 한다. 이는 시에 국한된 연구 범위를 확장하여 이육사 소설의 내적 논리를 규명하고, 아울러 시와 소설, 수필, 평론 등을 아우르는 이육사 문학의 전반적인 특징을 규명하는데 단초를 제공하기 위해서라고 할 수 있다. 이를 위해 우선 육사의 생애와 수필 등을 참고하여 그가 어떠한 경로로 사회주의를 수용하였으며, 현실 대응의 방법으로써 문학을 어떻게 인식하고 있었는지를 규명할 것이다. 그리고 이를 통해 이러한 사회주의와 현실의 문학적 대응이 소설에서 어떻게 형상화되고 있는지를 분석하고자 한다.

---

6 정대호, 「육사시에 나타난 아나키즘의 수용」, 『어문론총』 32, 한국문학언어학회, 1998.12.
박지영, 「이육사의 시세계 – 전통적 미의식과 혁명적 실천의 결합」, 『반교어문연구』 17, 반교어문학회, 2004.
김경복, 「이육사 시의 사회주의 의식 연구」, 『한국시학연구』 12, 2005.4.
하상일, 앞의 글.
홍기돈, 「육사의 문학관과 연출된 요양여행 – 산문 세계를 중심으로」, 『한국근대문학연구』 6, 한국근대문학회, 2005.4.
민명자, 「육사와 청마 시에 나타난 아나키즘 연구」, 『비평문학』 29, 한국비평문학회, 2008.8.
강진우, 「이육사의 사상적 '이행과 연극 〈지하실〉의 의미」, 『어문론총』 80, 한국문학언어학회, 2019.6.

2. 이육사 문학과 사회주의 사상의 접점

지금까지 이육사의 민족의식 형성은 그가 태어난 안동의 유학적 전통과 선비정신에서 비롯된 것으로 논의되어 왔다. 즉 퇴계의 주리론적 학맥을 계승한 이육사의 집안은 저항성이 아주 강했을 뿐만 아니라 그의 외가 친척 가운데 상당수가 의병장으로 활동했다는 점에서 그의 민족의식은 혈연과 지연에 의해 자연스럽게 형성된 것으로 보았던 것이다.[7]

그렇다면 어렸을 때부터 할아버지에게서 한학을 배운 육사는 어떻게 사회주의 사상을 접하게 되었으며, 또한 자신의 민족의식의 기반으로 수용하게 되었을까? 육사는 1912년에 설립된 보문의숙(도산공립보통학교)을 다니면서 신식교육을 접하기 시작해서 혼인한 뒤에는 백학학원에 다녔다. 그러다가 1924년 4월부터 1925년 1월까지 9개월 정도 일본 도쿄에서 유학한다.[8] 그런데 육사가 도쿄로 건너가기 반 년 전에 도쿄를 중심으로 하는 간토 지역에 엄청나게 큰 규모의 대지진이 발생했다. 이때 일본 경찰은 '조선인이 불을 지르고 폭동을 일으키려 한다'는 허위사실을 유포하면서 수많은 조선인들을 학살했다. 이에 육사와 같은 안동 출신이면서 의열단원이었던 김지섭이 억울하게 학살된 조선인들의 원수를 갚으려고 1924년 1월에 일본왕궁 입구 다리인 니주바시(二重橋)에 폭탄을 던진 사건이 일어났다. 이러한 시대적 상황을 염두에 두면 육사가 일본에 갔을 때 피식민지인으로서의 조선인이 처한 현실을 접하게 되면서 자연스럽게 민족해방운동에 관심을 갖게 된 것으로 보인다.

---

7 하상일, 앞의 글, 4쪽.
8 이육사의 전기적 사실에 대한 부분은 김희곤, 『이육사전집Ⅱ - 이육사의 독립운동』, 이육사 문학관, 2017을 참고했다.

흑우회의 본거지는 죠시가야꾸(雜司谷區)에 있었다. 회원으로서는 서상한 · 홍진유 · 최규종 · 김철 · 이육사(청포도의 시인, 북경에서 사망) · 이기영 · 이홍근 · 김묵 · 이경순(시인) · 박홍곤 · 박열 · 장상중, 그리고 일본인으로 조에이 이치로(增永一郎) · 구리하라 이치부(栗原一夫) 등이 있었다. 흑우회에서는 일본인 무정부주의자 이와사 사쿠타로(岩佐作太郎) · 가토 이치로(加藤一夫) · 니이이 타루(新居格) · 이시카와 산시로(石川三四郎) 등을 밤에 초청해서 강의를 듣고 모자를 벗어서 돈을 걷어 다화회(茶話會)를 열곤 했다.[9]

위의 글은 이육사가 일본에 유학할 당시에 사회주의 모임에 참여하고 있었음을 보여준다. 재일 한인 사이에서 본격적으로 사회주의적 경향이 시작되는 것은 1920년대 초이다. 고학생과 노동자의 상호부조를 표방한 고학생동우회가 1920년 11월에 조직되었지만 곧 해산하고, 일본 내 최초의 이념서클로 기록되고 있는 흑도회가 1921년 11월 29일에 한인 학생들에 의해 조직되었다. 흑도회를 계기로 사회주의 경향의 서클이 다수 조직되고 사회주의 사상이 한인사이에 크게 확산[10]되었는데, 흑우회는 흑도회가 1922년 10월에 사회주의와 아나키스트 계열로 나뉘면서 후자가 결성한 단체로 1928년 1월에 흑우연맹으로 재편되었다. 김태엽이 일본에서 육사를 만난 적이 없었다는 점에서 위의 내용을 전적으로 신뢰하기는 어렵지만 당시 유학생들 사이에서 사회주의 사상이 크게 확산되고 있었다는 정황으로 미루어 보아 육사 또한 사회주의에 동조[11]하

---

9 김태엽, 『항일조선인의 증언』, 동경: 불이출판사, 1984, 91쪽(김희곤, 앞의 책, 62쪽에서 재인용)

10 오장환, 『한국 아나키즘운동사 연구』, 국학자료원, 1998, 91~96쪽 참고.

11 정대호는 '의'를 중시하여 불의와 타협하지 않는 점, 소박한 생활을 지향한다는 점, 청렴하고 강직한 삶의 태도 등에서 유교와 아나키즘이 일치하기 때문에 육사가 유교 사상을 바탕으로 아나키즘을 수용할 수 있었다고 보고 있다.(정대호, 앞의 글, 6쪽 참고)

고 있었을 개연성은 충분하다고 할 수 있을 것이다.

이육사와 사회주의 사상과의 연관성은 그가 1932년에 의열단에서 세운 '조선혁명군사정치간부학교'에 1기생으로 입교했음에서 보다 더 분명하게 드러난다. '조선혁명군사정치간부학교'는 모집 대상 학생들을 민족해방운동 경력이 있는 사람들로 하였으며, 교육 내용은 의열단의 사상을 많이 수용했다. 여기서 육사는 정치·군사·실습과목을 교육받았는데, 정치과목은 세계정세와 혁명이론에 초점이 맞추어졌다. 특히 지도그룹이 국공합작 기간에 황푸군관학교를 이수하면서 이미 공산주의 혁명이론을 꽤나 수용하였고, 더구나 우창봉기와 레닌주의정치학교를 운영하였던 터였으므로 교육 내용이 자연히 공산주의 색채를 강하게 지녔다. 이러한 교과과목과 강사진의 특성은 뒷날 육사에게도 그대로 투영[12]되었다.

육사는 '조선혁명군사정치간부학교'의 1기생으로 6개월 과정을 마치고 졸업한다. 졸업하던 날 저녁에 세 편의 연극이 공연되었는데, 육사가 쓴 「지하실」에는 프롤레타리아 혁명을 통해 계급적 해방을 실현하고자 하는 의도가 뚜렷하게 드러나고 있다.

"경성의 모 공장 지하실의 어두운 방에서 노동자 일동이 일을 하고 있

---

12 김희곤, 앞의 책, 149~150쪽 참고. 당시 약산의 강의 내용을 보면 첫째, 사회주의자들의 용어를 사용했으며 혁명의 동력을 노동자, 농민에서 찾으며 민족해방이 달성되면 프롤레타리아 혁명을 전개해야 한다고 강의함으로 큰 틀에서 사회주의자들과 인식을 같이 했다. 둘째, 사회주의자들이 배척하던 소시민·민족주의자, 적으로 규정하던 토착 브르조아, 지주들의 혁명성(반일성)을 높이 사고 그들을 적극적으로 끌어들여야 함을 강조함으로써 당시 사회주의자들과 차이점을 가졌다. 셋째, 국내의 사회주의자들과 마찬가지로 노동대중조직 건설을 강조하면서도 한 걸음 더 나아가 전민중적 무장투쟁을 강조함으로써 의열단 창단 이래의 노선이던 국내 민중폭동노선을 계승·발전시키고 있다.(정대호, 앞의 글, 2~3쪽)

는데 라디오 방송으로 「모월 모일 우리 조선혁명이 성공하다」라는 보도가 있고, 계속하여 지금 용산의 모 공장을 점령하였다든가, 지금 평양의 모 공장을 점령하였다든가, 지금 부산의 모 공장을 점령하였다든가 하는 방송을 해오고, 마침내 공산제도가 실현되어 토지는 국유로 되어서 농민에게 공평하게 분배되고, 식당·일터·주거 등이 노동자 등에게 각각 지정되어 완전한 노동자·농민이 지배하는 사회가 실현되었으므로 농민·노동자는 크게 기뻐하여 「조선혁명성공만세」를 고창하고 폐막하였다."[13]

「지하실」의 배경은 경성의 어느 공장 지하실인데, 라디오에서 어느 지역에서 공장을 점령했다거나 혁명이 성공했다는 내용의 방송이 계속되고 있다. 마침내 혁명이 성공해서 토지와 일터 등이 노동자·농민에게 각각 분배되는 완전한 공산제도가 실현되었다는 내용인데, 이와 같은 줄거리는 육사가 프롤레타리아 혁명을 통해 노동자·농민이 주체가 되는 사회주의 혁명을 지향하고 있었음을 단적으로 드러낸다.

지금까지 살펴본 것처럼 이육사는 민족해방운동의 실천적 수단으로 사회주의를 수용하였으며, 이러한 태도는 그가 현실 대응의 방법으로 선택한 문학 세계에도 그대로 이어진다.

1) 그러나 나는사람이여니 일하는사람이여니 한사람을그리나 億千萬사람을 그려도 그것은모다일하는 사람뿐이여라. …… 蒼空을그리는 나의 마음에 수고로움이 업는 것처럼 그들의하는 일은 수고로움이 업어라 그리고愉快만이잇나니 그것은生活의 原理와樣式에 葛藤이업거늘 나의現實은 엇지이다지도 錯綜이甚한고?마 음은 蒼空을 그리면서 몸은大地

13 김희곤, 앞의 책, 154쪽.

를 옴겨듸더보지못하는가?[14]

2) 그러나 詩人의 感情이란 얼마나 빠르고 複雜하다는 것을세상치들이모르는것뿐이오, 내가 들개에게 길을 비켜줄수 잇는 謙讓을 보는사람이 업다고해도 正面으로 달려드는 표범을 겁내서는 한발자욱이라도 물러서지안흐려는 내길을 사랑할뿐이오, 그럿소이다 내길을 사랑하는마음 그것은 내自身에 犧牲을 要求하는 努力이오 이래서 나는 내 氣魄을 키우고 길러서金剛心에서 나오는 내詩를 쓸지언정 遺言은 쓰지안켓소 …… 다만나에게는 行動의連續만이 잇슬따름이오 行動은 말이아니고 나에게는詩를 생각는다는것도 行動이되는까닭이오[15]

1)에서 육사는 신이 아무 것도 없는 공과 허에서 우주만물을 창조한 것처럼 그도 자신의 세계를 창조하고자 한다. 즉 지상에서 용납될 수 없는 세계를 자유롭게 그리려고 하는데, 이것은 곧 문학을 통해 자신이 지향하는 세계를 구체적으로 표현해보겠다는 의미라고 할 수 있다. 그런데 육사가 그리려고 하는 대상은 일을 하는 사람이기는 하지만 그들은 수고로움이 없어 생활의 원리와 양식의 갈등이 없다. 하지만 실제 육사의 현실은 창공을 그리는 마음과는 달리 대지를 벗어나지 못해 착종이 심한 상태이다. 그래서 육사는 현실과 괴리된 상태에서 창공을 그리고자 한 태도를 반성하면서 다시 대지로 돌아가자는 의지를 다진다. 즉 현실과 유리된 문학이 아니라 구체적인 현실에 기반을 둔 문학을 지

---

14 이육사, 「창공에 그리는 마음」, 『신조선』, 1934.10.(손병희, 『이육사전집 I - 이육사의 문학』, 이육사문학관, 2017, 156쪽)

15 이육사, 「계절의 오행」, 『조선일보』, 1938.12.24., 25., 27., 28.(손병희, 『이육사전집 I - 이육사의 문학』, 이육사문학관, 2017, 187쪽)

향하겠다는 것이다.

그리고 이는 2)에서 볼 수 있듯이 정면으로 달려드는 표범을 겁내지 않는 것처럼 어떠한 고난이 닥치더라도 창작 활동을 멈추지 않겠다는 각오로 이어진다. 육사에게 있어 시를 쓴다는 것은 말이 아닌 행동, 다시 말해 민족해방운동과 동일한 행위이기 때문에 자신을 희생해서라도 시를 써야만 한다. 그래서 시를 쓰지 못하는 상황에 처하게 되면 차라리 죽어서 척토를 향기롭게 하겠다는 것이다.

이상의 내용을 정리하면 리얼리즘적 창작 방법에 의거한 현실 참여를 포기하지 않겠다는 것인데, 이에 대해 좀 더 구체적으로 살펴보도록 하자.

> 그리고 이러한大作은 모다辛亥革命前後의 封建社會의生活을 그린것으로 어떠케必然的으로 崩壞하지안흐면안될 特徵을 가젓는가를描寫하고 어떠케 새로운社會를 살어갈가를 暗示하고잇다. 뿐만아니라 當時의 革命과 革命的인思潮가 民衆의心理에 生活의『데테일스』에 어떠케 表現되는가를 가장『레알』하게 描寫한것이다.[16]

위의 글은 노신이 사망한 후 육사가 『조선일보』에 연재한 「노신 추도문」이다. 이 글이 중요한 이유는 육사의 문학적 소양이 철저하게 중국 문학적인 것에 근거하고 있다는 점, 또 그가 노신을 직접 만났으며 그에 대한 장문의 추도문을 직접 쓸 정도의 적극성을 드러냈다는 점 등을 볼 때 육사의 문학과 생애를 파악하는 데 있어 노신이라고 하는 존재가 매우 중요한 변수로 작용하고 있기 때문이다.[17]

---

16 이육사, 「노신 추도문」, 『조선일보』, 1936.10.23., 24., 25., 27.(손병희, 『이육사전집 I - 이육사의 문학』, 이육사문학관, 2017, 246쪽)

육사가 노신의 작품을 높게 평가하는 것은 그의 작품이 내용면에서 봉건사회가 붕괴할 수밖에 없는 이유를 묘사하면서 새로운 사회에 대한 전망을 제시하기 때문이다. 또한 형식면에서도 당시의 혁명과 혁명적인 사조가 민중의 심리와 생활의 디테일에 어떻게 표현되는지를 리얼하게 묘사하기 때문이다. 즉 노신이 현실의 구조적 모순을 객관적으로 파악하여 사실적으로 소설에 반영했기 때문에 '자타가 공인하는 문단 제일인적 작가'라고 본 것이다. 앞서 살펴본 것처럼 육사는 민족해방운동의 실천적 수단으로 사회주의를 수용했고, 문학 활동 또한 운동의 일환으로 간주했다. 그러므로 민족해방운동으로서의 문학은 현실의 모순을 반영하면서 동시에 문학 작품으로서의 형식적 완결성도 성취해야 한다는 문제에 접하게 되는데 육사는 노신을 통해 그에 대한 해답을 찾고 있는 것이다.

그런데 육사와 같이 문학을 운동, 혹은 현실 대응의 방법으로 인식할 경우에는 필연적으로 예술과 정치의 관계를 어떻게 규정할 것인가 하는 문제에 부딪치게 된다.

> 오늘날우리의朝鮮文壇에는 누구나할것업시 藝術과政治의 混同이니 分立이니 하야 問題가엇지보면 結末이난듯도하고 어찌보면 未解決그대로 잇는듯도한 現狀인데 魯迅가티 自己信念이 구든사람은이藝術과政治 란것을 어떠케解決하엿는가? ……
>
> 그럼으로 魯迅에잇서서는 藝術은政治의 奴隸가 아닐뿐아니라 적어도 藝術이 政治의 先驅者인 同時에混同도 分立도아닌 即 優秀한作品 進步的인 作品을 産出하는데만 文豪 魯迅의 地位는노펴갓고 阿Q도 여기

17 심원섭, 앞의 글, 2쪽.

서 비로소誕生하엿스며 一世의 批評家들도 敢히 그에게는 함부로 머리를 들지못하엿다.[18]

노신은 본래 의사가 되려고 했다. 하지만 우매하고 나약한 국민을 정신적으로 개조하는 데는 의학보다 문예가 효과적이라고 생각해서 문예운동을 제창했다. 육사와 동일하게 노신도 운동으로서의 문예를 실천하면서 예술과 정치의 관계를 설정하지 않을 수 없었을 터인데, 이에 대해 노신은 예술이 정치에 예속되어서는 안 된다는 입장을 견지했다. 오히려 예술이 정치를 선도해야 하는데, 이때 예술과 정치는 서로 섞이는 것도 아니고 나뉘는 것도 아닌 상태로 존재한다. 그리고 작가의 위치는 다만 우수하고 진보적인 작품의 창작 여부로만 평가해야 한다.

그렇다면 노신이 말하는 우수한 작품, 진보적인 작품의 판단 기준은 무엇인가?

一現在 左翼作家는 훌륭한 自身들의 文學을 쓸수잇슬가? 생각컨대 이것은 매우困難하다. 現在의 이런 部類의 作家들은 모다 『인텔리』다 그들은 現實의 眞實한 情形은 쓸려고해도 容易치안타 …… 그러나 從來아무런 關係도업는새社會의 情形과人物에 對해서는 作家가 無能하다면 아마그릇된 描寫를 할것이다 그럼으로 푸로文學家는 반드시 참된 現實과 生命을 가티하고 或은 보다기피現實의脈搏을 感受하지안흐면 안된다고하면서 또다시말을 繼續하는 것이다.

그러나 舊社會를 조그만치 攻擊하는作品일지라도 萬若그缺點을 分明히모르고 그病根을 透徹히 把握치못하면 그것은有害할뿐이다 애석한일

18 이육사, 「노신 추도문」, 앞의 책, 247~249쪽.

이나마現在의푸로作家들은 批評家까지도 往往 그것을 못한다 或社會를
正視해서 그眞相을 알려고도안코 그中에는 相對者라고 생각하는편의
實情도알려고하지안는다.[19]

노신이 생각하기에 프로 작가들이 좋은 작품을 쓰기 위해서는 '참된
현실과 생명을 같이' 하거나, '보다 깊이 현실의 맥박을 감수하지 않으
면 안 된다.' 현실과 생명을 같이 한다는 것, 현실의 맥박을 감수한다는
것은 투철한 현실 인식을 의미한다고 할 수 있다. 왜냐하면 현재의 프
로 작가들이 훌륭한 문학을 쓰지 못하는 이유가 그들이 모두 인텔리 출
신이어서 '현실의 진실한 정형'을 쓰지 못한다고 판단하고 있기 때문이
다. 현실 인식이 투철해야 사회의 결점과 병근을 제대로 파악할 수 있
고, 이를 기초로 문예 운동을 실천할 수 있다. 이렇게 보면 결국 육사가
노신을 옹호 · 해명하는 과정에서 드러내게 되는 노신 수용 방향은 '창
작에 있어서 현실을 진실하고 명확하게 묘사하는 태도를 가질 것'이라
는 '창작모랄'의 문제로 귀결된다고 할 수 있다.[20]

3. 거리두기를 통한 현실의 객관적 묘사

현실을 진실하고 명확하게 묘사한다는 육사의 문학적 현실 참여관은
소설 텍스트에서 어떻게 형상화되고 있는가? 육사가 창작하거나 번역[21]

---

19 이육사, 「노신 추도문」, 앞의 책, 251~252쪽.
20 심원섭, 앞의 글, 160쪽.
21 어떤 작품을 번역하여 소개한다는 것은 번역자가 독자들에게 전달하고자 하는 전언을
  번역의 형식을 통해 자연스레 전달하고 싶었을 것이다. 다시 말해 번역 행위 또한 번역자의

한 소설은 4편인데, 이를 표로 정리하면 다음과 같다.

번호	제목	발표지	발표연도	창작/번역
1	고향	조광	1936.12.	번역
2	문외한의 수첩	조선일보	1937.8.3.-6.	창작
3	황엽전	조선일보	1937.10.31., 11.2., 3., 5.	창작
4	골목안(小巷)	조광	1941.6.	번역

이육사는 민족해방운동의 실천적 수단으로 사회주의 사상에 기반 한 문학 활동을 전개하고자 하였는데, 이러한 그의 입장은 소설에서 거리 두기를 통한 현실의 객관적 묘사라는 방식으로 구체화 되었다.

『오!그러타, 나는 門外漢 이다』 아무리하여도 人生의 門안에들어서지 못할 나이라면 차라리永遠한 門外漢으로 이世上을 수박겻할트시 지나갈 일이지 그좁은門을 들어가려고 애를쓸必要가 어데잇겟소 門박게서 살어 가면 責任과 負擔도 가벼우려니와 그門안에 우리가 직혀야할 寶物이잇 다면 사람들은 그것을 모두 門안에서 직힐때에 나혼자만 門박게서 그모 든것을 파수본다면 그것도 나의한가지 임무가아니겟소 그러타면 나는 달 게 人生의 門外漢이 되겟소.

그래서 남들이모두 門안에서 보는世上을 나는門박게서 보겟소 남들은 기피보는 世上을나는널리보면 또그만한 自矜이 잇슬것갓소.[22]

정치철학적 입장과 무관하지 않은 것이어서, 어떠한 작품을 번역하느냐는 것 자체가 바로 창작 못지않은 정치철학적 입장을 내포하고 있음을 간과해서는 안 된다.(고명철, 앞의 글, 154쪽 참고)

22 이육사, 「문외한의 수첩」, 『조선일보』, 1937.8.3.-6.(손병희, 『이육사전집Ⅰ－이육사의 문학』, 이육사문학관, 2017, 168~169쪽)

인용문은 「문외한의 수첩」의 일부분으로 육사의 현실관, 혹은 문학관이 잘 드러나 있다. 노신이 말한 것처럼 작가가 현실을 적확하게 묘사하기 위해서는 자신이 직접 경험을 하거나, 아니면 "作家가 舊社會속에서 生長해서 그 社會의 모든 일을 잘알고 그社會의 人間들에게 익숙해저서 잇는때문에 推察"[23]할 수 있어야 한다. 그런데 지식인은 근본적으로 프롤레타리아가 될 수 없는 존재이다. 남들이 '문 안'(프롤레타리아 속)에서 현실을 살아갈 때 지식인은 '문 밖'(관찰자의 입장)에서 그들을 바라볼 수밖에 없는 것이다. 지식인의 이러한 위치가 태생적이어서 어찌할 수 없다면 차라리 관찰자의 입장에서 객관적으로 현실을 정시하고, 그 현실의 '缺點'과 '病根'을 있는 그대로 묘사하는 것이 보다 더 효과적일 것이다.[24] 그렇지 않고 "아무런 關係도업는새社會의 情形과人物에 對해서는 作家가 無能하다면 아마그릇된 묘사"[25]를 하거나, 카프 소설의 한계로 지적되는 이념의 생경한 노출과 전망의 과잉 제시에 빠지는 오류를 범하게 된다. 육사가 노신의 "小說에는 主張이槪念에 흐른다거나 조금도無理가업는 것은 그의作家的手腕이 卓越하다"[26]라고 높이 평가하는 것도 이러한 이유에서라고 할 수 있을 것이다.

『고향』은 노신의 작품을 번역한 것으로, 농민과 지식인의 거리와 현실에서의 농민의 빈곤한 삶을 묘사하고 있다. 먼저 이 작품에서 눈여겨봐야 하는 인물은 '윤토'이다. 그는 '나'의 집에서 드난사는 이의 아들이

---

23 이육사, 「노신 추도문」, 앞의 책, 251쪽.
24 고명철은 이를 일제 파시즘에 대응하기 위한 '우회적 글쓰기'로 보고 있다. 즉 육사의 이러한 글쓰기는 날이 갈수록 엄혹해지는 일제의 정치적 탄압 속에서 식민지의 암울한 현실을 외면할 수 없는, 그렇다고 정면으로 맞설 수 없는, 육사의 고뇌어린 문학적 표현의 산물이라는 것이다.(고명철, 앞의 글, 151쪽 참고)
25 이육사, 「노신 추도문」, 앞의 책, 251쪽.
26 이육사, 「노신 추도문」, 앞의 책, 246쪽.

었는데, '나'는 '윤토'와 어울리면서 그의 활기찬 모습에서 생명력을 느끼지만 어느 순간 그와의 계층적 거리를 인식한다.

1) 「우리곳의 모래불에는 조수가 밀려오면 비어 (飛魚)가 잔득 올나 오겟지 모다 개구리 모양으로 발이둘식이나 달린것이」

아! 윤토의 마음속에는 얼마든지 무한한 신기한일이있는듯 했다. 그리고 그것은 내나 나의동무들 가운데는 한사람도 아지못하는것뿐이였다. 우리들은 겨우아무 짜게도 쓸데없는것만 아는것이다. 윤토는 바다가에 살고있건마는 나의동무들은 모두 나와갓치 집안에만 살고 잇으면서 높은 담우의 네모난 하늘만 바라볼뿐이다.[27]

2) 그는 그곳에 선채로있었다. 얼골에는 기꺼움에 석기여 풀지못하는 표정이었었다. 입술은 움죽이면서도 말소리는 없었다 그의태도는 퍽도어색한 모양을하고잇으면서 이윽고뚜렷하게말하였다.

「서방님」

나는 몸서리가 처젓다. 나는 곳 우리둘사이에 어느듯 헐기어려운 슬픈 장벽이 서게되고 마른것을 깨다랐다. 나는 아모말도하지못하였다.[28]

'나'와 '윤토'는 '윤토'가 '나'의 집에 머무는 동안 장터에 같이 다니는 등 한때 생활을 공유한다. 하지만 근본적으로 '윤토'는 바닷가에서 생활하는 프롤레타리아인데 반해 '나'는 '높은 담 우의 네모난 하늘'이 보이

---

27 이육사, 「고향」, 『조광』, 1936.12.(손병희, 『이육사전집Ⅰ - 이육사의 문학』, 이육사문학관, 2017, 448쪽)

28 이육사, 「고향」, 위의 책, 453쪽.

는 집에서 살고 있는 계급 출신이다. 그래서 '나'는 '윤토'와 같은 현실을 공유하는 동안 그와의 계층적 차이를 인식하지 못하지만 '윤토'가 그의 실제 삶을 이야기하는 순간 거리를 인식한다. '윤토' 또한 둘 사이의 거리를 인식한다. 어린 시절의 짧은 만남 이후 20년이 지나서 다시 만났을 때 반가운 마음 한편에 '나'와의 거리감 때문에 한참을 망설인 후 '서방님'이라고 '나'를 호명하는 것이다.

> 「아주 무어 맹랑합죠. 여섯재젖멕이까지도일을 거드러 주지만 그래도 먹고사러갈 도리라곤 없읍니다. 그나마 세상이하도 기막히는것……사방 돈만 떼이고해도 신원할곳도없고 추수는없죠. 농사라고 지어도 그것을 팔려고 나가면 몇차례나 세금을 제키고 그렇다고 팔지않으면 썩힐……」
> … 중략 …
> 그가나간뒤 어머니와 나는 그의생활에 대한얘기를하고 탄식하지 않을 수없었다 어린것들은 많고 흉년은거듯지고 세금은고되고 군인 도적놈 관리양반 서방님네 모다가뭉여서 장승가치 뻿적마른 사내한아를 괴롭게한 다는것이다.[29]

한편 「고향」은 농민의 빈곤한 삶도 객관적으로 묘사하고 있다. 돈을 떼여도 하소연할 곳이 없고 농사를 지어도 군인, 관리, 지주 등에게 세금이라는 명목으로 수탈을 당하는 농민의 비참한 현실을 지식인이 관찰자의 위치에서 객관적으로 전달한다. 육사가 노신의 「고향」을 번역한 의도도 이러한 이유에서 일 것이다. 즉 육사가 살고 있는 조선의 농촌 현실이 노신이 경험한 중국 농촌의 현실과 크게 다르지 않기 때문에 노

---

29 이육사, 「고향」, 앞의 책, 454~455쪽.

신을 통해 당대 조선의 현실을 구체적으로 묘사하면서 이러한 현실을 초래한 일본 제국주의를 비판하려는 의도에서 노신의 「고향」을 번역한 것이라고 하겠다.

조선의 비참한 현실을 객관적으로 관찰해서 묘사하려는 육사의 이와 같은 의도는 다른 작품에서도 찾을 수 있다.

1) 젊은 사람들은 處女나 총각이 제각기 마음잇는 사람들과 사랑을 속삭이면서 永遠히 그子孫들은 變함업시 이洞里를 직혀왓건만은 至今은 어쩐일인지 그사람들은 누가 오란말도 업고 가란말도 업건만은 다들 어데인지 한집식 두집식 洞里를떠나고 그럴때마다 젊은이들의 싹트기始作한 사랑은 그봄이 다가기도전에 덧업시 흘러가고 만다는말을 다마치지도못하야 이사람은 창졸간에 미친듯이 쓸어저 흑흑 느껴가며우는것이엿소.[30]

2) 주림과 치위가 매운챗죽갓치 그들을 휘갈겻읍니다 그래서 洞里사람들은 제각기 이故鄕을 떠나지안흐면 안되엿읍니다 勿論넷날에야 父母의 품속갓치 포근하고 사랑스런 땅이엿지만은 지금은 慘憺과 苦痛의 回憶以外에 아무것도 그들의 愛着을 붓잡어 두지는 못하엿읍니다. 그들은지금 한個村落에서 다른村落으로 한城市에서 또다른城市에 漂迫의 길을 가는것이엿지만은 그어느한곳도 그들이발을 부칠곳은 업섯읍니다 모든집들이 그들압헤는 門들을 잠것읍니다.[31]

30 이육사, 「문외한의 수첩」, 앞의 책, 167쪽.
31 이육사, 「황엽전」, 『조선일보』, 1937.10.31., 11.2, 3., 5.(손병희, 『이육사전집 I - 이육사의 문학』, 이육사문학관, 2017, 149쪽)

3) 밤바람은 사람이 구역증이 날만치 악취를 불어오고 거기다 거츨은 아귀성과 음탕한 욕질까지 섞여서 아편 모히바늘 노름사창 이런것들에 지친 인간들을 이골목안으로 모혀들게 하는 것이었다.[32]

1)과 2)는 현실에 뿌리를 내리지 못하고 고향을 떠나는 농민의 삶을 보여준다. 정초에 수백 명의 사람들이 모여 '줄댕기'를 하는 등 자손대대로 지켜온 마을이었지만 현재는 한 사람 두 사람 떠나기 시작하면서 고향을 지키는 젊은이들이 사라졌다. 이들이 고향을 떠날 수밖에 없었던 이유는 무엇보다 굶주림이 가장 큰 원인이었다. 굶주림은 홍수와 같은 자연재해에 기인하는 것일 수도 있고, 일제의 수탈 때문일 수도 있다. 하지만 자신의 노동과 그에 따른 결과물로 생활을 영위하는 것이 농민에게 있어 가장 바람직한 삶의 방식이라고 할 때 두 경우 모두 농민의 생활 기반을 파괴하는 것임은 분명하다. 그래서 "차조메조를짓고 감자를 심고 멧돗과 싸워가며 살아가는 생명"인 농민은 "바람속에 흔들리는 등불"[33]과 같은 신세이다.

그런데 문제는 이처럼 삶의 기반을 상실한 채 고향을 떠나는 농민이 어느 한 지역에서만 나타나는 현상이 아니라는 점이다. 고향을 떠난 이들이 정처 없는 유랑을 계속해야 하고, 그 과정에서 모든 집들이 그들 앞에서 문을 잠그는 것은 이들의 처지 또한 유랑하는 이들과 크게 다르지 않기 때문이다. 즉 굶주림과 추위에 시달리는 농민의 고통스런 삶은 1930년대 식민지 조선의 일상이었던 것이다.

---

32 이육사, 「골목안(小巷)」, 『조광』, 1941.6.(손병희, 『이육사전집 I - 이육사의 문학』, 이육사 문학관, 2017, 462쪽)

33 이육사, 「계절의 오행」, 앞의 책, 186쪽.

3)은 식민지 근대의 어두운 풍경을 드러내고 있다. 작품의 배경인 골목은 겉으로 보기에 "길가으로는 가로등이 켜젓고 붉고푸른 네온이 제대로 다른 빛갈을 빛내고있"[34]어 근대의 밝은 면을 보여주는 것 같지만 실상은 그렇지 않다. 왜냐하면 골목에 모이는 이들이 모두 아편 중독자이거나 창녀, 도둑 등 "휘적휘적 유령처럼보이는 뭇사람들"[35]이기 때문이다. 심지어 아편 중독자의 시체가 발길에 채여도 욕만 할뿐 아무도 관심을 두지 않을 정도로 그들은 삶에 찌들어 있다. 그런데 "사람이 그 처음 성품은 본대 착한것이였나니라……"라면 도대체 무엇이 이들을 이렇게 만들었을까? 그것은 식민지 근대화의 결과라고 할 수 있을 것이다. 삶의 기반을 상실한 농민들이 고향을 떠나 도시로 모여들면서 생산 수단을 가지지 못한 이들이 할 수 있는 일이라고는 기껏해야 자기 몸을 팔거나 남의 것을 훔치는 것밖에 없기 때문이다. 그마저도 할 수 없는 이들은 아편과 노름에 빠져 하루하루를 탕진한다.

「골목안(小巷)」은 고정의 작품을 육사가 번역한 것이어서 작품의 배경이 중국의 어느 골목이다. 하지만 이 작품에서 다루고 있는 식민지 근대의 어두운 풍경과 유령처럼 보이는 사람들의 비참함은 곧 조선의 현실과 중첩된다. 육사가 보기에 "怪獸가티늘어선 삘딍의 거믄그림자가 『팔아스트』에 얼어부튼 거지들의 싸늘한꿈을 죽엄가티"[36] 덮고 있는 것이 조선의 근대였기 때문이다. 육사가 왜 작품을 번역했는지 그 의도를 여기에서 짐작할 수 있다 하겠다.

---

34 이육사, 「골목안(小巷)」, 앞의 책, 465쪽.
35 이육사, 「골목안(小巷)」, 앞의 책, 463쪽.
36 이육사, 「황엽전」, 앞의 책, 146쪽.

4. 소설, 민족해방운동의 실천

지금까지 이육사의 소설을 중심으로 일제의 식민 지배에 대한 그의 현실 인식과 문학적 대응 방법을 살펴보았다. 육사는 일본 유학을 계기로 사회주의 사상을 접하게 되었으며, 의열단에서 설립한 '조선혁명군사정치간부학교'에 입교하여 교육을 받음으로써 사회주의 사상을 구체적으로 수용하였다. 즉 육사는 민족해방운동의 실천적 수단으로 사회주의를 수용하였으며, 이는 그가 현실 대응의 방법으로 선택한 문학 세계에도 그대로 이어진다. 현실과 유리된 문학이 아니라 구체적인 현실에 기반 한 문학을 포기하지 않고 끝까지 해나가겠다는 의지가 바로 그것이다.

육사의 이와 같은 의도는 소설에서 거리두기를 통한 현실의 객관적 묘사라는 방식으로 구체화 되었다. 프롤레타리아가 될 수 없는 지식인의 태생적 한계를 인정하고, 관찰자의 입장에서 객관적으로 현실을 정시하여 사회의 구조적 모순을 사실적으로 묘사한 것이다. 이것은 육사의 소설이 그릇된 묘사나 이념의 생경한 노출과 전망의 과잉 제시에 빠지는 오류를 범하지 않을 수 있었던 방법이었다고 할 수 있다. 실제로 육사는 그의 소설에서 농민과 지식인의 거리, 농민의 빈곤한 삶, 식민지 근대의 어두운 풍경을 있는 그대로 묘사하고 있다.

이육사 수필의 자기이해와 '더 원대한 자기' 도정

이정인

1. 이육사의 삶과 '이야기정체성'

이육사는 일제강점기에 항일의지를 불태운 독립운동가다. 그러한 역사적 의의를 바탕으로 그의 시 연구는 다각도로 이루어져 왔다. 이육사의 문필활동은 민족운동과 궤를 같이 한다. 1930년대 중반 이후 이육사는 시를 비롯하여 사사평론, 수필 창작을 병행하며 신문 및 문예지에 발표하였다. 시사평론은 그의 시대의식과 저항정신이 잘 드러난다는 점에서 연구의 중요성이 인정되어 심도있게 분석되었다.

이육사 수필은 총 15편[1]으로 알려져 있다. 시와 시사평론에서 볼 수

---

[1] 이육사는 총 15편의 수필을 남겼다. 이 중 수필 「초상화」(『중앙시보』1938.3)는 제목만 알려져 있을 뿐 내용은 확인되지 않았다.

없었던 성장환경에 얽힌 추억과 육체의 병 앞에 직면하는 실존의 고통, 그리고 그마저도 우국지정으로 극복하려는 이육사의 강인한 내면이 잘 드러나 있다. 하지만 체험고백이라는 장르적 특성 때문에 수필은 독자적인 영역으로 인정받기보다 주로 시나 평론 연구의 보조적 사료적 근거로 언급되어왔다. 지금까지 수필만을 대상으로 전면적으로 분석한 논문[2]은 단지 몇 편에 그치는 실정이다. 선행된 이육사 수필 연구의 주요 쟁점은 항일지사 이육사의 정신토대인 선비정신과 투지의 금강심, 그리고 수필의 문학성 제고로 요약할 수 있다.

이 글에서 다시 이육사 수필을 주목하는 이유는 체험에 근거한 기억이 수필로 서사화되는 과정에서 드러난 작가의 정체성과 텍스트와의 영향 관계를 살펴보기 위해서다. 수필은 체험을 바탕으로 하는 글이지만 기억의 술회가 그대로 수필이 되는 것은 아니다. 세월에 따라 재해석되는 기억에 작가만의 의미화 작업을 거치기 마련이다. 이 과정에는 다양한 텍스트가 매개되기 마련이고, 작가는 자신의 기억을 줄거리로 구성하여 하나의 서사로 이야기한다. 이렇게 됨으로써 지나간 과거는 의미 있는 '시간'으로 묶이고 작가는 그 서사의 재구성 속에서 자신의 정체성을 다듬어간다. 수필이 되기까지의 이러한 과정은 리쾨르의 '이야기정체성'과 접점에 있다.

폴 리쾨르의 '이야기 시학'에서는 텍스트를 매개로 한 이야기를 자기 이해로 가는 매개로 삼고 이 이야기를 통해 역동적 정체성이 창출된다고 주장한다. 리쾨르는 한 개인이 실천적 주체가 되기 위해서는 무엇보

---

2 유기룡, 「육사 수필의 세계 - 항일순국지사의 참선비정신」, 『향토문학연구』 1, 향토문학연구회, 1998; 김영수, 「육사수필의 문학성」, 『안동문화』 14, 안동문화연구소, 1993; 한경희, 「이육사 수필 고찰: 착종된 현실에 대한 투지의 금강심(金剛心)」, 『인문과학연구』, 안동대학교 인문과학연구소, 2005.

다 자기이해(la compréhension de soi)를 통한 자기 정체성(l'identité de soi) 확립
이 필요하며 자기 삶의 인식, 자기이해는 언제나 텍스트를 매개로 가능
하다[3]고 보았다. 리쾨르가 말하는 텍스트의 세계란 "그 하나뿐인 텍스
트의 고유한 세계"로서 "내가 거주할 수도 있고 나만의 가능성들을 펼
칠 수도 있는 세계"이다.[4] 즉, 텍스트란 한 개인이 접하게 되는 문화,
종교, 사상, 그리고 교육, 문학 등 이런 모든 요소들을 포괄하는 개념이
다. 텍스트 세계는 세상을 바라보는 시선의 심화와 정서 변화를 가져다
줌으로써 한 개인의 정체성 형성에 지대한 영향을 미친다는 사실을 충
분히 유추할 수 있다.

이렇게 이야기를 생성하며 일어나는 자기이해는 이 과정에서 끊임없
이 자아를 재구성하는데 이것을 '이야기정체성'이라고 하였다. 이때 '이
야기정체성'은 더 나은 자기로 가기 위해 고정되어 있지 않고 변화하는
것이다. 이처럼 이야기는 흘러가는 시간 속에서 자기 삶을 인식하고 자
기정체성을 밝힐 수 있는 우회로이다. 궁극적으로 리쾨르의 관심은 스
스로의 참된 존재, 진정한 자아를 위해 부단히 추구하는 자기이해의 과
정으로서의 '자아의 형성'에 있다. 잠재적 현실의 세계, 질서를 갖춘 세
계를 경험할 수 있는 텍스트는 우리가 처한 현실을 돌이켜 보고 어떻게
살 것이냐의 문제를 제기[5]하기 때문이다.

이 글에서는 리쾨르의 이야기정체성을 기반으로 이육사 수필에 나타
나는 자아정체성을 두 양상으로 나누어 살펴보고자 한다. 인간을 이루
고 있는 총체적 자아를 이분법으로 나눌 수 있는 것이 아니다. 다만 자

---

3 윤성우, 『폴 리쾨르의 철학』, 철학과 현실사, 2004, 125쪽.
4 위의 책, 113쪽.
5 김한식, 「폴 리쾨르의 이야기 해석학」, 『국어국문학』, 국어국문학회, 2007, 222~223
　쪽 참조.

아형성에 지대한 영향을 끼쳤을 텍스트 유형에 따라 형성된 이야기정체성을 두 양상으로 나누어보고자 한 것이다. 먼저 이육사가 정통 유학자 집안의 후손으로서 유교 경서를 익힌 것은 주지하는 바이다. 이러한 전기적 사실을 근거로 그가 접한 유교 경서와 유교적 자아정체성의 영향관계를 짚어볼 것이다. 둘째, 이육사는 중국 유학 시절 근대 신문화의 영향 아래 민족적 사회주의를 옹호하였다. 1930년대 중반을 기점으로 '문학'을 통한 항일투사의 면모를 보여준 그의 의식의 저변에 깔린 문인으로서의 민족적 정체성을 살펴보고자 한다.

항일의 지조와 신념은 수필작품의 여러 부분에서도 일관되게 흐르고 있으며 이런 신념은 성장배경과 누대에 걸친 가문의 전통에서 축적되고 보전되어진 가풍의 한 단면이다.[6] 수필에는 작가의 경험의 시간이 있고 그 시간을 따라 재구성된 이야기에 의해 형성되고 변화된 작가의 정체성이 있다. 이육사가 저항시인이 되기까지의 정신적 여정을 작가의 고백적 이야기를 따라 더듬어본다는 점에 수필 고찰의 의의를 둘 수 있을 것이다.

2. 유학(儒學) 수학과 유교적 자아 형성

수필은 작가의 체험고백을 근거로 하는 문학이다. 그런 점에서 수필은 가장 내밀한 시선의 자기인식이 가능한 문학이다. 이육사 수필에는 고향마을의 문화풍토와 교육환경에 따른 이육사의 사유형성과정이 잘

---

6 유기룡, 「육사 수필의 세계 - 항일순국지사의 참선비정신」, 『향토문학연구』 1, 향토문학연구회, 1998, 108쪽.

나타나있다. 이육사는 퇴계 이황의 14대손으로서 어렸을 때부터 유교 경문(經文)을 교육받으며 자랐다. 그의 고향 안동시 도산면의 원촌리는 전국에서 가장 많은 독립유공포상자를 배출한 곳으로 알려져 있다. 이육사 자신을 비롯하여 내외 친족의 독립운동 공적[7]은 퇴계 이황 집안의 올곧고 강직한 선비정신을 말해주는 역사적 자취라 할 수 있다. 그런 마을 풍토와 벼슬보다 후학양성에 심혈을 기울이신 조부[8]의 영향 아래 이육사는 전형적인 유학자풍의 어른으로 성장하였다.

이야기를 주고받는 행위는 올바른 자아형성에 필수불가결한 조건이다. 이처럼 텍스트와 이야기를 주고받는 행위는 자아형성에 어떤 형태로든 영향을 미치기 마련이다. 이육사는 유교 경문을 통해 군자, 성인의 삶을 지향하는 선비 유학적 사고체계가 형성되었음을 어렵지 않게 유추할 수 있다.

> 눈물을 흘리지안는 사람이되라고 배워온것이 세 살때부터버릇이 엿나이다.…(中略)…딴은 내일직이 눈물을흘리지안는 사람이 되려고 맘먹어본 열다섯애기시절은『修身齊家治國平天下』의 道를 다배웟다고 달떠서 남의 입으로부터『驕童』이란 譏弄까지도 免치못하엿건만은…(中略)…

---

7 육사의 고향인 원촌(遠村)은 바로 이웃하고 있는 하계(下溪)와 함께 항일투쟁사에 빛나는 마을이다. 하계출신으로 예안의 병장을 지낸 향산(響山) 이만도(李晚燾)는 일제강점에 들자 단식하여 순국하였으며, 그의 동생, 아들과 며느리, 그리고 손자들도 모두 항일투사의 거목이 되었다. 원촌에서는 육사를 비롯하여 그의 형제들이 모두 항일투사로 활약하였고, 3·1운동이나 6·10만세운동 및 신사참배 반대운동까지 펼쳐나간 인물들이 집중적으로 배출되었다.(김희곤,『새로 쓰는 이육사 평전』, 지영사, 2000, 49~50쪽 참조).

8 육사의 할아버지 치헌(痴軒) 이중직(李中稙)은 한일합방이 되자 거느리고 있던 비복들을 풀어주면서 노비문서를 소각하여 버렸고, 벼슬길을 거부하고 광복운동에만 몰두하였으며, 향리 인근 예안(禮安)에 신교육기관인 '보문의숙(普文義塾)'을 세워서 초대교장으로 추대되어 민족교육에 힘을 쏟은 인물이다.(김희곤, 위의 책, 40쪽).

본래 내 동리란 곳은 겨우 한百餘戶나 되락마락한곳, 모두가 내집안이 대대로 지켜온 이따에는 말도 아니고 글도 아닌 무서운 규모가 우리들을 키워주엇습니다.

—「季節의 五行」에서[9]

　그러나 한여름동안 글을짓는데도 五言, 七言을짓고 그것이 能하면 제법韻을 달어서 科文을짓고 그 지경이 넘으면 論文을짓고 하는데 이여름 한철동안은 經書는읽지않고 주장 外集을보는것이다. 그中에도 「古文眞實」나 「八大家」를 읽는사람도있고 「東人」이나 「詞抄」를 외이기도했다.

—「銀河水」에서[10]

　위의 글에서 보듯이 이육사는 15세에 즈음하여 대학, 중용 등 사서를 수학하였다. 이미 여섯 살 때부터 소학(小學)[11]을 배우기 시작했으니 그는 유학자 집안의 전형적인 교육과정을 거친 것이라 할 수 있다. 여름날에는 「古文眞實」나 「八大家」 등 중국 유명 문학가의 한시와 명문장을 읽고, 서리 내리는 가을이 되면 엄준히 앉아 논어 · 맹자 · 중용 · 대학 등의 경서를 암송하며 공부했다. 그는 십여 세 남짓 때 매월 초하루 보름으로 있는 講에 낙제하지 않으려고 새벽닭이 울 때까지 논어, 맹자를 암송하던 고역을 회고하기도 한다.[12] 사서와 같은 전통적 엄한 공부 틈틈이 고문진보, 당송팔대가들의 아름다운 문장을 병행하며 서정적 인

9　손병희 편, 『이육사 전집 이육사의 문학』, 이육사문학관, 2017, 175쪽.
10　위의 책, 199쪽.
11　작품 「剪爪記」에서 이육사는 "내나이 여섯살때 小學을 배우고는……"이라고 쓰고 있다.(손병희 편, 위의 책, 172쪽)
12　손병희 편, 앞의 책, 201쪽.

격도 결코 소홀히 하지 않았음을 알 수 있다. 이런 문화적 풍토 속에서 그는 '유학자 선비'로서의 기본적인 소양을 닦았다.

대부분 진성이씨 일가라 할 수 있는 '모두가 내 집안이 대대로 지켜온' 마을에서 유학교육을 전통으로 섬기며 살아온 환경이었다. 이러한 '무서운 규모'는 삶의 틀, 행동규범, 의식체계를 이루었던 것이다. 자기 이해는 텍스트에 무한히 펼쳐있는 의미의 세계에 자신의 존재를 던질 때만이 가능하다. 이 과정에서 자아는 심성의 도약을 통해 전존재적 변화를 경험하게 된다. 경서 공부와 고시 짓기 등 유교적 텍스트와 이야기를 나눔으로써 그의 가치관과 자아정체성은 그에 걸맞게 형성된 것이다. 육사는 1935년 일본경찰의 심문과정에서 자신의 종교를 유교라고 진술한 바에서도 유학 교육의 영향이 얼마나 지대했는지 알 수 있다.[13]

주자학의 담론구성체는 자신을 호출하는 자기 외적 이데올로기이면서 부단한 자기 극복, 자기 통찰, 자기 극기의 존재 방식이기도 하다.[14] 망국의 위기 앞에 안동의 유림들이 주로 의병운동이나 무장독립투쟁에 나선 것은 바로 이런 도덕률의 담론구성체의 결과일 것이다. 육사가 전통과 유산으로부터 자기화한 지성의 핵심은 바로 지조와 절개의 '선비정신'으로 요약할 수 있다. 선비정신은 앎과 실천의 합일이라는 '지행합일'의 정의로 구현된다. 앎이 행이 될 때 비로소 진리는 사건으로서 드러나는 것이다. 이육사 자신을 비롯하여 집안의 독립투사 배출은 선비정신의 실천이다. "친일적인 행위나 태도를 인정하지 않는 적극적인 사

---

13 한국 교육부 국사편찬위원회, 「증인 이원록 신문조서」, 『한민족 독립운동사 자료집』 31, 국사편찬위원회, 1997, 194쪽; 김희곤, 「이육사의 민족문제 인식」, 『이육사의 독립운동과 민족문제 인식, 이육사 탄신 100주년 기념 "독립운동사 학술회의" 자료집』, 2004.8.1, 29쪽 참조.

14 조두섭, 「이육사 시의 주체 형태」, 『어문학』, 한국어문학회, 1998.6, 313쪽.

고와 생활자세가 돌연변이로 어느 날 갑작스럽게 만들어"진 것이 아니라 "정신적 틀, 전통적 규범이 육사를 길렀"[15]음을 알 수 있다.

> 물론 그때도 내혼자 지나는 時間이 없는것은 않으나 그것은 大部分 讀書나 習字의 時間이었고 그外의 하로의 殆반은 어른밑에서 居處飮食, 起居를 해야하는것이었다. 그럼으로 잠자는 동안을 빼놓고는 거의는 이야기를 듣는데 허비되였다. …(중략)…대개例를 들면 老人들은 祭禮는 이러이러한것이라 하셨고 中年어른들은 接賓客하는 節次는 었더타든지, 또 그보다 매우젊은 어른들은 靑年銳氣로써 나는 어떠한 難關을 當했을때 어떻게 處事를 했다든지 무서운 일을 보고도 눈한번 깜짝한일이 없다거나 아모리 슬픈 일에도 눈물은 산애자식이 흘이는 法이 아니라는 等등이였다.
>
> —「年輪」에서[16]

> 옛날어룬들의 너무나 嚴한 敎育方法에도 天文에對한 初步의基礎知識이라든지 그나마별의 傳說같은것으로서 情緖方面을 매우所重히 역이신것을생각하면 나의童年은 너무나 幸福스러웠든만큼……
>
> —「銀河水」에서[17]

리쾨르 텍스트 해석학에 따르면, 텍스트를 읽는 행위에서 비롯된 해석은 '~처럼 보는 것'에서부터 '~처럼 존재하는 것'으로 전환된다. 이처

---

15 김희곤, 앞의 책, 40쪽.
16 손병희 편, 앞의 책, 214쪽.
17 위의 책, 202쪽.

럼 텍스트를 매개로 한 자기이해로부터 얻게 되는 정체성이 '이야기 정체성'이다. 이육사는 '사내자식은 눈물을 흘려서는 안 되는' 몸가짐을 훈육 받으며 유교경문 텍스트에 체화되는 과정을 겪으며 자아정체성 형성 시기를 지나왔다. 유년의 시간들이 대부분 "독서나 습자의 시간"이었지만 어른들로부터 이야기를 듣는 시간이 꽤 많았음을 '허비'라고 쓴 말에서 알 수 있다. 그 시절 어른들의 이야기라는 것이 제례를 비롯한 일상의 예의, 사내아이로서의 품성 등 사람의 됨됨이를 키우는 등에 관한 것이었다. 어린 나이에는 피부로 직접 와닿지 않는 어른들의 이야기들이 더러는 무겁게 다가왔을 수도 있지만 그런 시간들은 고스란히 이육사의 뇌리에 세포에 스며들어갔을 것이다.

하지만 그 중에서도 그는 '별의 전설'에 대해서는 소중하게 기억하고 있다. 하늘의 달과 별, 구름이 그냥 지상의 삶과 아무 관련 없는 사물이 아니라 그 나름의 사연을 지닌 이야기가 있는 구성체, 즉, 존재로 다가오는 경험이다. 이육사가 회고하듯이 오작교설화 같은 신비한 별의 전설은 문학적 상상력과 정서교육에 긍정적 영향을 끼쳤을 것이다. 어른들로부터 듣는 이야기 속에는 삶에 대한 지혜와 통찰이 있다. 또 어른들과 마주하며 이야기를 나누는 사이 한층 원만한 사회적 인격을 형성하게 된다. 그런 경험을 통해 한 사람의 정서는 한 올 한 올 씨줄 날줄처럼 이야기처럼 직조되어간다.

계절에 따라 흘러가는 천체의 별자리는 자연의 섭리를 말해준다. 유학의 요체는 '사람의 도리'로 귀결된다. 유학에서는 하늘의, 자연의 성품을 인간세계에 적용시킨 것을 '理'라고 보았다. 별자리는 곧 자연의 섭리를 읽는 마음공부이기도 하다. 우주의 원대함 속에 소우주로서의 한 인간은 별들의 순리처럼 다해야할 책임의 도리를 부여받았다고 보았다. 대대로 정통 유학을 숭상하며 마을을 지켜온 어른들의 별자리이야기 속에는 이러한 자연이치를 담은 인간 삶의 도리를 깨우치는 지혜가 담겨있는 것이다.

리쾨르가 생각하는 자아형성은 텍스트의 이해와 해석을 온전하게 '자기화'(Aneignung, appropriation)한, 이른바 자기이해의 상태와 밀접한 관련을 맺게 된다.[18] 결국, 이야기가 주는 다르고 새로운 자극을 받아들이면서 읽기행위 이전의 나와는 다른 자기를 발견하게 되는 자기이해를 거쳐 이야기정체성이 형성되는 것이다. 텍스트의 세계가 인간 주체의 자기이해와 연결되지 않는다면, 텍스트는 자기 충족적인 세계만을 만들 뿐이다. "언어는 어떤 것에 관해 무엇인가를 이야기함으로써 자기 자신을 초월하는 방향으로 나아간다"[19] 이육사의 성장 공간은 선대가 쌓아놓은 하나의 역사이다. 이육사는 유교 경문 텍스트 앞에서 그 속에 담긴 앞선 사람의 '이야기'를 통해 자기내면을 유교적 정신으로 올곧게 가다듬은 것이다.

3. 근대 신문학과 저항적 정체성

문학 작품에는 작가의 시대정신이 담겨있고 그 바탕에는 작가의 삶의 서사와 가치관이 있다. 작가의 정신세계를 이해하기 위해서는 자기이해에 관련된 사유의 영향관계 고찰이 필요하다. 수필작품은 서술의 주체가 육사 자신이었던 만큼 항일지사로서의 참선비정신이 다른 장르의 문학작품에서 보다 더 현저하게 함축되어져 있다.[20] 전통적 가치체계의

---

18 윤성우, 앞의 책, 120~121쪽 참조.
19 폴 리쾨르, 김한식, 이경래 역, 『시간과 이야기1』, 문학과 지성사, 1999, 171쪽.

주체와 식민지의 억압 속에서 찾아가야하는 근대적 주체 사이의 혼돈 속에서도 육사는 항일지사의 의지를 굳혀나갔다. 이 글은 이육사의 정체성을 크게 두 층위로 접근하였다. 앞에서 살펴본 유교적 정체성과 근대 신문학 섭렵에 따른 문인으로서의 저항적 정체성이다.

이육사가 중국 신문화를 통해 민족적 사회주의를 수용한 것은 그 시대에 깨어있는 지성인으로서 독립의 방향을 도모하기 위해서였다. 육사는 근대지향과 탈식민지라는 세계사적 시선 속에 중국의 문화와 문학 그리고 사회와 정치의 문제를 바라보았다.[21] 그가 사회주의를 심도 있게, 그리고 체계적으로 받아들이게 된 계기는 윤세주[22]를 통해 입교 (1932.10)한 '조선혁명군사정치간부학교' 수학 과정이었다. 이육사의 의열단 가입이 항일 의지를 외부적 활동으로 내보이는 첫 출발점이라면 군사간부학교 졸업은 지식, 무력 등 전방위적으로 실질적 요건을 겸비하고자 한 노력으로 볼 수 있다.

1933년 귀국 이후 그의 행보에 나타난 두드러진 변화는 문예활동을 통한 항일의지의 적극적 개진이었다. 이육사는 중국을 왕래하기 시작하면서 조선과 중국의 문제를 세계사적인 관점에서 인식하게 되었고 조선의 근대화와 민족해방을 어떻게 실현할 수 있을까를 항상 고민하였다.

---

20 유기룡, 앞의 글, 107쪽.

21 이시활, 「근대성의 궤적: 이육사의 중국문학 수용과 변용」, 『동북아 문화연구』 30, 동북아문화연구, 2012, 88쪽.

22 윤세주는 의열단의 창립멤버이며 핵심인물로, 육사와는 친분이 두터웠다. 육사가 사회주의를 수용해 나가는 단계를 보여주는 자료로 세 가지를 들 수 있다. 하나는 군사간부학교 입교 직전에 金元鳳과 만난 것이고, 또 하나는 군사간부학교에서 교육을 받던 과정이며, 셋째는 졸업을 즈음해서 제기한 김원봉에 대한 비판과 졸업식 연극 공연이다.(류현정, 「이육사(1904~1944)의 시대인식 - 1930년대 시사평론을 중심으로」, 안동대학교 대학원 사학과 석사학위논문, 2002, 16쪽). 이육사 수필 「연인기」에 등장하는 인물 'S'는 윤세주로 알려져 있다.

일본이란 제국의 창을 통해서가 아니라 동양적인 전통이 유구하게 남아 있는 중국이란 창을 통해 당대의 위기와 민족의 미래를 모색하고자 하였다.[23] 그런 일환에서 일제의 검열과 탄압 속에서도 꿋꿋이 현실 비판적인 이념의 시사평론을 통해 저항의 목소리를 낸 것이다.

이러한 육사의 행보는 민족의 해방과 새로운 근대 만들기를 위한 지식인으로서의 노력으로 볼 수 있다. 한편 1935년을 기점으로 그의 글쓰기는 날선 비판의 이념적 글들에서 시나 수필의 문학적 영역으로 옮겨감을 확인할 수 있다. 이는 시사평론에 대한 일제 탄압의 강화 때문일 수도 있지만 근대 신문학 섭렵을 통한 의식의 변화에 따른 것일 수도 있다. 대표적으로 중국의 민족작가 루쉰을 비롯하여 그가 애독한 것으로 보이는 프랑스의 폴 베를렌, 구르몽, 영국의 존 키츠, 예이츠, 오스트리아의 레나우, 크론, 독일의 니체, 러시아의 에세닌 등 세계 다양한 작가들의 문학을 접한 결과로 이해할 수 있다. 특히 세기말 작가들의 작품을 탐독하는 사이 텍스트세계에 세상을 일깨우는 길이 있음을 본 것이다.

텍스트를 매개로 한 자기이해는 한 개인의 정체성 확립과 불가분의 관계를 갖는다. 자기 정체성의 문제는 텍스트 이해와 존재 이해를 하나의 질문으로 묶음으로써 가능해지며 그렇게 할 때 존재론적으로 새로운 이해에 도달한 자기다.[24] 이육사는 근대 신문학을 탐독함으로써 문학이 또 하나의 강렬한 '행동'임을 절실히 깨닫고, 문학을 매개로 주권의식의 회복을 각성시키고자 한 것이다. 육사 자신이 텍스트로부터 영향을 받듯이 문학텍스트가 후대에까지 미치는 영향력, 그 문학의 힘을 발견했

23 이시활, 앞의 글, 88쪽.
24 윤성우, 앞의 책, 94쪽.

기 때문이다.

> 颱風이 몹씨불든날밤윈市街는 創世記의 첫날밤같이 暗黑에흔들니고
> 暴雨는 활살같이퍼붓는들판을 걸어바다가로 뛰여나갔음니다 가시넝쿨에
> 업더지락 잡버지락 文學의길도그럴넌지는 모르지만은 손에들인電燈도
> 내良心과같이 겨우내발끝밖에는 못빛치드군요 그러나 바다가를거의다었
> 을때는 波濤소리는 叛軍의 城이문허지는듯하고 하얀泡沫에 번개가 푸르
> 게 빈질때만은 玲瓏하게빛나는 바다의一面! 나는아즉도 꿈이안인 그날밤
> 의바다가로 颱風의속을가고있는지도 모름니다.
>
> —「嫉妬의 叛軍城」에서[25]

이 작품은 "본래 땅 위에는 길이 없었다. 걸어가는 사람이 많아지면 그게 곧 길이 되는 것이다"[26]고 하는 루쉰의 말을 연상시킨다. '문학의 길'로 본격적으로 자신의 항일의지를 개진하려는 육사의 투지를 읽을 수 있다. 그 길이 가시넝쿨처럼 험난하고 좁은 길이겠지만 그것은 새로운 세상을 기대하는 '암흑'이므로 기꺼이 감수하는 것이다. 이 '암흑'은 절망의 이름이 아니다. 새로운 세상의 탄생이 예견된 어둠이다. 비록 지금 문학으로 구현하려는 항일의지가 '겨우 내 발밑'을 비출 만큼 희미한 약한 빛임을 자신의 '양심'에 빗대는 겸허함이 지사의 면모를 돋보이게 한다. '바닷가'는 태풍 속을 가로질러 가시덩쿨을 지나서야 도달하는 희망의 도달점이다. '태풍'은 앞의 것을 모조리 쓰러뜨리고 쓸어가는,

---

25 손병희 편, 앞의 책, 160쪽.
26 중국의 문호 루쉰(魯迅, 1881. 9. 25~1936. 10. 19)중국 신해혁명 앞에 문예활동으로 중국의 민족의식 고취에 앞장선 장본인이다.

새로운 장소 탄생의 장치다. 바닷가에 이르렀을 때 약하게만 보였던 빛이 파도를 타고 영롱하게 빛이 나듯 육사의 문학적 모색이 빛이 나리라는 자기다짐으로 읽을 수 있다. 육사는 문학의 빛으로 해방의 바닷가로 나아가려는 꿈을 다짐한 것이다.

루쉰은 이육사의 문인으로서의 항일운동에 불씨를 지피고 민족적 사회주의에 기반하여 저항적 정체성을 만들어나가는 데 지대한 영향을 준 인물[27]이다. 이육사와 루쉰 두 사람은 일제 침략에 굴복하지 않고 적극적으로 저항한 실천적 지사라는 점에서 공통점이 있다. 일제와 대면하는 과정에 중국의 근대 사상을 계몽하는 작가 루쉰의 행보는 부조리한 현실에 대응하는 실존적 시적 모색을 가능하게 한 원동력이 되었다. 루쉰은 당시 중국 국민들의 의식을 깨우치기 위한 가장 좋은 방법은 문학예술[28]이라고 깨닫고 자신의 문학 활동을 정치적 성격의 투쟁으로 결부

---

27 이육사 수필 「계절의 오행」에 'Y교수'로 등장하는 마유조는 평생 루쉰과 깊은 우정을 유지한 인물로, 루쉰의 일기에 마유조는 200여 회 등장한다. 이육사는 중국대학 전문부 상과에서 수학, 북경대학 국학과 마유조 교수의 지도를 받았다.(姚然, 「이육사 문학의 사상적 배경 연구: 중국 유학체험을 중심으로」, 서울대학교 국어국문학과 대학원 석사학위 논문, 2012, 27~29쪽 참조).
이육사는 「계절의 오행」에서 1925 또는 26년 마유조와 '자금성을 끼고 산책하면서 문학, 고서, 골동품, 고고학 혹은 야금술'에 대해 함께 이야기를 나눈 이야기를 적고 있다. 마유조 교수를 통해 익히 들어온 루쉰에 대해 이미 친숙한 느낌을 갖고 있던 터에, 이육사는 남경에서 귀국하기 전인 1933년 5월, 암살당한 좌익작가 양형불의 빈소에 문상을 갔던 길에 우연히 루쉰을 만난다. 이 만남은 육사에게 획기적인 의미가 되었고 이날의 감복을 「루쉰추도문」(『조선일보』, 1936.10.23.~29)에서 밝혔다.
28 이렇게 루쉰의 뜻을 인용한 것은 자신의 뜻을 피력하는 우회적인 방법이기도 하다. 루쉰은 자신의 저서에서 이렇게 밝히고 있다. "그때 이후 나는 의학이 전혀 중요하지 않은 일이라 생각하게 되었다. 우매하고 연약한 국민은 체격이 아무리 온전하고 건강하다 하더라도 아무 의미 없는 시위의 구경꾼밖에 될 수 없고, 병사자(病死者)가 아무리 많다 해도 이를 불행이라 여길 수 없다. 따라서 우리 중국인에게 가장 중요하고 시급한 것은 정신을 뜯어고치는 것이고, 정신을 뜯어고치기 위해서는 무엇보다도 문학예술에 힘써야 한다고 생각했다. 그리하여 문학예술운동을 제창하게 된 것이다." (임현치 지음, 김태성 역, 『루쉰 평전』, 실천문학사, 2005, 74쪽).

시켰다.

　루쉰이 세상을 떠난 후(1936년 10월 19일) 이육사는 조선일보에 「魯迅追悼文」을 게재(10월 23~29일)하며 그에 대한 남다른 추앙심을 표했다. 이육사는 루쉰에게 자신의 미래를 투영하여 그의 길을 흠모하고 따르고자 했음을 유추할 수 있다. 「魯迅追悼文」에서 밝히고 있는 것처럼 루쉰의 삶을 본받고 그의 문학을 애독했을 뿐만 아니라 그의 근대 문명 비판과 존재론적 사유를 적극적으로 수용하고 있다. 살펴본 바와 같이 이육사의 주체를 주체로 호출하는 담론구성체가 주자학뿐이 아니라는 것을 알 수 있다.[29] 이육사는 이전의 사회적 활동보다 정신 자각과 계몽이 시급하다고 판단하고 루쉰처럼 문학 활동을 통한 저항의 길을 선택한 것이다. 이처럼 루쉰은 이육사의 문학적 모색의 과정에서 실존적 문제의식을 더욱 분명하게 인식하게 해준 인물이다.[30]

　　人生의 門外漢이 되겠소.

　　그래서 남들이모두 門안에서 보는世上을 나는 門박게서 보겠소. 남들은 기피보는 世上을나는널리보면 또그만한 自矜이 잇을것갓소. 오늘은 高氣壓이어데잇는지 風速은 六十四미리오 이洞里를 떠나아무도 발을대지 안흔 大雪原을 걸어가겠소, 前人未到의 原始境을 가는느낌이오, 누가나를 따라이길을 올사람이 잇슬른지?업서도 나는이길을 永遠히가겠소.

　　　　　　　　　　　　　　　　　　　　　　—「門外漢의 手帖」에서[31]

29　조두섭, 앞의 글, 313쪽.

30　신석초의 글에서 "대부분 시간을 침묵한 이육사는 문학을 이야기할 때, 가령 중국 문인 루쉰이나 호적(胡適)등을 이야기할 때, 동양의 고유한 미나 아취를 이야기할 때는 의외로 다변적이고 열렬하였다"라고 적고 있다.(신석초, 「이육사의 인물」, 『나라사랑』 제16집, 외솔회, 1974.9, 101쪽).

31　손병희 편, 앞의 책, 169쪽.

내길을 사랑하는마음 그것은 내自身에 犧牲을 要求하는 努力이오 이
래서 나는 내 氣魄을 키우고 길러서金剛心에서 나오는 내詩를 쓸지언정
遺言은 쓰지안켓소.

—「季節의 五行」에서[32]

텍스트의 세계는 행동의 세계를 새롭게 구성하고 변모시키는 존재에
대한 이해로까지 나아갈 수 있다.[33] 이육사에게 루쉰의 문학텍스트는
육사를 '문학'으로 행동하게 한 것이다. 모두가 두려워하는 '문밖'의 길
을 그는 자처하였다. '문밖'은 '풍속 64km 바람에 맞서야 하는 불안하고
외로운 길이다. 선뜻 자처하지 않는 길이다. 그러므로 그가 가려는 길
은 아직 사람들이 다니지 않은, 발을 대지 않은 '대설원'을 걸어가야 하
는 고독을 감수해야 한다. 이러한 문학적 대응은 '육체의 병 보다 정신
계몽이 더 절실하다고' 한 루쉰의 주장처럼 민족교육의 자각과 같은 맥
락에서 이해할 수 있다.

이육사 스스로도 '널리'와 '깊이'로 대비하며 소신을 밝히고 있다. 대
외적 사회주의 활동을 통해 당면과제 해결에 '깊이' 파고드는 '좁은' 시
선보다 교육 계몽은 시간이 걸리는 일이어도 '널리', 즉 멀리 또 넓게
구원하는 방안이다. 대설원 위의 첫 발자국을 내딛는 각오로, 설령 후
일 그 발자국을 따라 올 이 없더라도 '문외한'으로서 길을 가리라는 각
오를 피력하고 있다. '문 밖에서' 보겠다는 것은 한발 물러나 보다 이성
적 객관적으로 상황을 판단하겠다는 냉철함이다. 그것은 대외적 활동에
서 잠시 한발 물러나 더 멀리 영향력을 끼칠 수 있는 자신의 문학활동

---

32 손병희 편, 앞의 책, 187쪽.
33 폴 리쾨르, 김한식 · 이경래 역, 앞의 책, 127쪽.

을 염두에 둔 말로 읽을 수 있다.

'내 길'은 항일지사의 길이며 문학적 저항의 길이다. 어떤 상황에서도 굴하지도, 깨지지도 않을 단단한 결심에서 우러나오는 시는 곧 독립의지를 표명하는 '행동'이다. '금강심'에서 나오는 시는 죽음을 초월한 의지의 표현이며, 유언 그 이상의 유언이 된다. 유언은 죽음을 '의식'하며 쓰는 글이다. 죽음을 의식하는 만큼 생을 의식하는 것이다. 그러므로 육사는 유언을 염두에조차 두지 않는다. 이를 통해 암울한 상황 속에서 생을 구차히 유지하기를 바라지 않는 이육사의 실존적 저항 정신을 확인할 수 있다. 육사는 시대를 극복하려는 기백 어린 시들, 그리고 삶에 대한 의지적 자세의 시들 — 이를테면 '청포도', '絕頂', '芭蕉', '曠野' 등 — 을 볼 때, 진정한 시인의 자세는 바로 이런 정신의 바탕에서 태어나는 것임을 알 수 있다.[34]

텍스트 세계와의 만남을 통해 배우는 인간의 여러 행동양식은 한 개인의 삶에 롤모델이 되고 시나브로 한 개인의 정체성이 된다. 나아가 텍스트의 세계는 한 개인에게 윤리적인 정체성을 확립시켜준다. 항일 독립의지를 굳힌 그 마음의 근거는 '자신의 희생을 요구'하는 '극기'의 노력이다. 육사의 가치관 저변에는 유학의 정신이 흐르고 있음을 알 수 있다. 그에게 "시는 인격의 표현이며 그런 점에서 삶의 최종적인 언어이고 그와 동시에 시는 그러한 최종적인 목표에 이르기 위한 행동의 과정"[35]이다. 주자학은 만물의 조화로운 회복을 도모하는 인간을, 사회주의적 사상은 식민지 자본모순에 대하여 혁명을, 민주주의적 의열단 사상은 투쟁을 중심으로 하는 것이다.[36] 이육사의 문예활동은 지식인으로서의 근대의

---

34 김영수, 앞의 글, 15쪽.
35 김종철, 『시와 역사적 상상력』, 문학과 지성사, 1978, 35쪽.

계몽의식이며 실천적 투쟁의 역사적 산물이라고 할 수 있다.

4. 이육사 수필과 자기이해의 여정

이육사 수필에는 암울한 일제말기 문학적 모색으로 항일지사의 뜻을 펼친 작가의 자기인식이 잘 드러나 있었다. 지조와 절개의 선비정신으로 '행동하는 지성인'의 면모를 보여 주었다는 점은 역사적 차원에서 시사하는 바가 크다. 유학자 집안의 후손으로서 배운 유학교육은 그 스스로 '종교가 유교'라고 여길 만큼 정체성 형성에 지대한 영향을 끼쳤음을 알 수 있었다. 유교적 가치관과 행동규범에 따라 빚어진 유교적 정체성은 그의 천품과도 다르지 않다. 한편 중국 유학을 통해 접한 근대 신문화는 민족적 사회주의에 눈뜨는 계기가 되었고 그것은 그로 하여금 '문학'으로 식민지 민중을 계몽하는 길을 열어주었다.

이 글은 리쾨르의 이야기정체성의 관점에서 이육사 수필에 나타나는 자기 이해의 여정을 유교적 정체성과 문인의 저항적 정체성으로 접근하였다. 그러나 이들을 통합하는 이육사의 무의식적 초담론은 역시 주자학이다. 이육사는 비극적 시대 현실 앞에서 불굴의 의지로 민족의 해방을 위해 행동했다. 소학에서부터 사서삼경까지 암송으로 익힌 유교 경문은 단지 앎에서 그치지 않고 민족적 사회주의의 행동력과 어우러져 실천적 '선비정신'으로 구현하였다. 앎은 인지적 결과물로 자기에게 축적되는 것이 아니라 이를 토대로 자기를 변화시키고 자기를 새롭게 만들어가는 전 과정을 뜻한다. 이야기정체성은 시간 속에서 끊임없이 만

---

36 조두섭, 앞의 글, 314쪽.

들어지고 해체되며, 자기의 이야기 속에서 새로운 자기 정체성을 만들어 간다. 이러한 서사적 정체성은 텍스트를 통해 자신을 반성하고 더 나은 자기가 되어갈 수 있는 열린 정체성이다.

'텍스트의 세계'와의 교차를 통해 이루어진 자기이해의 과정을 통해 텍스트가 자극하는 새로운 세계를 '자기 것'으로 만들게 된다. 그렇게 됨으로써 "독서의 산물이자 텍스트의 선물"로서의 "더 원대한 자기"에 도달하는 것이다. 이육사는 독립의지를 문학이라는 행동으로 이끌어 나감으로써 지사의 풍모를 보여주었고, 암울한 시대상을 혁명적 지식인으로서 초극하고자 실천적 '민족문인'으로 나아간 것이다.

이육사의 '산문'에 나타난 문학적 실천

이화진

1. '교양과 취미'의 재고

이육사(1904~1944)는 투철한 시대의식과 민족의식으로 무장하고 일제에 항거한 독립운동가이자 저항시인으로 평가되고 있다. 그는 1944년 북경에서 순국할 때까지 여러 차례나 구속되는 시련에도 불구하고, 식민지 조선의 현실적인 문제를 지면을 통해 꾸준하게 발표할 정도로 치열한 삶을 살다간 인물이다. 그런 점에서 〈광야〉에서 '초인'이 오기를 갈망하고, 그의 '노래'가 조국 해방의 '씨'가 되리라는 메시지는 국권을 되찾으려는 의지가 투영된 지식인의 자의식으로 읽기에 충분하다.

육사의 글쓰기는 시, 소설, 평문, 기사글 등 다양한 장르에 걸쳐 있지만, 그 지향성은 '내면화된 행동'에 있다. '시'를 생각하는 것 자체가 '행동'이라고 인식했듯이[1] 육사의 문학은 현실적 삶과 강하게 밀착되어 있었다. 유치환은 『육사시집』 서문에 육사가 "교양과 취미로서 시를 썼다"고 지적하면서도, 그 이면에는 "문학 이상의 절실한 그 무엇" 즉 '높은 윤리'와 '매섭고 꼿꼿함'의 '천품'이 내장되어 있다고 언급하였다.[2] 유치환이 언급한 '교양과 취미'로서의 육사의 문학 행위는 한편으로 "귀족주의 양반의 문화적 카르텔"을 형성하는 "댄디즘"으로 해석되기도 한다.[3] 하지만 육사의 경우, 글쓰기의 행위가 정신적 귀족주의자들의 근대 추수적인 도락 행위와는 분명한 차이를 보이고 있으며, 당시 김유정, 이효석, 이상 등 댄디들의 특징인 서구적 근대를 의식적으로 사유하고 능동적으로 받아들인 태도와도 일정한 거리가 있다. 육사에게 근대 수용은 직접 투쟁의 과정에서 현실을 냉철하게 인식하고 실천하는 가운데 경험으로 축적된 점을 간과해서는 안 된다. 그런 면에서 육사의 글쓰기는 '취미'의 성격을 넘어선 '교양으로서 글쓰기'라는 전략적 대응으로 봐야 할 것이다.

교양은 인간이 공동체를 형성하여 살아가면서 주체적인 개인의 인격을 완성하는 과정을 의미하기도 하고, 사회와의 관계를 맺는 가운데 형성되어야 할 보편적 자아의 실현의지를 말하기도 한다. 인간은 공동체 안에서 주체를 정립하는 한편, 타인과 교섭하면서 의미를 생산하고 삶

---

1 이육사, 〈계절의 오행〉, 『조선일보』, 1938년 12월 24일, 25, 27, 28일; 손병희 편저, 『이육사전집 Ⅰ 이육사의 문학』, 이육사문학관, 2017, 187쪽. 본고의 텍스트로는 손병희 편저인 『이육사전집 Ⅰ 이육사의 문학』(이하 『전집 Ⅰ』)으로 삼는다. 글 속에 '산문'인 원문을 인용할 경우 뜻이 훼손되지 않는 범위에서 한자를 한글로, 고어는 현대표기법으로 고쳐 적는다. 필요에 따라 한자를 병기한다. 또한 직접 본문에 인용 시 괄호 속에 쪽 수만을 적는다.

2 청마, 「서」, 『육사시집』, 범조사, 1956. 유치환의 견해에서 출발된 육사에 대한 논의가 육사의 신비화로 이어지고 있는 점은 여러 논자에 의해 제기되고 있다.

3 박성준은 육사를 정인보와 신석초와의 명문가 집안의 관계 안에서 다루는 데 동의하면서, 육사를 근대적 댄디보이로 해석하고 있다. 박성준, 「이육사의 비평활동과 세계인식」, 『비평문학』 제71호, 한국비평문학회, 2019.3, 107쪽.

의 내용을 만들어가는 존재이다. 근대로 오면서 새로운 인간정신을 담은 근대적 인간상이 요구되기에, 근대사회 안에서는 교양을 기획하고 전파하려는 메커니즘이 작동되기 마련이다.[4]

육사의 글쓰기는 일제에 대응할 수 있는 근대적 인간을 양성하기 위해 현실문제를 소환하고 있는 교양적 성격을 띤다. 물론 육사의 교양추구가 식민지 근대의 자장으로부터 자유롭지 못한 면이 있다. 서구적 근대가 유입되면서 팽창된 교양주의가 제국주의 이념을 내재한 채로 식민지 조선에 강한 영향력을 행사했다는 점은 간과할 수는 없지만, 서구의 지식에 대한 호기심과 수용은 근대 시민사회의 형성을 위한 불가피한 대응일 수밖에 없다. 육사는 문학작품뿐만 아니라, 시대비평이나, 문화비평에 이르기까지 폭넓은 영역에서 글쓰기를 하였으며, 또한 교양이 될 만한 외국의 글을 번역해서 소개하기도 한다. 거기에는 조선대중의 의식 각성을 위한 대중지도의 목적성이 분명하게 내재하고 있다. 육사는 대구처럼 독자층이 좁은 곳에서 잡지 『개조(改造)』가 발간되자마자 절품되는 것을 보고 잡지의 대중성을 확인하였고, 저널리즘을 통한 대중교화에 적극적으로 나선다.[5]

육사의 글에서 언급되는 인물들은 베를렌느, 발자크처럼 문인, 예술가뿐 아니라, 니체, 프리체, 마르크스, 엥겔스, 오스기 등 사상가나 철학자를 망라하고, 다루는 사상의 범주도 낭만주의에서 사회주의까지 폭넓

---

4 허병식은 교양이 시대정신을 표상하며, 문화라는 이름으로 민족구성원 사이에 공유되었고, 그 속에 존재하는 경제적, 사회적, 정치적 차이들을 억압하고 부정하는 기표로 작동되기도 했다고 보면서도, 교양의 이념이 내면화하는 과정은 식민지 지식인들이 스스로 근대인이 되려는 욕망을 드러내는 지점이면서, 동시에 이전까지의 유교적 교양인과 차별화시키는 배제의 정치학이 작동하는 장소로 보고 있다. 허병식, 「식민지 지식인과 그로테스크한 교양주의」, 『한국어문학연구』 52집, 동악어문학회, 2009, 204쪽.

5 육사는 「신진작가 장혁주군 방문기」(『조선일보』, 1932.3.29)에서 대구같이 작은 소도시에 잡지의 판매가 빗발치듯 하여 절품된 현상에 대해 저널리즘의 과장만은 아니라고 확신한다.

게 걸쳐있다. 또한 국내외의 정치적 상황에 대해서도 관심을 쏟고 있다. 그중에서도 중국에 대한 관심은 특별한데, 중국의 문학은 물론, 사회정치적 시사나 유물론 등 사상적 경향에 이르기까지 폭넓은 행보를 보이고 있다. 즉 「공인 "깽단" 중국 청방비사소고」(『개벽』), 「중국 현대시의 일단면」(『춘추』) 등 중국 시사평론과 문학사, 「자연과학과 유물변증법」(『대중』)이 그것이다. 그중에서도 루쉰(魯迅)의 소설 〈고향〉과 꾸띵(古丁)[6]의 소설 〈골목안(小巷)〉의 번역은 단순히 지식 전달을 넘어서 사회역사적 삶을 인식시키려는 의도로 읽힌다. 그는 대중의 의식을 개조하기 위한 직접적인 수단으로 교육을 들었지만, 문학적 실천도 그 일환이었던 것이다.

「모멸의 서」(『비판』, 1938)는 의식 개조를 위해 쓴 글로 육사는 현대 조선의 지식 여성이 그릇된 이기주의에 빠져 허영으로 가득하다고 진단하고, 신여성의 생활 태도를 신랄하게 비판하였다.

그 허영이란 어디서 온 것이냐 하면 그는 물론 제자신을 가지지 못한 까닭이다. 사람이 제자신을 의식했을 때보다 더 강한 것은 없다. 그런데 우리가 거리에 나다니는 지식 여성들을 보면 그는 열 사람이 모두 한가지 표정이다. 모두 추종이고 모방밖에는 없다. 어디 거기서 인간으로의 높은 기개를 볼 수가 있는가. …(중략)… 현대 조선의 지식여성이란 종족들에게는 교만할 수 있는 정신을 찾지는 못하겠다. 어디까지나 비겁하고 예속

---

6 꾸띵(古丁: 1914~1964)은 본명이 쉬창지(徐長吉)로 북경대학에서 수학하고, 중국좌익작가연맹에 가입하여 활동했으나, 1933년부터 만주국 국무원통계처에 근무하고, 일제 말기 친일부역활동을 하여 문제가 된 작가이기도 하다. 여기서는 작품의 내용만을 의미부여한다. 꾸띵의 친일에 대해서는 이시활, 「근대성의 궤적: 이육사의 중국 문학 수용과 변용」, 『동북아문화연구』 제30집, 2012, 97쪽 참조.

적인 것이다.(420)

　육사는 조선의 지식여성이 남성에 의존하지 않고, 자기 자신을 정립하는 것이 필요하다고 강조한다. 즉 여성들의 의존적인 태도는 조선에서 전개되고 있는 여성교육이 종교나 특별한 목적 아래 실시되었기에 나타난 문제라고 진단하고, 여성이 주체적인 삶을 살도록 하기 위해서는 인격형성에 필요한 지식함양과 지성인으로서의 자질을 구축하는 교육이 시급함을 역설하였다. 이것은 교양을 통해 현실 감각을 키우고 시민의식을 구축하고자 하는 육사의 현실관으로 읽힌다. 이러한 해석은 육사가 지사적 삶을 살았고, 정치적 행보로서 글쓰기를 꾸준히 실천해 갔기에 가능하다고 본다.

　육사는 "시인의 감정이란 얼마나 빠르고 복잡하다는 것을 세상치들이 모르는 것뿐이오. 내가 들개에게 길을 비켜 줄 수 있는 겸양을 보는 사람이 없다고 해도 정면으로 달려드는 표범을 겁내서는 한 발자욱이라도 물러서지 않으려는 내 길을 사랑할 뿐"이며, 내 길을 사랑한다는 것은 "내 자신에 희생을 요구하는 노력"으로 '기백'을 길러서 '금강심'에서 나온 시를 쓰는 것이라고 말한다.7 정면으로 달려드는 표범에게 길을 내줄 의향이 없음을 분명히 함으로써 어떠한 외압 아래서도 굴복하지 않고 굳건하게 맞서겠다는 결연한 의지를 보여주기도 한다. '금강심'은 육사의 내면의식을 표상하는 은유적 장치이다. 이는 "강철로 된 무지개"(《절정》)와 동일한 심상으로 식민지 근대의 현실을 피하지 않고 맞서려는 육사의 강렬한 의지가 함축되어 있다. 육사의 글쓰기는 불안한 현실에 흔들리는 자신의 내면을 굳건하게 다지는 의식이면서, 동시에 대중과의

---

7 이육사, 〈계절의 오행〉; 『전집Ⅰ』, 187쪽.

감정 교섭을 통해 대중의 의식을 개조시켜 보고자 하는 의도적 글쓰기라고 할 것이다.

2. 전통 인식과 근대 수용 사이

육사의 사상적 근원을 그가 태어나서 자란 안동이라는 토양에 두는 것이 일반적이다. 퇴계 14세 손으로 유학 전통이 내면화된 선비정신과 의병장인 외할아버지의 혈통을 이어받아 체질화된 지사적 의협심을 그의 강인한 정신적 토대로 삼는 데는 이견이 없다. 육사의 문학적 토대인 선비정신은 오랜 시기에 걸친 유교적 전통 속에서 그것을 체화하는 과정에서 배태된 것이다.[8] 본래 선비는 사(士), 즉 독서하는 사람＝지식인을 일컫는 말이지만, 유교적 전통 속에서 그들의 지향하는 인간상인 군자(君子)와 결부되어 학식은 물론 도덕적 인품을 지닌 사람을 지칭하는 의미가 덧붙여졌다. 특히 불의에 항거하는 의(義)는 선비가 갖추어야 할 덕목의 핵심이다. 어릴 때부터 선비 교육을 받고 자란 육사야말로 뼛속 깊이 지사적 심지를 가지고 있다고 하겠다.

하지만 육사는 명분으로만 예법을 준수하는 유교적 가풍에 대해서는 부정적인 태도를 보인다. 〈연륜(年輪)〉에서 육사는 집안 어른들의 제례나 빈객을 대하는 절차, 큰일을 당했을 때 행해야 할 처사 등에 대한 가르침에는 "졸도할 것 같아 말문을 닫아버릴" 정도로 압박감을 가졌으며, "군자가 될 성싶지도 않고, 또 군자를 원치도 않"겠다고 쓰고 있다.[9]

---

8 육사의 시와 선비정신의 유교적 전통에 대한 글로는 유병관, 「육사의 시와 유교적 전통」, 『한국시학연구』, 2004.11, 89~94쪽 참조.

곧 현실과 동떨어진 예법만 강조하는 전통적인 인간상에 대해 강하게 거부하고 있다. 〈계절의 오행〉에서도 "군자란 말 속에 얼마나한 무책임과 무관심이 반죽되어 있는 것"을 아느냐는 등 군자에 대해 강한 불신을 내보인다. 군자란 무엇인가. 조선 시대의 유교적 이념을 숭배하는 이상적 인간상이 군자다. 군자는 수기치인(修己治人)으로 덕이 있는 인물이어야 함을 전제한다. 육사가 군자의 됨됨이에 거부감을 보인 것은 '군자의 인간상'이 현실보다 명분 곧 '이상적인 인간상'에 앞서기 때문일 것이다.

육사는 명분으로만 가득 찬 낡은 관습을 걷어내고 실질적인 의리와 원칙에 기반한 강인한 정신에 의미를 부여한다. 낡은 관습에서 탈피하고 싶은 욕구에는 자연스럽게 합리적인 근대를 받아들일 자세가 마련되고 있었던 것이다. 육사는 17세인 1920년 형제들과 함께 대구 남산동으로 이사를 했고, 1924년 21세 때 일본 동경으로 건너가 동경정칙예비학원과 일본대학 문과 전문부에서 수학하면서 서구 근대문화와 문물을 경험하고 제국주의의 근대를 인식하기에 이른다. 그렇지만 육사에게 태생적으로 체화된 조선적인 민족의식은 외국문화를 수용하는 과정에서 간섭되고 있다. 외국문화에 경도되더라도, 우리 전통문화와의 상호교섭 속에서 이해하려는 그의 태도는 이와 무관하지 않다. 육사는 한 문학잡지사 앙케트 설문에 응답하면서 "외국의 문학유산의 검토도 유산이 없는 우리 문단에 필요한 일이겠지만, 과거의 우리나라 문학에도 유산은 적지 아니합니다. 좀 찾아보십시오 - 거저 없다고만 개탄치 말고"라고 답하기도 한다.[10] 이처럼 육사의 조선문화에 대한 관심과 계승은 서양

---

9 이육사, 〈연륜〉, 『조광』, 1941.6; 『전집 I』, 215쪽.
10 이활, 「1934년에 임하야 문단에 대한 희망 - 앙케트에 대한 응답」, 『형상』 창간호, 1934.2;

의 근대문화와 지속적인 교섭관계 속에서 우리에 맞는 근대문화를 만들자는 데 있다고 봐야 할 것이다.

육사는 우리에게는 지성의 전통이 없다는 당시 비평계의 일반적인 지적에 대해서도 비판적 입장을 취하고 있다. 「조선문화는 세계문화의 일륜(一輪)」[11]이라는 글에서 조선문화의 전통 속에는 지성을 가져보지 못했다고 하는 데는 좀 생각해 볼 문제이며 어떤 형식이었든지 우리도 문화를 가지고 왔고, 그것을 사랑하며 앞으로도 이 마음은 변할 리가 없을 것이라고 단언하고 있다.

> 매슈 아놀드의 말에 따르면 교양의 근원이란 것은 한 개 완성에의 지향이라고 하였으니, 우리의 정신문화의 전통 속에 어떠한 형식이었던지 이런 것이 있었고, 서구와 동양사상을 애써 구별하려고 해 보아도 지금의 우리 머릿속은 순수한 동양적이란 것은 있을 수 없다는 것은 여기에 별말할 필요조차 없으므로 지성 문제는 유구한 우리 정신문화의 전통 속에 그 기초가 있었고 우리가 흡수한 새 정신의 세련이 있는 만큼 당연히 문제되어야 할 것입니다.(423)

육사에 의하면 전통은 근대를 부정하는 수구적인 세계가 아니라, 세계문화와의 관계에서 특수성으로 해석되어질 수 있는 표상이다. 그는 동서양의 교섭을 통해 동양사상의 토대 위에 새 정신이 들어올 때 세련된 새 정신으로서의 근대적 세계문화를 형성한다고 말한다. 곧 문화란

『전집Ⅰ』, 540쪽.

11 이활, 「조선문화는 세계문화의 일륜(一輪) - 지성옹호의 변」, 『비판』, 1938.11; 『전집Ⅰ』, 422~423쪽 참조.

전통과 서구사상의 자연스러운 문화교섭 현상이라는 것이다. 이처럼 육사의 중국과 중국문학에 대한 관심은 "중국과 동일화의 몸짓을 취하는 것이 아니라", "상대적인 타자로 자리매김을 시도하면서, 또 다른 타자인 외국 즉 서양과의 지속적인 교섭관계를 통해 새로운 근대문화를 만들자는 데 있다"고 해석할 수 있다.[12]

그만큼 육사는 일본 열도를 거쳐 중국으로 이동하면서 세계문화와 접촉을 하고, 근대라는 서구적 문화현상을 자연스럽게 받아들였다. 이는 육사가 지향하는 근대문화가 자국 중심으로 기울지도 않고, 균형을 유지하면서 세계사적 보편의 문제로 확대되고 있는 것에서도 알 수 있다.

수필 〈연인기〉에서는 '비취인장'을 논하면서, 중국과 조선, 동양과 서양의 문화적 전통의 차이를 언급한다. 그러면서 정작 육사가 자신의 인장에서 확인하는 것은 "향수와 혈맥이 통해"(210) 있다는 점이다.[13] 곧 인장은 조선인으로서의 자신의 존재를 증명하고 확인하게 하는 징표였던 것이다. 육사는 인장을 통해 전통을 반추하고 조국의 현실을 소환하고 있는 것이다. 그는 시간이 나면 중국 '고서점과 골동품점'을 드나들고, "고서와 골동품에 대한 이야기와 역대 중국의 비명에 대한 지식"(〈계절의 오행〉)에 대해 이야기하기를 즐기던 청년이면서도, 한편으로 전통을 통해 민족적 정체성을 정립하고 저항적 민족주의를 표방해 나갔던 것이다. 물론 이러한 전통은 화석화된 전근대로부터 이어져 온 것이 아니라, 서구적 근대성과 접촉하면서 변용되어 온 점을 간과해서는 안된다.

---

12 이시활, 앞의 글, 4쪽.

13 육사는 중국에 있을 때 자신의 인장에 시경 칠월장을 새겨 몸에 지니고 다니면서 고향이 그리울 때 이 인장을 들고 보곤 했다고 말한다. 다른 품목은 일제의 검열에 노출되지만, 인장만큼은 자유로웠고, 자신을 증명해 줄 수 있는 징표라는 점에서 육사는 남달리 여겼던 것이다. 이육사, 〈연인기(戀印記)〉, 『조광』, 1941.1; 『전집 I』, 207~210쪽 참조.

육사가 전통을 논하면서 서양문화와 비교하는 것은 두 문화 간의 교섭에 대한 관심으로 보인다. 육사는 〈현주·냉광-나의 대용품〉이란 글에서 시국과 관련하여 동서양의 대용품으로 가배(커피)나 버터, 쨈 등을 들면서, 예로부터 우리나라에 전해오는 대용품에 대해 언급한다. 유가적 전통 중 가장 엄격하게 지냈던 제례에서조차 제주(祭酒)를 사용하는 데에 현주(玄酒)를 사용하기도 하는 등 필요에 따라 융통성을 발휘해 왔음을 말하고, '화열, 전열기' 등 근대문명의 생산품인 열광보다 '자연'적인 냉광, 즉 월광이나 눈을 사용하는 데서 자신의 영혼 즉 자기성찰이 잘 이루어진다고 말한다.[14] 곧 육사가 인식하는 전통과 외래는 명분보다 실리에 가까운 것으로, 근대문화와의 접촉 시 자연스럽게 흡수될 수가 있다. 이러한 현실적인 세계관은 우리나라 전통 운동의 하나인 '장치기'에 대한 견해를 통해서도 드러난다. 육사는 당시 민중의 보건운동으로 세계 여러 종목의 경기가 들어와 활성화되고 있지만, 조선에 수입된 경기가 조선에 적합한 것은 없고 특히 농민에게 추천할 만한 것은 없기에, 조선농민에게 적합한 경기로 '장치기'를 들어 조직적으로 운영, 보급할 것을 촉구하고 있다.[15] 장치기를 선택한 이유로는 생리학상으로나 경제적으로 비용이 들지 않고 누대로 내려온 우리의 전통경기라는 점을 꼽았다. 또한 서구에서 들어온 경기가 도회중심에 치우쳐 있는 데다가 교육제도 속에서 수입되어 온 것이기에 상품화되고 있으며, 사회 경제 정치적 제 정세의 여러 모순이 조선의 운동경기의 발달을 저해하고 있다는 지적도 빠트리지 않고 있다. 그러면서 많은 인원이 참여할

---

14 이육사, 〈현주·냉광(玄酒·冷光) - 나의 대용품〉, 『여성』, 1940.12; 『전집Ⅰ』, 204~205쪽 참조.

15 이활, 「대구 장연구회 창립을 보고서」, 『조선일보』, 1932년 3월 6, 9일; 『전집Ⅰ』, 313-315쪽 참조.

수 없는 불편한 정구나 귀족적 경기인 골프 등과 달리 단점이 없는 '장치기'를 조선운동으로 정립시켰다고 찬사를 하였다. 이렇게 육사는 전통을 지키는 것에 대해서도 합리와 실리를 따져보고, 조선대중의 편의를 선택조건의 중심에 두었던 것이다.

3. '지성'으로 행동하기, 경계를 넘어

육사가 민족해방운동으로서 사회단체에 가입하여 적극적으로 활동을 펼친 것은 1925년 1월 동경에서 귀국한 후부터라고 본다. 9개월 남짓한 일본 유학기간에 새로운 신문물을 접한 것은 물론이지만, 한편으로 그곳에서 조선인 사회단체와 접촉하고 관동대지진으로 인한 일본인들의 조선인 학살 만행을 확인하면서 일제에 대한 분노와 저항의식이 깊어진 것으로 보인다. 또한 이러한 활동에는 동경유학을 주선한 사회주의계 독립운동가인 이옥의 영향이 크다고 봐야 할 것이다.[16] 귀국 후 육사는 비밀단체 조직원인 이정기와 함께 독립운동 단체인 정의부나 군정서, 의열단 등에 가입하여 활동하였고, 이후 1926년 7월에 이정기를 따라 북경에 가서 중국대학에 수학하기도 한다.[17] 육사의 중국행은 일본에

---

16 이옥(李鈺: 1895~1928)은 육사와 같이 안동 도산 출신이다. 보문의숙에서 이육사 형 이원기와 함께 수학했을 가능성이 있는 인물이며, 그 친분으로 육사의 동경행에 영향을 주었을 것으로 추측된다. 그는 동경에 있는 학우회와 흑도회에 참여하여 사회주의 운동을 벌였다. 육사도 이에 영향을 받아 사회주의에 입문했을 가능성이 크다. 이성우, 「1920년대 이육사의 국내 독립운동」, 『한국독립운동사연구』 67집, 2019.8, 155~163쪽 참조.

17 대구조선은행폭탄사건 「예심결정서」에 따르면 이육사가 조재만과 같이 이정기의 지시로 북경에 가 비밀결사의 상황을 보고하고, 1927년 8월에 귀국하였다고 기록되어 있다. 대구지방법원, 「대구조선은행 폭탄사건 예심결정서」, 1929.12.9, 이동영, 『한국독립유공 지사열전』, 육우당기념회, 1992, 51~52쪽 참조.

대한 적개심과 새로운 근대 모색의 과정에서 선택한 적극적인 행동의 하나로 확인된다.

북경 중국대학에서 7개월간 육사가 공부한 것은 상과였다.[18] 육사는 정치경제학에 대한 지식을 습득하고, 자유와 평등이라는 보편적 근대성을 지향하는 사회주의를 수용하면서 새로운 근대의 패러다임을 인식하기에 이른다. 당시 중국은 청조가 멸망하고 1919년 5·4 운동을 거쳐 1925년 오주사건(5·30운동)이 일어나면서 '혁명문학'이 등장하여 신문학 건설의 시대에 합류하게 된다.[19] 서구 제국주의의 침략에 대항하면서 내적으로는 전근대 봉건체제를 붕괴시키고 국민국가 건설을 이루어 가는 중국의 사회주의 운동은 육사에게 커다란 자극을 주었을 것이다. 육사는 남경의 도서관을 전전하면서 "가을밤 깊도록 금서를 읽"(181)고 냉철한 이론으로 자신을 무장하는데 이는 사회주의라는 지식에 대한 갈증보다도 사회주의 이론이 민족의 해방투쟁의 길을 열어 줄 것이라는 가능성을 발견했기 때문이다. 지식은 일차적으로 사물의 원리와 특성에 대해 앎을 의미한다. 근대사회로 갈수록 지식은 과학기술과 자본의 과잉으로 치달으면서 인간사회 구성의 도구가 되었다. 육사에게 지식은 경계를 인식하는 토대이다. 항일투쟁이 치열한 상황에서도 육사는 지식 습득에 몰두하고, 글을 발표함으로써 대중을 각성시키려는 실천적 의지를 드러내고 있다. 육사에게 지성은 실천을 강행하는 지식인의 태도로 작동된다.

---

18 육사의 중국행에 대해서는 「이활 신문조서」와 「이원록 소행조서」 그리고 육사의 수필을 통해 행적을 추정할 뿐이다. 홍석표에 의하면 육사는 1925년 8월경에 중국으로 건너가, 북경의 중국대학 사회학과에 입학, 일시 귀국한 후 1926년 7월에 북경의 중국대학 상과에 입학하여 7개월 재학했다가 1927년에 중퇴하고 여름에 귀국하였다고 되어있다. 홍석표, 「이육사의 중국 유학과 북경중국대학」, 『중국어문학지』 제29집, 2009, 85~97쪽 참조.
19 이육사, 「중국 현대시의 일단면」, 『춘추』 1941.6; 『전집 I』, 287쪽 참조.

육사는 1930년 중외일보 대구지국에 입사한 후 「대구사회단체개관」[20]을 발표한다. 이 글은 대구 지역의 사회단체인 '청년동맹', '소년동맹', '신간회', '근우회', '형평사', '경북청년동맹' 등의 활동현황을 보고하는 형식을 취하지만, 이면에는 침체에 놓여 있는 단체활동을 비판하고 활성화를 촉구하는 목적의식이 분명하게 담겨 있다.

> 전국적으로 폭풍우와 같이 밀려오는 탄압이 나날이 그 범위가 넓어지고 그 도수가 앙양됨을 따라 증전(曾前)에 보지 못하던 수난기에 있는 조선의 사회운동이란 것이 일률적으로 침체라는 불치의 병에 걸려 있으니, …(중략)… 항상 전위에 나선 용자가 희생을 당하면 연해 곧 진영을 지키고 후임을 계승할 만한 투사가 끊이지 않아야 할 것이니, 새로운 용자여, 어서 많이 나오라.(297~298)

이 시기는 세계 대공황의 여파로 일제의 군국주의가 가열되고, 조선인에 대한 조직적인 탄압이 이루어지던 때이다. 1931년 카프 1차 검거 사건과 신간회 해체로 인한 사회활동의 위축에도 불구하고 육사는 지면을 이용하여 대중을 각성시키는 글을 남겼다. 육사는 문단에서 주목받고 있는 장혁주를 만난 후 「신진작가 장혁주군의 방문기」를 쓰면서, 그가 전향은 했지만 맑스·엥겔스 공저인 〈독일 이데올로기〉와 프리체의 〈예술사회학〉을 읽는 사회주의 운동가였고, 여전히 아나키스트 오스기 사카에 눈빛을 읽어낼 수 있을 만큼 "이지에 타는 듯이 빛"나는 '눈'을 가지고 있는 점에 주목하였다.[21] 곧 장혁주가 일문소설을 쓰는 작가이

---

20 대구 이육사(大邱 二六四), 「대구사회단체개관」, 『별건곤』, 1930.10; 『전집 I』, 297~301쪽 참조.

긴 하나, 그의 소설이 조선의 현실을 일본에 알리는 데 목적을 두고 있기에, 육사는 그 점에 의미를 부여한 것이다.

육사는 1932년 9월 중국으로 가서 윤세주와 함께 의열단 단장 김원봉이 남경에 설립한 '조선혁명군사정치간부학교'에 입교하여 혁명운동가로서 수련을 거친다. '간부학교'는 정치와 군사 및 실습 등으로 과목이 나누어져 있으며 특히 정치과목은 세계정세를 파악하고 공산주의적 혁명이론에 집중되어 있다.[22] 특히 항일무장투쟁에 필요한 특무공작의 지침이 포함되어 있어서, 입교생들은 토론모임을 통해 혁명의식의 강화와 이론학습에 적극적이었다고 한다. 이 시기 육사는 사회주의 잡지인 『대중』 창간임시호에 「자연과학과 유물변증법」을 발표하였는데 이 글을 통해 육사의 사회주의에 대한 지향성을 가늠할 수 있다. 『대중』은 사회주의 계열의 독립운동가인 김약수가 발행하고, 카프의 맹원이었던 현인 이갑기가 인쇄한 잡지인데 발간 취지를 보면 다음과 같다.

우리는 객관적인 조건에 비하여 그 자신이 너무도 떨어져 있는 광범한 미의식의 대중을 발견할 때, 간명한 과학사상의 소개와 현실문제의 해설을 원칙적으로 한 정기간행물의 확연한 가치성을 부차적으로나마 그것을 인정한다. 그러므로 대중지의 일반적 임무는 과학사상의 기초이론을 천명함과 동시에 대중생활의 제 과제를 일정한 견지에서 자료적 보도적 비

---

21 장혁주(1905~1998)는 대구 출신으로 잡지 『개조』에 농민들의 생활참상을 담은 〈아귀도〉를 발표하여 등단한 작가이다. 작가는 〈아귀도〉를 일문으로 쓴 이유로 우리말로 발표할 수 없었다는 점과 일본 문단에 소개할 목적 두 가지를 들었다. 「신진작가 장혁주군의 방문기」, 『조선일보』, 1932년 3월 29일; 『전집 I』, 317쪽 참조.

22 '조선혁명군사간부학교'의 교육내용과 지도방침에 대해서는 김희곤, 『이육사 평전』, 푸른역사, 2010, 148~156쪽 참조, 강만길, 「조선혁명간부학교와 육사 이활」, 『민족문학사연구』 제8호, 민족문학사학회, 1995.12, 167~178쪽 참조.

판적으로 추구하여, 그것의 속류에 빠지지 않는 한도에서 이론의 대중화를 도모코자 한다.[23]

곧 『대중』은 과학사상과 대중생활의 과제를 대중화시키는 데 목적을 두고 있다. 「자연과학과 유물변증법」[24]은 육사가 대중에게 레닌의 유물론을 소개할 목적으로 썼으며, 육사의 계급의식의 수준과 레닌의 사회주의 사상에 얼마나 경도되었는지 가늠하게 해준다. 주로 레닌의 사상을 중심에 두어 '적자생존'의 법칙에 따른 자본주의적 제국주의의 침략 과정에서 등장한 자본가 계급을 비판하고 자연과학적 유물론과 사적유물론을 통일된 이론으로 발전시켜간 것이 레닌의 유물변증법이라고 보고 있다. 여기에서 육사가 파악하고 있는 것은 유물론이 한국사회에 어떻게 적용될 것인지 따져보는 것이다. 육사는 피상적으로나마 유물론을 "위대한 인류의 해방 전에 있어서 무적의 무기"(324)로 삼을 수 있다고 보았다. 육사의 사회주의 의식은 철저한 계급사상에 입각한다기보다 실제 사회현장에서 계급해방투쟁이 어떻게 실현될 수 있는지에 대한 고심 속에서 선택한 관념적 지향일 가능성이 크다. 육사가 연극 〈지하실〉이나 〈손수레〉 공연[25]에 참여하는 등 적극성을 보이기도 했지만, 더 이상의 사회주의자들과 연계성은 확인하기 어렵다.

카프의 2차 검거사건이 일어나던 시기인 1934년부터 국내에서의 항일투쟁은 더 철저하게 통제되고 압박을 받았다. 그해 봄 육사도 조선혁

---

23 김약수, 「창간사」, 『대중』 창간임시호, 1933.4. 이 책의 미게재 원고 목록에 李戮史란 필명과 함께 "레닌주의 철학의 임무"가 기재되어 있다. 육사의 사회주의 이론에 대한 관심을 추측해 볼 수 있다.

24 이활, 「자연과학과 유물변증법」, 『대중』 창간임시호, 1933.4; 『전집 I』, 322~327쪽 참조.

25 육사의 연극 〈지하실〉에 대해서는 강진우, 「이육사의 사상적 '이행'과 연극 〈지하실〉의 의미」, 『어문논총』 80, 한국문학언어학회, 2019.6, 144~150쪽 참조.

명군사정치간부학교 출신자라는 이유로 피검될 만큼 사회 분위기가 삼엄했다. 당시 육사가 국내에 들어와서 발표한 글은『신조선』에「오중전회를 앞두고 외분내열의 중국정정」(9월)과「국제무역주의의 동향」(10월), 그 이듬해『개벽』에「위기에 임한 중국정국의 전망」(1월),「공인 "깽그"단 중국청방비사소고」(3월)이다. 여기에서 청방을 통한 국민당의 파시즘적 태도를 확인하고, 중국대일외교에 대해서도 비판을 하였다. 곧 이 시기 육사는 글쓰기를 통해 반제국주의를 표명하고, 중국과의 차별성을 확인하는 등 동양론에 대한 반동일적 담론을 이끌어냈던 것이다.

이처럼 세계정세에 촉각을 세우고 탐색하면서 육사는 항일운동의 전개 방향을 수정하였다. 이 시기 그 어떤 때보다 많은 글을 발표하고 특히 지성을 강조했다. 이것은 1년 전 1933년 6월경에 중국 대문호 루쉰과의 만남에서 이미 큰 영향을 받았을 가능성이 크다.[26] 일본과 중국을 오가며 제국주의 패권의 틈바구니에서 광포한 근대 파시즘을 경험하면서 육사는 사회주의로의 의식 무장과 대중 의식의 개조를 통해 식민지 근대의 현실을 타개하고자 했던 것이다.

4. 루쉰(魯迅)과 꾸띵(古丁), 문학적 실천

육사는 루쉰의 〈고향〉과 꾸띵의 〈골목안(小巷)〉 등 소설을 번역하였

---

26 「루쉰추도문(魯迅追悼文)」에 의하면 육사와 루쉰의 만남은 1932년 6월, 남의사 테러로 희생된 양싱포(楊杏佛)의 장례식에서 만났다고 되어있지만, 양싱포의 장례가 1933년에 있었던 역사적 사실임에 따라 둘의 만남은 1933년으로 보는 게 맞다. 이는『전집 I』의 연보에 수정되어 있다. 이육사,「루쉰추도문」,『조선일보』, 1936년 10월 23~25일, 27, 29일(5회 연재);『전집 I』, 241~255쪽 참조.

다. 두 작품은 각각 봉건적 사회제도의 문제점과 도시빈민의 가난 문제를 다루고 있는데, 이는 당시 조선이 당면한 사회현실과 통하는 측면이 많다고 할 수 있다. 육사는 루쉰의 문학을 통해 운동으로서의 문학을 실현하는 방법을 모색한다. 육사는 「루쉰추도문」에서 루쉰에 대한 존경과 이해를 담고서, 세세하게 루쉰의 문학세계를 정리하였다. 그는 루쉰의 〈광인일기〉와 〈아큐정전(阿Q正傳)〉에 대해서 최고의 찬사를 아끼지 않았다. '광인'과 '아큐'라는 인물의 발견은 중국문학사상 최고의 의미로서, 루쉰이 지향하는 정신적 가치를 음미할 수 있게 한다고 보았다. 특히 육사는 〈광인일기〉가 "봉건적인 중국 구사회의 악폐를 통매"(245)하고 있는 점에 주목하였다.

> 가정 - 가족제도라는 것이 중국 봉건사회의 사회적 단위로서 일반에 얼마나한 해독을 끼쳐왔는가. 봉건적 가족제도는 고정화한 유교류의 종법 사회 관념하에 당연히 붕괴되어야 할 것이며 붕괴되지 못하고 근대적 사회의 성장에 가장 근본적인 장애로 되어있는 낡은 도덕과 인습을 여지없이 통매했다.(245)

〈광인일기〉야말로 중국의 봉건적 가족제도가 만들어낸 낡은 도덕과 인습이 근대사회로의 성장을 방해하고 있다는 점을 잘 포착해 냈다는 것이다. 또한 〈아Q정전〉에서 룸펜 농민인 '아큐'는 당시 사람들이 모두 자기를 모델로 쓴 것이라고 공감할 정도로 '레알리스틱'한 문장으로 형상화된, 전형적인 인물이라는 점을 높이 평가하고 있다. 육사는 이 글에서 우리 조선문단의 현상을 다음과 같이 재고한다.

> …오늘날 우리의 조선문단에는 누구나 할 것 없이 예술과 정치의 혼

동이니 분립이니 하야 문제가 어찌 보면 결말이 난 듯도 하고 어찌보면 미해결 그대로 있는 듯도 한 현상인데, 노신 같이 자기 신념이 굳은 사람은 이 예술과 정치란 것을 어떻게 해결하였는가? 이 문제는 그의 작가로서의 출발점부터 구명해야 한다.(247~248)

육사는 루쉰이 보여준 문학적 실천을 통해 조선에서의 문학과 정치 사이에서 취해야 할 방향성을 되짚어 본다. 루쉰이 '유약한 국민'을 '정신적으로 개조'하기 위하여, 본래 뜻을 두었던 의학을 포기하고 문예운동을 선택했던 것처럼, 번역까지도 "일정한 목적, 즉 정치적 목적 밑에 수행"(249)했다는 점에 주목했던 것이다. 루쉰에게 예술은 "정치의 노예가 아니라 적어도 예술이 정치의 선구자"인 동시에, 혼동된 분립도 아닌, "우수한 작품, 진보적인 작품을 산출"(249)하는 데에 있었다는 점도 확인한다.

육사는 「루쉰추도문」을 쓴 후, 〈고향〉을 번역하여 루쉰의 작품세계와 현실비판적 태도를 조선에 소개하였다. 〈고향〉은 중국 사회가 봉건사회에서 근대로 이동하는 과정에서 봉건제도의 잔재가 남아 계급 간의 격차를 해소하지 못하고 있음을 비판한 작품이다. 작품 속 현실이 조선 내부의 봉건적 사회구조의 모순과 다르지 않아, 조선 사회에 잔존하고 있는 불평등한 신분적 한계를 각성시키는 데 일조했을 것이라고 여겨진다.

〈고향〉에서 나는 어릴 때 함께 놀던 친구인 윤토를 통해 바닷가 사람들의 삶을 이해하게 되지만, 윤토가 칭한 "서방님"이라는 말에 그들 사이에 "헐기 어려운 슬픈 장벽"(453)이 가로 놓여 있음을 깨닫는다. 여기서 계급 간의 차별에 대한 이해는 지배층의 착취로 발생하는 것이 아니라, 차별을 당연시 받아들이는 무지한 농민의 탓으로 보는 점이 특이하다. 지주의 아들인 나는 계급모순을 자각한 인물이지만, 무지한 농민인 윤토는 여전히 '향로와 촉대'를 우상으로 여기면서 자신의 신분적 한계를 인지하지 못하는 인물로 그려져 있다. 여기에는 지식인의 지도가 요청된다. 곧 농민은 자발적으로 자신의 신분적 모순에 대해 자각하지 못하는 무지한 인물이기에 계도되어야 할 대상이라는 점이다. 이것은 루쉰의 내면에 남아있는 부르주아적 지식인의 한계로 보여진다. 육사가 루쉰의 작품에 경도되어 이 작품을 번역 소개하였지만, 객관적인 거리를 두고 작품 속 현실을 바라볼 수 있는 위치에 있다는 점에서 루쉰과는 일정한 거리가 있다. 육사는 조선농민을 대변할 수 있는 "마비된 생활"을 하는 윤토의 모습에 대한 연민과 "우리가 아직 알지 못하는 새로운 생활을 하지 않으면 안된다"(458)는 강한 결의, "왕래하는 사람이 많게 되면 길은 스스로 나게 되는 것"(458)이라는 부단한 실천적 행위에 희망을 부여하는 〈고향〉에 큰 공감을 얻었을 것이다. 이후 육사는 극심한 가난에 허덕이는 조선의 현실에 관심을 가진다. 1940년대로 넘어가면서 일본의 대동아전쟁 도발의 여파는 고스란히 식민지의 궁핍과 파행으로 치닫게 된다.

육사는 꾸띵의 〈골목안(小巷)〉을 번역하여 이 작품을 통해 밑바닥으로 전락한 당시 도시 빈민들의 처절한 현실 상황을 펼쳐 보임으로써, 한편으로 조선의 척박한 현실을 돌아보게 한다. 〈골목안〉은 대도시의 음지인 골목안(사창가)이란 공간에서 인간의 삶이 어떻게 유린되고 있는지를 폭로하고 있다. "모히중독자의 시체가 길가에 둥그레져 있고", "악취가 일고, 아귀성과 음탕한 욕질과 아편 모히바늘, 노름, 사창"이 모여드는 골목안에서 서른에 가까운 창부 금화는 남편의 폭력에 못 이겨 거리로 나와 "유령같이 힘하나 없는 모습"으로 호객행위를 한다. 결국 금화는 싸늘한 주검이 되어 지나가는 사람들의 발길에 채이는 존재가 되고 만다. 〈골목안〉은 끼니조차 해결하기 어려운 극빈의 현실을 자연주의적 수법으로 다룬 작품으로 숨 쉴 곳조차 없는 도시 빈민의 모습을 폭로하고 있다. 이처럼 육사는 〈고향〉이나 〈골목안〉을 통해서 중국의 현실과 매우 흡사한 조선의 현실, 즉 봉건제도의 모순과 극빈의 문제를 짚어보고, 식민지 현실의 문제를 예각화시키는 데 주력하였다.

육사는 외국 작품을 소개하는 데 머물지 않고 직접 소설 창작을 시도한다. 그는 소설을 통해 조선의 현실을 구체화시키고, 인물의 성격을 창조함으로써 당대 현실에 패배한 지식 청년의 내면의식을 투영시키고자 하였다.[27] 〈황엽전(黃葉箋)〉은 '황엽'을 의인화하여 서사성을 구현한 점에선 동화적 성격을 띤 소설이다.[28] 도입 부분에 서술자인 나는 "황엽의 조각조각이 모두 '나의 편지'라고 생각"하고 "서러운 전기를 들어보아라"고 말한다. 이어서 소설은 의인화된 황엽이 소년의 이야기를 전하고 있어서 액자구성을 취하고 있다. 엄밀히 따져본다면 황엽에 의해 관찰되고 있는 소년의 이야기가 중심서사로, 소설은 겹의 구조로 되어있다. 〈황엽전〉은 '서술자 나=황엽=소년'의 동일성을 이룬다. 곧 '나(=소년)의 인생'을 '황엽'의 시선으로 관찰함으로써, 서술자 '나'에게 자기성찰을 유도하고 있는 것이다. 소년의 이야기에는 2개의 서사가 있다. 하나는 관습을 뛰어넘는 근대 비극적 사랑이며, 다른 하나는 소년을 둘러싼 가난이다. 소년은 어느 시골에서 출가해서 서울로 왔으며, 하이네니 괴테니 시를 외우기도 하는 문학 소년이었으나, 부모가 반대하는 사랑을 해서 사랑하는 사람과 이별이라는 파행을 거쳐 부자간의 절연까지 하는

---

27 육사는 「예술형식의 변천과 영화의 집단성」(『청색지』, 1939.5)에서 시나리오와 비교하여 근대 소설이 성격 창조를 통해 인간의 개성 구현하고, 현실에 충실한 기록으로서 리얼리티를 생산하는 장르임을 설명하고 있다. 『전집 I』, 268~280쪽 참조.

28 〈황엽전〉은 '전(箋)'으로서 '소품'이라고 표시되어 콩트적 성격도 있으나, 기왕의 논의에서는 주로 소설로 분류되었다. 〈황엽전〉, 『조선일보』, 1937년 10월 31일, 11월 2, 3, 5일 연재; 『전집 I』, 143~152쪽 참조.

비극을 맞게 된다. 결국 소년은 도시 빌딩 속에서 "괴수"같은 "검은 그림자"로 떠도는, 방향성 없는 "패잔병의 유령"과 같은 존재로 전락한 것이다. '유령'의 꿈속에는 물난리로 쓸려간 고향과 추위와 굶주림에서 정착할 곳을 찾아다니는 가족의 처지만이 보일 뿐이다. "패잔병의 유령"인 '아들'과 "곡선의 행렬" 속 '아버지'의 모습은 일제 통치하에서 파편화되고 떠도는 조선인의 모습이면서, 육사의 내면의식인 것이다.

육사는 소설을 통해 근대 수용의 과정에서 세대간의 불균형과 고향의 터전마저 잃고 피폐한 삶을 살아가는 조선인의 현실을 재확인하고 있다. 〈황엽전〉이 발표된 1937년은 사실주의 문학이 위축되고, 현실에 대한 직접적 표현이 제한되던 시기였다. 따라서 육사는 식민지 현실을 알레고리 수법을 통해 우회적으로 구현해 낸 것이다. '말하려는 것'과 '그리려는 것'의 '불통일성'이 나타날 수밖에 없는 현실 상황에서 많은 문인이 소극적으로 창작한 점을 감안하면, 육사의 소설 쓰기는 시대적 제약성이 고려된 전략적 글쓰기였다고 하겠다.

5. 육체의 소멸, '문외한'의 글쓰기

육사는 1935년 이후 대외적 사회운동보다 문필활동에 주력한다. 수차례 옥살이로 인해 몸은 쇠약해져서 육사의 사회활동도 제약을 받을 수밖에 없는 처지에 놓인다. 친구 이병각은 육사의 "건강이야 묻는 것이 어리석지요. 적동색 얼굴에 포리타민 광고에 그린 그림쪽"[29] 같은 모

---

29 이병각의 편지는 육사가 수필 〈질투의 반군성〉에서 『조선문인서간집』에 수록된 편지 일부를 가져와 언급하고 있다. 이육사, 〈질투의 반군성〉, 『풍림』, 1937.3; 『전집 Ⅰ』, 159쪽.

습의 육사를 언급하고 있다. 이 시기 육사의 글 속에서는 소멸해가는 육체가 종종 등장한다. 병든 육체는 육사가 현실을 대면하는 기호로 작동된다. 육사는 시, 수필과 소설을 통해 점점 무기력해지고 피폐해진 육체를 그리는데, 이때 육체는 육사의 불안한 의식을 표상한다. "쫓기는 마음 지친 몸"(《노정기》), "이별에 병든 몸이 나을 길 없오매라"(엽서 속 시편)[30]라는 구절은 피폐해져 있는 육사의 몸의 상태이면서 암울한 현실에 처한 자의식을 드러내는 표현이다.

육사는 〈질투의 반군성〉에서 이병각이 자신의 바닷가 요양을 "만화의 소재밖에는 되지 않을 것을 생각하고 고소하다"고 풍자한 데 대해 더 신랄하게 비판하지 않았다고 불만을 표출한다. 자신을 채찍질하는 마음은 바로 "문학의 길"도 "발끝밖에 비출지 모를 내 양심"과 같이 "가시넝쿨에 업더지락 잡버지락"하면서 "태풍의 속"을 가고 있는지 모르겠다고 하는 육사의 자의식이라고 할 수 있다. 이것은 일생동안 문안에 들어오지 못하고 영원히 자신의 길을 걸어가고 있는 '문외한(門外漢)'[31]으로 인식하는 것과도 상통한다. 고단한 육신을 이끌고서도 흐트러짐이 없이 자신의 길을 가려는 육사의 의지인 것이다.

1940년 이후, 육사의 활동도 많이 위축된다. 육사는 수필 〈청란몽(青蘭夢)〉[32]에서 자신의 "가벼운 게으름"을 탓하고 "긴 세월을 나는 모든 것을 내 혼자 병들어 본다"면서 "병도 나에게는 한 개의 향락"이라고 말한다. 곧 현실을 뚫고 나갈 수 없는 상황에서 육사는 때때로 무력감과 패배의식에 빠질 때가 있었을 것이다. 육사는 무기력한 자신의 처지를 '게

---

30 이육사, 신석초에게 보낸 엽서, 1942.8.4 소인 『전집 I』, 531쪽.
31 이육사, 〈문외한의 수첩〉, 『조선일보』, 1937년 8월 3, 4, 6일; 『전집 I』, 162~169쪽 참조.
32 이육사, 〈청란몽〉, 『문장』, 1940.9; 『전집 I』, 194~196쪽 참조.

으름'과 '향락'으로 표현하고 자조하고 있다. 고문으로 인해 육체는 피폐해져 있고, 병든 몸을 버텨 가는 삶을 살고 있지만, 그것마저 '향락'을 즐기는 '사치'로 인식함으로써 현실에 참여하지 못하고 은둔하고 있는 부끄러운 자의식을 드러내 보인다. 행동을 실현할 수 없는 주체에다가 '병'을 덧씌워 자기합리화를 꾀하는 자신을 질책하고 있는 것이다. 하지만 "무덤 같은 방안에서도 혼자 꿈을 꿀 수가 있지 않은가?"(195)라고 하여, "청포를 입고 찾아"오는 '손님'(《청포도》)과 "백마 타고 오는 초인"(《광야》)의 도래를 꿈꾸는 행위를 포기하지 않고 있다.

육사가 자신의 육체에 이상이 있음을 감지한 것은 1941년 여름이었던 듯하다. 1942년 1월에 발표한 수필 〈계절의 표정〉은 육사가 폐병으로 고통스러운 시간을 보내면서 느낀 자의식이 잘 나타나 있다. '병이 시작된 때를 첫여름'으로 적고, 이땐 이미 "병이 벌써 뿌리를 단단히 박은 때"라고 밝히고 있는데, 육사의 무기력증이 가장 절정에 달해 있음을 확인할 수 있다.

> 한여름내 모든 것이 싫었다, 말하자면 속옷을 가라입고 넥타이를 반듯하게 잡어매고 그 위에 양복을 말쑥하게 솔질을 해 입는 것이 귀찮을 뿐 아니라 밥을 먹어야 한다는 것도 그실 큰 짐이었다. 어쩌면 국이 덤덤하고 장맛이 소태같이 쓰고 해서 될 수 있는 대로 사렸다. …(중략)… 대관절 사람이 모다 귀찮은 데는 하는 수 없었다.(225)

육사는 무기력한 생활을 하면서 여정조차 느껴지지 않고 몸도 마음도 "까러지는 상태"에 빠진다. 육사에게 무력증은 고열보다도 더 견디기 힘든 고통이었다. 육사는 무력증에서 오는 권태를 향락하려고 결심하기도 했지만, 주위 사람들이 허송하는 자신을 "비웃고 없수이 여기는"(230)

것 같아서 그렇게 할 수도 없다. 결국 요양차 내려간 경주에서 자신의 아테네를 버리고 서울로 돌아온 것은 "시골 의사선생이 약이 없다고 서울을 짐짓 가란 것"이 그 이유다. 이것은 현실과 밀착된 삶에 무게를 둔 육사의 태도를 보여준 것이라고 할 수 있다.

독립운동으로 각지를 누비다가 병든 몸이 되어 휴양지를 떠돌고 있는 육사의 내면은 신석초와의 교류에서 자세히 드러난다. 육사는 누구보다도 자신의 마음을 석초와 나누었다. 두 사람은 1935년 봄경에, 위당 정인보 선생의 자택에서 만난 이후, 5년의 나이 차이에도 불구하고 함께 문학활동도 하고 서로 의지하는 평생의 지기가 되었다.[33] 석초에게 5차례나 보낸 육사의 서신이나 석초를 추측할 수 있는 수필 〈연륜〉, 〈고란 (皐蘭)〉, 〈산사기〉 등 수 편에서도 이 점을 추측할 수 있다. 석초의 기억에 의존하면 두 사람은 만난 후부터 여행이나 특별한 사유가 있는 외에는 10년 동안 늘 같이 지냈다고 한다. 카페, 바아, 요정, 서점, 여행을 함께 다니면서 서로의 마음을 나누었던 것으로 보인다. 이들의 특별한 교분에 대해 살펴보자면, 석초도 사회주의 운동에 뛰어들었다가 전향한 시인으로[34], 육사의 삶의 궤적과 유사한 행보를 걸어온 사람이라는 점이

---

[33] 신석초(본명 신응식: 1909.6.4.~1975.3.8)는 육사와 만남에 대해 다음과 같이 기억한다. "1935년, 봄, 서울 위당 정인보 선생 댁에서 육사를 처음 알게 되었다. …(중략)… 그의 모습은 그가 생래로 타고난 천품이었음은 물론이겠으나 또는 그가 중국에 오래 유학하여 그곳의 문물에서 체득해온 결과라는 것도 또한 의심할 바 없다. 아무튼 이렇게 해서 우리의 교우는 시작되었던 것이다." 신석초, 「이육사의 인물」, 『나라사랑』, 1974, 99쪽.
[34] 신석초는 카프맹원으로 활동하였지만 카프가 볼셰비키화하면서 카프 강경파의 창작방법에 반발하여 신유인이란 필명으로 「문학창작의 고정화에 항(抗)하야」(『중앙일보』, 1931. 12.1~9)와 이후 「예술적 방법의 정당한 이해를 위하여」(『신계단』 1호, 1932)를 발표하면서, 프로문학의 고정화 경향을 신랄하게 비판하고 KAPF를 탈퇴한다. 신석초의 카프탈퇴 이유는 부르주아적 환경에서 자라고 발레리에 심취한 신석초의 순수예술지상주의자로서 의식의 변화에서 찾을 수 있다. 신석초에 대해서는 홍희표, 「신석초 연구」, 『동악어문학』 12, 동악어문학회, 1980, 8~10쪽 참조.

다. 육사는 〈연륜〉에서 아벨 보나르의 우정론의 한 구절을 옮겨 "진정한 동무란 모든 고독한 사람들"이며, "우리들이 인간에 대해서 우리들의 생각하는 바를 관철하기 위해서는 두어 사람의 동무가 있으면 충분"하다고 말한다. 여기서 '고독한 친구'란 육사처럼 현실에서 소외되고 좌절된 인물로 읽을 수 있다. 육사는 자신보다 5살이나 어린 석초에게서 '고독한 사람'을 읽었다. 곧 석초는 육사에게 위안이 되는 '그림자' 같은 존재였던 것이다. 두 사람의 관계는 육사가 1943년 북경행을 택할 때까지 서로에게 정신적인 동지였다고 하겠다.

육사는 41년 여름에 병이 시작되어 9월에 폐질환으로 성모병원에 입원한다. 퇴원한 후 경주 안강 기계의 이영우의 집에서 요양을 하지만, 연이은 모친과 백형의 타계로 몸이 쇠약해지면서 육사가 찾은 사람은 석초이다. "이 너르다는 천지에 진실로 내 하나만이 나며 잇는 외로운 넋"(527)이라고 표현할 정도로 외로움과 불안 속에서 육사는 석초를 찾았던 것이다.[35] 어쩌면 1월에 전사한 윤세주로 인한 깊은 상실감이 육사를 좌절감에 빠지게 했는지도 모른다. 육사는 석초에게 보낸 엽서(1942.8.4.일자)에 시를 담아서 보고 싶은 마음을 전하기도 했지만 '지난 바램'이라고 표현하여 삶의 무상함을 보이기도 한다. 석초를 그리는 마음을 담은 시에는 민족해방을 향해 달려온 과정들과 그 목표지점에 도달하지 못한 상실감이 함께 드러나 있다고 봐도 될 것이다. 역사의 중심에서 식민지 현실을 타개하고자 곳곳을 다녔지만, 동지의 죽음과 병든 육체의 고통 등 극한 상황에서 육사는 큰 좌절과 절망을 느꼈을 것이다.

육사가 마지막으로 요양을 한 곳은 경주이다. 천년의 고도 경주는 나라 잃은 식민지 지식인이 품을 수 있는 상징적 공간이다. 권태와 병으

---

35 이육사, 신석초에게 보낸 엽서, 1942.7.10; 『전집 I』, 527쪽.

로 쇠약해진 육사의 의식은 민족적 정취 곧 역사의 숨결이 깃들어 있는 경주에 닿아 있다. 경주는 일본 제국주의의 포악성에 떠밀려 숨은 은신처가 된 면도 있다. 하지만 육사는 '자신에 희생을 요구하는 노력'과 '기백을 길러서' 금강심(金剛心)으로 '피의 현실'에 맞서려는 자세를 보임으로써 의심의 여지 없이 니체의 '초인'과 '비극적 영웅'[36]을 기대한다. 육사는 식민지 현실에 정면으로 맞서는 비극적 영웅의 금강심을 단련하고자 했다. 그러한 '금강심'으로 "온갖 고독이나 비애 속에서도 '시 한 편'만 부끄럽지 않게 쓰면 될 것"이라고 다짐했다. 그리하여 육사는 육체의 소멸 뒤에도 항구히 조선의 의식 속에 부활하여 불려질 '노래의 씨를 뿌렸던 것이다.

36 이육사, 〈산사기〉, 『조광』, 1941.8; 『전집 I』, 222쪽.

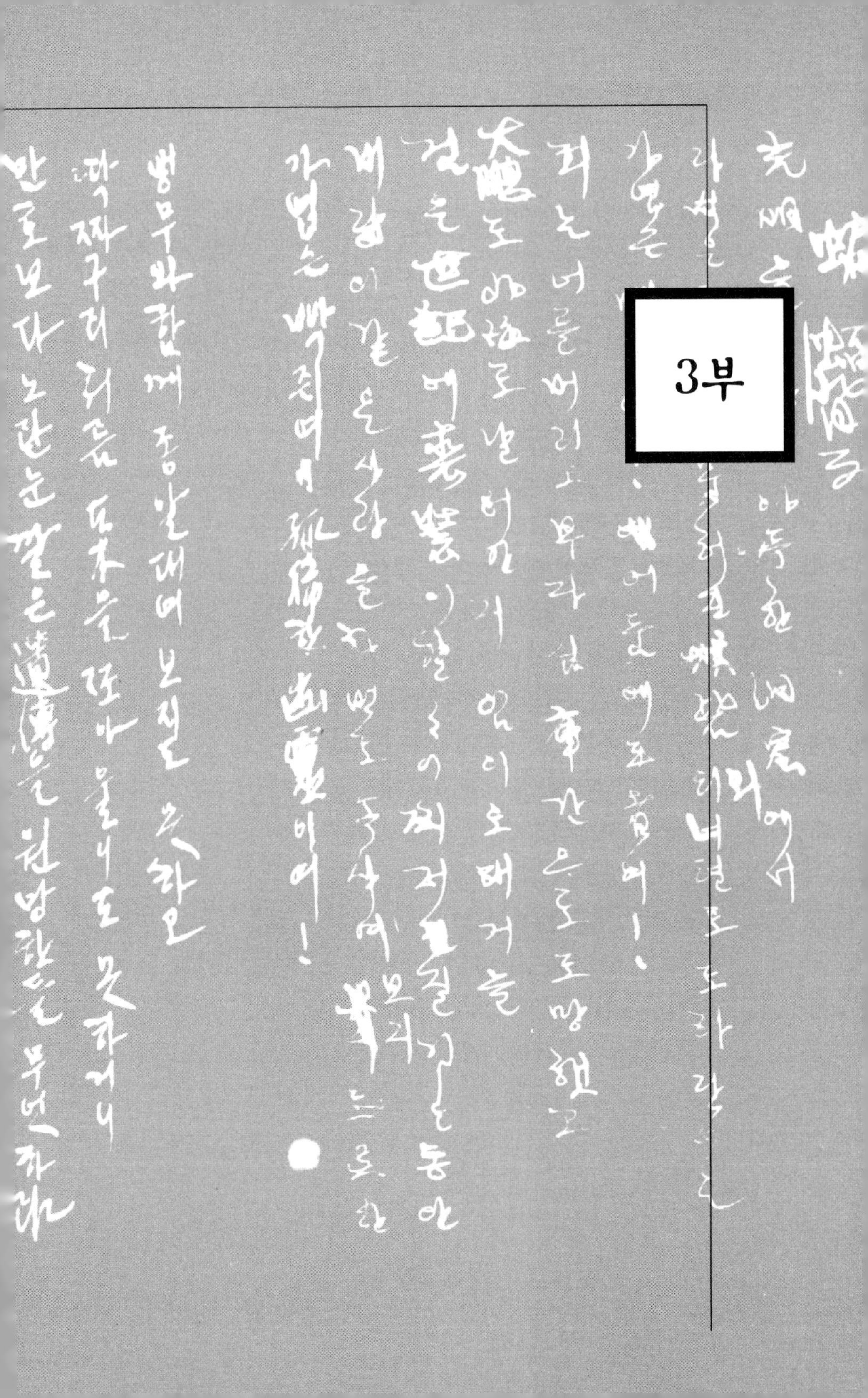

3부

강진우

1. 서론

이육사(李陸史)는 한국문단사에서 독특한 인물로 평가받는다. 여타의 저항시인들이 문학 그 자체의 저항에만 그치지만, 이육사는 문학 과 독립운동 실천을 일치시켜 생각했던 시인이다. 그러므로 여타의 시인들의 문학적 저항과 다르게 그 시의 진정성, 시적 주체의 감정이 시대의 감정이라는 것을 유추할 수 있는 근거를 마련해준다. 이육사의 문학활동은 1930년의 시 〈말〉을 발표하면서부터이다.[1] 그런데 1930년의 첫작품 발표이후 뜸하던 시 활동이었다. 다만 신문기사를 통해 평문을 발표하

---

1 「말」은 『조선일보』 1930년 1월 3일자에 발표된 시이다. '이활'(李活)이라는 이름으로 발표된 신년(新年) 축시(祝詩)인데, 현재까지 이육사가 쓴 최초의 시로 알려져 있다.

곤 했다. 이육사가 본격적인 문학 활동을 한 것은 1935년경 시 〈황혼黃昏〉을 발표하면서부터이다. 그런데 이 1935년이란 시점이 중요하다. 우리가 익히 아는 바와 같이 1935년은 육사의 동생인 이원조가 귀국하는 시기와 겹친다. 육사는 여러 형제가 있었지만 다섯 살 터울의 이원조가 문학적인 행동을 같이한다. 이원조는 『조선일보(朝鮮日報)』의 기자 신분으로 일본 동경의 '법정대학(法政大學 호세이대학)'을 유학했다. 그리고 그의 주 전공은 문학이었으므로 그가 졸업하여 귀국한 시기를 보면 1935년이다. 오랜 시간 현해탄(玄界灘)을 건너가 있던 그가 귀국하면서 육사의 문학 재능을 발할 시기가 온 것이다. 이 글에서는 이러한 사정을 살핌과 동시에 육사의 가장 절친한 문인이었던 신석초(申石艸)와의 관계도 동시에 조명해 볼 필요가 있다. 신석초는 육사와 서신 왕래가 잦았고 또 훗날 육사의 문학을 회고하는 글을 여러 편 쓰기도 했다. 이들이 함께 문학활동을 하면서도 어떻게 서로 겹치는지 살필 필요가 있다. 무엇보다 육사와 여천 두 사람이 형제이기 때문만 아니라 문학 행보를 같이했다는 점, 육사의 절친이던 신석초와의 만남, 그리고 육사의 사후에까지 여천의 영향력은 절대적이라는 점에서 두 사람을 함께 살피는 것은 서로의 문학적 교류, 그리고 육사의 드러나지 않은 삶 전체를 이해하는 한 가지 방법일 것이다.

2. 육사와 여천의 관계

육사와 여천의 관계는 형제라는 것뿐 아니라 그의 글에서도 어느 정도 나타난다. 즉 육사와 여천은 여러 가지로 비슷한 활동을 전개한다. 형제가 같은 신문사에서 근무하고, 같은 문학활동을 하였기 때문에 여러 가지 글을 통해서 그들의 의식에 내재하는 공통점을 살필 수 있다.

1) 육사와 여천의 고향의식

육사와 여천에게 있어서 낙동강은 그들의 고향이고, 또한 고향을 끼고도는 커다란 역사이며, 그들의 정서를 키운 원류였다. 여기에는 그들이 기억하는 어린 시절의 기억에는 명문가의 풍속과 개구쟁이 어린 시절이 혼재한다. 사람은 같은 시간과 공간을 공유하더라도 그것을 기억하는 방식은 다를 수 있다. 육사와 여천은 한 집안에서 자란 형제이지만 기억하는 방식의 차이도 존재한다. 그러나 먼저 이들이 기억하는 고향의 지형, 그리고 낙동강에 대한 기억부터 살피는 것이 순서일 것이다. 육사가 그의 수필 〈계절(季節)의 오행(五行)〉(1938)에서 '무서운 규모가 우리들을 키워 주었다'고 진술한다. 이 문장에서 '무서운'은 바로 퇴계의 혈통을 이어온 진성 이씨 가문을 의미한다. 그리고 이 가문의 정착은 바로 자연환경과 함께 설명되어야 한다. 인간의 자연과 함께 교섭하면서 자연 속에서 정서를 키우며, 그렇게 함으로써 심성을 키운다. 육사와 여천이 자란 안동시 도산면 원촌리는 고려시대 공민왕이 몽진한 왕모산성(王母山城) 아래에 있고, 그리고 그 아래에는 낙동강이 흘러간다. 육사와 여천 모두 낙동강을 둘러싼 기억은 공통적으로 중요하게 여긴다. 그만큼 낙동강은 큰 강이고, 또한 계절에 따라 변화가 많으며, 자연환경으로서 중요하기 때문이다. 먼저 육사는 그의 고향의 지형을 상세하게 묘사함으로서 자신의 정체성을 분명히 한다.

지금 내가 생각해 보아도 우습기도 하나 그때쯤은 으레히 그런 것이라고 생각한 것은 내 동리 동편에 왕모성(王母城)이라고 고려 공민왕이 그

모후(母后)를 뫼시고 몽진(蒙塵)하신 옛 성터로서 아직도 성지(城址)가 있지마는 대개 우리 동리에 해가 뜰 때는 이 성 위에서 뜨는 것이었고, 해가 지는 곳은 쌍봉(雙峯)이라는 전혀 수정암으로 된 두봉이 있어서 그 사이로 해가 넘어가는 것이었는데, 그렇게 해가 지면 우리가 자랄 때는 집안 어른을 뵈러 가도 떳떳이 '등롱(燈籠)'에 황촉불을 켜서 용(龍)이나 분이(粉伊)들을 들리고 다닌 것입니다. 그러나 내가 홀로 강가에 나갔을 때는 그곳에는 어화(漁火)조차 사라진 것을 보아도 내가 만날 만한 사람이 없었다는 것을 변명할 것도 없거니와 해가 떠서 넘어간 그 바로 밑에는 낙동강이 흘러가는 것이었습니다. 낙동강이라면 모두들 오── 네 고장은 그 무서운 홍수로 이름난 거기냐 하고 경멸하면 그것은 낙동강을 모르는 말이로소이다. 낙동강이라면 태백산 속에도 황지천천(黃地穿泉)에서 멍석말이처럼 솟아나는 그 샘물의 이상을 모른대도 고이할 바는 아니오나 김해, 구포까지 칠백 리를 흘러가는 동안에 이 골물이 졸졸 저 골 물이 콸콸 열에 열 두골 물이 한 데로 합수쳐 천방져 지방져 저 건너 병풍석 쾅쾅 마주쳐 흐르다가 그 위에 여름 장마가 지면 하류에 큰물이 나나, 그에 따르는 폐단쯤은 있을 법도 한 일이오매 문죄를 한다면 여름 장마를 할 일이지 애꿎은 낙동강이 무슨 죄오리까? 하지만 이것도 죄라면 나는 죄와 함께 자라난 것이오리까.

―〈계절의 오행〉, 『조선일보』, 1938.12.24.

낙동강이 태백의 황지천에서 유래한다는 것과 칠백 리를 흘러서 김해까지 흘러간다는 것은 단순한 사실이 아니다. 낙동강이 짧은 여울이 아니고 바다를 향하고 있다는 것, 그리고 그것이 황지 연못에서 발원하여 김해까지 가는 동안 엄청난 많은 물이 합수된다는 것은 곳곳의 사람들이 이 낙동강과 관련되어 있다는 점에서 한 개의 동류의식을 갖는다는 말과 같다. 여기에서 육사는 해가 왕몽산성에서 떠서 쌍봉으로 진다는 지형을 서술함으로써 그가 아침저녁으로 바라본 역사의식을 동시에 포함한다. 즉 왕모산성은 고려 공민왕 때 황건적의 난을 피해 안동으로 몽신한 공민왕이 피신한 곳이다. 그런 내력을 듣고 자라면서 역사적으로 어떤 사건이 단지 지나쳐 듣게 되는 것이 아니라 구체적이고 현실적으로 공간을 인식하게 한다. 그런데 육사의 이런 고향에 대한 묘사와 함께 여천 이원조의 고향 묘사는 아주 더 구체적인 놀이의 공간이 된다.

> 뒤으로는 連山이 둘니기를 弧形으로 되어서 그 산기슭에 百餘戶의 동네가 살고 그 압헤는 뽕나무밧 조밧 담배밧치 平野와 가치 버러진데 다시 그 압흐로 느러진 느틔나무 방죽이 하늘을 찌를드시 절녀섯다. 그 중에도 제일 큰 느틔나무 두 그루가 방축한 가운데 서 잇는데 이것은 한 百年이나 묵은 古木인지 여름이면 그 나무 그늘 만해도 하로종일 빗 한번 들지 못할 만큼 큰 나무엿다. 그 나무를 우리는 당나무라고 부르고 여름철에는 그 나무 밋헤서 글도 읽고 놀기도 하엿다. 이 방축 압헤 맛치 비단을 빨어서 널어 노흔 듯한 잔디밧. 夕陽나절이되면 그 잔디 밧헤서 말달니기를 한다고 모다 옷고름을 푸러서 곱비라고 해가지고는 타는 사람은 업히고 게다가 馬夫까지 끼워서 말 노릇 하는애가 당나귀 소리를 치면서 다름박질을 치든 것은 제법 녯니야기 갓기도 하다.
> ―이원조, 〈낙동강에 흘러간 세월〉, 『여성』, 1937.7.

육사는 산과 산 사이에 마을이 있다는 것, 그리고 강물을 묘사하는데 그쳤지만, 여천은 마을 안을 구체적으로 묘사했다. 낙동강이 이들 형제에게 중요했던 것은 어린 그들에게 교육으로도 중요한 빌미가 되었기 때문이다.

누구나 다 그렇치마는 어렸을 때의 나의[2] 퍽도 악이 셋든 모양입니다. 무엇이나 어머니에게 보채고 튀정을 하다가 볼기짝이라도 어더맞이면 한 종일하고 발버둥질을 하면서 울었답니다. 그러면 우리 자근 아버지나 형님들이 나를 달내다 못해서 나종에 위협하는 말은 의례히 「정 그러면 너 락동강에 띄어서 김해 명지도로 보낸다.」는 것이었습니다. 그러면 아마 울음도 그쳤든 모양이지요. 그러길레 얼핏만 잘못해도 김해 명지도로 보낸다는 恐喝을 늘 드러왔습니다.

—이원조, 〈洛東江에 흘러간 歲月〉, 『여성』, 1937.7.

낙동강이 흘러 김해 명지도까지 흘러간다는 것이 얼마나 지난한 것이며, 또 그 김해라는 곳은 어디쯤인지 가보지 않아도 그들에게는 정확히 먼 곳, 낙동강과 연결된 곳이라는 것을 알고 있었다. 그러니까 그들이 국토를 인식하는 방식, 그리고 미지의 세계를 확장하는 통로가 바로 낙동강이었다. 낙동강에 대한 기억이 육사에게 중요한 외적 환경인 동시에 자신의 내면을 길러준 곳이라는 점, 역사적 관점을 강조한 표현이 있다는 점에서 여천의 고향에 대한 기억과 미묘한 차이가 있다. 육사와 여천의 고향은 산과 산이 이어지면서 활모양으로 감싸고, 그 앞으로 뽕나무밭과 담배밭이 있고, 강이 그 앞을 흐르며, 강가에는 잔디밭, 자갈밭이 있다는 것이다.

그런데 육사와 여천의 기억하는 어린 시절은 조금 다른 부분도 있다. 그 차이는 여천은 개구쟁이로 참외 서리를 했던 기억을 남기고 있지만, 육사는 책읽기와 같은 유가의 교육 행위를 놀이로 기억한다.

---

2 '나는'의 오식.

목만 이러케 감고 치우면 그래도 다행한 일이지만 이러케 목을 감다가 배가 곱흐면 집에 드러가 밥을 먹으려다가는 禁足을 당할테니까 맘문한 물 건너 마을에 외밧 노흐러가는 것은 惡童行狀記의 極致일 것이다.

물 속에서 외를 먹으면 여느 때보담 갑절은 먹힌다는 터문이 업는 知識이 원두막을 망치는 근본이엿다.[3]

—이원조, 「洛東江의 녯 搖籃」, 『여성』, 1936.7.

여천이 기억하는 어린 시절의 놀이는 바로 멱감고, 참외 서리를 하는 것이었다. 물론 그도 육사와 마찬가지로 한학을 가학으로 배웠을 텐데 그런 기억을 남기지는 않았다. 다만 그가 낙동강 유역에서 놀고 재미있었던 것을 기억하는 것은 개구쟁이 그 자체의 모습을 보여준다. 그런데 육사는 자신의 어린 시절 학습행위와 엄숙한 마을의 분위기에 집중하여 표현한다. 가령 경서(經書)를 읽거나 외집(外集)을 읽으면서 밤을 새우다 새벽에 별을 본 기억, 그리고 마을 어른들 앞에서 글을 읽고 칭찬을 듣고 상을 받은 기억을 적었다.

그래서 글을 지으면 午後 세時쯤 되어서 어룬들이 모혀노시는 정자 나무밑이나 公廳에가서 골이고 거기서 壯元을 얻어하면 요즘 詩한 篇이냐 小說한篇을 써서 發表한뒤에 批評家의 月評等流에서 이러니 저러니 하는 것과는 달러서 그곳에서 座上에 모인 分들이 不言中모다 批評委員들이 되는 것이고 글을 等分을 따러서 級數를 맥이는 것인데 거기 特出한 것이 있으면 加上之上이란 給이 있고 거기도 벌서 철이 난 사람들이 七

---

3 외는 참외를 일컫고, 물외는 오이를 일컫는다. 근래 해석한 선집들에서 이에 대해 외를 오이로 번역한 책들이 있어 바로 잡는다.

言大古風을 지어 골이는데 點數를 그다지 厚하게 주는 것이 아니라, 二上, 三上, 二下, 三下란 苛酷한 等級을 맥여내는 것이였다.

—이육사, 〈은하수〉, 『농업조선』, 1940.10.

이처럼 육사가 기억하는 고향에서의 기억은 이들 형제가 문인으로서의 활동의 기초가 되는 전통 사상과 문장 훈련이 어떻게 이루어졌는가를 잘 보여주고 있다. 이런 풍속은 반촌의 교육적 관습과도 연결된다. 여기에서 육사가 기억하는 독서와 암기, 그리고 한시를 짓게 하는 어른들의 교육 방법은 전통적인 공동체 교육의 방법이다. 이는 근대교육으로 이행할 때 도산면 원촌리에 「보문의숙(普文義熟)」, 「도산공립보통학교(陶山公立普通學校)」로 이어진다. 이처럼 육사와 여천의 수필을 통해 그들이 어떤 자연 환경과 어떤 교육적 환경, 어떤 놀이 활동을 하면서 성장하였는가를 살필 수 있다.

그런데 글을 짓고 골이고 壯元禮를 내고하면 江가에 가서 목욕을 하고 夕陽에는 말을 타고 달리고 해서 요즘같이 [스포-츠]란 이름이 없을 뿐이였지 體育에도 절대로 等閑히 한 것은 아니였다. 그리고 저녁 먹은 뒤에는 거리로 단이며 古詩같은 것을 高聲朗讀을 해도 풍속에 괴이할 바없었다.

—이육사, 〈은하수〉, 『농업조선』, 1940.10.

육사와 여천 모두 고향에는 느티나무가 큰 것이 있다고 묘사했다. 그런데 여기에 여천은 옷고름을 잡고 말고삐라고 하면서 놀이를 했다고 묘사하지만, 육사는 진짜 말을 탔다는 부분이 있다. 사실 이 원촌(遠村)은 '말맨데'라는 우리말 지명도 있고, 말을 키웠던 곳이라 한다. 그러므로 육사의 표현대로 말을 기르고 타고 다녔을 것이다. 이처럼 고향에 대한 의식은 그 지향과 그 역사에서 비롯되는 것이다. 본래 보고 듣고 하는 모든 기억, 어린 시절의 기억이 사람의 인생에서 가장 오래 남게 된다.

2) 육사와 여천 그리고 석초

육사와 여천 형제는 『조선일보』를 직장 삼아 생활했다는 것이 눈에 띈다. 특히 여천이 『조선일보』의 지원으로 유학을 떠났을 뿐 아니라 육사 또한 『조선일보』 기자로 활동했으며, 그의 동생들 역시 『조선일보』 지국을 운영했다는 점에서 연결될 수 있다. 그런데 비단 이것만으로 형제의 교유를 파악할 수 없는 것이다. 그런데 공교롭게도 육사의 글에서 형제들이 다른 문인들과 함께 모였다는 단서를 발견할 수 있다. 그것은 바로 신석초가 소장하고 있던 육사의 한시를 통해 파악할 수 있다.

육사 이원록과 여천 이원조는 다섯 살 터울의 형제이다. 육사는 1904년생이고, 여천은 1909년생이다. 이들은 형제이기도 하지만 문학적으로도 상당히 가까웠던 것으로 보인다. 첫 번째 단서가 되는 것은 육사의 한시 〈만등동산(晩登東山)〉, 〈주난홍여(酒酣興餘)〉에서 찾을 수 있다.

> 晩登東山
> 卜地當泉石 相歡共漢陽.
> 擧酌誇心大 登高恨日長.
> 山深禽語冷 詩成夜色蒼.
> 歸舟那可急 星月滿圓方.
> 〈與 石艸, 黎泉, 春坡, 東溪, 民樹 共吟〉
>
> ─1943년작(『청포도』, 범조사, 1964)

늦게 동산에 올라

샘 돌 있는 곳에 거처 점하여

한양에 같이 살아감을 즐거워했었네

잔 들어 담대함을 자랑하고

높은 데 올라 해 짧을 한하였네

산은 깊어 새소리 차갑고

시를 이룸에 밤빛 푸르러라

돌아가는 배 어찌 서둘리오

별과 달이 하늘에 가득하다.[4]

酒暖興餘

酒氣詩情兩樣蘭 斗牛初轉月盛欄.

天涯萬里知音在 老石晴霞使我寒.

〈與 春坡, 石艸, 民樹, 東溪, 水山, 黎泉 共吟〉

—1943년작(『청포도』, 범조사, 1964)

술이 거나하매

흥겨워서 주기와 시정 둘 다 거나할 제

견우성 처음 나고 달은 난간에 담겼네

하늘 끝 만리에 뜻을 아는 이 있으나

늙은 바위 갠 노을에 한기 느끼네

이 한시에는 육사와 더불어 신석초(申石艸, 본명 신응식(申應植), 1909~1975), 육

---

4 이 시의 해석은 이육사 문학관에서 게시한 김명균(사빈서원)의 것을 따른다.

사의 아우인 수산 이원일(李源逸)과 여천 이원조(李源朝), 춘파(春坡), 민수(民樹), 동계(東溪)라는 인물들이 등장한다.[5] 이들과는 시회(詩會)를 계기로 자주 모이고, 또 그런 모임 속에서 자주 글을 주고받았던 것으로 보인다. 이때 여천 이원조에게 있어 형제들이 다 소중하겠지만 육사는 같은 문학과 관련된 활동을 했다는 점에서 공통점이 많다.

그런데 당시의 현역 문인은 신석초와 여천 이원조, 이육사 이 세 사람이다. 육사는 영천의 '백학학원'(1922)을 거쳐 일본의 '동경정칙예비교(東京正則豫備校)' 또는 '일본대학 문과 전문부'(1924)에서 수학한 것으로 보인다.[6] 그리고 북경의 '중국대학(中國大學)'(1926) 등에서 수학했다. 그런데 육사가 거친 '일본대학' 문과 전문부는 이원조가 '법정대학'을 다니기 전거친 곳이라는 점에서 형제간 공통 분모가 되는 학교이다. 두 사람은 다섯 살 터울의 형제이지만 신문기자로 활동한 점, 그리고 문학 활동을 했다는 점에서도 공통점이 있다. 이육사의 글 어디에도 동생에 관해 직접 언급하고 있지는 않지만, 육사는 여천과 문학적 공감대를 유지하고 있었다. 이원조는 『조선일보』 기자 신분을 유지한 채 일본유학길을 떠난다. 그리고 방학 중에도 돌아와 신문 관련 일을 하고 있었다. 이렇게 볼 때 이육사가 신문기자로 활동할 때 이원조의 영향에 의해 구직(求職)이 성사된 것으로 볼 수도 있다.

그런데 문인들 가운데 육사와 가장 절친한 사람이 신석초이다. 그런데 육사와 신석초의 관계 이전에 이미 이원조와 육사의 관계가 먼저 성립되는 것을 알 수 있다. 신석초의 회고에 의하면[7] 육사를 처음 만난

---

5 여기에서 육사의 바로 밑 동생인 이원일은 서예가이다.
6 4년제 대학을 들어가기 위해서는 예과 성격의 구제대학을 졸업하여야 한다.
7 신석초, 「이육사의 추억」, 『현대문학』, 1962.12, 239쪽.

그림 1. 『신조선』에 발표된 육사와 여천의 작품

것은 정인보(鄭寅普)가 주관하고 있던 잡지 『신조선(新朝鮮)』의 편집실이었다. 정인보는 여천(黎泉) 이원조에게는 스승과 같은 사람이다. 정인보는 육사의 선대(先代)와 먼저 연결되었으며, 그런 인연이 육사와 여천에게도 이어진 것이다. 그런데 정인보 문하(門下)에서 이들이 서로 어울리게 된 것은 육사가 그 자리에 간 이유부터 밝히는 것이 순서일 것이다. 육사와 신석초의 관계 이전에 위당 정인보와 여천 이원조는 선대의 관계와 더불어 『신조선』을 편집하고 있던 위당을 돕고자 모인 자리에서 육사와 여천이 함께 있었고, 이 자리에서 신석초를 소개했을 가능성이 크다. 여천과 신석초는 같은 대학에서 일본 유학을 했다. 즉 일본의 법정대학에서 1930년대 초(1932~1935) 재학하고 있었다. 더구나 신석초가 철학을 하고, 여천이 불문학을 하고 있었으므로 같은 조선 사람으로서 서로 모를 리 없는 것이다. 그렇다면 다음과 같이 추정할 수 있다.

이원조는 정인보의 일을 가끔 돕다가 이육사와 같이 일을 돕는다. 그때 이원조와 동문수학한 신석초가 귀국해 있으므로 위당 정인보의 『신조선』 편집실에서 함께 일을 돕는다. 이때 이원조는 『조선일보』에 속해 있었으므로 자주 돕지는 못하고 있었으나 육사와 신석초는 정인보의 일을 돕고, 함께 친한 사이가 되었다.

이렇게 하여 『신조선』 9호와 10호에는 이들의 글도 함께 실리게 된다. 여천의 문예작품들은 이 책 속에서 발굴된 것이 있고, 육사의 중국 관련 글도 다수 이 잡지에 실린다. 그러니까 육사와 신석초의 만남은 여천 이원조가 중개한 것이 된다. 그런데 육사와 신석초는 금방 친해진다. 특별히 직장을 갖지 않은 당시 두 사람은 어울려 이야기하고 술을 마시며 함께 어울렸다. 다섯 살 나이 차이가 나지만 둘은 금방 친해지고, 자주 서간을 주고받았다. 그 이후 이들은 육사 형제와 석초, 기타의 인물들이 어울려 여흥을 즐기고 시를 썼다. 이 모임의 중심은 자연스럽게 연장자인 육사에게 있었지만 다른 한편으로 문학계에 가장 영향을 가진 인물은 여천 이원조였다.

3) 육사와 여천의 문학적 공감

여천은 1928년 이후 유학한 것으로 보인다. 여천의 유학은 『조선일보』 기자 신분으로 일본에 체류하면서 글을 쓰고 또 평론을 전개한다. 그는 먼저 '니혼대학(日本大學)'을 2년 수료하고, '법정대학(法政大學)'에 입학한다. 니혼대학은 예비학교인 구제학교였을 것이다. 그는 1931년부터는 '법정대학'을 다닌다. 이렇게 하여 시작된 그의 대학생활은 조선의 평단에 영향력을 미치는 이론 수업의 시작이었다.

여천은 육사의 첫시집 발행에 직접 간여하였다. 그에 앞서 1945년 8월 15일 조선반도가 일제의 강점에서 해방이 되고 그해 12월 7일 여천은 육사의 유고시 〈꽃〉과 〈광야〉를 『자유신문』에 발표한다. 이때의 유고 발표에는 비통해하는 심정이 담겨 있다. '형님의 교졸(巧拙)은 알 바

아니고'라고 하는 문장에 담긴 절절한 형제애, 문학 동지를 잃은 슬픔을 읽을 수 있다. 육사의 문학 활동은 여천이 어느 정도 파악하고 있었을 것으로 보이며, 사후에 문학 자료를 수습하는 역할도 도맡아 했다.

생전에 육사가 『조선일보』 특파원으로 서울에서 대구로 내려갈 때도 여천의 추천이 작용한 것으로 보인다. 이러한 사정은 육사의 심문조서에도 나타난다. 1935년 5월 15일의 조서 기록을 보자.

> 귀선 후에는 죽은 이관용(李寬溶)이 내 아우의 장인이므로 그에 의탁하여 신문사에 입사운동을 했으나, 잘 되지 않았다. 그러는 중에 조선일보의 아는 사람 이상호에 의탁하여 조선일보 대구 특파원이 되어 부임 도중에 본정 경찰서에 검거되었다. 그리고 그 전에 종로 경찰서에서도 조사를 받은 일이 있다.[8]

육사는 1934년 3월 20일 조선혁명정치군사간부학교와 관련하여 검거된 것이다. 당시 육사의 청탁에 관한 내용을 보면 이원조와 관련하여 동생의 인맥에 청탁을 넣으려 했다. 당시 『조선일보』의 고문이었던 이관용이 여천의 장인이었으나 여천이 아직 유학 중이었고 귀국하지 못한 사정 때문에 청탁이 불발한 것으로 보인다. 여천은 조선일보 방응모(方應謨, 1890~?)의 지원을 받아 유학길에 오를 때 이미 기자 신분을 유지하고 있었던 것으로 보인다. 그리고 여천이 돌아와서는 서울에서도 가까운 종로와 혜화동, 그리고 부암동에 살면서 교유가 잦았다. 육사의 주거를 보면 1933년 재동 85번지 단칸방 세 살았으며, 1937년 명륜정 3정목 57-3호, 1939년 서울 종암동 62번지로 이사했다. 한편 이원조는 1935년

8 이육사문학관, 『이육사의 독립운동자료집』, 이육사문학관, 2017, 254쪽.

귀국후 숭일동에 살았으나 1936년 부암동 265-4로 이사했으며, 1940년 혜화동 5-1로 이사한다. 이처럼 형제는 가까운 거리에 살았기 때문에 언제든지 만날 수 있었다. 기록에 나타나지 않는 부분이라도 이들의 교유를 유추할 수 있는 이유가 여기에 있다.

그림 2. 『육사시집』 초판본 내지. 국립도서관 소장본

1930년대 후반은 여천은 신문사의 문예란을 책임지는 위치에 있었고, 육사는 독자적으로 여러 잡지에 글을 싣고 있었다. 평론가로 이름 높여가면서도 육사를 직접 언급하지 않은 것은 그들이 서로 존중했다는 뜻이다. 또 여천의 글에서도 형님을 생전에 육사의 이름을 언급하지 않았다. 서로의 영역을 침범하지 않은 가운데 계속 글을 쓰면서 모임도 한 것으로 보인다.

이원조는 해방 이후 다양한 문학활동과 더불어 육사의 유고(遺稿) 정리에 들어간다. 첫 시집은 1946년 8월 5일 발간되었다. 이때 서문에 이름을 올린 사람은 신석초, 오장환, 김광균, 이용악이다. 이 서문은 가장 절친했던 시인(詩人) 신석초가 맨 앞에 적는다. 이 사람들도 모두 여천과의 관계에서 비롯된 사람들이라는 것을 알 수 있다. 여천은 신문사의 학예 일을 했고, 잡지의 편집을 하던 사람이다. 그런 그가 잘 따르던 형의 중국행을 건강을 이유로 만류하였지만(『육사시집』 초판본의 발문), 역정을 내며 떠났던 육사는 귀국 후 얼마 지나지 않아 체포되고 말았다. 그로 인해 일제의 고문을 이기지 못하고 영면(永眠)하고 말았다. 이때의 글은 1944년 초 육사의 영면과 더불어 비통한 심정을 적고 있으나 실제적인 작업은 이원조에 의해 이루어진 것으로 볼 수 있다. 발문에서 여천은 "시작(詩作)의 교졸(巧拙)은 내가 말할 바 아니오. 다만 동기(同氣)이면서 동지(同志)의 한 사람으로서 그의 타고난 천품(天稟)이 되지는 않았을 것을 생각하면 실로 뼈아픈 일"이라고 하였다.[9] 사실 육사(陸史)에게 있어 여천(黎泉) 이원조(李源朝)는 아우이면서 동지였다. 1935년 여천이 귀국하면서 육사와 함께 본격적인 문학활동을 전개한다. 다섯 살 터울의 형제(1904년생, 1909년생)이지만 시회(詩會)에 함께 했고, 대학 동문인 석초를 형에게 소개해 지기(知己)가 되게 하였다. 그러므로 육사와 석초가 가진 모임에서 오장환, 김광균, 이용악도 참가했을 가능성이 크다. 여기에서 이원조는 이들이 시집 간행에 노고를 아끼지 않았다는 점에서 감사의 인사를 표한다. 여천은 발문에 "이 책을 내는 데 진력(盡力)해주신 구우(舊友) 여러분께 감사와 경의를 표(表)하는 바"라고 하였으니 이때는 동기(同氣)로서 형의 친구에게 감사를 표한 것이다. 해방 후 1946년은 좌우대립이 극심하던 시기에 이원조 역시 『현대일보』, 『자유신문』에서 중요한 역할을 하고 있었다는 점에서 옛친구들의 도움이 없이는 시집 간행이 쉽지 않았을 것이다. 해방 후의 어수선한 정국에도 불구하고 먼저 간 형의 원고 정리에 대한 이원조의 열의가 없었다면 시집의 출판은 어려웠을 것이다. 이는 육사의 뜻과 여천의 뜻이 통하는 부분이 많았고, 그렇게 형의 유지를 글을 통해 정리하고자 한 의지 또한 남달랐기 때문에 이루어진 성과이다.

---

9 이육사, 『육사시집』, 서울출판사, 1946, 70쪽.

4) 선비와 사무라이의 차이에 대한 공통인식

여천은 독립투사로 뚜렷한 족적을 남겼던 육사에 비해 그 내부에 다양한 사상과 필력을 가졌음에도 형 육사와 쉽게 겹치지 않으려 했을 정도로 수많은 산문에도 불구하고 둘은 서로를 직접 언급하지 않는다. 그런데도 이들은 비평의 태도에서 겹치는 부분이 있다. 그것은 바로 1930년대 말의 한일문화 교류에 대한 평가에서 민족의 정체성이 무너지는 것에 대한 언급이다. 이는 이원조의 〈신협 극단 공연의 천향전 관극평〉(『조선일보』, 1938.1.3.)와 이육사의 〈영화에 대한 문화적 촉망〉(『비판』, 1939년 2월)에서 찾을 수 있다. 이 두 평문은 영화와 연극에 대한 평론이므로 서로 다른 영역에서 접근하고 있다. 그러나 논조는 당시의 자본과 인적 교류, 그리고 새로운 기술이 도입됨에 대한 긍정적 변화를 기대하던 시기에 우리의 문화 전반에서 민족의식이 상실됨에 따라 문화 형식에도 문제가 생길 수 있다는 우려에서 출발한다. 육사의 평문은 당시 〈복지만리(福祉萬里)〉, 〈도생록(圖生錄)〉, 〈국경(國境)〉, 〈어화(漁火)〉 등의 다양한 영화 제작에 대한 기대와 우려를 모두 표한 것이다.

> 다시 말하면 제 傳統을 아는데서만 技術家는 技術家대로 演出家는 演出家대로 出演家는 出演家대로 제각기 무게 잇고 갑비싼 스타일을 映畫에 나타낼 수 잇을 것이다. <u>騎士와 사무라이와 선비들은 거름거리조차 제모습이 다 다랏다.</u> 돈은 돈이고 技術은 技術이지 萬 가지 돈에 千 가지 技術을 가해도 결국 藝術은 出産되지 안는 것이다. 文化를 사랑하는 良心的 企劃家와 熟練한 기술자 斯道에 精進한 분들이라도 좀더 널리 眼目을 들어 文化全般에 亘하여 良知의 人士들을 求해서 그 知識全體를 綜合하고 處理할 만한 創造的 情神과 手法을 가져야 비로소 朝鮮文

化가 映畵로서 完城될 것이며 文化로서의 使命도 遂行할 것이다.
─〈영화에 대한 문화적 촉망〉, 『비판(批判)』, 1939년 2월

무엇보다 육사는 이 당시 일본의 자본과 우리의 배우가 결합하여 제
작한 국적 불명의 영화가 제작된 것에도 불만을 표하고 있다. 그래서
'선비와 사무라이는 걸음걸이가 다르다'고 평하였다.[10] 이 글에서 육사
는 민족의 정체성과 풍속, 관습에 대한 미세한 차이를 감지하지 못한
영화감독에 대해 비판한 것이다. 육사의 영화에 대한 비판적 안목은 당
대의 한일합작 영화에 대한 비판임과 동시에 문화의 정체성을 재정립해
야 할 위기라는 상황 판단이 내재한다. 육사의 당시 영화계에 대한 상
황인식은 양지의 인사들이 모여 지식을 종합하여 기술과 더불어 그것을
처리할 만한 기법이 영화에 새롭게 재정립되어야 한다는 주장을 펼치게
한다. 육사의 주장에서 중심이 되는 말은 바로 '기사와 사무라이와 선비
들은 걸음걸이조차 제 모습이 다 달랐다'는 문장이다. 이는 영화의 문화
산업으로서의 중요성과 더불어 문학적 영화의 제작을 열망을 표현한 것
이다. 이는 결국 문화의 정체성, 정신적 산물로서의 예술성을 잃어버리
지 않아야 한다는 내면 의식을 드러낸 것이다. 그런데 이러한 육사의
생각과 표현을 여천에게서도 찾을 수 있다.

이원조는 〈신협극단의 공연 〈춘향전〉에 대한 관극평〉(『조선일보』,
1938.11.03.)을 게재하고 장혁주의 극본, 유치진의 각색의 이 공연에 대해

---

10 선비와 사무라이의 걸음걸이에 대한 이야기는 이원조의 〈춘향전〉(장혁주 작, 무라야먀
   도모요시(村山知義) 연출) 공연에 대한 평에서도 나온다. 이는 주로 이몽룡과 배우의
   연기가 원래의 캐릭터와 일치하지 않는다는 점에서 비판한 것이다. 연극에서의 이러한
   문제는 영화에도 합작영화에 그대로 나타난다는 논조이다. 이원조, 「신협극단 공연의
   춘향전 관극평(하)」, 『조선일보』, 1938.11.5. 참조.

서 신랄하게 비판한다. 이 연극은 우선 기존의 조선시대를 배경으로 하고 있으며, 탐관오리인 변학도와 춘향에 의해 갈등이 성립된다는 점에서 조선의 고전을 각색한 연극이다. 그러나 이 공연에서 장혁주의 극본이 얼마나 변형이 심하게 되었던지 '춘향의 개가', '춘향의 근친'이라는 평이 돌았다. 이에 대해 이원조는 도저히 묵과할 수 없을 정도의 연극이라고 인식을 한다. 우선이 연극이 일본어로 공연되었다는 점, 그리고 전혀 고증을 제대로 하지 않아 복색이나 그 기저에 자리하고 있는 어법에서도 조선의 정절이나 사랑, 그리고 탐관오리에 대한 풍자 어느 것도 드러나지 않은 것에 대한 거부감이 드러난다.

> 가령 의상에 있어서 옛날은 공주나 옹주밖에 못 입은 금박 박은 치마를 기생 딸 춘향이도 입게 되고 무대 장치에 있어 행인 내객의 휴게소이던 오리정이 광한루에 못지 않게 단청이 찬란한 무대 정사가 되고 동작에 있어서도 <u>이몽룡이나 선비들의 걸음걸이와 어조가 사무라이의 그것이 되어 버린 것 같은 것은 다 눌러본다고 하더라도 적어도 원작 전체에 치명상을 줄 만큼 무지하고 몰이해한 것만 몇가지 들어보기로 하면 우선 제1막 제1장에 방자와 이도령이 광한루 마루위에서 같이 술을 먹고 주정을 하고 있다.</u> …… 또 한 가지 변학도가 춘향에게 반해서 날뛰는 것이 색마나 난달패 알부랑자가 상술집 계집애 겁탈하려는 것 같이 날뛰는데 변학도가 내심은 비록 사랑일지라도 겉으로는 일부의 관장으로서의 위엄도 있고 체면도 차리는 것이며, 또한 그렇게 하는 것이 정말 고적 작품의 특색인데 이것을 망치고 보는 춘향전의 춘향전다운 맛을 어디 가서 찾으란 말이냐? …

이원조의 비판 근저에는 장혁주의 조선의식이 부재하고, 민족적 형식에 대한 몰이해에 대한 불만이 내재한다. 그렇다면 이 장혁주라는 인물은 어떤 인물인가? 장혁주는 1932년 일본어 소설 〈아귀도餓鬼道〉를 발표한 대구 출신의 소설가로, 그의 소설이 실린 《개조改造》 4월호는 하루 만에 절판이 될 정도로 큰 인기를 끌었다고 한다. 장혁주의 일본 문예 현상모집에의 입선은 1천200대의 1의 경쟁을 뚫은 것이었으며 당시 월급쟁이들의 평균보다 열다섯 배에 달하는 상금을 받았다. 이때 이육사가 대구에서 작가 장혁주를 인터뷰했다.

〈신진작가 장혁주(張赫宙)군 방문기〉(『조선일보』 1932년 3월 29일). 이 인터뷰에서 육사는 "어째서 일본문으로 쓰시게 되었습니까"라고 직설적으로 물었다. 장혁주는 "조선의 사정을 한번 알리기 위해서"라고 대답했다. 그런 장혁주와 육사는 이후 반대의 길을 걷는다. 1932년 이육사는 중국으로 건너가 조선혁명정치군사간부학교에 입교하여 의열투쟁으로 길을 연다. 이에 비해 장혁주는 친일문학의 길을 걸으며 일본어로 문학활동을 한 조선인 중 가장 유명해져 6·25 후 일본으로 귀화했다.

장혁주는 1936년 여름 도쿄로 이주했고, 1938년 희곡 「춘향전」을 썼

그림 3. 인터뷰 당시의 선 사람이 이육사. 앉은 이가 장혁주

다. 이 작품은 3월부터 11월까지 일본과 조선의 7개 도시에서 순회 공연되었다. 1938년 10월 25일 12월 6, 7, 3일 서울 부민관에서 공연되었다. 그런데 그의 작품은 〈춘향전〉의 원전(原典)의 성격과 전혀 다른 작품이었고, 통속적인 내용으로 대중을 현혹하고 혹세무민(惑世誣民)하는 그런 작품이었다. 그런데 여기에는 공연에 사용된 대본은 국내용으로 수정이 가해지는데, 유치진의 수정 의견을 무라야마 도모요시(村山知義)가 직접 교정을 진행

하여 완성한 것이다. 어쨌든 이 작품은 고전에 대한 이해와 창조적 재해석이라는 기본을 무시했을 뿐 아니라 조선의 의식과 문화의 형식을 산산이 부수어 버렸다. 이에 대한 이원조의 통열한 비판은 육사가 제기한 '돈과 기술 그것이 결합하더라도 올바른 문학성'과 '역사의식과 전통에 대한 바른 해석'이 전제되어야 영화 산업이 발전한다는 논리와 일맥상통한다. 더구나 육사가 결론 내린 '선비와 사무라이는 걸음걸이부터 다르다'는 결론 역시 이원조의 주요 논조이다.

이처럼 형제의 조선문화에 관한 생각은 1930년대 말의 총독부 지원과 일제의 막강한 자본을 등에 업은 영화와 연극의 탈역사화 내지는 탈조선화, 그리고 지향점을 잘못 찾은 통속적인 작품에 대해 비판적 입장을 견지한다. 그러므로 육사와 여천 형제가 지향하는 예술은 문학성이 전제되어야 하는 것이며, 전통에 대해 올바른 해석이 이루어진 뒤에 새롭게 창조되어야 하는 것이다. 그러므로 새로운 예술의 창조는 전통적으로 내려온 삶의 문화와 문학문화에 대한 관찰과 사색이 먼저 이루어져야만 가능한 것이라는 점을 분명히 한다. 이는 형제가 모두 유학의 거두인 퇴계의 후손이라는 점과 더불어 변증법적 유물론을 받아들였다는 점에서 예술 창조가 어떤 과정을 거쳐서 이루어지는 인식하고 있었으며, 친일 작품들의 문학예술로부터의 일탈에 대한 비판적 사고를 엿볼 수 있다. 즉 육사와 여천은 조선의 유학자들이 이기론(理氣論)을 중심으로 논쟁하던 중기 이후 점차 기론을 받아들임과 동시에 식민지 시기에 유물변증법을 통한 새로운 독립사상을 고취하려 했다는 점과 문화예술 현상을 파악하는 관점이 일치함을 보여준다.

5) 육사와 여천의 사상적 합일점

그런데 육사와 여천의 문학상의 합일점은 찾을 수 있을까? 육사는 다양한 평론 활동을 통해서 행동의 문학, 태도의 문학, 그리고 모럴론 등으로 변모해간다. 하지만 육사는 최후의 독립 전쟁에 이르는 과정을 모색하다가 일제에 의해 옥사(獄死)하고 말았기 때문에 그 차이가 커 보인다. 그러나 자세히 살펴보면 그들에게는 어느 정도 합일되는 사상이 있다. 둘은 전통유학에서 출발하여 서양의 사상을 받아들이면서 심지(心志)를 잃지 않으려 했다는 점, 그리고 새로운 정세 돌파의 전략으로 좌우 합작을 시도했다는 점에서 일치한다. 육사의 사상을 논할 때 우리는 리(理) 중심의 전통적 세계관에 따라 설명하기도 하고, 그의 신유학자로서 유물변증법과 맑스레닌주의 사상의 사적 유물론을 받아들인 인물로 평가한다. 그런데 이 두 사상은 공통적으로 모순을 관찰하고 그것을 해결하려는 점에서는 격물치지(格物致知)와 진심(盡心), 성의(誠意)를 통해 활연관통(豁然貫通)에 이르는 과정적 공통점이 있다.

이는 격물(格物)의 과정과 치지(致知)의 과정, 그리고 활용 관통에 이르는 과정은 유물변증법에서 모순(矛盾)을 발견하는 과정과 비판적 입장에서 모순을 해결하려는 반대의 견해가 새로운 역사를 창출하는 것이다. 그렇다면 육사와 여천의 문학사상의 깊이를 가져올 방법은 먼저 현상에 대한 사색이 중심이 되고, 그것을 통해 모순을 발견하고, 새로운 가치를 정리하는 것이 중요했다. 그러므로 이들이 영향받는 유학자들의 세계관도 신사상으로서의 유물변증법과 결합할 수 있었다. 그러니까 리(理) 중심의 세계관에서는 기(氣)의 혼탁한 현상 자체에 매몰되지 않는다. 이것을 이기불상리(理氣不相雜), 이기불상잡(理氣不相離)라고 하였다. 그렇다면 리와 기의 떨어질 수 없음은 서양에서 역사 발전의 원동력을 역사의 '모순'에서 찾는다. 그러므로 유토피아를 추구하는 그들의 마음에는 언제나 리가 내재하고 있으며, 이를 실현하기 위해서는 천명을 받드는 솔성과 수양이 있을 뿐이다. 이들의 솔성과 수양이 언제나 실천적 상황에서는 행동으로 전환된다. 음양과 오행의 발전과 순행을 받드는 것을 천명으로 생각하고 그것을 실천하는 것이 선비의 자세이다.

　육사는 절명을 앞두고, 충칭과 연안을 잇는 좌우합작을 통해서 국내 진공 작전에 직접 간여한 것으로 보인다.[11] 이때 육사의 좌우합작이라는 전략을 통해 독립쟁취를 획득하려 하였다. 육사의 최후의 행적을 연구한 김희곤의 연구는 육사의 마지막 방중은 충칭과 연안의 연결을 통해 좌우합작을 시도하기 위한 것이라고 밝히고 있다. 확실한 고증이 이루어지려면 자료가 있어야 하지만 부족한 자료의 한계는 여전히 남아 있다. 그러나 유교적 이상을 위해 현실의 모순(矛盾)을 격물(格物)을 통해 깨닫는 과정이 있었으리라는 것을 추측할 수 있다. 성리학이 물론 현실적 조건들을 망라하여 직접 다룬 학문은 아니지만, 실제 인간의 현실과의 대응 관계, 그리고 자신의 지적 행위와 행동을 일치시켜 보려 했다는 점에는 변증법적 사상과 상당히 일치하는 부분이 많다. 이는 변증법적 유물론에서 모순이 역사 발전의 추동력이라고 보고 있고, 이것을 리얼리즘에서 미학원리로 받아들인다. 그런데 성리학에서 이기는 불상리와 불상잡이라는 대전제를 내세우고 있으므로 선악을 구별하여 인식하게 된다. 즉 하늘의 이치인 리의 세계는 이땅의 현상계의 기와 연동되

11 1943년 육사의 마지막 북경행이 가지는 의미는 두 가지로 집약된다. 하나는 임시정부와 조선독립동맹을 연결시키는 일에 관련된 것이고, 다른 하나는 국내로 무기를 반입하여 무력항쟁을 도모하려는 것이다. 전자에 초점을 맞추어 본다면, 결국 육사는 좌우합작·협동전선을 추구하고 있었다는 사실을 유추해 볼 수 있다. 김희곤, 「이육사의 민족문제 인식」, 『한국독립운동사연구』 23, 한국독립운동사연구소, 2004.12, 160쪽.

기는 하지만 절대 잘못된 악, 잘못 실현된 기와 절대 타협하지 않는다.

그런데 육사가 그랬듯이 좌우합작을 시도한 육사의 마지막 시도는 해방된 후에 이원조에 의해 다시 시도된다. 해방 후 여천은 친일 청산을 통해서 일제강점기를 청산할 것과 모스크바 삼상회의에서 의결한 신탁통치안의 수용, 그리고 좌우합작이 통일정부를 구성하는 방법이라고 생각하였다. 이처럼 여천은 해방이 되자 조선공산당에 가입하기도 하였지만, 구체적으로 남북이 독자적으로 정부를 수립하고 분열하는 것을 경계했다. 친일을 청산하고 통일정부를 수립하는데 열정을 다하여 논설을 썼다. 『현대일보』와 『자유신문』에 글을 쓰면서 친일 청산을 이룰 것과 신탁통치(信託統治)를 통해서라도 남북의 통일 준비를 차근히 하여 단일정부를 수립할 것을 주장하였다. 그러나 미군정(美軍政)은 자신의 세력을 남쪽에 안정적으로 굳히기 위해서 친일청산에 미온적이었고, 또 이승만을 비롯한 일파들은 그들의 세력을 확장하기 위해서 친일세력과 합작하여 반공을 선택함으로써 좌우합작의 기회를 날려버렸다. 그러면서 친일 인사들은 득세하고, 친일청산을 바라던 다수의 남쪽의 좌파들은 월북하지 않을 수 없게 된 것이다. 아무튼, 이원조의 생각은 바로 이러한 좌우의 합일에 있었으며, 타협점을 찾아 단독 통일정부를 구성하는 것이었다. 전통 사상에서도 음(陰)과 양(陽), 오행(五行)의 순행(順行)하는 것을 리(理)의 실현을 위한 단기 목표로 삼는다. 따라서 육사의 생각은 곧 여천에게 남아 해방 후 실천에 옮기게 되었다. 하지만 육사와 여천의 이상도 해방정국을 돌파하지 못했고, 이땅에 실현되지 못했다. 남과 북의 차이는 점점 더 벌어졌고, 그의 이상은 당대에 실현되되지 못하였다. 따라서 남북대결의 심화는 결국 전쟁으로 치달았다. 이 전쟁은 또한 여천에게도 불행한 사건이 되었다.

남북의 전쟁에서 승전하지 못한 북한 정권은 그 책임을 남로당계에 떠넘겼고, 그 결과 다수의 정치인과 월북한 문인들도 제거되기에 이르렀다. 이때 여천도 12년의 교화형을 받았으나 옥사하고 만다.

3. 결론

육사와 여천은 안동시 도산면 원촌리에서 태어났다. 육사와 여천은 모두 퇴계의 후손으로 유교적 풍토 속에서 자랐지만, 그들이 기억하는 고향은 조금 다르다. 육사가 어려서부터 한학을 하면서 자란 분위기, 그리고 왕모산성과 같은 역사적 설화와 사서(四書)와 외집(外集)을 공부하면서 본 은하수 등을 기억한다. 반면 여천은 개구쟁이로 어릴 적 외서리를 하면서 자란 이야기, 형님들 등에 업혀 강가에 간 이야기, 낙동강을 떠내려가면 김해 명지도에 가 닿는다는 사실을 기억한다. 이처럼 이둘의 기억은 모두 낙동강이라는 기억에 하나로 모인다. 그들은 은연중에 강물의 장엄함을 배우게 된 것이다. 이러한 강물의 엄중한 흐름은 역사의 물줄기라는 하나의 시간적 흐름에 대한 경외심을 자연스럽게 내면화하게 된 것이다.

한편 육사와 여천은 다른 형제들과 차별되는데, 이들은 서로 문학적으로 연결된다. 특히 육사의 절친한 문인이었던 신석초는 여천과 대학을 같이 다닌 사람이었다. 따라서 육사와 신석초가 정인보의 문하에서 만날 수 있었던 것은 바로 그 전에 여천과 신석초의 관계 때문일 것이다. 또한, 육사의 구직활동은 모두 여천과 관련되어 있으므로 서로가 의지하고 있었음을 알 수 있다. 육사와 여천은 모두 1930년대 후반 서울 종로구에 살고 있었으며, 이들은 문학활동이 겹치는 부분도 있었음을 추측할 수 있는데 신석초가 보관하고 있었던 한시를 통해 확인할 수 있다.

한편 육사의 사후 문학 자료의 정리에도 이원조의 노력이 아니었으면 묻힐 것이었다. 「광야」와 「꽃」을 『자유신문』(1945.12.17.)에 게재하도록 한 것, 그리고 초판본 『육사시집』을 발간한다는 모두 여천의 노력이 아니었다면 잊혀질 것들이었다.

한편 이들의 사상은 모두 유교적 이상 사회를 생각하고 있던 조선의 지성들 사상과 연결되어 있는데, 이들의 사상은 변증법적 유물론을 리의 실현이 이땅에서 이루어지기를 바라는 한 방법론으로 받아들인다. 이것은 성리학에서의 리기 불상리불상잡이라는 모순된 현실과의 비타협성을 의미한다. 그것은 변증법유물론에서의 모순이 발전의 원동력이라고 파악하는 바와 일치한다. 이는 격물과 치지를 거쳐 활연관통에 이르려는 그들의 부단한 사색의 결과이다.

이육사와 옥룡암의 의미

김주현

1. 이육사의 옥룡암 기거 2회, 3회, 4회, 5회?

이육사의 삶과 관련해서 아직도 알려지지 않은 게 많다. 그것은 그의 활동 상당 부분이 제대로 드러나지 않았기 때문이다. 그와 가까이 지냈던 사람들도 그를 평범한 시인으로 알았다. 그가 일제에 체포되면서 독립투사로서 그의 모습이 제대로 알려진다. 여기에서 다루려고 하는 옥룡암에서의 생활도 마찬가지이다. 육사는 요양과 휴양을 위해 옥룡암에 들렀다. 그러면 주요 저서의 「이육사 연보」에 나타난 옥룡암 관련 언급을 우선 살펴보기로 한다.

1942년 7월 신인사지(神印寺址, 옥룡암玉龍庵)에서 요양.[1]
1943년 7월에 경주 남산의 옥룡암으로 요양차 들렀을 때, 먼저 와서 요

양하고 있던 이식우(李植雨)에게 털어놓은 말이다.[2]

김희곤은 『새로 쓰는 이육사 평전』(2000) 「연보」에서 이육사가 1942년 7월 옥룡암에서 요양했다는 사실을 밝히고 있다. 아울러 내용 중에 이식우가 1943년 7월에도 옥룡암에서 육사를 만난 사실도 언급했다.

> 1936년 8월 4일, 경주 옥룡암에서 '시조'를 쓴 엽서를 신석초에게 보내다.
> 1941년 8월 경주 신인사에 머물다 귀경하다(수필 「산사기」, 「계절의 표정」). 박훈산이 선배 R과 옥룡암에 찾아가 폐결핵으로 고생하는 육사를 만나다.
> 1942년 7월 경주 신인사지 옥룡암에서 요양하다. 7월 10일 옥룡암에서 석초에게 보낸 엽서도 이때 쓰인 듯하다. 이때 경주 금오산 어느 암자에 기거하고 있는 박곤복(朴坤復)을 방문하다.[3]

박현수는 『원전이육사시전집』(2008)을 발간하면서 「연보」에 이육사의 옥룡암 생활을 자세히 정리했다. 그는 육사가 신석초에게 보낸 엽서와 육사의 수필들을 근거로 1936년과 1941년 옥룡암 거주 사실을 추가했다. 그러면 최근의 연구결과도 살피기로 한다.

> 1941년 늦봄에서 초여름까지 경주의 S사(寺)에서 요양과 집필.

---

1 김희곤, 『새로 쓰는 이육사 평전』, 지영사, 2000, 230쪽.
2 김희곤, 같은 책, 177쪽.
3 박현수, 『원전주해 이육사시전집』, 예옥, 2008, 278~281쪽.

8월 늦여름에 폐병이 심각해져 다시 경주 옥룡암으로 요양을
떠났다.

1942년 7월 옥룡암에서 이식우(李植雨)에게 「청포도」에 대해⋯⋯말함.
이식우는 그 시기를 1943년 7월로 회고했지만, 그해에는 옥룡
암에 간 적이 없어서 1942년이 옳을 듯함.

8월 4일, 李陸史라는 이름으로 옥룡암에서 충남 서천군 화양면
의 신석초에게 시조 엽서를 보냄.[4]

최근 도진순은 『강철로 된 무지개』(2017)에서 위와 같이 「연보」를 정리
했다. 그런데 이전의 연구결과와 비교해보면, 「연보」에서 1936년 옥룡암
부분이 사라지고, '1941년 늦봄에서 초여름까지 경주의 S사(寺)에서 요양'
이 추가되었다. 그리고 이식우와 이육사의 옥룡암 만남 시기를 1942년으
로 정리했다. 연구자에 따라 다르지만, 기존 연구에서 언급된 육사의 옥룡
암 거주를 모두 제시하면 1936년 8월, 1941년 늦봄 - 초여름 및 늦여름,
1942년 7~8월, 1943년 7월 등 5차례나 된다. 과연 그러한가?

2. 1936년 휴양설과 엽서 집필 시기

2004년 7월 이육사가 신석초에게 보낸 한 장의 엽서가 언론에 공개
되었다. 그것은 "6구의 평시조 두 수로 된 연시조로, 1942년 8월 4일
경북 경주시 남산 탑골 옥룡암에서 요양을 하고 있던 육사가 보낸 엽서
를 석초 선생의 며느리인 강한숙씨가 보관해 오다 이번에 유족들과 두

---

4 도진순, 『강철로 된 무지개 - 다시 읽는 이육사』, 창비, 2017, 310~312쪽.

교수에 의해 공개"된 것이다.[5] 아래의 것이 문제의 엽서이다.

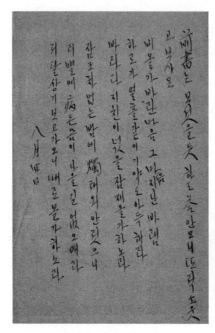

〈애감록〉 표지

옥룡암에서 8월 4일 보낸 엽서　　　〈애감록〉 내용[6]

　위의 언급에서 보듯, 이 엽서는 처음 언론에 공개될 때 "1942년 8월 4일" 씌어진 것으로 소개되었다. 엽서에는 "八月 四日"이라는 날짜만 나와 있으며, 내용에서 연도를 확인할 수 있는 부분은 없다. 이때 엽서 쓴 시기를 보다 정확하게 알기 위해서는 우편 소인을 확인하는 것이 필요하다.

5 박영률, 「항일 이육사 시조 '첫햇살」, 『한겨레』, 2004.07.27.
6 김희곤, 『이육사의 독립운동』, 이육사문학관, 2017, 190면에서 가져옴. 이활과 이원일은 조선일보 최창섭 기자와 나란히 이름이 올라있다. 이육사 형제의 주소는 대구 '上西町'으로 제시되어있는데, 당시 이원일은 모친과 더불어 대구 상서정 23번지에 살았다.

1. 포항에서 엽서   2. 옥룡암에서 보낸 엽서   3. 이용악 엽서

여기에서 1번째와 2번째 것은 이육사가 신석초에게 보낸 엽서, 그리고 3번째 것은 이용악이 최정희에게 보낸 엽서에 찍힌 소인 부분이다. 이 가운데 중간 것이 문제의 엽서 소인이다. 처음 이것은 1942년, 곧 소화 17년 쓴 엽서로 소개되었으며, 『이육사전집』(2004)에서는 「책머리에」에 "「경주옥룡암에서 - 신석초에게」(1942.8)"로 나와 있지만, 본문에서는 "1936년 8월 4일"로 소개되었다.[7] 한편 『원전주해이육사전집』(2008)에서는 1936년으로, 그리고 『강철로 된 무지개』(2017), 『이육사의 문학』(2017)에서는 '1942년'으로 소개되었다. 그러면 그것은 무엇 때문인가?

여기에서 문제가 되는 것은 소인에서 연도를 지시하는 숫자가 '11'인가 '17'인가 하는 것이다. 위의 사진에서 보듯 1번 엽서는 '11'년이고, 3번 엽서는 '17'년인데, 2번 엽서는 두 번째 숫자가 뚜렷하지 않아 '1'로도 '7'로도 보인다. 특히 흑백이거나 흐린 사진일수록 '1'에 가깝다. 그래서 '1936년'으로 본 것이다. 그렇다면 무엇보다 엽서 원본을 살필 필요가 있고, 육안보다는 정밀한 감식이 필요하다.

---

7 김용직·손병희 편저, 『이육사전집』, 깊은샘, 2004, 7쪽 및 86쪽.

옥룡암 엽서 소인 확대   엽서 연도 부분 뒷자리 파란색

위에서 보듯 소인은 '17.8.4'로, 이 엽서는 소화 17년(1942) 8월 4일 보낸 것이다. 그렇다면 이 엽서를 근거로 하여 '1936년 8월 경주 남산 옥룡암에서 휴양'을 언급하는 것은 마땅하지 않다.[8]

이육사는 1936년 7월 20일경 서울을 떠나 대구에 들렀다. 그는 귓병으로 인해 1주일 치료했고, 경주에서 하루 머문 다음 포항에 도착했다고 했다. 육사가 대구에 들렀던 까닭은 이규인의 추도식과 관련이 있었을 것으로 보인다. 육사는 동생 이원일과 함께 이규인의 '추도회발기인' 명단에 이름이 올라있다. 위 〈애감록〉에서 보듯 수봉 이규인은 1936(丙子)년의 5월 3일(양력 6월 21일) 타계했다. 그의 추도식은 1936년 7월 27일 10시 30분 또는 11시(동아일보는 11시로 나옴)부터 대구공회당에서 거행되었다. 추도회 발기인 명단에 나오는 김하정(金夏鼎), 조용기(趙龍基), 최두한(崔斗煥), 강유문(姜裕文), 김성국(金成國), 이효상(李孝祥), 이상훈(李相薰) 등은 추도식 기사에도 등장하고 있다.[9] 이로 볼 때 발기인이었던 육사는 동

---

8 필자 역시 처음에는 이 엽서의 소인을 육안으로 확인하여 1936년(소화 11) 엽서로 보았으나 도진순 교수의 고언을 듣고 자료를 다시 정밀하게 확인하였으며, 이를 통해 그의 주장이 타당함을 확인하게 되었다.

9 「朝鮮敎育界功勞者 故 李圭寅追悼會 二十七日 大邱公會堂에서」, 『조선일보』,

생 이원일과 함께 7월 27일 이규인 추도식에 참석하고, 다음날 경주로 떠난 것으로 보인다. 그리고 육사는 경주에서 하루 묵고, 29일 저녁 포항에 도착했으며, 7월 30일 엽서를 써서 석초에게 보낸다.

> 그것은 지나간 七月입니다. 나는 매우 衰弱해진 몸을 나의 시골에서 그다지 멀지 않은 東海 松濤園으로 療養의 길을 떠났읍니다. 그 後 날이 거듭하는 동안 나는 그래두 서울이 그립고 서울 일이 알고 저웠읍니다. 그럴 때마다 서울 있는 동무들이 보내주는 편지는 그야말로 내 健康을 도울 만치 내 마음을 유쾌하게 하였던 것입니다.[10]

이육사는 7월 29일 포항 송도원 해수욕장 근처 서기원의 집에 도착하였다. 그가 그곳에서 겪은 일을 「질투의 반군성」(1937.5)에서 위와 같이 썼다. 포항 송도원 해수욕장에서 요양을 하였는데, '그후 날이 거듭하는 동안', '서울이 그립고' 등의 표현으로 보아 여러 날을 머문 것으로 보인다. 그는 그곳에서 '서울 있는 동무들이 보내주는 편지'를 받아서 마음이 유쾌하였다고 했다. 그가 신석초에게 편지를 보냈으니 그로부터 편지를 받았을 것이고, 또한 이병각과도 서신왕래를 하였다. 다행히 이병각의 편지는 『조선문인서간집』(1936)에 실려 있는데, 거기에는 "가신 지數十日—요전에 온 편지에는 藥을 다 먹고 九月初에나 上京하"겠다는

1936.7.30., 4면. 이 기사에는 추도회 참석자로 경주고보기성회 대표 경부 부읍장, 군수, 유족 이채우, 발기대표 김하정, 조용기, 최두한, 강유문, 김성국 그밖에도 다수 유지 등이 참석하였다고 했다. 동아일보 기사에는 김하진(김하정의 이명이거나 오식으로 보임), 이운호, 조용기, 이효상, 이상훈, 김성국, 최두환, 이채우 등 다수 인사가 참여했다고 언급되었다. 「故李圭寅氏追悼會盛況」, 『동아일보』, 1936.7.29., 4면.

10 손병희 편저, 『이육사의 문학』, 한빛, 2017, 158쪽. 본문에서 이 책의 인용 시 괄호 속에 쪽수만 기입하기로 함.

구절이 나온다.[11] 육사가 7월 29일 포항에 도착하였고, 그곳에 머물다가 9월초 상경할 예정이었다. '가신 지 수십일'이라는 구절로 볼 때 이병각은 8월 중순 이후에 육사에게 편지를 보낸 것으로 파악된다. 서울을 떠난 시점으로 볼 때 25일 정도, 포항에 도착한 시점으로 계산하면 15일 정도 되기 때문이다. 대략 8월 20일 정도가 아닌가 한다. 달리 육사는 그 시기에도 포항에 머물고 있었다는 말이다. 이로 볼 때 1936년 8월 옥룡암 요양은 사실과 다른 것으로 판명된다.

3. 「산사기」와 1941년 초여름 옥룡암 요양설의 실체

다음으로 1941년 초여름 이육사가 경주 옥룡암에 머물렀는가 하는 점이다. 육사는 「계절의 표정」에서 1941년 가을 경주에 머물렀던 사실을 밝힌다.

> 轉地療養을 하란 것이다 솔곳한 말이라 시골로 떠나기는 決定을 했지만 막상 떠나려고 하니 갈 곳이 어데냐? 한번 더 생각해보지 않을 수 없었다. 條件을 들면 空氣란 건 問題 밖이다. 어느 시골이 空氣 나쁜 데야 있을나구 얼마를 있어도 실증이 안날 데라야 한다. 그러면 慶州로 간다고 해서 떠난 것은 博物館을 한달쯤 봐도 金冠 玉笛 奉德鐘 砂獅子를 아모리 보아도 실증이 날 까닭은 원체 없다…(중략)…이렇게 단단히 먹고 간 마음이지만 내가 나의 아테네를 버리고 서울로 다시 온 이유는 시골 계신 醫師先生이 藥이 없다고 서울을 짐즛 가란 것이다. 서울을 오니

11 이병각, 「육사형님」, 서상경 편, 『조선문인서간집』, 삼문사, 1936, 154쪽.

할 수 없어 이곳에 떼를 쓰고 올 밖에 없었다.[12]

내가 육사를 마지막 뵈온 것은 1941년 어느 여름날이라고 기억한다. 학교 선배인 R씨와 학생복을 입은 내가 고도 경주 남산 기슭에 자리 잡고 있는 옥룡암이란 조그만 절간으로 육사 선생을 찾아간 것은 기나긴 여름해도 기울 무렵이었다.[13]

이육사는 「계절의 표정」에서 1941년 가을 경주에 전지요양을 갔음을 고백했다. 글의 내용으로 보면 그가 가을에 요양을 떠났지만, 경주에 오래 머문 것 같지는 않다. 그리고 경주에 요양을 했다면 옥룡암에서 머물렀을 가능성은 있다. 그럴 가능성은 박훈산의 회고에서 드러난다. 그는 1941년 여름 옥룡암에서 육사를 만났음을 회고했다. 여기에 두 가지 가능성이 존재한다. 하나는 박훈산이 1942년을 1941년으로 기억했을 가능성과 또 다른 하나는 1941년 가을을 여름으로 기억했을 가능성이다. 왜냐하면 「계절의 표정」은 1942년 1월에 발표되었는데, 육사가 경주를 방문하고 두세 달 지난 무렵에 썼기 때문에 여름을 가을로 쓰지는 않았을 것이기 때문이다.

아울러 신석초는 1941년 겨울 이육사의 병보(病報)를 접하고 명동의 성모병원으로 그를 찾아갔다고 했다.[14] 그런 측면에서 육사가 스스로 언급한 '1941년 가을 경주 전지 요양'이라는 기록은 신빙성이 있다. 그런데 '1941년' 여름이라는 박훈산의 표현은 '1942년' 여름이었을 가능성

12 이육사, 「季節의 表情」, 『조광』, 1942.1; 『이육사의 문학』, 230~231쪽.
13 박훈산, 「항쟁의 시인. 「陸史」의 시와 생애」, 『조선일보』, 1956.05.25., 석간 4면.
14 신석초, 「이육사의 추억」, 『현대문학』, 1962.12, 240쪽.

을 내포하고 있다. 물론 가을을 추상적으로 여름으로 표현했을 수도 있다. 여하튼 육사는 1941년 가을에도 요양차 경주로 떠났지만, 병이 더욱 심해져 오래 머물지 못하고 귀경하여 성모병원에 입원했다. 당시 경주 체류는 그 시기가 아주 짧았으며, 그렇기에 육사는 옥룡암에 머물지 않았을 가능성이 크다. 이육사문학관에서 "1941년 2월 딸 옥비(沃非) 태어나다. 4월 부친상(서울 종암동 62번지), 가을에 폐질환으로 성모병원 입원하다"라고만 한 것도 그러한 연유 때문일 것이다. 그렇다면 연구자들이 1941년 옥룡암 요양을 언급하는 까닭은 무엇인가? 여기에는 박훈산의 회고가 크게 작용했겠지만, 또 다른 근거로 「산사기」를 들 수 있다.

> S군! 나는 지금 그대가 일즉이 와서 본 일이 있는 S寺에 와서 있는 것이다.
> 그때 이 寺刹 附近의 地理라든지 景致에 對해서는 그대가 나보다 잘 알고 있겠음으로 여기에 더 쓰지는 않겠다.
> 그러나 지금 내가 앉어 있는 이 宿舍는 近年에 새로이 된 建築이라서 아마도 그대가 보지 못한 것이리라.[15]

「산사기」와 옥룡암의 관련성은 "1941년 8월 경주 신인사에 머물다 귀경하다"(수필 「산사기」, 「계절의 표정」)에서 나타난다.[16] 이는 'S寺=신인사'라는 입장에서 기술된 것이다. 이육사도 언급했듯 옥룡암은 "慶州邑에서 佛國寺로 가는 途中의 十里許에 잇는 옛날 新羅가 繁盛할 때 神印寺의 古趾에 잇는 조그만한 菴子"이다. 그래서 도진순은 "1941년 늦봄에

---

15 손병희 편저, 앞의 책, 219쪽.
16 박현수, 앞의 책, 281쪽.

서 초여름까지 경주의 S사(寺)에서 요양과 집필"을 했다고 썼으며, 선애경은 육사가 옥룡암에 머물던 당시 "이때 써진 것으로 알려진 수필 '산사'에서도 '천년 고찰이 즐비하다'라고 썼으니 천년 고찰이 즐비한 곳은 당연히 경주였을 테고 분명 이 절집이었을 것"이라 하여 「산사기」의 '산사'를 옥룡암으로 지목했다.[17] 그러면 당시 육사는 신인사 곧 옥룡암에 머물렀던 것일까? 육사가 옥룡암을 옛 명칭인 'S寺'(신인사)라고 불렀을까? 이것은 박훈산이 언급한 '1941년 여름 옥룡암'에서 빚어진 착시현상은 아닐까?

도진순은 "S는 신석초이며, S사는 신석초도 간 적이 있는 사찰. '해당화 만발'이라는 표현으로 미루어볼 때 「산사기」의 집필 시기는 늦봄에서 초여름"이라고 했다.[18] 이 글이 1941년 8월에 게재된 것으로 보아 그의 주장은 타당하다고 생각된다. 그렇다면 1941년 봄 여름 이육사의 행적을 살펴보는 것이 필요하다.

> 열한시에 서울을 떠나는 東海北部線을 탄 지 일곱 시간만에 산양 간다는 L과 K를 安邊서 작별하고 K와 H와 나는 T邑(통천읍)에 있는 K의 집으로 가는 것이였다 …(중략)… C여! 이곳이 바로 내가 보고 온 海金剛 叢石亭의 꿈이였지만은 꿈은 꿈으로 두고라도 孤寂을 恨할 바 무엇이랴?[19]

이 글은 「산사기」보다 2개월 앞서 발표된 「연륜」이다. 이 글에서 이육사는 자신이 동해북부선을 타고 안변을 거쳐 T읍으로 간 내용을 서술

17 선애경, 「이육사와 경주 옥룡암 - 요양차 경주 찾은 이육사」, 『경주신문』, 2016.7.14.
18 도진순, 앞의 책, 311쪽.
19 이육사, 「年輪」, 『조광』, 1941.6; 『이육사의 문학』, 215~217쪽.

했다. 그가 간 곳이 동해안 원산 부근이라는 것을 알 수 있다. 해금강은 '강원도 고성군 현내면에 있'으며, 총석정은 '강원도 통천군 고저읍 총석리 바닷가에 있는 누정'이기 때문이다. 동해북부선은 1937년에 안변에서 흡곡 - 통천 - 고성 - 간성을 거쳐 양양까지 전 구간이 개통되었다. 육사는 서울에서 안변까지 7시간을 동해북부선을 타고 안변에서 L과 K를 작별하고 T邑에 갔다고 했다.

아래 지도에서 보듯 T邑은 통천읍을 가리키는 것으로 보이며, 육사는 서울(용산역)에서 안변역까지는 경원선을 탔고, 안변역에서 통천역까지는 동해북부선을 이용한 것으로 보인다.

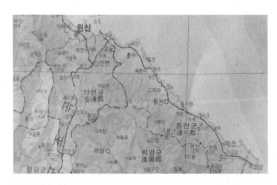

원산 주변 지도

그렇다면 이 시기 이육사는 동해안 원산 부근에 있었다는 말이다. 이를 증명해주는 것이 같은 시기 『춘추』(1941.6)에 발표된 「중국현대시의 일단면」과 『조광』(1941.6)에 발표된 「골목안(소항)」이라는 작품이다. 전자의 마지막에는 "四月二十五日夜於元山臨海莊"이, 후자의 마지막에는 "四月二十六日於元山聽濤莊"이 부기되어 있다. 「중국현대시의 일단면」은 1941년 4월 25일 원산 '임해장'에서, 「골목안(소항)」은 1941년 4월 26일 원산 '청도장'에서 씌어졌다는 말이다. 1941년 6월 『조광』에 실린

「연륜」 역시 원산 인근에서 씌어졌음을 '안변', '총석정' 등의 장소가 말해주고 있다. 그렇다면 2달 후 1941년 8월 『조광』에 발표된 「산사기」는 경주의 S사에 머물면서 집필되었는가?

　　1941년 여름 그는 경주 'S사'에 가서 요양하게 되는데, 신석초로 추정되는 S군에게 자신은 "영원히 남에게 연민은커녕 동정 그것까지도 완전히 거부할 수 있는 비극의 '히어로'에 대해" 숙고하고 있다고 밝혔다…(중략)…육사의 이러한 금강심 단련은 1936년 8월(음력 7월) 포항 송도 앞바다에서 태풍 속에서 엎어지락자빠지락 나아가던 여정에서 시작돼, 1941년 여름 경주 'S사' 요양으로 이어졌다.[20]

　S사를 '옥룡암(신인사)' 또는 경주의 S사로 보는 논자들의 견해는 무리가 있어 보인다. 무엇보다 「산사기」에서 "이 寺刹 附近의 地理라든지 景致에 對해서는 그대가 나보다 잘 알고 있겠음"이라는 구절 때문이다. S가 이육사보다 S사에 대해 더 잘 안다는 것이다. S는 기존 연구자들이 말했듯 신석초로 보는 것이 적절할 것 같다. 만일 S사가 신인사라면, 뒤에서 밝힐 1942년 편지에서 육사가 "慶州邑에서 佛國寺로 가는 途中의 十里許에 잇는 옛날 新羅가 繁盛할 때 神印寺의 古趾에 잇는 조그마한 菴子"라고 하여 옥룡암(신인사)의 위치를 석초에게 군이 알려줄 필요가 없을 것이다. 그것은 달리 석초가 옥룡암의 위치를 잘 모른다는 것을 반증해준다. 그래서 1939년 1월 자신과 함께 방문한 적이 있는 불국사를 기준으로 옥룡암이 '佛國寺로 가는 途中의 十里許에 잇'다고

---

20 도진순, 「이육사와 포항 - 1. 질투의 반군성」, 『경북일보』, 2019.8.18.
　　https://www.kyongbuk.co.kr/news/articleView.html?idxno=2012295

말한 것이다. 옥룡암을 두고 '그대(석초)가 나(육사)보다 더 잘 알겠음'이라고 하는 것은 전혀 사실과 부합하지 않는다. 그렇다면 S사는 석초가 이전에 머물렀던(일찍이 와 본) 절일 가능성이 크다.

1928년 휴양차 금강산 석왕사를 찾다[21]
신석초는 경성제일고등보통학교 3학년 때 병이 나 휴학하고 석왕사에 들어가서 요양하며 문학과 철학에 빠져들었다.[22]

신석초는 1928년 2월 15일 신병으로 인해 제일고보를 자퇴한 것으로 알려져 있다. 그리고 요양 차 금강산을 찾았던 것으로 전해진다. 그의 연보에는 일찍부터 "1928년(20세): 第一高普를 自退하고 金剛山을 찾다"라고 기술되어 있다.[23] 이육사가 1941년 찾았던 곳이 금강산 부근이라면 S사는 보다 좁혀진다. 석초가 머물렀던 S사를 찾으면 된다. 그런데 근래 석초가 석왕사에 요양했던 사실이 밝혀졌다. 그는 1928년뿐만 아니라 1934년 여름에도 "금강산 석왕사를 여행"한 것으로 알려져 있다.[24] 석왕사는 육사가 갔던 안변에 있다. 그렇다면 「산사기」의 S사와 석왕사는 일치하는가?

하지만 그 淸洌한 시내물을 향해서 四面의 針葉樹 海中에서 오직 이

---

21 성춘복, 「신석초약연보」, 『신석초의 삶과 문학세계』, 서천문화원, 2010, 149쪽. 연보를 작성한 성춘복은 "이 시인의 약연보는 정리자가 그동안 흩어져 있던 기록들과 자료 및 주위의 도움을 얻어 단시일 내에 작성한 것으로 차후에 기회가 되면 다시 완벽하게 정리할 것임"(155쪽)이라 했다.
22 이경철, 『현대시에 나타난 불교』, 일송북, 2019, 78쪽.
23 신석초, 『신석초 문학전집2 - 시는 늙지 않는다』, 융성출판, 1985, 351쪽.
24 성춘복, 앞의 글, 150쪽.

집만은 鬱蒼한 闊葉樹가 욱어져 있기 때문에 문 앞에 손이 다을 만한 곳에 꾀고리란 놈이 와 앉아서 한시도 쉴 새 없이 노래를 불러 주는 것이다.[25]

오늘 이곳에서 海棠花가 滿發한 것을 보니 내 童年이 무척 그립고저 위라.

S군! 그런데 이곳 사람들을 보아하니 山間 사람이라 어데나 할 것 없이 淳朴한 멋은 그리 없는 바 아니나 기왕 海棠花를 심으랴면 그 말근 시내 물가로 심었으면 나중 피는 놈은 푸른 잎 사이에 타는 듯한 정열을 찍어 부처서 옅은 그늘 사이로 으수이 調和되는 季節을 자랑도 하려니와 먼저 지는 놈은 힌돌 우에 부서지는 물결 우에 붉은 潮水를 띠워 가면 얼마나 아람다울 風情이겠나? 하물며 花瓣이 산밖으로 흘러가서 山外에 漁子가 알고 오면 어쩔가 하는 恐懼하는 마음이 이곳 사람들에게도 있을 수 있다면, 아마 나까지 이 글을 써서 山外에 있는 그대에게 알이는 것을 혀의스리하리라.[26]

S사의 위치를 일러주는 표지 가운데 하나가 '사면의 침엽수림'이라는 구절이다. 또한 "洞天에 들어서면서부터 落落長松이 욱어"(221쪽)졌다고 했다. 1926년 석왕사를 소개한 내용에는 "驛을 나서면 곳 釋王寺의 特色인 老松이 보입니다……釋王寺의 主人은 아모리 하여도 松林이오 松林 中에도 이 數업는 노송들"이라는 구절이 나온다.[27]

25 이육사, 「山寺記」, 『조광』, 1941.8; 『이육사의 문학』, 219쪽.
26 같은 글, 같은 책, 223쪽.
27 CK생, 「釋王寺 松林」, 『동아일보』, 1926.9.5., 3면.

일제 강점기 석왕사 전경(한국학중앙연구원)

위의 사진에서 보듯 석왕사는 울창한 송림으로 둘러싸여 있어서 석왕사 송림은 일찍부터 널리 알려졌다. 그리고 경원선 석왕사역이 개통되면서 석왕사는 여행은 물론이고 피서나 요양지로 각광 받았다. 그러한 사실은 "金剛山, 逍遙山 等等 探勝客들에게 特別割引으로 가을 써비스를 한다"는 구절에서도 확인된다.[28]

다음으로 '해당화' 관련 부분이다. 민요에 "명사십리 해당화야 꽃진다고 서러워 마라/명년삼월에 봄이 오면 너는 다시 피련만"이라는 구절이 있을 정도로 명사십리는 해당화 군락으로 유명하다. 석왕사역은 명사십리에서 직선거리로 20km 정도 떨어져 있으며, 안변 원산 통천 등지에 해당화가 장관을 이루는 것으로 알려져 있다. 그리고 '흰돌 우에 부서지는 물결 우에 붉은 潮水', '花辦이 산밖으로 흘러가서 山外에 漁子가 알고 오면' 등의 구절로 볼 때 동해에서 가까운 석왕사가 분명하다.[29]

---

28 육사, 「창공을 그리는 마음」, 『신조선』, 1934.10.; 손병희 편저, 『이육사의 문학』, 155쪽.
29 '조수'는 「路程記」의 "내 꿈은 西海를 密航하는 「쩡크」와 갓해/소금에 짤고 潮水에 부프러

'깊은 산골에서 들려오는 뻐꾹새 소리'·'돌틈을 새여 흘너가는 시내물이 흰돌 우에 부서지는 音響'(219쪽), '千年 古刹의 太古然한 伽藍이 즐비하고 북소리 둥둥 나면 가사 입은 늙은 중이 揖하고 인사하는'(222쪽) 모습 등은 경주 옥룡암(신인사)의 이미지와 거리가 멀고, 또한 경주의 다른 절도 조수, 어부와는 거리가 멀다. 당시 이육사는 사무 겸 여행 삼아 원산 지역에 갔다가 석왕사에 들렀던 것으로 볼 수 있다.[30] 그러므로 1941년 초여름 옥룡암 요양은 전혀 사실과 다르다.

4. 1942년 경주 옥룡암 엽서의 진실

이육사가 1942년 7월 옥룡암에 요양을 한 사실은 일찍부터 알려졌다. 육사는 「고란」(1942.12)에서 "今年 여름 慶州 玉龍菴에서 돌아와서"라고 했다.[31] 그러나 그것은 무엇보다 엽서 때문일 것이다.

石艸兄 내가 지금 잇는 곧은 慶州邑에서 佛國寺로 가는 途中의 十里許에 잇는 옛날 新羅가 繁盛할 때 神印寺의 古趾에 잇는 조그마한 菴子이다. 마침 접동새가 울고 가면 내 生活도 한層 華麗해질 수도 잇다…(중략)…나는 三个月이나 이곧에 잇겟고 또 웬만하면 永永 이 山 밖을 나지 안코 僧이 될지도 모른다. 그것이 곧 부려고 편한 듯하다.[32]

올넛다"(40쪽), 「邂逅」의 "풍악소래 바루 조수처럼 부푸러 오르던 그 밤 우리는 바다의 殿堂을 떠났다"(119쪽) 등에서 보듯 '밀려들었다가 나가는 바닷물'로 바다와 직결되어 있다. 그리고 여기에서 '魚子'는 어부를 뜻한다.

30 신석초는 1928년과 1934년 석왕사를 찾은 것으로 알려져 있는데, 그의 대표작 「바라춤」의 창작에 석왕사 방문 체험이 크게 자리한 것으로 보인다.

31 이육사, 「고란」, 손병희 편저, 앞의 책, 235쪽.

이육사는 이 편지에서 신석초에게 옥룡암의 위치를 알려주고 있다. 앞에서 보았듯이 육사는 「고란」에서 1942년 여름 경주 옥룡암에 머물렀음을 언급했다. 이 편지에서도 옥룡암을 언급하였는데, 편지의 시기가 7월이고 보면 육사의 「고란」의 내용과 맞아떨어진다.

> 이육사가 옥룡암에서 요양할 때 보낸 이 편지는 소인의 날짜가 분명하지 않아 시기를 확정하기 어려울 듯하지만, 같은 곳에서 보낸 '신석초에게'를 참고하면 1942년으로 볼 수 있다. 이육사는 신석초와 1939년 경주 여행을 함께 한 적이 있어, 편지 내용 중에 신석초에게 '아무튼 경주 구경을 한 번 더 하여 보렴으나'라고 권유하는 것에서도 이 편지가 1939년 이후의 것이라는 추정이 가능하다. 1941년에도 벗들의 '전지요양' 권유에 따라 경주에 갔지만, 이때는 가을이고 기간도 그렇게 길지 않은 듯하다.[33]

한 연구자는 비록 편지의 소인이 불분명하지만, 내용상 1942년으로 볼 수 있음을 지적했다. 특히 1939년 경주를 방문한 적이 있는 신석초에게 보낸 편지이고, 또한 '한번 더' 오라고 했다는 점, 그리고 1941년에도 경주에 전지요양을 갔지만, 그 시기가 가을이라는 점이 그럴 가능성을 높인다. 충분히 귀 기울여 볼 대목이다. 그러나 무엇보다 중요한 것은 바로 우편 소인이다.

---

32 손병희 편저, 같은 책, 528쪽.
33 손병희 편저, 같은 책, 527면 1번 주석.

　앞에서도 제시했지만, 편지봉투 소인에서 '7'월 10일은 육안으로 분명하게 알 수 있지만, 연도는 그냥 보아서는 확인하기 어렵다. 그 부분을 좀 더 정밀하게 접사하여 보면 연도의 뒷 글자에서 '7'이란 숫자를 어느 정도 확인할 수 있다. 곧 소화 17년, 1942년이라는 말이다. 내용으로도 소인으로도 그것은 명백히 1942년을 지시한다. 그러므로 이에 대해서는 더 이상의 논란이 필요 없을 듯하다. 이육사는 1942년 8월 4일 엽서에서 "前書는 보섯을 듯 하도 쯤 안 오니 또 적소 웃고 보사요"라고 했는데, '전서'는 바로 이 편지를 일컬은 것이다. 7월 10일 편지를 보내고 '하도 답이 오지 않아' 다시 엽서를 띄운 것이다. 아울러 "임오 첫가을 밤차로 벗을 멀니 보"[34]냈다는 박곤복의 글도 있어 1942년 옥룡암 생활은 분명히 드러난다. 여기에서 알 수 있듯이 이육사는 1942년 7월 초부터 8월 하순까지 두어 달 옥룡암에 머물다가 맏형 이원기의 타계로 갑작스럽게 상경한다.[35]

---

34 박곤복, 『古庵文集』, 대보사, 1998, 635~638쪽.
35 이육사는 1942년 7월 10일 옥룡암에서 신석초에게 편지를 썼다. 앞에서도 보았듯 1936년

5. 이식우의 1943년 요양설의 실제

이식우가 1943년 여름 옥룡암을 방문해 이육사를 만났다는 언급이 있다.

또한 육사는 〈청포도〉를 가장 아끼는 작품이라고 말했다 한다. 1943년 7월에 경주 남산의 옥룡암으로 요양차 들렀을 때, 먼저 와서 요양하고 있던 이식우에게 털어놓은 말이다. 육사는 스스로 "어떻게 내가 이런 시를 쓸 수 있었을까"하면서, "〈내 고장〉은 〈조선〉이고, 〈청포도〉는 우리 민족인데, 청포도가 익어가는 것처럼 우리 민족이 익어간다. 그리고 곧 일본도 끝장난다"고 이식우에게 말했다고 한다.[36]

1942년 무덥던 여름날 내가 쉬고 있던 慶州 남산자락의 옥룡암에 홀연히 육사가 찾아왔습니다.[37]

김희곤은 『새로 쓰는 이육사 평전』에서 1943년 이식우가 옥룡암에서

육사는 포항에 도착하여 곧장 석초에게 편지를 썼으며, 1940년 4월 17일에는 경부선 열차 안에서 편지를 써서 석초에게 보냈다. 그런 사실들로 볼 때 육사는 1942년 7월 초순 옥룡암에 도착하여 얼마 지나지 않아(7월 10일) 편지를 보냈을 것으로 추측된다. 아울러 그는 그곳에 3개월이나 머무르려고 하였으나 박곤복에 따르면(주 47번 참조) '뜻밖의 일로 이별', 곧 떠나게 되었다고 한다. 그 시점이 '임오 첫가을(1942년 음력 7월)'이다. 그렇다면 1942년 8월 12일(음력 7월 1일) 이후에 작별했다는 것이다. 그런데 그의 맏형 이원기는 8월 24일(음력 7월 13일) 타계하였다. 그는 갑작스런 맏형의 타계 소식을 듣고, 8월 25일 또는 26일 밤 열차로 부랴부랴 서울 맏형집(종암동 62번지)으로 향했을 것으로 보인다. 박곤복이 말한 '뜻밖의 일'은 맏형의 타계로 보이며, 그로 인해 채 50일도 못 머문 것으로 보인다. 그래서 이식우가 말한 '두어 달 옥룡암 거주'는 어느 정도 사실성을 얻는다.

36 김희곤, 『새로 쓰는 이육사 평전』, 지영사, 2000, 177쪽.
37 이동욱, 「陸史와 옥룡암에서 1개월 李植雨翁」, 『경북일보』, 1995.5.8., 34면.

이육사를 만났다고 썼다. 이동욱은 이식우가 육사를 만난 시점이 1942년이라고 했다. 동일한 만남에 대해 시점이 1년 차이가 있다. 그렇다면 어느 것이 정확한가?『새로 쓰는 이육사평전』은 1994년 9월 3일 0시 20분부터 방영된 대구 MBC 다큐멘타리「광야에서 부르리라」의 내용에 따른 것이다. 그렇다면 문제의 MBC의 면담 내용을 확인할 필요가 있다. MBC에서 방영된 것은 이식우의 면담 가운데 일부 내용이다. 방송된 부분만 보면 그렇게 볼 수 있다. 공재성 프로듀서는 1994년 7월 13일 이식우와 면담하였으며, 그 가운데 옥룡암 관련 내용은 30분 정도 된다.[38] 이 면담에서 이식우는 '해방 2년쯤 전'에 육사를 옥룡암에서 만난 사실을 언급했으나, 또 조금 지나서는 해방 2~3년 전, 그리고 마지막에는 3년 전, 곧 1942년에 만났다고 언급했다. 또한 그는 육사와 옥룡암에서 두어 달, 또는 서너 달 함께 머물렀다고 했다. 면담 전체를 살펴보면, 이식우는 옥룡암 방문을 1943년이라 확정한 것이 아니다. 1942~1943년쯤이라고 하다가, 나중에는 1942년이라 했다. 그가 그러한 기억을 소환한 것은 50여년이 흐른 뒤였기에 만난 시기에 대해서는 조금의 혼란이 있었지만, 자신의 일본 유학 시절 등 기억을 되짚어 정리하면서 만난 시점을 1942년으로 언급한 것이다. 또한 이동욱 역시 1995년 취재차 이식우를 면담했다. 그때 면담에서 이식우는 '1942년 무덥던 여름날' 이육사가 옥룡암으로 자신을 찾아와서 만났다고 했다. 면담을 한 이동욱 기자는 이식우가 이육사와의 옥룡암 만남이 '1942년'이었다고 정확히 언급했다고 한다.

---

38 비디오 자료 시청은 대구 MBC 사옥에서 2020년 6월 12일, 6월 29일에 걸쳐 2시간 정도 이뤄졌다. 이 자료를 시청할 수 있도록 협조해 준 대구 MBC 조창주 국장께 감사드린다.

그해(1943년: 인용자) 늦가을에 서울에 올라와 보니 뜻밖에도 그가 귀국해
있었다. 그때의 반가움은 이루 말할 수 없었다. 곧 친구들을 모아 시회를
열기로 했다. 그때 우리 집에 모두 모였는데, 육사 형제가 나타나질 않았
다. 우리는 불안한 예감으로 마음을 졸이며 기다렸다. 과연 밤늦게야 그
의 아우가 와서 육사는 헌병대가 와서 체포하여 북경으로 압송해갔다는
말을 했다.[39]

신석초는 1935년부터 이육사를 알게 된 뒤 누구보다도 이육사와 가
까이 지냈다. 그에 따르면, 그는 1943년 1월 육사와 함께 답설을 했
고,[40] 그해 봄에 육사는 북경으로 홀연히 떠났는데, 늦가을 상경해보니
육사가 귀국해 있었으며, 그후 육사는 일본 형사들에게 체포되었다고
했다.[41] 도진순은 육사가 4월경에 베이징에 갔다가 5월말경 모친과 맏
형 소상에 참여하기 위해 귀국했다고 했다.[42] 그리고 8월 13일 맏형 소

39 신석초, 「이육사의 인물」, 『신석초 문학전집2 - 시는 늙지 않는다』, 융성출판, 1985, 299쪽.
40 신석초, 같은 글, 298쪽.
41 이 부분에서 신석초의 진술은 글마다 차이가 있다. 「이육사의 추억」(『현대문학』, 1962.12)에
   서는 "여름에 내가 다시 上京하니 뜻밖에도 그가 歸國하여 있었"으며, 반가워서 친구들과
   모임을 가지려 했는데, "約束한 자리에 陸史는 나타나지 않았고 그날 아침 北京에서
   온 日本領事館 刑事에게 끌려갔다는 消息"(241쪽)을 들었다고 했다. 그리고 「이육사의
   생애와 시」(『사상계』, 1964.7)에서는 이육사가 '그해(1943년) 가을' 일본 관헌에게 체포되
   었다고 했으며, 위 글(「이육사의 인물」, 『나라사랑』 16, 1974.9)에서는 귀국한 이육사를
   '그해(1943년: 인용자) 늦가을'에 만났으며, 이후 곧 그가 일본 헌병대에 의해 체포되어갔다
   는 것이다. 여기에서 만난 시점은 곧 체포 시기와 직결되는데, 석초의 진술이 여름,
   가을, 늦가을 등 혼란스럽다. 일반적으로 앞선 진술이 신뢰성을 더하는 것이지만, 이것도
   거의 20년이 다 된 시점에서 회상한 진술이어서 다른 진술과 시기적으로 커다란 차이가
   없는 데다 마지막 진술이 당시를 더욱 상세하게 제시했다는 측면에서 신빙성을 더한다.
   이는 이전의 오류를 바로잡았을 가능성을 내포한다. 물론 뒷 진술에서 '헌병대가 와서
   체포하여 북경으로 압송해갔다'는 것은 체포 이후의 사실과 착종되었음을 보여준다.
   그런 측면에서 석초의 진술을 바탕으로 이육사가 일본 형사한테 잡혀간 시기를 여름이
   아니라 늦가을로 보는 것이 적절할 것 같다.
42 도진순, 앞의 책, 314쪽.

상에 참여했으며, 늦가을에 일본 형사대와 헌병대에 의해 체포된 것으로 보인다.[43] 그래서 그가 그해 7월 옥룡암에 다시 요양 간 것은 사실이 아닐 가능성이 현저하다.

이식우는 MBC 면담에서 옥룡암에서 '두어 달', 또는 '서너 달' 여름 한철을 이육사와 함께 지냈으며, 당시 일인 형사와 조선인 형사가 감시하러 자주 찾아왔다고 했다. 그리고 이후 대동일보(1995.5.8.)와의 면담에서 '육사가 옥룡암에 1달 가량' 머물렀다고 했다. 이 말들을 종합해보면 육사는 적어도 2달 내외 옥룡암에 머물렀던 것으로 보이는데, 1943년이라면 육사가 그럴 만한 상황이 아니었다. 특히 1943년 당시 급박한 상황에서 이미 노출된 옥룡암에서 머물기는 어려웠을 것이다. 박훈산이 1941년(1942년으로 보임) 여름 옥룡암을 찾았을 때, 육사는 "지금도 막 형사가 다녀간 참"이라고 말했다 한다.[44] 1942년에도 이미 육사의 일거수일투족이 일본 형사에 의해 감시되는 형편이었는데, 그런 장소에 1943년 다시 머물지는 않았을 것이다. 무엇보다 1943년에는 육사가 그곳에서 두어 달 정도를 머물 형편이 아니었다. 그러므로 "이식우는 그 시기를 1943년 7월로 회고했지만, 그해에는 옥룡암에 간 적이 없어서 1942년이 옳을 듯"[45]하다는 도진순의 언급은 타당해 보인다. 이식우는 시간이 많이 흐른 시점에서 회고한 것이라 연도나 기간에 조금 혼란이 있지만, 나중에는 만난 시점을 1942년으로 특정했다. 이러한 점들에 비춰볼 때,

---

43 육사의 아내 안일양은 1943년 7월(음력 6월) 동대문 경찰서에서 육사를 보았다는 진술이 있으며, 아울러 체포 시기에 대해서는 1943년 6월, 여름, 가을, 늦가을, 초겨울 등 다양하다. 그러나 이육사가 1943년 8월 13일(음력 7월 13일) 맏형 이원기의 소상에 참석했다는 증언(도진순, 앞의 책, 315쪽)으로 보아 필자는 도진순의 견해처럼 1943년 늦가을에 체포되었을 것으로 본다.

44 박훈산, 「항쟁의 시인. 「陸史」의 시와 생애」, 『조선일보』, 1956.05.25., 석간 4면

45 도진순, 앞의 책, 312쪽.

이식우가 옥룡암에서 육사를 만난 것은 1942년이 적절하다.

6. 옥룡암에서의 문인 교유

이육사는 경주 옥룡암에서 요양하였다. 그는 당시 경주 출신인 박곤 복과 이식우를 잘 알고 있었다. 그들은 모두 옥룡암과 긴밀한 관계에 있었다.

> 그 청포도를 쓴 곳이 경주의 남산에 있는 옥룡암(지금의 불무사)라는 암자 였는데, 수봉가에서 마련해준 곳이었다.[46]

> 맞춤 나의 벗 육사군의 찾음을 잃어 세상과 외진 어느 산골 승(절)방에 서 병을 조섭하고 위안하게 된 틈을 얻게 되자 용하게도 손(手)을 만나고 때를 탓다 하야 같은 부탁과 허낙을 주고받고 햇는데 뜻밖 일로 또 이별 을 짓게 되엿다…(중략)…임오 첫가을 밤차로 벗을 멀니 보나고 고독히 비 오는 금오산 암자 한 옆방에서 역자는[47]

첫 번째 것은 권오찬의 글이다. 그는 이육사가 옥룡암에 머물 수 있 도록 수봉가에서 마련해줬다고 기술했다. 또한 앞에서 언급한 것처럼 수봉 손자 이식우는 MBC와의 면담에서 1942년 옥룡암에 머물고 있을

---

46 권오찬, 『수봉선생약전』, 수봉선생추도사업회, 1973, 31쪽. 이 책에서는 발간 연도와 관련 자세한 언급이 없지만, 이용경(현 경주고 행정실장)에 따르면 권오찬 선생이 교장으로 재임한 시절에 쓰여져 1973년으로 추정된다고 한다.
47 박곤복, 『古庵文集』, 대보사, 1998, 635~638쪽.

때 육사가 자신을 찾아 옥룡암에 왔으며, 수봉가에서 육사의 체류에 도움을 주었다고 했다. 권오찬의 언급은 이식우의 말을 토대로 한 것으로 보인다. 이들의 언급은 수봉 이규인의 타계(1936) 후 많은 시간이 지나서 나온 것이고, 또한 이규인 자신의 글이 아니란 점에서 정확성을 따지기는 어렵다. 일부 재정적 지원은 있었을지 모르나 옥룡암 연결 부분은 아무래도 분명하지 않다.

두 번째 것은 박곤복의 글이다. 박곤복이 육사를 '나의 벗'이라고 지칭한 것을 보면 서로의 인연이 깊었음을 알 수 있다. 그것은 '또 이별을 짓게 되었다'는 구절에서도 드러난다. 그들의 만남이 이전에도 있었다는 것을 말해준다.[48] 그래서 1942년 다시 만남을 기회로 번역을 부탁하여 허락을 받았다는 것이다. 그들이 이별이 애틋했던 것도 서로가 사귄 정이 짧지 않았음을 말해준다.

> 오산(鰲山)과 문산(汶山)을 경계로 하여 탑이 있으며 골짝이 형세가 하늘이 이루어놓은 듯하였고 울창하게 벌려 섰는 숲은 앞 사람들이 배치해 놓은 것 같았다. 그 가운데 오 칸으로 된 띠집이 있어 이름을 옥룡암(玉龍菴)이라 하였다.
>
> 지나간 갑자년(1924)에 박일정(朴一貞)이라 하는 이사(尼師)가 선사(仙槎)에서 와 여기에 이 암자를 짓고 그 지역과 그 이름은 모두 꿈에 얻은 것

---

48 한편 고암과 육사 집안의 교류는 1942년 이전에 있었던 것으로 보인다. 고암은 「경주여관에서 일하 이원기 수산 원일 형제 우전 서정로 괴하 이시학을 만나서(東都客館逢李原棋(一荷) 原一(水山) 兄弟 徐庭魯(雨田) 李時學(槐下)」와 「그 이튿날 문상의 소파 최식 집에 모여서(翌日會汶上崔植(小坡)宅」를 썼는데, 이를 보면 고암이 이원기 이원일 형제를 경주여관과 최식 집에서 만났음을 확인할 수 있다. 원기, 원일 형제를 모두 만난 것으로 보아 이들이 대구에 머물던 시기(1920~1940) 경주를 방문해서 만난 것으로 볼 수 있다. 아마도 그 시기는 1936년 후반이 아닐까 추측된다.

이라고 말하였다.

그로부터 오 년 뒤인 기사년(1929)에 칠성각(七星閣) 두 칸을 세웠으며, 그후 사 년만인 계유년(1933)에 산밑의 이보살(李菩薩)이 마음으로 석가여래를 믿고 살면서 차례로 산령각(山靈閣) 한 칸과 극락전(極樂殿) 육 칸과 곡자승방 오 칸을 삼년(1936)만에 이루었다. 그리고 금년 유월 정축(1939)에는 문천(蚊川)에 다리를 놓아 경주로 통하는 길에 개설하였으니 전후 십사 년만에 한 골짝의 별천지를 열었다.[49]

위 인용문을 보면 박일정이 1924년 암자를 지었고, 1929년에 칠성각 두 칸을 세웠으며, 이보살이 1933년 차례로 산령각과 극락전, 곡자승방(曲寮)의 공사를 시작해 1936년에 완성했다. 그리고 1939년에는 문천에 다리를 놓아 경주로 통하는 길이 완성되자 이보살과 그가 기른 경봉사라는 스님이 박곤복에게 암자의 기문을 청했다고 했다. 박곤복은 「옥룡암에서 약을 먹고 있을 때 박아정 맹진 및 임춘강 김송석 상황의 방문을 받고(服藥於玉龍庵朴亞汀孟鎭及林春岡金松石相恒見訪)」, 「옥룡암에서 유숙하며(宿玉龍庵)」를 짓기도 했다. 곧 그는 옥룡암에서 요양을 하고 머물기도 하는 등 옥룡암과 긴밀한 관계를 맺고 있었다. 그래서 "옛 암자를 일찍이 지나갔었으며 암자의 새로워진 것을 사랑하여 오래도록 머물렀"던 까닭에 「옥룡암기」를 지었다고 했다.[50]

박곤복은 이와 같이 옥룡암과 깊은 인연이 있었고, 아울러 육사도 잘 알았기에 그를 옥룡암에서 머물 수 있도록 주선했을 것으로 보인다.[51]

---

49 박곤복, 「玉龍菴記」, 『고암문집』, 522~523쪽.

50 같은 책, 523면

51 이식우의 면담 내용(1994.7.13.)에 따르면, 이육사의 1942년 옥룡암 방문은 자신을 찾아온 것이었고, 자신이 주지에게 이야기를 해 머물 수 있도록 했다고 한다. 그러나 거기에는

옥룡암 요사채

이육사가 1942년 옥룡암을 방문했을 때는 절의 규모가 제대로 갖춰져 있었다. 1936년 'ㄱ'자 형의 5칸 요사채인 곡자승방(위 사진)이 마련되었다. 그곳은 큰방 1칸과 작은 방 2칸과 마루 2칸으로 구성되었다. 이식우에 따르면, 당시 자신은 작은 방에서 머물렀으며, 육사 역시 자신의 바로 옆 작은 방에 머물렀다고 한다.[52]

그런데 이육사에게 옥룡암은 단순히 요양이나 은신 이상의 의미를 갖는다.

陸史와의 交遊에서 가장 내 追憶에 생생하게 되살아나는 일은 慶州旅

박곤복과의 인연이 더 크게 작용했을 것으로 보인다. 박태근은 "이육사가 옥룡암에 가끔씩 들렸던 것도 고암의 소개 때문"으로 설명했는데, 고암의 행적이나 그와 육사의 인연 등으로 볼 때 그의 지적은 타당할 것으로 보인다. 박태근, 「경주 남산 탑곡 마애불상군 - 1. 옥룡암」, 2019. 1. 9. ;
https://blog.naver.com/cakemart.

52 1936년 지어진 곡자승방은 현재 三笑軒이라 불린다. 'ㄱ'자 5칸 서향 집으로 현재도 처음 지어진 모습 그대로이다. 위의 사진에서 보듯 맨 왼쪽이 큰방이고, 중간과 오른쪽이 작은방이다. 이식우는 자신과 이육사가 이 작은방에서 요양했다고 했다. 작은방은 크기가 서로 비슷하며 가로세로 각각 250㎝×280㎝ 정도의 방이다. 현재는 많이 쇠락하여 보존을 위해서는 수리 보완이 필요하다.

行이다. 一九三八年 겨울 그의 大人 晬辰(음력 1938년 11월 23일; 양력 1939년 1월 13일 - 인용자 주)에 招待되어 나는 大邱를 訪問했었는데 그때 우리는 慶州에 들렀었다. 우리는 그때 瑤石宮 옛터에 살고 있던 지금 大邱大學에 있는 崔榕兄과 함께 세 사람이 서라벌 옛서울을 두루 살펴보았다. 落葉과 같이 꽃잎과 같이 散在해 있는 新羅千年의 遺跡들, 博物館에 收藏되어 있는 아름다운 꿈의 破片과 같은 實物들, 일찌기 華麗爛漫했던 東京의 갖가지 모습, 人工으로는 到底히 되었다고 볼 수 없는 神祕스럽고도 巧緻한 多寶塔이며 石窟菴 佛像이며 저녁 煙氣에 떠오른 삭막한 古都의 風景들을 마음껏 觀賞하였다.

우리는 이 無比한 古蹟에서 받은 각가지 印象과 感興을 詩로 쓰자고 約束하였었다. 그러나 아직 나는 그에 대한 滿足한 作品을 쓰지 못하고 있다.[53]

신석초는 "陸史와의 交遊에서 가장 내 追憶에 생생하게 되살아나는 일은 慶州旅行"이라고 말했다. 둘 사이의 우정은 남아있는 서신과 엽서로도 알 수 있다. 이육사는 여러 문인과 서신을 주고받았으며, 특히 석초와의 인연은 깊었다.[54] 그는 "지금 생각하면 두 번의 이 古都 訪問은 우리 交遊에 最高의 즐거움이었던 것"이라고 말했다.[55] 1939년 경주 여행과 1940년 부여 여행이 두 사람의 우정을 더욱 돈독하게 해주었으며, 두 사람은 서로 창작에의 정진을 약속했다고 한다. 석초의 고백이

53 신석초, 「이육사의 추억」, 『현대문학』, 1962. 12, 239~240쪽.
54 이육사가 신석초에게 보낸 서신 가운데 1936.7.30., 1936.8.4., 1940, 1942.7.10. 등 4차례 5편의 서신이 남아있고, 앞서 본 1942년 4~5월경 씌어진 「산사기」가 있다. 한편 석초가 이육사에게 보낸 편지는 「육사(陸史)에게 주는 서(書)」(『신석초 문학전집2 - 시는 늙지 않는다』, 74~77쪽)가 유일하다.
55 신석초, 「이육사의 추억」, 같은 책, 240쪽.

빈말이 아니었음은 그의 신라 관련 시편들을 통해서도 알 수 있다.

> 내가 육사를 마지막 뵈온 것은 1941년 어느 여름날이라고 기억한다. 학교 선배인 R씨와 학생복을 입은 내가 고도 경주 남산 기슭에 자리 잡고 있는 옥룡암이란 조그만 절간으로 육사 선생을 찾아간 것은 기나긴 여름 해도 기울 무렵이었다.
> 그때 육사는 절간 조용한 방을 한 칸 치우고 형무소에서 수년 지칠 대로 지친 육체에 하물며 폐결핵이란 엄청난 병을 조용히 치료하고 있을 때인데 우리가 심방했을 때엔 앙드레 지드의 무슨 책인가를 누워서 읽고 있다가 우리를 반가이 맞아주면서 정색하고는 지금도 막 형사가 다녀간 참인데 우리가 자기를 자주 찾아오는 것은 해로울 것이라고 타이르면서도 그러나 내 반가워하는 것이었다.[56]

> 또한 이육사는 〈청포도〉를 가장 아끼는 작품이라고 말했다 한다. 1943년 7월에 경주 남산의 옥룡암으로 요양차 들렀을 때, 먼저 와서 요양하고 있던 이식우에게 털어놓은 말이다. 육사는 스스로 "어떻게 내가 이런 시를 쓸 수 있었을까" 하면서, "〈내 고장〉은 〈조선〉이고, 〈청포도〉는 우리 민족인데, 청포도가 익어가는 것처럼 우리 민족이 익어간다. 그리고 곧 일본도 끝장난다"고 이식우에게 말했다고 한다.[57]

위의 것은 박훈산의 글이고, 아래 것은 이식우의 면담 내용을 언급한 것이다. 이육사가 옥룡암에 머물 당시 여러 사람들이 찾아들었다. 그는

---

56 박훈산, 「항쟁의 시인. 「陸史」의 시와 생애」, 『조선일보』, 1956.05.25., 석간 4면.
57 김희곤, 『새로 쓰는 이육사 평전』, 지영사, 2000, 177쪽.

신석초를 비롯하여 다른 문인 및 동지에게도 편지를 보냈을 것으로 보인다. 현재 남아있는 서신만 하더라도 그가 가족뿐만 아니라 김기림, 오장환, 이용악, 이병각, 최정희 등과 편지를 주고받았음을 알 수 있다. 그런데 현재 남아있는 편지는 그가 보낸 편지 가운데 일부에 지나지 않을 것으로 추정된다. 이처럼 육사는 옥룡암에서 편지를 통해서 문인들과 교류하고, 직접 찾아오는 사람들과 교유했던 것이다.[58]

7. 이육사에게 있어서 옥룡암의 의미

1942년 7월 이육사는 옥룡암에서 신석초에게 편지를 쓴다. 그는 당시 폐결핵으로 요양 중이었다. 그는 옥룡암에서 3개월 정도 머물 예정을 하고 있었다.

> 아무튼 慶州 구경을 한번 더 하여 보렴으나. 몇 번이나 詩를 써보려고 애를 썼으나 아즉 머리 整理되지 안어 못 하엿다. 詩篇이 잇거든 보내주기 바라면서 一切의 問候는 闕하며 이만 끝[59]

이육사는 경주에 머물면서 단순히 요양만 한 것이 아니라 창작혼을 불태운 것으로 보인다. 그가 "몇 번이나 詩를 써보려고 애를 썼"다는 것은 단순한 수사가 아닐 것이다. 그것은 "詩篇이 잇거든 보내주기 바"란

---

58 이식우는 이육사가 요양 시절 주위의 청년 동지들도 만난 것으로 보인다고 했다. 이동욱, 「항일시인 이육사의 절창 「청포도」의 텃밭은 都邱」, 『대동일보』, 1995.5.8.
59 손병희 편저, 앞의 책, 528쪽.

다는 구절에서 드러난다. 사실 육사와 석초는 1939년초 경주를 방문했었다. 당시 신석초는 "우리는 이 無比한 古蹟에서 받은 각가지 印象과 感興을 詩로 쓰자고 約束하였었다"고 했다.[60] 그는 육사와 함께 한 경주와 부여 여행이 시작(詩作) 생활에 많은 도움을 주었다고 고백했다.[61] 이는 육사에게도 마찬가지였을 것으로 보인다. 육사는 병마와 싸우면서, 그리고 일제의 감시를 받으면서도 시혼을 불태우려 했던 것이다. 그러한 모습은 이식우에게 「청포도」를 이야기할 때도 보인다. 석초에게 경주에 다시 한번 다녀가라고 한 것은 바로 그가 문학적 동지였고, 아울러 서로를 거울삼아 시 창작을 열망했기 때문일 것이다. 그러나 육사에게 현실은 녹록하지 않았다. 무엇보다 그해 8월 14일(음력 7월 13일)에 맏형 이원기가 타계했다. 그는 요양 생활을 접고 서울 종암동 형님댁으로 갈 수밖에 없었다. 그 바람에 그는 요양도, 창작도 계속할 수 없었다.

> 나는 내 氣魄을 키우고 길러서 金剛心에서 나오는 내 詩를 쓸지언정 遺言을 쓰지 안켓소…(중략)…나에게는 詩를 생각는다는 것도 行動이 되는 까닭이오. 그런데 이 行動이란 것이 잇기 위해서는 나에게 無限히 너른 空間이 必要로 되어야 하련만……[62]

이육사는 1943년 1월 신석초와 답설을 하면서 북경행 계획을 밝혔고, 그해 봄에 북경으로 떠났다. 그는 그 시기 앉아서 시를 쓴다는 것을 호사스러운 일로 여겼을 가능성이 있다. 암흑기에 어느 겨를에 기백을 키

---

60 신석초, 「이육사의 추억」, 240쪽.

61 신석초, 앞의 책, 69쪽.

62 이육사, 「季節의 五行」, 『조선일보』, 1938.12.28.; 『이육사의 문학』, 187쪽.

우고 금강심에서 나오는 시를 쓰라! 그는 시를 생각하는 것도 '행동'이
되는 까닭이라고 했다. 그리고 그러한 행동을 위해서는 무한히 너른 공
간이 필요했다. 그는 행동을 위해서 1943년 봄 중국으로 간다. 「曠野」
는 그러한 모습을 보여준다. 그리고 모친 소상(음력 4월 29일; 양력 6월 1일)과
맏형 소상(음력 7월 13일; 양력 8월 13일)에 참석하기 위해 서울로 왔다가 그해
가을 일경에 체포되었으며 북경으로 압송되었다. 그리고 1944년 1월 16
일 이역 북경 감옥에서 파란만장한 생애를 마감한다.

> 지금 눈 나리고
> 梅花香氣 홀로 아득하니
> 내 여기 가난한 노래의 씨를 뿌려라.

> 다시 千古의 뒤에
> 白馬 타고 오는 超人이 있어
> 이 曠野에서 목 노와 부르게 하리라.[63]

　이육사는 감옥에서 「광야」를 남겼다. 이 시를 이병희가 국내로 들여왔
으며, 해방 후 동생 이원조가 국내 신문에 소개한다. 시는 쓸지언정 유언
을 쓰지 않겠다고 말했던 이육사, 「광야」는 바로 그런 육사의 유언이기도
했다. 그가 '나에게 시를 생각한다는 것은 행동이 되는 까닭'이라고 한
것은 달리 육사에게 시는 시인 자신의 행동의 표현이라는 말일 것이다.
가난한 노래의 씨를 뿌리고, 이 광야에서 목 놓아 부르게 하리라는 것은
달리 시이자 시인의 행동이다. 그것은 육사의 의지와 행동이 시 「광야」

---

63 이육사, 「曠野」, 『자유신문』, 1945.12.17.; 『이육사의 문학』, 107쪽.

를 통해 발화되는 모습을 보여준다. 그리고 그것은 다시 시를 넘어 독립 지사의 외침으로 울려난다. 시가 행동이 되고, 행동이 시로 화하는 이육사. 그는 짧은 생애를 불꽃처럼 뜨겁게 살다간 혁명 시인이다.[64]

64 이 논문 작성을 작성하는 데 있어 자료에 도움을 준 고경(옥룡암 주지스님), 공재성(전 대구MBC 피디), 김균탁(육사문학관 학예연구과장), 김희곤(전 경북독립기념관 관장), 도진순(창원대 사학과 교수), 박은희(서천문화원 사무국장), 신범순(서울대 국어국문학과 교수), 신웅순(전 중부대 교수), 신지수(신석초 손자), 신홍순(전 예술의 전당 사장), 이동욱 (경북일보 논설실장), 이용경(경주고 행정실장) 조창주(대구MBC 국장)님께 감사드린다.

드라마로 들어간 시인과 〈절정〉

이정숙

1. 역사와 만난 드라마

최근 들어 역사적 사건이나, 역사적 인물을 대상으로 한 문화콘텐츠 제작이 활발하게 진행되고 있다. 2009년 안중근 의사 의거 100주년을 기념해 제작되었던 뮤지컬 〈영웅〉은 관객들의 흥미뿐 아니라 의미까지 잡은 공연으로 화제가 되었고 현재까지 꾸준히 공연되고 있는 한국의 대표적인 뮤지컬 레퍼토리이다. 뮤지컬 〈영웅〉은 1909년 2월, 안중근과 11명의 동지들이 단지동맹을 하는 데서 시작해서 10월 26일 중국 하얼빈에서 이토 히로부미를 사살한 후 일본 법정에서 사형 판결을 받고 순국하기까지의 과정을 감동적으로 다루었다. 최근에는 뮤지컬 영화로도 제작되어 개봉을 앞두고 있다. 2015년에는 의열단의 무장 투쟁을 다룬 최동훈 감독의 영화 〈암살〉이 제작되었다. 일제강점기를 다룬 기존의 콘텐츠들이 수난의 상황에 초점을 맞추었다면 〈암살〉은 의열단 단원들의 무장 독립투쟁 과정을 긴장감 있고 스펙터클하게 영상에 담아 내어 천만 관객을 동원했으며, 잊힌 독립 운동가였던 약산 김원봉을 소환해내는 역할도 했다. 2016년에 개봉한 이준익 감독의 영화 〈동주〉는 교과서 속에 박제되어 있던 시인 윤동주를 현실 공간으로 불러냈으며, 식민지시기를 살아가야했던 시인의 내면을 섬세하게 재현해서 현대의 관객들이 공감할 수 있도록 했다. 특히 시인이 현실과 부딪치는 상황 사이사이에 그의 시를 적절히 배치하여 그 시를 창작할 당시 시인의 내면을 드러내 보여주는 방식으로 시와 시인을 제대로 만나게 했다.

이러한 성과는 역사적인 사건이나 인물과 같은 소재를 경쟁력 있게 다뤄낼 수 있는 가능성과 방향을 보여주었다는 점에서 주목하게 된다. 그리고 드라마 분야에서 새로운 시도를 보여주어 화제가 되었던 작품이 있었다. 2011년 광복절 특집극으로 MBC에서 방영되었던 〈절정〉으로, 2부작 드라마에 이육사 개인의 삶과 독립운동 그리고 그의 시를 적절하게 결합하여 높은 작품성을 보여주었다는 평가를 받았다. 드라마 〈절정〉의 성공 이후 MBC는 〈뮤지컬 이육사〉(2012.2.29.~3.4)를 제작하여 공연하였고, 2019년에는 안동시와 경상북도가 주최하고 세계유교문화재단이 주관한 뮤지컬 〈이육사 - 한 개의 별을 노래하자〉(2019.8.15.~17)가 제작되어 관객들을 만나기도 했다.

이원록이라는 일제강점기의 지식인이 무장 독립운동 단체인 의열단에 참여하고 이육사라는 저항시인으로 살아가게 되는 과정은 그 자체로 감동적인 콘텐츠로서의 요소를 가지고 있다. 드라마 〈절정〉은 이육사라는 인물이 가진 이러한 드라마적인 요소들을 결합해서 감동적으로 재현해냈다. 그러나 영화 〈동주〉에 대한 관심[1]에 비해 드라마 〈절정〉은 상대적으로 주목받지 못했다. 드라마 〈절정〉에 대한 연구는 「드라마 〈절정〉의 매체 변용과 시교육적 의미」²가 유일한데, 육사의 시와 드라마 〈절정〉이 모두 변증법적 인식구조를 드러낸다고 보고, 몽타주기법, 평행구조나 분리병치, 반복영상 등의 다양한 기법들을 활용하여 육사가 고난을 넘어 주체화되는 과정을 보여주었다고 분석했다. 이러한 연구는 드라마를 활용한 시 교육 방법으로도 유용하고 의미 있다고 할 수 있다.

이 글에서는 드라마 〈절정〉의 대중문화 콘텐츠로서의 전략이라는 측면에 주목하고자 한다. 즉 드라마 〈절정〉이 이육사라는 인물이 가진 매력적인 콘텐츠화의 가능성을 드러내 준 작품으로 의미 있게 분석할 필요가 있다. 이는 이후 이육사에 대한 콘텐츠화의 가능성과 방향을 보여준다는 점에서도 중요한 대상이라 할 수 있다. 이 글에서는 드라마 〈절정〉을 통해 이육사의 삶과 시에 대한 콘텐츠화의 방향과 가능성에 대해 논의하고자 한다.

2. 패배할 것을 알면서도 맞서는 존재

MBC의 광복절 특집극으로 방영되었던 드라마 〈절정〉은 당시 시청자들로부터 상당히 호평을 받았다. 대본은 영화 〈쌍화점〉의 각색을 맡은 바 있던 황진영 작가가 집필을 했으며, 아이돌 가수 출신의 김동완이

---

1 김응교, 「영화 〈동주〉와 윤동주 아우라」, 『사고와표현』 Vol.9 No.2, 한국사고와표현학회, 2016; 양진오, 「시인의 탄생」, 『우리말글』 73, 우리말글학회, 2017. 영화 〈동주〉에 대해서는 강진우, 「영화 '동주'의 공감과 감정이입 ─ 미적 감정과 상상의 문제」, 『국어교육연구』 67, 국어교육학회, 2018; 김명석, 「동주와 몽규, 부끄러운 청년들의 시대」, 『우리文學硏究』, 우리문학회, 2018; 권은선, 「일제 강점기 영화의 역사와 저항의 재현 ─ 〈암살〉과 〈동주〉를 중심으로」, 『The Journal of the Convergence on Culture Technology』 Vol.5 No.3, 국제문화기술진흥원, 2019.

2 강진우, 「드라마 〈절정〉 매체 변용과 시교육적 의미」, 『문학교육학』 44집, 문학교육학회, 2014.

이육사 역할을 안정적으로 연기해서 화제가 되기도 했다. 2012년 4월 열린 휴스턴국제영화제에서 TV스페셜-드라마 부문 심사위원특별상을 수상하기도 했다.[3] 휴스턴 국제영화제는 독립영화 제작자들에게 양질의 영화제를 제공하기 위해 북미에서 만들어진 전통 있는 영화 및 TV 국제상이다. 물론 영화제에서 상을 받았다는 것이 드라마의 가치를 증명하는 것은 아니지만 독립운동이라는 소재를 공감할만한 방식으로 완성도 있게 드러냈다는 평가이기는 하다.

드라마 〈절정〉은 시인이자 독립투사였던 이육사의 삶을 다루는데, 특히 "시대와 불화했던 한 시인의 외롭고 허기진 마음"[4]을 드러내는 데 초점을 두고 있다. 전체 2부로 구성된 드라마 〈절정〉은 1부 '자네가 꿈꾸는 조선은 어떤 모습인가?'와 2부 '백마 타고 오는 초인이 있어 광야에서 목 놓아 부르리...'로 되어 있다. 등장인물은 실제 인물과 가상의 인물들이 섞여 있는데, 이육사와 그의 부인 안일양, 그리고 할아버지 이중직과 어머니 허길 등 이육사의 가족은 실제 가족을 토대로 한 인물 설정이다. 육사의 할아버지 이중직은 신식 학교인 보문학교를 세운 인물이며, 어머니 허길은 독립운동가 집안 출신으로 육사 형제를 모두 독립운동가로 키워낸 인물이다. 육사와 함께 의열단 활동을 하는 윤세주도 실제 의열단의 창립단원으로 일본에서 배운 군사기술로 일본 침략자를 내리치는 길을 걸었던 인물이다.[5] 육사의 수필 「戀印記」에서 비춰

---

3 「MBC 절정 - 무한도전, 휴스턴 국제영화제 수상」, 『티브이데일리』, 2012.4.24., http://tvdaily.asiae.co.kr/read.php3?aid=1335247097310866002

4 드라마 연출을 맡았던 이상엽PD는 「MBC 절정 - 무한도전, 휴스턴 국제영화제 수상」 인터뷰에서 〈절정〉을 연출할 때 시대와 불화했던 시인의 외롭고 허기진 마음을 드러내려 했다고 밝혔으며, 그러한 의도가 '제국주의라는 폭력에 맞서 시를 써내려간 한 예술가의 비극적 삶'이라는 주제로 확장될 수 있었던 것은 아마도 이육사 선생의 힘인 것 같다고 설명했다.

인을 선물로 주었다고 언급한 'S'가 윤세주였을 것으로 추정될[6] 정도로 육사와 가까웠던 인물이다. 이 외에 일제에 굴복하여 변절하고 시를 파는 대신 자신의 안위를 보장받았던 서진섭과 노윤희 등은 가상의 인물이지만 당시에 실재했던 친일 문인들을 토대로 해서 캐릭터화한 인물들이다. 즉 역사적 사실에 기반한 인물 설정인 것이다.

드라마의 의미를 정확하게 읽어내기 위해서는 이러한 인물 설정에 주목할 필요가 있으며 주동인물과 반동인물의 대결관계를 파악해야 한다. 드라마의 주동인물은 드라마의 중심에서 사건을 이끌어가는 핵심인물이며, 반동인물은 주동인물과 갈등하면서 대결관계를 만들어내는 인물이다. 주동인물과 반동인물의 대결구도에 주목해서 살펴보면 극의 중심 갈등을 선명하게 파악할 수 있으며, 그것을 통하여 극의 주제를 더 분명하게 설명할 수 있게 된다. 이러한 주동인물과 반동인물의 대결 구도는 다음과 같이 도식화할 수 있다.

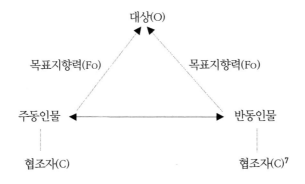

---

5 윤세주에 대해서는 한홍구, 「태항산에 묻힌 혁명가 윤세준 - 의열단, 민족혁명당, 조선의용대의 한 주역의 일생」, 『역사비평』, 역사비평사, 1988.6 참조.

6 강만길, 「조선혁명간부학교와 육사 이활」, 『민족문학사연구』 8호, 1995.

7 주동인물과 반동인물의 기본적 대결구도에 대해서는 김재석, 『한국 현대극의 이론』, 태학사, 2011, 72쪽 참조.

주동인물(protagonist)은 드라마를 이끌어가는 핵심적 역할을 하는 인물이며, 주동인물과 맞서며 대결관계를 형성하는 반동인물(antagonist)이 주동인물과 동일한 대상을 두고 갈등을 형성하게 된다. 대상(object)은 주동인물과 반동인물이 공동으로 목표 삼고 있는 것으로 주로 인물이 대상이 되는 경우가 많다. 그러나 사상이나 이념과 같은 추상적인 것도 대상이 될 수 있다. 목표지향력(force oriented)은 주동인물과 반동인물이 대상으로 소유하고자 하는 욕구의 크기이며, 협조자(cooperator)는 주동인물이나 반동인물의 편에 서서 대상을 쟁취하도록 하는 데 도움을 주는 인물이다. 드라마에서 주동인물과 반동인물은 대상을 두고 갈등하게 되는데 공통의 대상을 향한 상대의 의지를 서로 깨닫게 되는 순간부터 갈등이 시작되고 어느 한쪽이 그 대상을 차지하면서 갈등은 종결된다.[8]

드라마 〈절정〉의 주동인물은 이육사이다. 그리고 육사의 밝은 눈을 알아보고 기뻐하면서도 한편으로는 밝은 성정으로 인해 어지러운 세상에서 고난의 삶을 살아갈 것을 예감하고 안타까워하는 할아버지 이중직과 육사의 여섯 형제를 모두 독립운동가로 길러낸 대쪽 같은 성품의 어머니 허길, 이육사에게 시집 와서 평생 그의 옥바라지를 하며 그를 지켜주는 부인 안일양이 육사의 뜻을 지지하며 그를 돕는 협조자 역할을 한다. 그리고 관동 대지진 때 육사를 구해준 것을 계기로 피를 나눈 형제와 같은 사이가 되는 안세주와 의열단 단원들도 육사의 협조자이다. 반면 이육사와 갈등하며 대립하는 반동인물의 역할을 하는 것은 박이만이다. 그는 독립 운동가들을 검거하고 괴롭히는 악질 친일 경찰이다. 이러한 박이만의 부하로 그의 명령을 그대로 따르는 마시모토는 박이만

---

8 주동인물과 반동인물의 대결구도에 대해서는 김재석, 『한국현대극의 이론』, 태학사, 2011, 71~73쪽 참조.

의 협조자가 된다. 그리고 등장인물은 아니지만 박이만이 마음대로 할 수 있도록 뒤에서 힘을 실어주는 일제의 존재로, 일제가 박이만의 협조자 역할을 하기 때문에 박이만은 강한 힘을 갖게 되고 이육사와 독립운동가들을 고문하고 탄압한다.

주동인물과 반동인물이 추구하는 대상은 조선의 광복으로, 어린 시절처럼 평화롭고 따뜻한 시절을 되찾으려는 주동인물과 그러한 의지를 꺾고 폭력으로 굴복시키려는 반동인물의 의지가 부딪치면서 갈등이 전개된다. 극의 중심 갈등은 주동인물과 반동인물의 대립에서 발생하며, 갈등이 시작되는 순간 극 사건이 시작되고 갈등이 해소되는 지점에서 극 사건은 끝이 난다. 인물 설정을 중심으로 극의 갈등을 살펴보면 드라마의 의도와 효과를 더 잘 이해할 수 있다. 주동인물과 반동인물의 힘의 크기가 비슷할 때는 갈등의 폭이 커지고 심각한 사건을 내포하게 된다. 드라마 〈절정〉은 반동인물의 힘의 크기가 압도적으로 크다. 그렇기 때문에 갈등이 약하고 주동인물이 겪는 수난을 중심으로 극이 전개된다.

드라마의 초반에는 육사의 어린 시절, 행복하고 평온했던 일상이 그려진다. 동리 집 지붕마다 고지박이 드렁드렁 굵어 갈 때쯤 육사 형제들이 오언시 지은 것을 발표하는 날 동리가 모여서 잔치를 하며 야단법석을 한다. 그리고 행복한 어린 시절에 대한 내레이션이 이어지던 중 갑자기 할아버지의 울음소리가 들리면서 "1910년 8월 29일 한일강제병합조약 체결"이라는 자막이 뜨면서 행복하던 시절은 끝나버리고 만다. "그 시절... 말 달리던 들판과 굽이 흐르던 낙동강, '원록이 저 놈은 맹랑한 놈이야' 하며 좋아하시던 할아버지를 오래 볼 수 있을 것이라 여겼다. 내 형님과 아우들의 웃음소리가 담을 타고 넘치던 그 시절이 시름없이 흘러, 이제 다시는 오지 못할 것을 알지 못했다."는 내레이션은 이육사가 그리워하는 것, 그가 다시 찾고 싶어 하는 세계가 무엇인지를 드러낸다. 그리고 여기에서부터 갈등이 시작된다.

육사는 대구에서 학교를 다니며 결혼도 한다. 그리고 평범한 듯한 일상을 살아가지만 그러한 일상 곳곳에서 조선인이 겪는 차별을 목격하게 된다. 그래서 일본에 가서 직접 일본을 보고 듣고 오기로 결심하고 교토로 유학을 떠난다. 갈등이 본격적으로 시작되는 것은 육사가 일본으로 유학을 떠나면서부터이다. 그가 유학하던 시기에 관동 대지진이 일어나고, 일본인에 의한 조선인 학살이 자행되었다. 박람회장에 들렀던 육사도 자경단 소년들에게 잡혀 죽을 위기에 처하게 된다. 앳된 얼굴의 자경단 소년은 육사의 목에 총구를 들이대고 발음하기 어려운 일본어를 말하게 하여 조선인인지 여부를 확인하려 한 것이다. 이러한 상황에서 윤세주의 도움으로 겨우 위기를 모면하게 된다. 그러나 연이어 조선인들을 도와주겠다며 성당에 모아놓고 불태워 죽이는 참상을 목격하게 된다. 상황을 확인하기 위해 미리 성당에 갔던 윤세주가 죽었는지 생사조차 확인하지 못한 채 조선으로 돌아온 육사는 무기력하게 지내게 된다. 그러던 어느 날 윤세주가 육사의 집을 방문하는 것을 계기로 해서 자신이 꿈꾸는 대상, 즉 그의 목표를 분명히 하게 된다.

이육사는 겉으로는 문명을 이룬 듯 보이는 일본인들이 사실은 가장 야만의 상태에 있다고 판단한다. 위대한 문인의 작품을 읽고, 거장의 음악을 듣고, 진정한 예술을 논의하며 자신들은 문명을 이루었다고 하지만 조선과 만주 백성들이 흘리는 핏물 위에서 진정한 문명은 존재할 수 있는지 의문을 제기하며, "가장 배부르게 먹은 자가 가장 야만스러운 자"라고 단언했다. 이육사는 제국주의 일본의 본질을 야만으로 규정하며 앞으로의 각오를 분명하게 드러낸다.

원록   난 이제 일본을 몰아내기 위해 내가 할 수 있는 일은 무엇이든

	할 걸세. 필요하다면 총도 들고 칼도 들고 폭탄도 들겠어. 대신,
세주	…?
원록	새로 태어날 조선은 절대 일본이며 아미리카 따위를 닮아서는 아니 되네. 새로 태어날 조선의 백성들은 천리 밖 먼 곳에서 나는 신음소리라 해서 못 들은 척 해서도, 내 입에 들어오는 쌀을 기름지게 먹겠다 하여 다른 이의 고혈이 빨리는 것을 못 본 척 해서도 아니 되네.[9]

이때부터 이육사는 그가 목표로 하는 대상을 구체적으로 그리게 된다. 그가 꿈꾸는 새로운 조선은 일본이나 아메리카처럼 다른 이의 고혈을 빨아 내 배를 채우는 그런 나라가 아니다. 천리 밖 먼 곳에 있는 이의 고통도 외면하지 않고 다른 사람의 희생도 못 본척하지 않는 그런 나라, 그런 문명국이 이육사가 목표로 하는 새로운 조선이다. 이처럼 주동인물이 목표로 하는 대상이 분명하게 정해지면서 이를 방해하고 억압하려는 반동인물과의 갈등이 본격적으로 시작된다.

이육사가 반동인물인 박이만과 처음 부딪치게 되는 것은 대구은행 폭파사건의 범인으로 의심받고 수감되면서부터이다. 대구 경찰서 고등계 주임 박이만은 이육사 형제들을 용의자로 의심하여 고문하고 자백을 받으려 한다. 구체적으로 어떤 행동을 했기 때문에 범인으로 의심받게 되었는지 그 과정은 생략되어 있다. 단지 새로운 조선을 위해 투신하기로 맹세한 다음 장면에 감옥에 갇혀 모진 고초를 겪는 모습을 보여주어 반동인물과 반동세력의 강한 힘을 드러내고 이육사가 가고자 하는 길이 얼마나 험난한 길인지를 알게 한다. 혼자서 일제와 맞서던 이육사는 북

---

9 황진영, 〈절정〉, 『MBC』, http://www.imbc.com/broad/tv/drama/815264/vod/index.html

경으로 가서 윤세주를 만나고 그의 소개로 의열단의 김원봉을 비롯해 그와 같은 뜻을 가진 협조자들을 만나게 된다. 김원봉은 상대가 누구든 덤빌 각오가 되어있는 투사, 몸의 피와 뼈가 으스러지고 말라붙어도 아까워하지 않을 자가 필요하다고 하자 이육사는 온 몸의 피와 뼈가 으스러지고 말라붙어도 눈 하나 깜짝하지 않고 남김없이 이용할 수 있는 지도자가 필요하다는 말로 자신의 굳은 결의를 드러낸다. 그리고 조선군관학교에서 훈련을 받기 시작한다. 의열단의 일원이 되면서 이육사는 든든한 협조자들을 얻게 되고, 주동인물의 세력이 커지면서 그의 의지를 실현할 수 있는 가능성도 커지게 된다. 그리고 조선군관학교에서 배운 능력을 발휘하여 어떠한 무장투쟁을 전개할 것인지에 대한 기대감도 생겨난다.

경성으로 돌아온 이육사는 신문사에서 일하며 조선군관학교 출신의 동지 강문석과 비밀리에 접선한다. 그리고 키쓰걸로 꾸민 노윤희의 도움으로 군자금을 손에 넣고 이를 다시 담배팔이 소년 편에 전달한다. 주동인물을 돕는 협조자들과의 호흡이 긴장과 기대를 만들어내고 반동인물에 맞서 그들에게 어떤 타격을 줄 것인지에 대한 기대감이 생성된다. 그러나 소년은 죽고 육사는 검거된다. 육사의 처남이 그가 조선군관학교를 졸업한 것을 이야기했기 때문에 박이만의 감시망에 포착되어버렸던 것이다. 육사의 협조자였던 가족이 반동인물의 협조자가 되면서 주동인물의 힘은 더 약해진 것이다. 다음 거사에서도 같은 구도가 되풀이된다. 감옥에서 고통스러운 시간을 보낸 후 출옥한 육사는 윤세주를 만나 새로운 거사를 계획하게 된다. 그러나 세주의 눈빛은 차가웠고 한 번만 더 일이 꼬이면 더 이상 일을 맡기지 않겠다며 마지막 기회를 준다. 이번에도 윤희의 도움을 받아야 하는데, 육사에게 관심을 보였던 윤희는 그의 무심함에 실망한 상황이어서 불안감이 형성된다. 그리고 불안한 예감대로 윤희는 약속 장소에 나타나지 않는다. 협조자가 제 역할을 해주지 않자 계획은 어긋나고 육사와 문석은 쫓기게 된다. 급박한 상황에서 문석은 총을 맞게 되고 일본 경찰에게 잡히기보다 독약을 먹고 자살하는 것을 선택한다. 그리고 육사는 또다시 박이만에게 잡힌다. 주동인물의 힘이 약한 상황에서 그를 도와주어야 할 협조자가 반동인물의 편에 서게 되면서 계획은 실패하게 되는 것이다. 이러한 실패로 육사는 친구도 잃고, 제대로 돌보지 못했던 그의 아들도 잃게 된다.

육사와 뜻을 함께 하던 사람들 중에서도 독립에 대한 확신을 갖지 못한 경우도 있었다. 노윤희의 경우 육사에 대한 관심이 그녀를 독립운동의 길로 이끌었으나 육사가 자신에게 관심을 보이지 않자 쉽게 배신해 버린다. 육사는 조선군사학교를 졸업하고 굳은 각오로 독립운동에 임하지만 그가 맡은 임무를 성공시키지 못하고 주변 사람들의 배신으로 동지들을 한명씩 잃어간다. 1941년 태평양전쟁이 시작되면서 일제는 조선인들의 마음을 변화시키고 뼛속까지 바꿀 방법을 찾게 되고, 조선인의 마음을 바꿀 수 있는 방법론으로 내선일체, 일선 동조론이 대두된다. 김승환과 같은 부역 문인들이 일제의 협력자가 되고 대신 안락한 삶을 보장받는다. 여기에 더해 주동인물의 협조자였던 노윤희와 김진섭과 같은 인물들이 모두 일제의 협조자가 되면서 주동인물인 이육사의 세력은 더 약해진다. 주동인물과 반동인물의 힘의 차이가 너무 크기 때문에 갈등 관계가 긴장감 있게 전개되지 않는다. 대신 주동인물의 수난이 강조된다. 감옥에 갇힌 육사는 폐병에 걸리고 피고름으로 가득 찬 몸으로 시를 쓴다. 이렇게 완성한 시는 악질 형사인 박이만에게도 충격을 준다.

주동인물과 반동인물 간의 세력 차이는 더 커지기 때문에 더 이상 팽팽하고 긴장감 있는 갈등은 드러나지 않는다. 대신 강한 적에게 두려움 없이 맞서는 육사와 그의 동지들의 비장함을 부각시키고 감동을 더하는 방식으로 사건을 전개해나가게 된다. 감옥에서 나온 육사는 화북으로 간다. 조선 의용군 육백 명이 일본군 오만 명을 상대로 전쟁을 벌이는데 안세주가 그곳에 있다는 소식을 듣고 조선의용대에 합류하기로 한다. 일본군과의 세력 차이가 너무 크기 때문에 조선의용대의 패배는 예견된 것이었다. 세주와 육사는 두려움 없이 맞서지만 이 전투에서 세주는 사망하게 된다. 살아남은 육사는 무기를 조선으로 반입하다가 들켜서 다시 수감되고 고문 끝에 사망했으며 그가 죽기 전 감옥에서 〈광야〉라는 시를 남겼다는 것이 박이만과 하시모토의 대화를 통해 드러난다. 육사는 패배할 것을 알았지만 의연하게 맞섰고, 시를 통해 그가 바라는 세계를 드러냈다. 그리고 그가 시에서 예견했던 대로 광복의 날은 오고 그가 남겨두고 온 딸은 나비를 쫓는다.

드라마 〈절정〉의 인물 구도는 주동인물의 세력이 약하기 때문에 수난을 당하는 내용이 중심을 이루게 된다. 그래서 이육사와 그의 동지들의 독립운동 과정을 긴장감 있게 보여주기보다 그가 제국주의 일본이라는 강한 악에 두려움 없이 맞서고, 고통을 겪지만 그러한 고통 속에서도 조국의 광복이라는 대상에 대한 지향을 놓지 않는 모습을 드러내는데 초점을 두었다. 대신 그의 시가 남아 그가 시에서 예견했던 세상을 맞게 되는 것으로 드라마를 마무리하여 그가 시를 통해 드러내려 했던 세계를 완성시켰다.

3. 총을 넘어서는 시의 힘

드라마 〈절정〉은 이육사의 시와 수필을 활용해서 그의 심리적 흐름을 효과적으로 드러냈다. 드라마의 초반에는 육사의 어린 시절, 행복하고 평온했던 일상이 그려진다. 드라마가 시작되면 웅비한 산기슭 사이로 흐르는 낙동강 상류의 전경이 부감으로 펼쳐지고, 이육사의 내레이션으로 〈계절의 오행〉이 잔잔하게 흐른다. "이 골 물이 좔좔, 저 골 물이 콸콸, 열두 골 물이 한데 모여 천방져지방져 흐르던 그 강 기슭"이라는 내레이션과 함께 강물을 따라가며 산과 강에 둘러싸인 아늑한 원촌리가 보이고, 육사 형제들이 오언시 지은 것을 발표하는 날 잔치를 하느라 동리가 떠들썩한 화면 위로 수필 〈은하수〉가 내레이션으로 흐른다. "장원례는 술 한 동에 북어 한 떼도 좋고, 참외 한 접에 담배 한 발도 좋았다. 담배는 어른들이 갈러 피우고, 참외는 아해들의 차지였다."라는 내레이션 위로 정자에 앉아 담뱃대를 털거나 막걸리를 마시는 할아버지 이중직과 마을 사람의 여유 있는 모습이 보이고 그 주변에서 이육사 형제들이 물놀이를 하고 있다. 화면이 바뀌고 깊은 밤 평상에 누워 참외를 먹으며 할아버지의 말을 듣는 여섯 형제들의 모습 위로 "밤이 으슥하고 깨끗하게 개인 날, 할아버지께서는 우리들을 불러 앉히고 별들의 이름을 가르쳐 주셨다. 저 별은 문천성, 저 별은 남극 노인성... 그러다 삼태성이 우리 화단의 동편 옥해와 나무 우에 비칠 때 별의 전설에 대한 강의도 끝이 나는 것이었다."라고 잔잔한 목소리로 수필 〈은하수〉를 읽는다. 이렇게 내레이션과 함께 재현되는 육사 형제들의 행복했던 어린 시절은 그가 다시 찾고 싶은 세계가 어떤 것인지를 보여주는 역할도 한다.

　드라마 〈절정〉에서 이육사의 글과 시는 현실 상황에 대한 시인의 감정을 직접 드러내는 역할을 한다. 이육사가 대구은행 폭파사건의 범인으로 몰려 검거되고 있던 당시의 심경은 〈말〉을 통해 드러난다. 깜깜한 감방에 갇혀 있던 이육사는 손가락으로 네모난 창을 만들고 격자 창문을 만들어 상상 속 창문을 연다. 그러자 바람이 들어오고 어릴 적 고향

마을에서 봤던 것 같은 까만 하늘에 별무지가 뜨고, 어디선가 히히힝 하는 소리가 들리고 어둠 속에 기운 없이 고개를 수그리고 선 말이 있다. 눈곱 낀 눈에 부석부석한 갈기를 하고 초점 잃은 눈빛을 한 백마를 안타까이 보는 상황에서 시 〈말〉이 내레이션으로 조용히 흘러나온다. "흐트러진 갈기, 후주군한 눈, 밤송이 같은 털... 오, 먼 길에 지친 말이여, 채찍에 지친 말이여... 수긋한 몸통, 축 쳐진 꼬리 서리에 반짝이는 네 굽", 육사의 음성과 감옥 벽에 손톱으로 긁어 새긴 시 〈말〉이 오버랩 된다. 그리고 서리에 반짝이는 네 굽, 구름을 헤치려는 말, 새해에 소리칠 말이라는 〈말〉의 내용이 인서트로 이어지며 지금은 어두운 감옥에 갇혀 있지만 구름을 헤치고 나아가겠다는 의지를 드러냈다.

그리고 감옥을 나온 후 본격적인 독립운동을 하기 위해 육사는 중국으로 가서 조선정치군관학교에 입교하여 힘든 군사훈련을 받게 된다. 이 시기, 황량한 바람이 부는 그곳에서 지치고 아픈 팔뚝을 쓱쓱 문지르며 종이와 펜을 꺼내 시를 쓴다.

  육사의 손 끝에서 태어나는 〈황혼〉의 싯구. '골방'... '황혼'... '인간은 외로운'...
  그 위로 오버랩되는 육사의 〈황혼〉 나레이션.

  육사(E)   내 골방의 커튼을 걸고
            정성스런 맘으로 황혼을 맞이하노니
            바다의 흰 갈매기들같이도
            인간은 얼마나 외로운 것이냐

            황혼아 네 부드러운 손을 힘껏 내밀라

내 뜨거운 입술을 맘대로 맞추어 보련다.

그리고 네 품안에 안긴 모-든 것에

나의 입술을 보내게 해 다오.[10]

굳은 결심을 하고 군사훈련을 받고 있지만 마음 한구석에서 생기는 인간적인 감정을 드러낸다. 그러나 이를 발견한 세주는 이런 글을 쓰느라 마음이 몽글해져서는 안 되고 잠을 설쳐 훈련에 방해가 되어도 안 된다고 하며 총을 든 자와 싸우는 길은 마주 총을 드는 일 뿐이라고 단호하게 이야기한다. 이에 육사도 노트를 덮는다.

드라마 〈절정〉에서는 총의 힘과 시의 힘이 대결하는 구도를 보인다. 세주는 시와 같은 것은 아무런 힘이 없다고 생각한다. 그래서 육사가 시를 쓰는 것에 대해 부정적인 생각을 보인다. 마음을 말랑하게 해서 방해가 된다는 것이다. 그러나 드라마가 진행되면서 점차 총의 힘보다 시의 힘이 더 크다는 것이 드러난다. 군사학교 훈련을 마치고 경성으로 돌아온 육사는 의열단 활동을 하지만 실패를 하고 여러 차례 감옥에 갇혔다가 풀려나기를 반복한다. 육사는 세주로부터 자신의 실패로 고통받을 동지들이 있다면서 더 이상 기회를 주지 않을 것이라는 말을 듣게 된다. 이날 육사는 집으로 돌아와 시를 쓴다. '내 고장 칠월은... 내 고장 칠월은... 내 고장 칠월은...' 같은 단어로 종이는 빽빽해진다.

> 육사(E)　　세주, 자네 말이 맞았네. 나에겐 분노가 없네. 나를 타오르게 하는 것은 분노가 아니었네. 그것은 슬픔이네. 지독한 슬픔. 세주... 또 다시 전쟁이 났네. 지독한 슬픔의 광풍이

---

10 황진영, 〈절정〉, 『MBC』, http://www.imbc.com/broad/tv/drama/815264/vod/index.html

몰아치려 하네.

걷는 육사 위로, 시 〈청포도〉 올라간다.

〈청포도〉
내 고장 칠월은
청포도가 익어가는 계절

이 마을 전설이 주저리주저리 열리고
먼 데 하늘이 꿈꾸며 밀려서 오면...

에서 다음 씬, 동인1이 낭독하는 시 〈청포도〉로 연결

34. 지하 카페 안.
시 낭독회가 열리는 지하 살롱. 진지한 표정으로 동인1이 낭독하
는 시를 듣고 있는 청중들.

동인1   내가 바라는 손님은 고달픈 몸으로... 청포를 입고 찾아온
         다고 했으니
         내 그를 맞아 이 포도를 따 먹으면... 두 손은 함뿍 적셔도
         좋으련
         아이야 우리 식탁엔 은 쟁판에... 하이얀 모시 수건을 마련
         해 두렴

청중들 속에 앉은 육사, 헬쓱하고 파리해진 모습이 마치 수도승과 같은

청빈한 느낌을 풍긴다. 육사, 시를 듣는 사람들을 훑어본다.

그중에 한 명, 눈을 감고 음미하듯 육사의 〈청포도〉를 듣던 스무살 남짓의 청년.

시를 듣던 청년의 얼굴에 스르르... 미소가 뜨고, 육사, 덩달아 설핏 미소 짓는데, 곧 낭독이 끝나고 우레와 같은 박수 터진다. [11]

마음의 고통 속에서 써내려갔던 육사의 시는 일제강점기를 살아가던 조선 사람들의 마음에 위로와 희망을 준다. 육사의 시를 부정하고, 총을 들어야한다고 했던 세주도 마지막 순간에 자신의 군복 윗주머니에 꼬깃꼬깃 접어두었던 〈청포도〉가 실린 신문 조각을 꺼내 보이며 이 시를 읽을 때마다 기운이 났다며, 육사의 시를 읽고 언젠가는 그 날이 오겠거니 하는 생각에 기분이 좋아졌다고 고백한다.

세주, 피 묻은 손으로 자신의 군복 윗 주머니에 꼬깃꼬깃하게 접었던 신문조각을 꺼낸다.

바로 육사의 시 〈청포도〉가 실린 신문 조각이다.

세주   이 시를 읽을 때마다 기운이 났네. 이상하게 자네의 시를 읽고 있으면... 그래, 언젠가는 그 날이 오겠거니... 기분이 좋아졌단 말이지.

육사   세주...

세주   ... 돌아가게. 자네 시는 어쩌면... 어쩌면 말이네...

---

11 황진영, 〈절정〉, 『MBC』, http://www.imbc.com/broad/tv/drama/815264/vod/index.html

하다가 결국 말을 잇지 못하고 숨을 거두는 세주.[12]

육사의 시가 조선 사람들의 마음을 움직였고 그들에게 원하는 날이 올 것이라는 희망을 주게 된다. 무력을 추구했던 세주도 시의 힘을 인정한다. 세주가 다하지 못한 말은 어쩌면 육사의 시야말로 일본을 이길 수 있는 방법이 아닐까 하는 기대일 수 있다. 이러한 시의 힘, 문학의 힘을 일제 또한 잘 알고 있었다. 그래서 조선인들이 일본인들과 같은 마음이 되도록, 조선인들의 마음을 진정 변화시키고 그 뼈 속까지 바꿀 방법을 찾아야 한다고 생각한다. 그래서 조선 문인들을 동원해서 국민문학이라는 잡지를 만들어 조선 사람들의 마음을 움직이려 한다. 국민문학에 친일시가 실리고, 김승환과 노윤희가 친일에 대한 글들을 발표한다. 그러나 육사는 감옥에서 죽어가면서 〈절정〉이라는 시를 남긴다.

감옥 안, 길게 자란 손톱을 벽에 문질러 가는 육사. 시멘트에 쓸려 피가 나지만 조금은 신경질적인 육사의 행동은 멈추지 않는데,
그 때, 찌이익... 감방 문이 열리며 간수1이 들어와 육사를 끌고 나간다.
차가운 시멘트 바닥에 질질 끌리는 육사의 발 뒤꿈치. 쩌억 갈라져 피고름이 흐르고 있다. 감방 로비에 서서 끌려가는 육사를 차가운 눈빛으로 보는 이만에서.

CUT TO
마시모토가 육사가 머물던 감방의 이불을 털고, 선반을 뒤집어 엎어가며 뒤진다.

---

12 황진영, 〈절정〉, 『MBC』, http://www.imbc.com/broad/tv/drama/815264/vod/index.html

마시모토　별거 없습니다. 그냥 글 나부랭이 몇 개...(하는데)

하며, 이만에게 건네주는데, 대꾸 없는 이만.
보면, 육사가 벽을 긁어 써 넣은 시 〈절정〉 앞에 선 이만.

〈절정〉
매운 계절의 채찍에 갈겨
마침내 북방으로 휩쓸려오다

하늘도 그만 지쳐 끝난 고원
서릿발 칼날진 그 위에 서다

어데다 무릎을 꿇어야 하나?
한 발 제겨 디딜 곳조차 없다.

이러매 눈 감아 생각해 볼 밖에
겨울은 강철로 된 무지갠가 보다

충격을 받은 듯 멍~해진 이만의 눈빛에서. ¹³

　시를 팔아 자신의 안위를 찾는 문인들과 이육사의 고통을 교차시켜
보여주고 극한의 고통 속에서 이육사가 어떤 시를 써 냈는지 들려준다.
절제되어 있지만 강한 힘을 가진 시는 마음을 움직이고, 악질 형사인

13 황진영, 〈절정〉, 『MBC』, http://www.imbc.com/broad/tv/drama/815264/vod/index.html

박이만에게도 충격을 주게 된다. 그동안 조선인들을 고문하고 괴롭힌 대가로 승진하고 넓은 사무실을 받게 되어 흐뭇해하던 박이만도 이육사의 시를 읽고는 복잡한 마음이 된다. 그리고 북경 일본 영사관 감옥으로 이송되었던 이육사가 모진 고문으로 사망했다는 전갈이 전해지고 그가 남겼다는 시 〈광야〉를 보고는 충격을 받는다. 시는 악질 친일파의 마음에도 흔적을 남기고 변화시키는 것이다. 그리고 육사가 시에서 예언했던 대로 곧 광복의 날이 오고 그의 시 〈광야〉가 육사의 음성과 함께 뜬다.

드라마 〈절정〉은 육사의 시가 어떠한 상황에서 창작된 것인지, 시만 남아있는 상황에서 육사의 행적을 조사하고 그를 토대로 그의 독립운동사를 재구성해냈다. 그래서 그의 시가 어떤 극한 상황 속에서 나온 것인지 그리고 그 시가 사람들에게 어떤 영향을 미치게 되었는지 시의 힘, 문학의 힘에 대해 이야기하려 했다. 육사의 삶과 문학을 결합시킨 이러한 방식은 의미 있다. 육사의 의열단 활동은 성공하지 못했지만 그의 시는 사람들의 마음에 희망을 주고 결국 일본을 이기고 광복을 가져오게 되었다는 메시지를 드러낼 수 있기 때문이다.

4. 이육사 대중문화콘텐츠화의 가능성

이육사의 시와 그의 독립운동은 개별적으로 연구되어 왔다. 그래서 이육사 문학과 이육사의 독립운동 사이의 연관성을 제대로 드러내지 못했고 개별적으로 이해해왔다. 드라마 〈절정〉은 이육사의 독립운동 과정을 극적인 방식으로 드러내며 그 과정에서 시인의 심리적인 면을 시를 통해 드러내어 독립을 향한 의지와 그의 시가 지닌 힘을 제대로 재현해냈다는 점에서 의미가 있다.

드라마는 행복한 어린 시절에서 출발해서 조선인이라는 이유만으로 겪는 참혹한 현실을 목격하고 경험하면서 하면서 독립운동에 투신하게 되는 과정을 따라간다. 드라마는 시간의 흐름을 따라가는 방식으로 전개된다. 그래서 행복했던 어린 시절을 지나 일본에 나라를 잃고 차별을 경험하면서 문제의식을 갖게 되고, 그러한 불의에 맞서기 위해 총과 시를 들었다가 사망하기까지의 일생을 담아냈다. 그래서 이육사가 어떤 이유로 조선의 독립을 위해 목숨까지 내놓았는지 그의 심리적 움직임과 변화를 드러내어 관객의 공감을 유도하고, 극심한 고통 속에서 만들어낸 시를 통해 인간 정신의 위대함을 실감하게 한다.

"'절정'은 시대와 불화했던 한 시인의 외롭고 허기진 마음을 만져보고 싶어 시작한 이야기였다. 그러나 그것에만 머물지 않고 '제국주의라는 폭력에 맞서 시를 써내려간 한 예술가의 비극적 삶'이라는 주제"[14]를 효과적으로 드러냈다. 사실 드라마 〈절정〉은 의열단의 이육사보다 시인 이육사의 삶에 초점을 맞추고 있다. 그래서 의열단 단원으로 투사였던 이육사의 독립운동 과정을 소극적이고 수동적인 것처럼 보이게 한 점은 아쉽다. 이육사는 시만 쓴 것이 아니라 의열단의 단원으로 무장독립운동을 전개한 투사였다. 그러나 드라마 〈절정〉에서는 이육사의 독립을 향한 의지는 드러냈지만 그 의지를 실현할 수 있는 역량은 효과적으로 드러내지 못했다. 이육사는 번번이 거사에 실패하여 동지들이 잡혀가거나 죽게 된다. 거듭된 실패로 그를 신뢰하던 윤세주가 냉정한 시선을 보내고 더 이상 이육사에게 기회를 주지 않기로 한다. 이런 수동적인

---

14 「휴스턴 국제영화제 절정 - 무한도전 등 특별상 수상 쾌거」, 『뉴스엔』, 2012.4.24., https://www.newsen.com/news_view.php?uid=201204241521591001

인물 설정은 드라마에 대한 흥미를 약화시키는 요인이 될 수 있다.

영화 〈동주〉에서는 시인 윤동주의 심리적인 측면을 섬세하기 드러내는 것은 중요했다. 그러나 이육사는 무장 독립투쟁 단체인 의열단의 일원이었던 만큼 투사로서의 그의 역할에 주목할 필요가 있다. 이는 이육사를 소재로 한 문화콘텐츠의 새로운 영역이 될 수 있을 것이다. 드라마 〈절정〉에서 이육사는 너무 무력한 존재로 그려진다. 그는 자신의 목숨을 구해주었던 윤세주의 기대를 계속해서 저버리고 그의 죽음도 지켜봐야하는 존재이다. 수동적이고 무기력해 보이는 이러한 인물 설정은 상상의 영역을 줄이고 좀더 알려진 시인으로서의 이육사에 초점을 두었기 때문에 생긴 결과로 보인다. 이는 독립 운동가이자 투사였던 이육사의 보다 본질적인 면을 드러내는 데는 한계가 있다. 영화 〈암살〉에서는 의열단 단원들의 무장 투쟁 과정을 긴장감 있고 스펙터클한 드라마로 드러내어 일제강점기 독립 운동가를 다루는 새로운 시각을 보여주었다. 사실 시인 이육사가 의열단 단원으로 활동했다는 것은 상당히 흥미있는 영역임에 분명하다. 이육사의 의열단 활동에 대해 집중하고 상상력을 동원해서 창조해내는 것은 흥미 있고 의미 있는 결과로 이어질 수 있을 것이다.

물론 이러한 상상력의 영역은 역사적 사실을 토대로 하되 알려지지 않았던 부분을 드러낼 때 효과적일 것이다. 드라마 〈절정〉에서는 극적인 흥미를 고려해서 역사적인 부분을 다르게 설정하고 있는 부분이 있다. 이육사가 독립운동을 하게 되는 계기로 중요한 역할을 하는 것이 그의 일본 유학이다. 드라마에서는 1923년 교토로 유학을 간 것으로 되어있으나 사실은 1924년 4월 일본 도쿄로 유학을 갔다가 1925년 1월 귀국한다.[15] 그의 일본유학은 9개월 정도에 지나지 않았으나 사회주의를 접하고 민족적 각성을 하는 계기가 되었다고 보고 있다.

역사적 사실에서 소재를 가져올 경우 최대한 역사적 사실을 충실하게 드러내는 경우도 있지만 역사적 사실에서 일부를 가져와서 작가적 상상력으로 창조해내는 작품도 많다. 〈절정〉은 이육사와 관련된 기록들을 참고하면서도 작가적 상상력을 확장해서 드라마적 세계를 입혀서 새롭게 창조해냈다. 일본 유학시절 이육사의 활동에 대한 구체적인 자료가 부족한 상황에서 그가 독립운동에 적극적으로 뛰어들게 되는 계기를 분명하게 부각시키기 위해서는 당시 실제 조선인이 경험했던 차별과 위협에 대한 자료를 근거로 해서 이 부분을 보완해낼 수 있다는 것을 보여주었다. 이러한 시도는 그의 의열단 활동에도 적용할 수 있을 것이다. 이렇게 된다면 이전과는 다른 새로운 이육사를 만날 수 있는 가능성이 열리게 되는 것이다.

---

15 도쿄의 간다구(神田區) 킨죠우(錦城)고등예비학교에 입학해서 1년간 재학했다는 진술기록도 있고, 도쿄세이소쿠예비교(東京政則豫備敎)와 니뽄대학(日本大學) 문과 전문부를 다니다가 퇴학하였다는 경찰기록도 있다고 한다. 이에 대해서는 김희곤, 『이육사의 독립운동』, 이육사문학관, 2017, 55~56쪽 참조.

연보

이육사 연보

■ 가계도

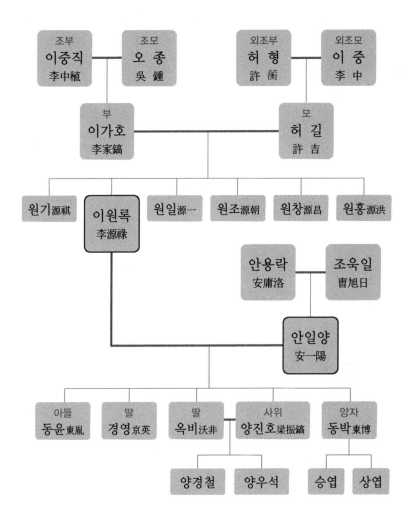

1904년 (1세)

4월 4일(음력) 경상북도 안동시 도산면 원천리(당시 안동군 도산면 遠村洞) 881번지에서 퇴계(退溪) 이황(李滉)의 13대 손인 이가호(李家鎬)와 의병장 범산(凡山) 허형(許蘅)의 따님인 허길(許吉) 사이에서 차남으로 태어나다. 첫 이름은 원록(源祿), 둘째 이름이 원삼(源三)이며, 스스로 활(活)과 '육사(二六四, 肉瀉, 戮史, 陸史)'라는 이름을 지어 사용했다. 시와 수필 등 문학 작품에서는 주로 '(이)육사(李陸史)'를, 그리고 평론에서는 대체로 '이활(李活)'을 필명으로 썼다.

1908년 (5세)

조부 치헌공(痴軒公)에게서 한학을 배우다. 육사는 「剪爪記(전조기)」에서 '내 나이 여섯 살 때 小學(소학)을 배웠다고 했다.

1915년 (12세)

육사는 맏형 원기(源祺)와 함께 보문의숙에 출입하였으나 정규 학생 신분은 아니었을 것으로 추정한다.

1916년 (13세)

조부가 별세하고, 가세가 기울기 시작하다.

1919년 (16세)

안동군 녹전면(祿轉面) 신평동(新坪洞) 속칭 '듬벌이'로 이사하다. 예안 만세 사건을 겪다. 보문의숙을 공립으로 개편한 도산공립보통학교에서 4년간의 수학을 마치다.

1920년 (17세)

맏형 원기, 아우 원일(源一)과 함께 대구(남산동 662번지)로 나오다.
아우 원일과 경주 양동 사람 운거(雲居) 이명룡(李命龍)이 석재(石齋) 서병
오(徐丙五)에게 사사할 때 동행하여 그림 공부에 관심을 갖게 되다.

1921년 (18세)

부친의 엄명으로 봄에 영천군 화북면(華北面) 오동(梧洞) 안용락(安庸洛)
의 따님 일양(一陽)과 결혼하다.

1922년 (19세)

영천 화북면 백학학원(白鶴學院)(옛 백학서원)에서 이명선·서만달·백기
만과 같이 공부하다.

1923년 (20세)

백학학원에서 교원으로 9개월간 근무하다.

1924년 (21세)

대구의 김관제(金觀濟)(약업인), 김현경(金顯敬)(삼강병원장), 강신묵(姜信
黙)(경상북도 근무) 등의 재정 지원을 받아, 4월 일본으로 건너가 동경 신전
구(神田區)의 금성(錦城)고등예비학교, 혹은 동경정칙예비학교(東京正則
豫備學校), 또는 일본대학 문과 전문부에서 수학하다.

1925년 (22세)

1월 일본에서 귀국하다. 대구에서 조양회관(朝陽會館)을 중심으로 활동하
다. 맏형 원기, 아우 원일과 함께 정의부(正義部), 군정서(軍政署), 의열단
(義烈團)에 입단해 독립운동을 했다는 주장도 있다.

1926년 (23세)

7월 중국 북경 중국대학(中國大學) 상과에 입학하여 7개월 재학, 혹은 1925
년 8월 경 중국으로 가 중국대학 사회학과에 입학하여 재학 2년 만에 중퇴
하다.

1927년 (24세)

귀국 후, 10월 18일 일어난 장진홍(張鎭弘) 의사의 조선은행 대구지점 폭파
의거에 혐의를 받아 원기, 원일, 원조(源朝) 삼형제와 함께 피검되어 구속되
다. 안동 유교하(柳敎夏)의 도움으로 1주일 만에 풀려났으나, 학생 신분인
원조를 제외한 삼형제는 다시 구속되다. 사건의 주모자 혐의를 받고, 이후
1년 7개월의 옥고를 치르다. 이우익·강희준·밀양사람 박모 씨가 변호하다.

1929년 (26세)

장진홍 의사가 2월 피검되면서, 5월 증거불충분으로 석방되어 12월 9일 면
소판결을 받다.

1930년 (27세)

아들 동윤(東胤) 태어나다(2세에 사망). 1월 10일 대구청년동맹 간부로 구
속되었다가 석방(1월 19일)되고, 3월에도 대구경찰서에 구속되었다가 석방
되다. 2월에 중외일보 대구지국 기자로 입사하다.
창작시 「말」을 '이활(李活)'이라는 이름으로 『조선일보』(1월 3일)에 발표하
고, 10월 『별건곤』에 '대구 이육사(二六四)'(목차에는 '李活')라는 이름으로
평문 「대구사회단체개관」을 발표하다.

1931년 (28세)

레닌의 탄생일을 기해 대구에 뿌려진 격문 사건으로 예비검속(1월 21일)되

어 대구지방법원 검사국에 피의자로 송치(3월 13일)되었다가, 불기소로 출소(3월 23일)하다. 8월 조선일보 대구지국으로 자리를 옮기다. 이 해에 외숙 일헌(一軒) 허규(許珪)의 독립군 자금 모금관계로 만주로 갔다가 귀국했다는 설과 북경으로 가다가 만주사변이 일어나 동행은 귀국하고 육사는 봉천(奉天, 오늘날 瀋陽) 김두봉(金枓奉)에게 가 지냈다는 설도 있다.

1932년 (29세)

'육사생(肉瀉生)'이란 이름으로 4회에 걸쳐 「대구의 자랑 약령시의 유래」(『조선일보』 1월 14일, 16일, 20일, 26일)를, '이활'이란 이름으로 「대구의 장연구회 창립을 보고서」(『조선일보』 3월 6일, 9일)를 발표하다. 이어 신진작가 장혁주(張赫宙)를 취재한, 「신진작가 장혁주군 방문기」를 『조선일보』(3월 29일)에 '이활'이라는 이름으로 발표하다.

이후 조선일보사를 퇴사하고(3월), 4월(혹은 5월) 하순 중국 봉천(奉天)으로 가 궁도정(宮島町) 삼성(三省)고무공장의 나경석(羅敬錫)에게 의탁해 7월 20일까지 지내다. 육사의 처남인 안병철(安炳喆)도 5월경부터 봉천에 체재했다. 이 시기 육사는 서탑대가(西塔大街) 삼정목(三丁目)에 있는 근화여관(槿花旅館)에서 지내면서, 이전부터 잘 알던 중외일보 기자 출신의 윤세주(尹世冑), 만몽(滿蒙)일보 설립을 위해 그곳에 온 김을한(金乙漢) 등과 교제하고, 근화여관을 주소로 국내 영일군 기계면의 친척 형제인 이상흔(李相欣)에게 엽서(6월 29일)를 보내다.

7월 20일 경 윤세주, 안병철과 천진(天津)으로 가다. 육사와 안병철은 일본 조계(日本租界) 추산가(秋山街)에 있는, 한때 대구 계성중학교 교사로 근무한 이중희(李重熙)의 집에 머물다. 이후 혼자 북경(北京)으로 갔다가 다시 천진으로 돌아오다. 9월 초순 경 중흥(中興)여관에서 윤세주가 자신이 의열단(義烈團)원임을 밝히고, 육사와 안병철에게 의열단장 김원봉(金元鳳)이 설립 중인 학교에 입학할 것을 권유하다. 이후 다시 북경으로 가 중국대학의 중국인 동창생 조세강(趙世綱)(당시 중국 지방재판소 검사)을 만나 약 3주간 체재하다가 다시 천진으로 와, 윤세주에게 입대의 결의를 밝히다. 9월 중순, 윤세주, 안병철, 김시현(金始顯)과 남경(南京)으로 출발하고, 9월 말 경 남경의 오주(五洲)공원 안의 중국인 별장에서 지내다 남경 시외지역인 탕산진(湯山鎭) 선사묘(善寺廟, 혹은 善祠廟)로 이동해 그곳 병영에서 숙박하다. 이후 10월 20일(혹은 10일) 조선혁명군사정치간부학교(정식 명칭은 중국국민정부 군사위원회 간부훈련반 제6대) 1기생으로 입교해 6개월 간 교육훈련을 받다.

1933년 (30세)

4월 「자연과학과 유물변증법」(『대중』 창간임시호)을 발표하다. 이 잡지 미게재 원고 목록 첫머리에 '이육사(李戮史)'라는 이름을 사용한 「레닌主義哲學의 任務」가 제시되다.

4월 20일 1기생으로 조선혁명군사정치간부학교를 졸업하다. 졸업식 후 저녁의 연극 공연에서 자신이 대본을 쓴 「지하실」의 배우로 출연하고, 함께 공연된 「손수레」에서도 배우로 출연하다. 졸업 후 남경 시내로 이동해 머물다가 5월 15일(기록에 따라 다름) 상해(上海)로 가 프랑스조계지 포백로(浦栢路)의 금릉(金陵)여관에서 머물다.

6월 중순, 상해 만국빈의사(萬國殯儀社)에서 열린 양행불(楊杏佛)의 장례식장에서 중국의 작가 노신(魯迅)을 만나다. 7월 15일 중국 안동(安東)(오늘날 丹東), 신의주를 거쳐 서울로 들어와 고향인 안동으로 오다. 귀국 후 친구 유태하(柳泰夏)의 집(서울 재동 82번지)에서 약 2주간 머물다 문명희(文明姬)의 집(재동 85번지)의 방 한 칸을 빌려서 거주하다.

1934년 (31세)

2월 『형상』 창간호에 '이활'이라는 필명으로 설문 '1934년에 임하야 문단에 대한 희망'에 대한 답변을 싣고, 이후 같은 이름으로 『신조선』에 시사평론 「오중전회를 앞두고 외분내열의 중국정정」(9월)과 「국제무역주의의 동향」 (10월)을, 그리고 '육사'라는 필명으로 수필 「창공에 그리는 마음」(11월)을 각각 발표하다.

3월 22일(혹은 5월 22일, 5월 25일) 일제의 조선혁명군사정치간부학교 출신 자 검거로 피검되어 구속되다. 6월 23일 기소유예 의견으로 석방되고, 8월 31일 기소유예 처분을 받다.

1935년 (32세)

봄에 위당(爲堂) 정인보(鄭寅普)의 집에서 신석초(申石艸)를 만나 평생의 지기가 되었으며, 정인보의 다산(茶山) 정약용의 『여유당전서』 간행관계로 신조선사와 인연을 맺은 이후 신석초와 『신조선』의 편집에 관여하다.

1월 시사평론 「1935년과 노불관계전망」(『신조선』)과 「위기에 임한 중국정 국의 전망」(『개벽』)을, 3월 「공인 "깽그"단 중국청방비사소고」(『개벽』)를 '이활'이라는 필명으로 각각 발표하다. 『신조선』에 시 「춘수삼제」(6월)와 「황혼」(12월)을 '육사'라는 필명으로 발표하다.

1936년 (33세)

만주로 가서 같은 조선일보 기자였던 이선장(李善長)을 몽양(夢陽) 여운형 (呂運亨)과 일헌(一軒) 허규(許珪)에게 소개하고, 귀국길에 체포되어 1주일 간 서울형무소에 구류되었다는 주장이 있다.

7월 포항 동해송도원에서 요양하다. 이 때 포항의 서기원(徐起源)의 집을 주소지로 신석초에게 엽서를 보내다. 육사의 모친 회갑연에 자금을 보태기 도 한 하생(何生) 서기원은 육사의 친구로, 육사 사후에도 육사의 가족과 인연이 이어졌다.

11월 18일 모친 회갑연을 대구에서 치르다.

시 「실제」(『신조선』 1월), 「한 개의 별을 노래하자」(『풍림』 12월)를 발표하다. 노신의 죽음을 애도하고 업적을 기리는 문학평론 「노신추도문」(『조선일보』 10월 23일, 24일, 25일, 27일, 29일)을 발표하고, 노신의 소설 「고향」(『조광』 12월)을 번역, 게재하다. 시사평론 「중국의 신국민운동 검토」(『비판』 4월)와 「중국농촌의 현상」(『신동아』 8월)을 발표하다.

'이활'이란 필명을 쓴 시사평론 「중국의 신국민운동 검토」, 「중국농촌의 현상」을 제외하고, 다른 모든 글에서 '(이)육사'라는 필명을 사용하다. 그리고 이후 「모멸의 서」와 「영화에 대한 문화적 촉망」을 제외한 모든 글에서 필명은 '(이)육사'로 통일된다.

1937년 (34세)

모친, 아우 원일과 함께 서울 명륜동(명륜정 3정목 57의 3호)에서 생활하다.
3월 일본 동경에서 무용가 박계자(朴桂子, 본명 박외선)를 취재하다.
시 「화제」를 탈고하다.
3월 시 「해조사」(『풍림』), 4월 방문기사 「무희의 봄을 찾아서 - 박외선 양 방문기」(『창공』 창간호), 5월 수필 「질투의 반군성」(『풍림』)을 각각 발표하다. 8월 수필 「문외한의 수첩」(『조선일보』 3일, 4일, 6일), 10월 말에서 11월 초 소설('소품') 「황엽전」(『조선일보』 10월 31일, 11월 2일, 3일, 5일)을 연재하고, 11월 시 「노정기」(『자오선』)를 발표하다.

1938년 (35세)

'동인계간지 『영화예술』 창간' 기사(『조선일보』 2월 25일) 중 육사가 포함된 동인 명단이, '문예잡지 『풍림속간』' 기사(『조선일보』 3월 6일 '학예소식'란)에 육사가 포함된 편집동인 명단이 소개되다.
시 「초가」(4월), 「강 건너간 노래」(7월), 「소공원」(9월), 「아편」(11월)을 『비판』에 각각 발표하다. 수필 「전조기」(『조선일보』 3월 2일), 「계절의 오행」(『조선일보』 12월 24일, 25일, 27일, 28일), 신간평 「자기심화의 길 - 곤강의 『만가』를 읽고」(『조선일보』 8월 23일)를 발표하고, 평론 「모멸의 서 - 조선 지식여성의 두뇌와 생활」(『비판』 10월)과 「조선문화는 세계문화의 일륜」(『비판』 11월)을 각각 발표하다. 수필 「초상화」(『중앙시보』, 3월)는 아직까지 원전이 공개되지 않았다.

1939년 (36세)

1939년 1월 13일(무인년(음력) 11월 23일) 부친 회갑연을 갖다. 이때 신석초, 최용(崔鎔), 이명룡(李明龍)과 함께 경주로 여행하다.

가을에 서울 종암동(鍾岩洞) 62번지로 이사하다.

딸 경영(京英) 태어나다(출생 후 백일 전후해 사망).

박영희(朴英熙)의 시집 '회월시초 출판기념' 안내 기사(『조선일보』 7월 16일 '학예 안테나'란)와 윤곤강의 '동물시집 출판기념' 안내 기사(『조선일보』 9월 2일 '학예 안테나'란)에 육사가 발기인으로 소개되다.

시 「연보」(『시학』 3월), 「남한산성」(『비판』 3월), 「호수」(『시학』 5월), 「청포도」(『문장』 8월), 평론 「영화에 대한 문화적 촉망」(『비판』 2월), 「"씨나리오" 문학의 특징 - 예술형식의 변천과 영화의 집단성」(『청색지』 5월), 수필 「횡액」(『문장』 10월)을 각각 발표하다.

1940년 (37세)

시 「절정」(『문장』 1월), 「소년에게」(『시학』 1월), 「반묘」(『인문평론』 3월), 「광인의 태양」(『조선일보』 4월 27일), 「일식」(『文章』 5월), 「교목」(『인문평론』 7월), 「서풍」(『삼천리』 10월), 수필 「청란몽」(『문장』 9월), 「은하수」(『농업조선』 10월), 「현주·냉광 - 나의 대용품」(『여성』 12월), 신간평 「윤곤강시집 「빙화」 기타」(『인문평론』 11월)를 발표하다.

9월(음력) 신석초 부친의 생일을 맞아 부여에 가다.

1941년 (38세)

2월(음력) 딸 옥비(沃非) 태어나다.

4월 25일 원산(元山) 임해장(臨海莊)에서 「중국 현대시의 일단면」을 탈고하다.

4월 26일 원산 청도장(聽濤莊)에서 중국 작가 고정(古丁)의 소설 「골목안(小巷)」(번역)을 탈고하다.

4월 26일(음력) 부친상을 당하다.

9월 폐질환으로 성모병원에 입원하다.

시 「독백」(『인문평론』 1월), 「아미」, 「자야곡」, 「서울」(『문장』 4월), 「파초」(『춘추』 12월), 수필 「연인기」(『조광』 1월), 「연륜」(『조광』 6월), 「산사기」(『조광』 8월), 문학평론 「중국문학오십년사」(번역)(『문장』 1, 4월), 「중국현대시의 일단면」(『춘추』 6월), 번역소설 「골목안(小巷)」(『조광』 6월)을 발표하다. 「농촌문화문제특집」 설문에 대한 답변(『조광』 4월)을 하다.

1942년 (39세)

2월에 성모병원에서 퇴원하여, 경주 안강(安康) 기계리(杞溪里)의 이영우(李英雨)의 집에서 요양하다.

6월 3일 육사에게 조선혁명군사정치간부학교 입교를 권유하고 함께 1기생으로 훈련을 받고 졸업한 석정(石正) 윤세주가 중국 화북 태항산(太行山, 타이항산) 마전반격전(麻田反擊戰)에 참전해 일본군과 교전 중 전사하다.

6월 12일(음력 4월 29일) 모친 허씨 별세하다.

7월 경주 옥룡암에서 요양하다. 옥룡암에서 3개월 동안 있을 뜻을 신석초에게 보낸 편지에서 밝히다. 8월 옥룡암에서 신석초에게 보낸 엽서에 시조 두 편을 남기다.

8월 3일 동북항일연군 제3로군 총참모장 겸 제3군단장 허형식(許亨植, 본명 許克 혹은 許埏. 육사 모친의 사촌 형제, 곧 육사의 외가당숙)이 만주국

군과의 경안현(慶安縣, 당시 慶城縣) 청봉령(青峰嶺) 전투에서 전사하다. 7월 13일(음력) 맏형 원기(源祺) 타계하다. 대소가가 분산되어 큰집은 빈소를 모시고 고향 원촌으로 환고하다. 연이은 상고(喪故)에 몸이 쇠약해져 잠시 서울 미아리에 사는 의성(義城) 사람 이태성(李泰成)의 집에서 휴양하다. 1월 수필 「계절의 표정」(『조광』)을 발표하고, 8월 4일 신석초에게 보낸 엽서에 시조 「뵈올까 바란 마음」을 남기다. 12월 1일자 『매일신보사진순보』에 수필 「고란」을 발표하다.

1943년 (40세)

1월 신정, 신석초와 답설(踏雪)을 하던 중에 육사가 북경에 갈 뜻을 밝히다. 이와는 달리, 신석초는 다른 글에서 시기를 정확히 기억하지 못하는 답설 중에 함께 북경을 가자고 했으며, 육사가 북경 행을 밝힌 것은 1942년 겨울이고 여러 친구들이 만류했다고 했다.

신석초 · 이민수 등과 함께 어울린 시회(詩會)에서 한시 「근하석정선생육순(謹賀石庭先生六旬)」, 「만등동산(晚登東山)」, 「주난흥여(酒暖興餘)」 3편을 남기다.

봄에 북경에 가다. 북경 중산공원(中山公園)에서 당시 『매일신보』 북경 특파원 겸 지사장이었던 백철(白鐵)을 우연히 만나다. 백철은 육사가 북경에 온 것이 꽤 오래 됐다고 자신에게 말했다고 서술했다.

모친과 맏형의 소상(小祥)에 참여하기 위해 4월(음력) 귀국, 고향 안동 원촌까지 오다. 안동 풍산(豐山)에서 일박하고 서울로 온 후 7월(혹은 늦가을) 동대문 경찰서 형사대와 헌병대에 의해 피검되다. 약 20여일 구금된 후, 북경으로 압송되다.

1944년 (41세)

1월 16일 새벽 5시 북경시 내1구(內一區, 현재 東城區) 동창호동(東廠胡

洞) 1호(일본 영사관 감옥으로 추정)에서 순국하다. 친척의 딸이자 독립운동가인 이병희(李丙禧)가 육사의 시신을 수습해 장례를 치르고, 아우 원창이 화장한 유해를 인계받아 서울 미아리 공동묘지에 안장하다.

1945년
아우 이원조에 의해, 육사의 유시(遺詩) 「꽃」과 「광야」가 『자유신문』에 소개되다.

1946년
아우 이원조에 의해 교열된 『육사시집(陸史詩集)』이 서울출판사에서 출간되다.
아우 이원창의 3남 동박(東博)이 양자로 입적되다.

1956년
장조카 이동영이 소장한 육사의 시 「편복」(친필원고)이 더해진 『육사시집』(범조사)이 다시 간행되다.

1960년
이동영이 육사의 유해를 미아리에서 고향 원촌으로 이장하다.

1964년
이동영이 '이육사 선생 기념비 건립 위원회'를 조직하고 한시 「근하석정선생육순」, 「만등동산」, 「주난홍여」 3편이 더해진 '육사시집'을 『청포도』(범조사)로 개재해 발간하다.

1968년

안동시 낙동강 가에 육사 시비를 세우다(5월 5일). 조지훈(趙芝薰)이 비문을 짓고, 앞면에는 시 「광야」를, 뒷면에는 비문을 새기다. 글씨는 김충현(金忠顯)과 배길기(裵吉基)가 쓰다.

건국공훈 대통령 표창이 추서되다. 이후 건국훈장 애국장(1977), 문화훈장 금관장(1983)이 추서되다.

1974년

『나라사랑』(16집, 외솔회)에 신석초가 소장한 육사의 시 「바다의 마음」(친필원고)과 묵화(墨畵) 2점이 발굴되어 공개되다.

1986년

육사의 평문 5편과 수필 1편, 설문에 대한 답변 1편 등 7편의 자료를 새로 발굴하고, 원전비평을 수행한 『원본 이육사전집』(심원섭, 집문당)이 발간되다.

2000년

사료를 바탕으로 육사의 독립운동과 생애를 서술한 『새로 쓰는 이육사 평전』(김희곤, 지영사)이 발간되다.

2002년

오영식이 『주간 서울』(1949. 4. 4.) '작고시인들의 미발표 유고집'란에 실린 육사의 시 「산」, 「화제」, 「잃어진 고향」을 발굴해 공개하다.

2004년

새로 발굴한 시조 2편을 포함해 육사의 시 전체를 묶은 시집 『광야에서 부르리라』(손병희 편, 이육사문학관)와 육사의 시사평론 1편, 설문에 대한 답변 1편, 서간 5편(시조 2편 포함)을 발굴해 실은『이육사전집』(김용직·손병희, 깊은샘)이 이육사 탄신 100주년 기념출판물로 간행되다. 이육사문학관이 완공되고, 이육사시문학상이 제정, 시행되다.

2008년

육사의 시사평론 1편과 서간 2편을 발굴해 실은『원전주해 이육사시전집』(박현수, 예옥)이 발간되다.

2017년

이육사전집Ⅰ『이육사의 문학』(손병희, 이육사문학관)과 이육사전집Ⅱ『이육사의 독립운동』(김희곤, 이육사문학관)이 발간되다.『이육사의 문학』에서 새로 찾은 이육사의 시사평론 1편과 서간 2편이 추가되고, 이육사의 모든 글이 발표 당시의 형태로 재현되었다.

2018년

이육사전집Ⅲ『이육사의 독립운동 자료집』(김희곤·신진희, 이육사문학관)이 발간되다.

이육사 작품연보(발표순)

연도	일자	이름	갈래	제목	발표지
1930	1월 3일	李活	시	말	조선일보
	10월	大邱 二六四(본문) 李活(목차)	시사평론	대구사회단체개관	별건곤
1932	1월 14, 16, 20, 26일	肉瀉生	시사평론	대구의 자랑 약령시의 유래	조선일보 (4회 연재)
	3월 6, 9일	李活	시사평론	대구 장 연구회 창립을 보고서	조선일보 (2회 연재)
	3월 29일	李活	기사	신진작가 장혁주군 방문기	조선일보
1933	4월	李活	시사평론	자연과학과 유물변증법	대중
1934	2월	李活	설문	1934년에 임하야 문단에 대한 희망	형상
	9월	李活	시사평론	오중전회를 앞두고 외분내열의 중국정정	신조선
	10월	李活	시사평론	국제무역주의의 동향	신조선
	10월	陸史	수필	창공에 그리는 마음	신조선
1935	1월	李活	시사평론	1935년과 노불관계전망	신조선
	1월	李活	시사평론	위기에 임한 중국정국의 전망	개벽
	3월	李活	시사평론	공인 "깽그"단 중국청방비사소고	개벽
	6월	陸史	시	춘수삼제	신조선
	12월	陸史	시	황혼	신조선
1936	1월	陸史	시	실제	신조선
	4월	李活	시사평론	중국의 신국민운동 검토	비판
	8월	李活	시사평론	중국농촌의 현상	신동아
	10월 23, 24, 25, 27, 29일	李陸史	문예비평	노신추도문	조선일보 (5회 연재)
	12월	陸史	시	한 개의 별을 노래하자	풍림
	12월	李陸史	번역 (소설)	고향	조광
1937	3월	李陸史	시	해조사	풍림
	4월	陸史	기사	무희의 봄을 찾아서 - 박외선 양 방문기	창공

연도	일자	이름	갈래	제 목	발표지
1937	5월	李陸史	수필	질투의 반군성	풍림
	8월 3, 4, 6일	李陸史	수필	문외한의 수첩	조선일보 (3회연재)
	10월 31, 11월 2, 3, 5일	李陸史	소설	황엽전	조선일보 (4회연재)
	11월	李陸史	시	노정기	자오선
1938	3월		수필	초상화(제목만 알려짐, 미확인)	중앙시보
	3월 2일	李陸史	수필	전조기	조선일보
	4월	李陸史	시	초가	비판
	7월	李陸史	시	강 건너 간 노래	비판
	8월 23일	李陸史	문예비평	자기심화의 길 - 곤강의 『만가』를 읽고	조선일보
	9월	李陸史	시	소공원	비판
	10월	李活	시사평론	모멸의 서 - 조선 지식여성의 두뇌와 생활	비판
	11월	李陸史	시	아편	비판
	11월	李陸史	시사평론	조선문화는 세계문화의 일륜	비판
	12월 24, 25, 27, 28일	李陸史	수필	계절의 오행	조선일보 (4회 연재)
1939	2월	李活	문화비평	영화에 대한 문화적 촉망	비판
	3월	李陸史	시	연보	시학
	3월	李陸史	시	남한산성	비판
	5월	李陸史	문예비평	"씨나리오" 문학의 특징 - 예술형식의 변천과 영화의 집단성	청색지
	5월	李陸史	시	호수	시학
	8월	李陸史	시	청포도	문장
	10월	李陸史	수필	횡액	문장
1940	1월	李陸史	시	소년에게	시학
	1월	李陸史	시	절정	문장
	1월	李陸史	설문	앙케-트에 대한 답변	시학
	3월	李陸史	시	반묘	인문평론
	4월 27일	李陸史	시	광인의 태양	조선일보
	5월	李陸史	시	일식	문장
	7월	李陸史	시	교목	인문평론

연 도	일 자	이 름	갈 래	제 목	발표지
1940	9월	李陸史	수필	청란몽	문장
	10월	李陸史	시	서풍	삼천리
	10월	李陸史	수필	은하수	농업조선
	11월	李陸史	문예비평	윤곤강시집 「빙화」 기타	인문평론
	12월	李陸史	수필	현주 · 냉광 - 나의 대용품	여성
1941	1월	李陸史	시	독백	인문평론
	1월	李陸史	수필	연인기	조광
	1월, 4월	李陸史	번역 (문예비평)	중국문학 오십년사	문장 (2회 연재)
	4월	李陸史	설문	농촌문화문제특집 설문에 대한 답변	조광
	4월	李陸史	시	아미, 자야곡, 서울	문장
	6월	李陸史	문예비평	중국 현대시의 일단면	춘추
	6월	陸史	번역 (소설)	골목안(小巷)	조광
	6월	李陸史	수필	연륜	조광
	8월	李陸史	수필	산사기	조광
	12월	李陸史	시	파초	춘추
1942	1월	李陸史	수필	계절의 표정	조광
	8월 4일	李陸史	시조	뵈올까 바란 마음	엽서(신석 초에게)
	12월 1일	李陸史	수필	고란	매일신보 사진순보
1945	12월 17일	李陸史	시	광야, 꽃	자유신문
1946	10월 20일		시	나의 뮤즈, 해후	육사시집 (서울출판 사)
1949	4월 4일	李陸史	시	산, 화제, 잃어진 고향	주간 서울
1956	4월 10일		시	편복	육사시집 (범조사)
1964	9월 15일		한시	근하석정선생육순, 만등동산, 주난흥여	청포도 (범조사)
1974	9월 23일		시	바다의 마음	나라사랑 16집

이육사 작품연보(발표지별)

발표지	발표일	이 름	갈 래	제 목
조선일보	1930.1.3.	李活	시	말
	1932.1.14, 16, 20, 26.	肉濾生	시사평론	대구의 자랑 약령시의 유래
	1932.3.6, 9.	李活	시사평론	대구 장 연구회 창립을 보고서
	1932.3.29.	李活	기사	신진작가 장혁주군 방문기
	1936.10.23, 24, 25, 27, 29.	李陸史	문예비평	노신추도문
	1937.8.3, 4, 6.	李陸史	수필	문외한의 수첩
	1937.10.31, 11.2, 3, 5.	李陸史	소설	황엽전
	1938.3.2.	李陸史	수필	전조기
	1938.8.23.	李陸史	문예비평	자기심화의 길 - 곤강의 『만가』를 읽고
	1938.12.24, 25, 27, 28.	李陸史	수필	계절의 오행
	1940.4.27.	李陸史	시	광인의 태양
비판	1936.4.	李活	시사평론	중국의 신국민운동 검토
	1938.4.	李陸史	시	초가
	1938.7.	李陸史	시	강 건너 간 노래
	1938.9.	李陸史	시	소공원
	1938.10.	李活	시사평론	모멸의 서 - 조선 지식여성의 두뇌와 생활
	1938.11.	李陸史	시	아편
	1938.11	李陸史	시사평론	조선문화는 세계문화의 일륜
	1939.2.	李活	문화비평	영화에 대한 문화적 촉망
	1939.3	李陸史	시	남한산성
문장	1939.8.	李陸史	시	청포도
	1939.10.	李陸史	수필	횡액
	1940.1.	李陸史	시	절정
	1940.5.	李陸史	시	일식
	1940.9.	李陸史	수필	청란몽
	1941.1, 4.	李陸史	번역(문예비평)	중국문학 오십년사
	1941.4.	李陸史	시	아미, 자야곡, 서울

발표지	발표일	이 름	갈 래	제　목
신조선	1934.9.	李活	시사평론	오중전회를 앞두고 외분내열의 중국정정
	1934.10.	李活	시사평론	국제무역주의의 동향
	1934.10.	陸史	수필	창공에 그리는 마음
	1935.1.	李活	시사평론	1935년과 노불관계전망
	1935.6.	陸史	시	춘수삼제
	1935.12.	陸史	시	황혼
	1936.1.	陸史	시	실제
조광	1936.12.	李陸史	번역(소설)	고향
	1941.1.	李陸史	수필	연인기
	1941.4.	李陸史	설문	농촌문화문제 특집 설문에 대한 답변
	1941.6.	李陸史	수필	연륜
	1941.6.	陸史	번역(소설)	골목안(小巷)
	1941.8.	李陸史	수필	산사기
	1942.1.	李陸史	수필	계절의 표정
인문평론	1940.3.	李陸史	시	반묘
	1940.7.	李陸史	시	교목
	1940.11.	李陸史	문예비평	윤곤강시집 「빙화」 기타
	1941.1.	李陸史	시	독백
시학	1939.3.	李陸史	시	연보
	1939.5.	李陸史	시	호수
	1940.1.	李陸史	시	소년에게
	1940.1.	李陸史	설문	앙케-트에 대한 답변
풍림	1936.12.	陸史	시	한 개의 별을 노래하자
	1937.3.	李陸史	시	해조사
	1937.5.	李陸史	수필	질투의 반군성
개벽	1935.1.	李活	시사평론	위기에 임한 중국정국의 전망
	1935.3	李活	시사평론	공인 "깽그"단 중국 청방비사소고
춘추	1941.6.	李陸史	문예비평	중국 현대시의 일단면
	1941.12.	李陸史	시	파초
별건곤	1930.10.	大邱 二六四 李活	시사평론	대구사회단체개관
대중	1933.4.	李活	시사평론	자연과학과 유물변증법
형상	1934.2.	李活	설문	1934년에 임하야 문단에 대한 희망
자오선	1937.11.	李陸史	시	노정기

발표지	발표일	이름	갈래	제 목
청색지	1939.5.	李陸史	문예비평	"씨나리오"문학의 특징 - 예술형식의 변천과 영화의 집단성
신동아	1936.8.	李活	시사평론	중국농촌의 현상
창공	1937.4.	陸史	기사	무희의 봄을 찾아서 - 박외선양 방문기
중앙시보	1938.3.		수필	초상화(제목만 알려짐, 미확인)
삼천리	1940.10.	李陸史	시	서풍
농업조선	1940.10.	李陸史	수필	은하수
여성	1940.12.	李陸史	수필	현주 · 냉광 - 나의 대용품
매일신보 사진순보	1942.12.1.	李陸史	수필	고란
자유신문	1945.12.17.	李陸史	시	광야, 꽃
육사시집 (서울출판 사)	1946.10.20.	李陸史	시	나의 뮤즈, 해후
주간서울	1949.4.4.	李陸史	시	산, 화제, 잃어진 고향
육사시집 (범조사)	1956.4.10.	李陸史	시	편복
청포도 (범조사)	1964.9.15.	李陸史	시	근하석정선생육순, 만등동산, 주난흥여
나라사랑	1974.9.23.	李陸史	시	바다의 마음
기타 (엽서)	1942.8.4.	李陸史	시조	뵈올까 바란 마음